rowohlt
POLARIS

Kelly Moran

REDWOOD

Love

ES BEGINNT MIT EINEM *Kuss*

ROMAN

Aus dem Englischen von
Vanessa Lamatsch

Rowohlt Polaris

Die Originalausgabe erschien 2017 unter dem Titel
«Redwood Ridge. Tracking You» bei
Lyrical Press/Kensington Publishing Corp., New York.

2. Auflage Oktober 2018
Deutsche Erstausgabe
Veröffentlicht im Rowohlt Taschenbuch Verlag,
Reinbek bei Hamburg, Oktober 2018

Published by Arrangement with Kensington
Publishing Corp., New York, NY 10018, USA
Redaktion Anja Lademacher, Bonn
Umschlaggestaltung FAVORITBUERO, München
Umschlagabbildung Shutterstock
Satz aus der Dolly, InDesign
Gesamtherstellung CPI books GmbH, Leck, Germany
ISBN 978 3 499 27539 5

*Dieses Buch ist für all die Mädels,
die übersehen wurden oder in der Friendzone
gelandet sind. Liebe ist möglich.*

· 1 ·

Gabby Cosette strich mit der Hand über das babyblaue Trägerkleid, das sie sorgfältig für diesen Abend ausgesucht hatte, und versuchte, nicht zu eifrig zu wirken. Oder sich zu übergeben. Auch das wäre nicht gut.

Sie saß in einer der Nischen im hinteren Teil des einzigen italienischen Restaurants in Redwood und sah sich um. Dabei tröstete sie sich mit dem Gedanken, dass es noch zu früh war für den Ansturm zum Abendessen. Der Laden war eine gute Wahl. Oder etwa nicht? Nicht so zwanglos wie das Shooters – die Bar, die sie und ihre Freunde normalerweise besuchten –, aber auch nicht so formell wie eines der Fischrestaurants, von denen es in ihrer Kleinstadt an der Küste von Oregon gleich mehrere gab. Das hier war ein bisschen verbindlicher als ein Treffen auf einen Kaffee oder ein Bier, ohne gleich nach Verzweiflung zu riechen.

War eine Nische im hinteren Teil zu offensichtlich? Hatte sie es mit ihrem Make-up übertrieben? Vielleicht hätte sie ihr Haar aufstecken sollen, statt es offen zu tragen?

Nein, nein und nochmals nein. Sie hatte sich ganz bewusst für einen natürlichen Look entschieden. Die Menschen hier in Redwood kannten sie schon ihr ganzes Leben lang. Es war nicht allzu ungewöhnlich, dass Gabby ein Kleid und ein wenig Make-up trug. Sie machte sich unnötig Gedanken.

Es war nur … Na ja, sie hatte seit einem Jahr kein Date mehr gehabt. Seit einem Jahr!

Um ihre Nerven zu beruhigen, atmete sie tief durch und konzentrierte sich auf das rot karierte Tischtuch. Auf dem Fensterbrett rechts von ihr flackerte ein Windlicht, die Flamme der Kerze schimmerte sanft durch das gefärbte Glas. Hinter der Fensterscheibe erstreckte sich der Parkplatz, doch das Auto ihres Dates war bisher noch nicht aufgetaucht.

Es war dämlich, sich wegen einer ersten Verabredung so verrückt zu machen, besonders da es um Tom ging. Sie waren zusammen in die Grundschule und in die Highschool gegangen. Seine Eltern lebten auch heute noch nur ein kleines Stück von ihren entfernt. Es war ein wenig seltsam, dass er nie ein romantisches Interesse an ihr gezeigt, sie aber diese Woche plötzlich um eine Verabredung gebeten hatte.

Andererseits ... fast alle in der Stadt betrachteten sie als das nette Cosette-Mädchen, die gute Freundin. Daher die Date-Flaute. Es war schwer, einen Mann auf den Gedanken zu bringen, sie zu küssen – geschweige denn sie sich nackt vorzustellen –, wenn sie doch quasi das Wort ‹platonisch› auf die Stirn tätowiert trug.

Die Kellnerin schlenderte mit dem Notizblock in der Hand heran. «Wartest du auf jemanden, Kleine?»

«Ja.» Sie lächelte und griff nach ihrem Handy, das auf dem Tisch lag. Tom war schon fünf Minuten zu spät. «Er sollte gleich da sein.»

«Oooh. Ein Date?» Mavis stemmte eine Hand in ihre volle Hüfte und grinste, sodass die Falten um ihre Augen sich zu Schluchten vertieften. Gabby war sich nicht sicher, wie alt Mavis war – das wusste niemand –, aber irgendwie schien sie seit Gabbys Kindheit nicht weiter gealtert zu sein.

Gabby öffnete den Mund, um zu antworten, doch in diesem

Moment entdeckte sie Tom, der sich zwischen den Tischen hindurchschlängelte, um sich schließlich ihr gegenüber auf die Bank fallen zu lassen.

«Hab dich an der Bar nicht entdeckt. Mit einem Tisch hatte ich gar nicht gerechnet.»

Es war noch ziemlich früh, und selbst am Freitag war das Bella Italia selten besonders voll. Wie schwer war es da wohl, sie zu finden? «Wir brauchen noch einen Moment», sagte sie zu Mavis und wartete, bis die Kellnerin gegangen war.

Tom trug sein blondes Haar für ihren Geschmack zu kurz, und seine Lippen waren zu dünn. Sie betrachtete seine unscheinbar braune Augen, während er seinen Blick unruhig über das Restaurant gleiten ließ, bevor er sich wieder auf Gabby konzentrierte. Er versuchte nicht, sich dafür zu entschuldigen, dass er zu spät dran war. Anscheinend kam er direkt von der Arbeit. Auf seinen Jeans und dem T-Shirt prangten Farbflecken. So was passierte, wenn man für die Maler- und Dachdecker-Firma des eigenen Vaters arbeitete.

«Danke, dass du dir Zeit für mich nimmst.» Er nahm seine Baseballmütze ab und kratzte sich am Kopf.

Wieso klang das so gar nicht nach einem Date? «Ähm ... ist doch selbstverständlich. Wie läuft es bei der Arbeit?» Ihr Blick fiel auf seine Hände, die keinen Deut besser aussahen als seine Kleidung. Vielleicht hätte sie sich doch für das Shooters entscheiden sollen.

Gabbys Magen verkrampfte sich, weil irgendetwas hier absolut nicht stimmte. Und diesmal hatte es nichts mit ihrer Nervosität zu tun. Verwirrt, wie sie war, rief sich Gabby das Gespräch noch einmal in Erinnerung, das sie Anfang der Woche mit Tom geführt hatte, als er seinen Hund in die Tierklinik gebracht hatte, in der sie arbeitete. Beim Bezahlen hatte er sich plötzlich zu ihr umgedreht und sie gefragt, ob sie sich mit ihm treffen könnte.

«Gut. Bei der Arbeit läuft alles prima.» Er setzte die Kappe wieder auf und warf einen Blick nach draußen. «Langsam wird es wärmer, also bessert sich die Auftragslage wieder.»

Vielleicht war er auch nervös. Dieser Gedanke entspannte sie ein wenig.

Mavis kehrte zurück und fragte, was sie trinken wollten.

Tom hob abwehrend eine Hand. «Für mich nichts, danke. Ich kann nicht lange bleiben. Ich spiele heute Abend noch mit den Jungs Poker. Und vorher muss ich noch duschen.»

Das gezwungene Lächeln, das Gabby sich ins Gesicht gekleistert hatte, welkte dahin wie die Petunien ihrer Mutter im Herbst. Was meinte er damit, dass er nicht lange bleiben konnte? Warum verabredete er sich mit ihr und vereinbarte eine Pokerrunde für denselben Abend? Und wieso duschte er für seine Freunde, aber nicht für sie?

Mavis blickte in einer Mischung aus Verwirrung und Ärger von einem zum anderen. In dem Schweigen, das folgte, trommelte sie mit dem Stift auf ihren Block. «Kann ich dir etwas bringen?» Sie richtete den Blick auf Gabby, und ihr Tonfall ließ keinen Zweifel daran, dass Gabby besser etwas bestellen sollte.

«Ich nehme einen Eistee. Danke.» Als die Kellnerin gegangen war, sah Gabby Tom an. Er hatte einen Arm über die Rückenlehne der Bank gelegt und die Beine ausgestreckt. Der Geruch von Eau de Farbverdünner wehte über den Tisch. «Also …?»

«Richtig. Stimmt.» Tom beugte sich vor. «Ich weiß zu schätzen, dass ich das persönlich erledigen kann.»

Sie erstarrte. «Erledigen?» Es war kaum mehr zu leugnen, dass es sich hier für Tom offensichtlich nicht um ein Date handelte.

Plötzlich wurde ihr Körper zu einem Kriegsgebiet der gegensätzlichen Gefühle. Innerlich wurde ihr eiskalt, während ihre Haut sich erhitzte. Gabby hoffte inständig, dass sie nicht rot wurde. Ihre helle Haut verriet ihre Gefühle sofort, was sie mehr hasste als Algebra – und Mathe war wirklich grauenerregend.

Tom stieß ein angespanntes Lachen aus, das eher wie ein Wiehern klang und dafür sorgte, dass mehrere andere Gäste sich zu ihnen umdrehten. «Es ist nicht gerade die Art von Gespräch, das man am Telefon führen will oder so, verstehst du?»

Nein. Sie verstand nicht. «Vielleicht solltest du mir einfach sagen, worum es geht?»

Er spielte mit dem Parmesantöpfchen herum, ohne sie anzusehen. «Na ja, die ganze Stadt spricht von Rachels und Jeffs Trennung.»

Gabby runzelte die Stirn, weil sie die Teile dieses irren Puzzles einfach nicht zusammensetzen konnte. Ihre ältere Schwester war nur ein paar Wochen mit Jeff ausgegangen, was nach Rachel-Standard schon fast einer Ehe gleichkam. Rachel hielt sich gern alle Möglichkeiten offen. Und für die meisten Männer hielt sie auch die Schlafzimmertür weit offen.

Bei diesem Gedanken stiegen sofort Schuldgefühle in ihr auf, doch das änderte nichts an der Wahrheit. Sie und Rachel hätten nicht unterschiedlicher sein können. Rachel war stolz und sexy. Gabby war das nette Mädchen von nebenan. Die Männer begehrten Rachel. Das Einzige, was sie von Gabby wollten, war eine Schulter zum Ausheulen, wenn Rachel sie abserviert hatte.

Nervös wickelte Gabby sich eine Strähne um den Zeigefinger. «Ich verstehe nicht, was Rachel und Jeff mit ...» Sie wedelte hilflos mit der Hand, weil sie unfähig war, den Satz zu Ende zu führen. Sie hatte wirklich keine Ahnung, worum es hier ging.

«Na ja», sagte Tom so beiläufig, dass sie am liebsten mit den Zähnen geknirscht hätte, «jetzt, wo Rachel wieder zu haben ist, dachte ich, du könntest vielleicht ein gutes Wort für mich einlegen?» Er blinzelte und sah sie hoffnungsvoll an.

Sie konnte ihn ein paar Sekunden lang nur fassungslos anstarren.

Die Erkenntnis, worum es hier wirklich ging, bohrte sich langsam und schmerzhaft in ihren Kopf. Als er sie Anfang der Woche gebeten hatte, sich mit ihm zu verabreden, hatte er sich nicht wirklich mit ihr *verabredet*. Er hatte etwas gesagt wie: *Kannst du dich am Freitag mit mir treffen?*

Und dumm, wie sie war, hatte sie daraus geschlossen, dass er mit ihr ausgehen wollte.

Als ob. Es würde sich niemals ein Mann für sie interessieren, da ihre Schwester alle guten Gene abbekommen hatte und nicht in dem Ruf stand, nur ein guter Kumpel zu sein. Sie war nicht wie die gute alte Gabby.

«Das hier war nie ein Date», murmelte sie leise, eher um die Situation zu verarbeiten, als um sich ihre Vermutung bestätigen zu lassen.

«Was?»

Sie schloss die Augen und schüttelte den Kopf, um Tom zu signalisieren, dass es keine Rolle spielte. Was es für ihn ja auch nicht tat, da sie nicht diejenige war, um die es ihm ging.

Es hatte keinen Sinn, ihre Demütigung noch zu vergrößern. Es war nicht seine Schuld, dass sie sich etwas eingeredet hatte.

Gott, sie war eine Idiotin.

Enttäuschung machte sich in ihr breit, als all ihre Hoffnungen endgültig in sich zusammenfielen. Eigentlich sollte sie das nicht überraschen. Es war wirklich nicht das erste Mal, dass jemand versuchte, sie als Vermittlerin einzuschalten. Wenn es nicht um ihre Schwester ging, dann um ihre Freundinnen. Aber sie hatte sich auf den heutigen Abend gefreut, hatte gehofft, es wäre ein kurzer Regenschauer in einer langen Dürreperiode.

Ein Kloß bildete sich in ihrer Kehle, und ihre Augen wurden feucht. Sie ließ ihren Blick durch den Raum schweifen, um ihre erbärmlichen Gefühle endlich wieder unter Kontrolle zu bringen. Seit ihrer Ankunft hatten sich die meisten Tische gefüllt. Himmel, wenn sie jetzt anfing zu weinen …

«Also, was sagst du?» Tom stellte das Parmesantöpfchen zur Seite. «Könntest du einem Kumpel ein wenig unter die Arme greifen?»

Kumpel. Das Wort traf sie wie ein Schlag. Doch statt zusammenzuzucken, räusperte sie sich und lächelte. Wer war sie schon, sich wahrer Liebe in den Weg zu stellen? «Natürlich. Ich werde morgen mit ihr reden.»

Sein nervöses Grinsen verwandelte sich in ein echtes Lächeln, sodass seine leicht schief stehenden Vorderzähne sichtbar wurden. «Du bist die Beste, Gabby.»

Jep. Das war sie. Sie widerstand nur mit Mühe der Versuchung, sich selbst sarkastisch auf die Schulter zu klopfen.

Hätte sie überhaupt ernsthaft eine Beziehung mit ihm gewollt? Wahrscheinlich nicht. Tom war nicht übermäßig gutaussehend, besaß aber einen gewissen Charme. Und sein Aussehen spielte ohnehin keine große Rolle, solange er ein gutes Herz oder Sinn für Humor besaß. Sie hatte einfach darauf gehofft, irgendjemanden zu haben.

Was nicht passieren würde. Nicht heute Abend.

Tom stand auf und tippte sich an die Baseballkappe, als wäre es ein Cowboyhut. «Vielen Dank noch mal. Ich muss jetzt los.»

Natürlich. Und sie blieb wieder allein zurück. Vielleicht sollte sie anfangen zu schreiben. Bei Hemingway hatte es funktioniert.

Sie nickte. Dann sah sie Tom hinterher, als er das Restaurant verließ, bevor sie zur Bar schaute, weil sie darüber nachdachte, sich eine kleine Tequila-Therapie zu gönnen.

Flynn lehnte an der Bar und sah sie an. Seine Haltung war entspannt, wie es typisch für ihn war. Er trug noch seine dunkelblaue Praxiskleidung. Das war mal ein attraktiver Mann. So groß, dass sie ihm gerade bis ans Kinn reichte. Athletischer Körperbau, sehnige Muskulatur, breite Schultern, schmale Hüften.

Alle drei O'Grady-Brüder waren auf ihre ganz eigene Art sexy. Aber Gabby war mit ihnen aufgewachsen, und es hatte nie zwischen ihnen gefunkt. Cade, der jüngste Bruder, war seit kurzem mit ihrer Praxismanagerin verlobt, und Drake, der älteste Bruder, war Witwer. Gabby konnte sich einfach nicht vorstellen, dass er sich wieder verabredete, zumindest nicht in nächster Zeit. Auch Flynn ging aktuell mit niemandem aus.

Nicht, dass es eine Rolle gespielt hätte. Sie arbeitete für Flynn und seine Brüder in der Tierklinik, also war das sowieso absolut ausgeschlossen.

Am anderen Ende des Raums kniff Flynn die Augen zusammen und nickte fragend Richtung Tür. *Wo ist deine Verabredung hin?*

Flynn war taub. Nach all den gemeinsamen Jahren verstand sie mühelos, was er meinte, selbst wenn sie keine Gebärdensprache benutzten wie normalerweise. Zwischen ihnen hatte es immer eine starke Verbindung gegeben, sodass sie sich auch ohne Worte verstanden. Zum Teil hing das damit zusammen, dass sie gute Freunde waren, der Rest war dem Umstand zu verdanken, dass sie seit vielen Jahren eng zusammenarbeiteten.

Sie zuckte nur mit den Achseln, ohne ihre enttäuschte Miene zu verbergen. Es war manchmal zum Kotzen, sie zu sein.

Flynns Brauen senkten sich, und er stieß sich von der Bar ab, um zu ihr zu kommen. Doch im selben Moment tippte ihm der Barmann auf die Schulter und gab ihm eine Tüte. Flynn bezahlte sein Essen und nahm es mit zu ihrer Nische, wo er die Tüte auf den Tisch stellte, bevor er sich setzte.

Er sah sie aus seinen haselnussbraunen Augen an, die von unanständig langen Wimpern umrahmt wurden, dann glitt sein Blick über ihr Gesicht. *«Was ist passiert?»*, fragte er in Gebärdensprache. *«Ich dachte, du hättest eine Verabredung?»*

Wie immer antwortete sie gleichzeitig mit Worten und mit den Händen. «Das dachte ich auch. Aber es hat sich herausgestellt, dass er nur meine Hilfe wollte, um an meine Schwester heranzukommen.» Als Flynns Miene sich verfinsterte, zuckte sie mit den Achseln. Die Sache war auch so schon peinlich genug. «Meine Schuld. Ich habe zu viel in unser Gespräch hineininterpretiert.»

Flynn starrte sie einen Augenblick ungläubig an, dann schüttelte er den Kopf. Sein attraktives, kantiges Gesicht wirkte irritiert, und er hatte die vollen Lippen angewidert verzogen. Mit einer Hand fuhr er sich durch das rotblonde Haar, das so lang war, dass es sich an den Enden leicht lockte. Flynn neigte dazu, Friseurbesuche aufzuschieben.

Mavis kam wieder zum Tisch. Sie richtete den Blick auf Flynn. «Isst du doch hier?»

Aus Gewohnheit sah er zu Gabby. Flynn konnte Lippen lesen, aber manchmal sprachen die Leute zu schnell oder sahen ihn nicht direkt an, sodass er nicht erkennen konnte, was sie sagten. Gabby wiederholte Mavis' Frage in Gebärdensprache.

Er grinste, sein ganz normales, gut gelauntes Selbst hatte wieder die Oberhand gewonnen, dann nickte er.

Nun, es mochte keine Verabredung sein, aber Flynn war ihr trotzdem lieber als Tom. Gabby sah die Kellnerin an. «Ich nehme ein Bier vom Fass. Und könntest du mir das größte Stück Tiramisu bringen, das du finden kannst?»

«Geht klar, Kleine.»

Gabby sah ihr kurz hinterher, bevor sie ein tiefes Seufzen ausstieß. Als sie Flynn ansah, verriet seine Miene, dass er geduldig darauf wartete, dass sie ihn wieder beachtete.

Er beugte sich vor, als wollte er seine Aussage betonen. *«Er ist ein Arschloch.»*

Sie lachte. «Sind sie das nicht alle?»

«Nicht alle.» Er holte einen Styropor-Behälter mit Lasagne aus seiner Tüte, klappte ihn auf und nahm ihre Gabel von der Serviette. Dann drückte er ihr das Besteck in die Hand und gebärdete: *«Iss.»*

Er griff nach seiner eigenen Gabel und nahm einen Bissen. Als sie selbst nur im Essen herumstocherte, musterte er sie fragend. *«Hey. Geht es dir gut?»*

«Wird schon wieder. Aber heute noch nicht. Heute tu ich mir noch selber leid.» Er gehörte zu den wenigen Menschen, denen gegenüber sie so etwas zugab. Und da sein Blick sofort weicher wurde und er besorgt die Stirn runzelte, zwang sie sich, einen Bissen Lasagne zu essen. «Danke, Flynn.»

Er nickte, ohne sie aus den Augen zu lassen. *«Kinoabend. Bei mir. Du kannst den Film aussuchen.»*

Wieso zur Hölle war er nicht vergeben? Ernsthaft?

Die traurige Wahrheit lautete, dass Frauen Flynn wegen seiner Behinderung oft übersahen, genauso wie Männer Gabby übersahen, weil sie immer als die gute Freundin wahrgenommen wurde. Menschen waren dämlich. «Vielleicht sollten wir so einen Pakt schließen. Du weißt schon ... dass wir uns gegenseitig heiraten, wenn keiner von uns beiden mit dreißig unter der Haube ist.»

Er zog eine Augenbraue hoch, wie er es immer tat, wenn er sagen wollte ‹Jetzt bist du vollkommen durchgeknallt›. *«Ich bin schon dreißig, und du hast in ein paar Wochen deinen runden Geburtstag. Dieser Zug ist abgefahren.»*

Okay. «Schön. Zerstör meine Phantasien nur mit deiner Logik.»

Seine Schultern zuckten in einem stummen Lachen.

Sie lächelte. «Na dann, zurück zu unserem heißen Date. Was, wenn ich eine Schnulze aussuche?»

Er zuckte mit den Achseln. *«Dann lege ich meine Eier solange in den Kühlschrank. Aber sag's nicht weiter.»*

Sie schlug die Hände vors Gesicht und lachte, bis ihr Bauch weh tat. Als sie sich wieder fing, hatte sich ihre Laune deutlich gebessert. Gott sei gedankt für gute Freunde. «Allein schon deswegen werde ich mein Tiramisu mit dir teilen.»

«*Abgemacht.*» Er aß noch ein paar Bissen, bevor sein Lächeln leicht verrutschte und sich ein Hauch von Ernst in seinem Blick spiegelte. «*Nur fürs Protokoll, ich hätte den Pakt akzeptiert.*»

Sie stützte ihr Kinn in die Hand, bevor sie den Kopf wieder hob, um die Hände zum Sprechen frei zu haben: «Wir hätten so süße Babys bekommen.»

«*Wem sagst du das. Und jetzt iss, oder ich zwinge dich, noch mal* Stirb langsam *mit mir zu schauen.*»

Sie schaufelte sich mehr von der wunderbaren Kohlenhydrat-Käse-Mischung auf die Gabel. An grauenhaften Tagen zählten Kalorien nicht. «Welchen Teil?»

Er musterte sie mitleidig. «*Alle.*»

Tod durch Bruce Willis. Es gab Schlimmeres.

· 2 ·

Flynn konnte sich nur mit Mühe davon abhalten, die Augen zu verdrehen. Er saß in seinem Wohnzimmer auf der Couch, Gabbys nackte Füße lagen auf seinem Schoß, während die lächerlichste romantische Komödie aller Zeiten auf ihr Ende zusteuerte. Er zählte die letzten fünf Minuten des Irrsinns herunter. Der einzige Lichtblick war Meg Ryans vorgetäuschter Orgasmus gewesen. Unglaublich witzig.

Er musste Gabby, die neben ihm lag, nicht einmal ansehen, um zu wissen, dass in ihren Augen Tränen glänzten. Frauen und ihre Liebesgeschichten. Zumindest hatte er es geschafft, sie von ihrem Nicht-Date heute Abend abzulenken. Er hätte Tom gerne die Faust ins Gesicht gerammt, weil er schuld daran war, dass Gabby so geknickt wirkte.

Sie tippte ihm mit dem Fuß auf die Brust, um seine Aufmerksamkeit zu erregen. «Bin ich unattraktiv?»

Er hatte ihre Fußsohlen massiert, doch jetzt hielt er inne. Wie auch immer er diese Frage beantworten würde, er hätte ein Problem. Zu lügen und ihr zu erklären, dass sie nichts Besonderes sei, würde sie nur tiefer in ihre Depression stürzen. Aber Ehrlichkeit barg die Gefahr, etwas preiszugeben, was er lange versteckt hatte ... sogar vor sich selbst.

Die Wahrheit lautete, dass er immer ein wenig für Gabby geschwärmt hatte. Es war nichts Ernstes, nichts Monumentales. Er litt nicht. Die Gefühle waren nur ... da. Am Rande seines Bewusstseins. Er war sich Gabbys Existenz immer bewusst.

Die Schwärmerei hatte am ersten Tag der Vorschule ihren Anfang genommen, um sich in der Highschool zu beruhigen, weil er sich gezwungen hatte, die Gefühle zu ignorieren. Und es hatte begonnen, weil eine fünfjährige blonde Elfe mit mitfühlendem Blick nach der Schule nach Hause gestiefelt war, um ihren Eltern mitzuteilen, dass sie im Freizeitzentrum einen Kurs für Gebärdensprache machen wolle, weil sie einen tauben Jungen in der Klasse habe. So war Gabby. Sie dachte immer an andere. Und aus ebendiesem Grund hatte er seine Schwärmerei irgendwann unterdrückt. Gabby hatte alles für ihn getan und irgendwann gar keine anderen Jungs mehr wahrgenommen. Aber jede romantische Verstrickung hätte nur das zerstört, was sie als Freunde hatten.

Sie zog ihre Füße von seinem Schoß. Ihre Miene verriet ihm, dass sie aus seinem Schweigen ganz eigene Schlüsse zog. Verdammt.

Er entschied sich für eine humorvolle Antwort. *«Du bist scheußlich. Ich kann dich kaum ansehen, ohne zu würgen.»*

Sie verzog ihren hübschen, pinkfarbenen Mund und kniff schlecht gelaunt die babyblauen Augen zusammen. «Ich meine das ernst.»

«Ich auch. Könnte sein, dass ich gleich auf die Toilette muss, um mich zu übergeben.»

Sie seufzte. Er konnte es natürlich nicht hören, aber er fühlte ihren Atem wie eine warme Liebkosung auf seiner Wange. Was zur Hölle stimmte nicht mit Tom? Gabby war zehnmal besser als ihre Schwester. Dieser Idiot hatte heute Abend der puren Perfektion gegenübergesessen, nur um gleich wieder zu verschwinden.

Flynn zog an dem Pferdeschwanz, den Gabby sich gemacht

hatte, als sie bei ihm angekommen waren. Sie hatte ihr Kleid aus- und eine seiner alten Jogginghosen angezogen, die sie an der Hüfte dreimal umschlagen musste, damit sie ihr nicht herunterrutschte.

«Du bist bezaubernd.» Mit dieser Antwort war er auf der sicheren Seite. Aber so war sie wirklich – bezaubernd.

«Das ist das Problem.» Sie wedelte mit den Armen, als wollte sie einen Zyklon erzeugen. «Die bezaubernde kleine Gabby.»

Flynn verstand nicht, was daran schlecht sein sollte, also hielt er lieber den Mund.

«Kein Mensch will jemanden flachlegen, der bezaubernd ist. Ich werde niemals Sex haben, oder?»

Auf diese Frage wäre er nicht einmal eingegangen, wenn sein Leben davon abgehangen hätte. Er hob die Hände, um ihr eine beruhigende Antwort zu geben – dass sie eines Tages schon noch den Richtigen finden würde oder irgendwas in der Art –, aber sie war noch nicht fertig.

«Ich meine ... ich will, dass ein Mann mich so ansieht, wie Cade Avery ansieht.» Ihr Gesicht nahm einen entspannten, leicht verklärten Ausdruck an, als würde sie sich gerade vorstellen, wie Flynns Bruder und seine Verlobte durchs La-La-Land tanzten. «Als wäre sie sein Ein und Alles.» Ihr Blick glitt zurück zu ihm. Trauer lag darin, und es versetzte ihm einen Stich. «Ich war noch nie das Irgendwas von irgendwem.»

Erster Gedanke? Liebeskomödien waren schlecht für ihr seelisches Gleichgewicht.

Er musste seine Hände dazu zwingen, ihr nicht zu antworten, dass sie *sein* Ein und Alles war. Diese Reaktion war direkt, fast instinktiv – aber dennoch wahr. Sie war seine beste

Freundin, sein Garant für geistige Gesundheit, seine Tierarzthelferin, die ihn im Beruf mehr als jeder andere unterstützte. Nichts davon klang romantisch. Dabei wusste er genau, was sie sagen wollte. In seinem Schlafzimmer herrschte auch nicht gerade reger Verkehr. Und von Liebeserklärungen konnte er nur träumen.

«Ich entschuldige mich für meine Hälfte der Spezies.»

Sie lächelte, doch ihre Augen blieben traurig. «Du bist eigentlich auch kein schlechter Fang. Also entschuldige ich mich ebenso für meine Hälfte der Spezies.»

Genau. Das war Gabby. Sie verstand ihn, selbst wenn er sich gar nicht beschwerte. An den meisten Tagen hatte er fast das Gefühl, sie könnte seine Gedanken lesen. Jetzt zuckte er mit den Schultern, als wäre ihm das vollkommen egal.

«Wieso springen die Frauen dich nicht reihenweise an?»

Ihre Frage war rhetorisch und nicht notwendigerweise an ihn gerichtet. Und sie kannte die Antwort. Flynn mochte genauso gut aussehen wie seine beiden Brüder, aber keine Frau wollte eine dauerhafte Beziehung mit jemandem, der nicht zuhören konnte. *«Die Leute neigen dazu, den zu beachten, der schreit, und denjenigen zu ignorieren, der flüstert.»*

Ihre Schultern hoben und senkten sich in einem tiefen Atemzug. Das Verständnis in ihren Augen machte ihm klar, dass sie besser zu einem sicheren Thema wechseln sollten. Er warf einen Blick auf den Fernseher und bemerkte, dass der Film zu Ende war. Es war fast Mitternacht, aber sie mussten morgen beide nicht arbeiten. Er fragte sich, ob er einen weiteren Frauenfilm einlegen sollte oder ob Gabby sich inzwischen besser fühlte und aufbrechen wollte.

Fletch, sein Golden Retriever, erhob sich vom Boden vor

dem Kamin und kam herüber, um seinen Kopf auf Gabbys Schoß zu legen.

Ihre runden Wangen hoben sich in einem breiten Grinsen, und sie kraulte den Hund hinter den Ohren. Ihr Mund bewegte sich, als sie mit ihm sprach, aber Flynn konnte die Worte nicht erkennen. Dünne Strähnen hatten sich aus ihrem Pferdeschwanz gelöst und fielen ihr über den Hals.

Gabby war auf den ersten Blick nicht sexy oder verführerisch, aber sie leuchtete förmlich von innen, strahlte eine Wärme aus, die die meisten Leute für selbstverständlich hielten und daher einfach übersahen. Ihr Inneres war so verdammt schön, dass es eigentlich keine Rolle spielte, wie sie aussah. Aber unattraktiv? Gabby? Nicht im Geringsten.

Er mochte taub sein, aber die anderen Männer in dieser Stadt waren blind.

«Dein Hund hat zugestimmt, mich zu heiraten.»

Wie gewöhnlich brachte sie ihn zum Lachen. *«Du hast ihn mit Speck bestochen. Gib es zu.»*

«Er hat seine Entscheidung ausschließlich aufgrund meiner Vorzüge getroffen.»

Dagegen ließ sich nichts sagen. Sie besaß jede Menge Vorzüge. *«Diese Diskussion hatten wir schon einmal. Wenn du meinen Hund heiratest, gehöre ich mit zum Gesamtpaket.»* Was für ein lächerliches Gespräch, aber er spürte, dass ihr heute Abend ein wenig Unsinn guttat.

Ihr Blick glitt über seinen Körper, als zöge sie ... ihn ... in Erwägung. Einen Augenblick später wandte sie den Blick ab, und er hatte keine Ahnung, wie ihr Urteil ausgefallen war. «Wer begleitet dich auf Cades Hochzeit?»

Sein Bruder und Avery wollten sich Ende nächsten Monats

das Jawort geben. Und da es Averys zweite Ehe war und sie nicht gerne im Mittelpunkt stand, hatten die beiden ursprünglich eine kleine Zeremonie in Moms Haus geplant, das nicht weit von seinem Haus entfernt lag. Drakes und Flynns Häuser lagen an derselben Privatstraße. Doch das Drachentrio – wie Cade ihre Mutter und ihre zwei Tanten nannte – hatte von den Hochzeitsplänen erfahren, und so hatte sich diese kleine Zeremonie inzwischen in einen Zirkus verwandelt. Die Feier sollte jetzt im Veranstaltungssaal des botanischen Gartens stattfinden, und fast die ganze Stadt war eingeladen.

Er hatte bisher nicht groß über die Feier nachgedacht. Wenn Gabby und er nicht gerade ein Date hatten, gingen sie normalerweise zusammen auf solche Feierlichkeiten. Wenn Flynn jetzt so darüber nachdachte, wurde ihm klar, dass er öfter ihre Begleitung gewesen war als irgendjemand sonst. *«Möchtest du mich begleiten, wenn dich bis dahin nicht irgendein Neandertaler an den Haaren in seine Höhle geschleppt hat?»*

«Wir sind ja auch in der Hochzeitsgesellschaft einander zugeteilt. Warum nicht?»

Was ihn an eine weitere kleine Sorge erinnerte. Okay, eine große Sorge.

«Was ist los?» Gabby hörte auf, Fletch zu streicheln, sehr zum Missfallen des Hundes. Stattdessen richtete sie ihre blauen Augen auf Flynn, und wie jedes Mal machte sein Herz einen Sprung. Eine Mischung aus Kornblume und Saphir – bei diesem Anblick konnte er einfach nicht anders, als alles auszuplaudern.

Er seufzte. *«Von der Hochzeitsgesellschaft wird erwartet, dass sie den ersten Tanz tanzt, stimmt's?»*

Sie runzelte die Stirn. «Sicher.» Sie musterte ihn. «Wir haben schon hundertmal miteinander getanzt. Beim Abschlussball und bei den Veranstaltungen in der Stadt.»

Obwohl die ganze Sache eigentlich dämlich war, erwiderte er ihren Blick, bis sie verstand. Es dauerte nicht lang.

Langsam nickte sie. «Aber nie einen langsamen Tanz, bei dem uns alle anstarren.»

Jep. Es war eine Sache, die Menge zu beobachten und die Bewegungen der anderen nachzuahmen, aber etwas vollkommen anderes, komplizierte Tanzschritte zu einer Melodie auszuführen, die er nicht hören konnte.

Gabby hatte ihr Handy herausgezogen und tippte eilig eine Nachricht. Dann wartete sie auf die Antwort.

«Mit wem unterhältst du dich?»

«Brent. Er wird wissen, welches Lied Avery für unseren Tanz ausgesucht hat.»

Brent war Cades Tierarzthelfer in der Klinik und hatte Avery bei den Hochzeitsvorbereitungen geholfen. Aber wieso war es wichtig, welches Lied gespielt wurde?

Gabbys Daumen flogen über das Display, um YouTube aufzurufen. Sie rutschte näher an Flynn heran, sodass ihr frischer Duft nach Honig ihn umhüllte. «Wir tanzen zu Ed Sheerans ‹Thinking Out Loud›. Im Video läuft der Liedtext mit.»

Weil er die Stimmung des Liedes einschätzen konnte, wenn er den Text kannte. Flynn starrte Gabby an und fragte sich zum x-ten Mal in seinem Leben, was er ohne sie tun würde. Um nichts Dummes anzustellen – wie sie aus Dankbarkeit zu küssen –, konzentrierte er sich auf das Handy.

Als er den Text las, merkte er, dass die Worte perfekt seine Gefühle für Gabby beschrieben. Natürlich aus rein freundschaftlicher Sicht. Auf keinen Fall durfte er diese unsichtbare

Grenze überschreiten. Sein Leben lief nur so glatt, ergab nur deshalb Sinn, weil sie diese Einheit bildeten. Er war sich sicher, dass sein gesamtes Leben implodieren würde, sollte irgendetwas diesen Status quo gefährden.

Sobald das Video zu Ende war, legte sie ihr Handy zur Seite und stand auf. Die Jogginghose, die er ihr geliehen hatte, hing tief auf ihren perfekt geformten Hüften und drohte, jeden Moment nach unten zu rutschen. Sein altes T-Shirt versteckte all ihre eleganten Kurven. Sie hielt ihm erwartungsvoll die Hand hin.

«*Was?*»

«Wir üben jetzt.» Sie nahm sein Handgelenk und zog ihn auf die Beine – oder vielmehr ließ er sich von ihr auf die Beine ziehen. Er war gute dreißig Zentimeter größer und wog vierzig Kilo mehr als sie. Sie sah sich im Zimmer um und schürzte die Lippen, als dächte sie darüber nach, wo sie am besten ‹üben› konnten.

Nachdem Flynn und seine Brüder ihren Abschluss als Tierärzte in der Tasche gehabt hatten, hatte jeder von ihnen ein Haus auf dem verwilderten Familiengrundstück am Rand der Stadt gebaut. Im Vergleich zu den Häusern seiner Brüder war Flynns Zuhause relativ bescheiden. Ein einstöckiges Gebäude mit drei Schlafzimmern und einer Küche, die nur halb so groß war wie die von Cade. Drake hatte es richtig krachen lassen, weil er und seine Frau Heather geplant hatten, jede Menge Kinder zu bekommen. Bis Heather vor ein paar Jahren an Krebs gestorben war. Obwohl ihre Geschmäcker sich unterschieden und die Grundrisse ganz anders waren, wiesen alle drei Häuser typisch männliche Einrichtungselemente auf. Riesige, aus Naturstein gemauerte Kamine, unbehandelte

Holzböden, Deckenbalken aus Birkenholz, deckenhohe Fenster und klare Linien.

Gabby nahm ihr Handy und führte ihn um die Couch herum in den offenen Bereich zwischen Wohnzimmer und Küche. Vermutlich, damit sie nicht über den Teppich stolperten. Die Holzdielen fühlten sich kühl unter seinen Füßen an, obwohl die Temperaturen draußen langsam stiegen, weil der Frühling nahte.

Sie spielte an ihrem Handy herum, dann ergriff sie seine Hand. «Fühlst du die Vibrationen?»

Kaum. Die Bässe aus einem Lautsprecher waren einfacher zu spüren. Er schüttelte den Kopf.

Sie veränderte etwas an den Einstellungen und sah ihn an. «Und jetzt?»

Besser, ja. Die tiefen Töne pulsierten in stetigem Rhythmus an seiner Hand. Er nickte.

Sie steckte das Handy in die Tasche seines Hemdes, sodass er die Bässe an seiner Brust fühlte. Dann schob sie seinen rechten Arm um ihre Taille und hob seine linke Hand nach oben. Die Position brachte sie näher zueinander, als er erwartet hatte. Ihr sanfter Honigduft umhüllte ihn, und ihre Wärme übertrug sich einladend auf seinen Körper.

Flynn erstarrte, und sein Nacken begann zu kribbeln. Er hätte nicht vermutet, dass irgendetwas, das er in Gabbys Beisein tat, je peinlich sein würde. Aber es war seltsam, ihr so nahe zu sein. Und es war …

Verdammt. Er konzentrierte sich lieber auf seine Atmung.

«Ich habe es so eingestellt, dass der Song immer wieder läuft, also haben wir Zeit.» Gabby lächelte beruhigend, und sofort machte sein Herz wieder einen Sprung. Als er keine Anstalten machte, sich zu bewegen, legte sie den Kopf schräg. «Wir müssen eigentlich nichts anderes tun, als uns hin und her zu wiegen. Fang mit dem linken Fuß an und lass dich von mir führen.»

Es fiel ihm schwer, ihre Lippen zu lesen, während das Blut so heiß durch seine Adern strömte, dass sein Blick verschwamm. Er wusste, dass ihm gleich der kalte Schweiß ausbrechen würde.

Himmel, es war doch nur Gabby.

Vorsichtig setzte sie zum ersten Schritt an, einer leichten Bewegung nach links. Er verstand und folgte. Doch statt anschließend einen Schritt nach hinten zu machen, bewegte er sich gleichzeitig mit ihr nach vorne, sodass sie zusammenstießen. Wobei er ihr auf den Fuß trat. Heftig.

Er schloss fest die Augen. Das war dämlich. Niemand würde auf der Hochzeit auf sie achten, wenn Avery und Cade gleichzeitig auch tanzten und der ganze Saal über und über geschmückt war. Es spielte keine Rolle, ob er tanzen konnte oder nicht.

Er spürte die Erschütterung von Gabbys Lachen an seiner Brust. Sie drückte seine Finger, und pflichtbewusst öffnete er die Augen. «Entspann dich.»

Es war ja nicht so, als versuchte er das nicht. *Tut mir leid*, formte er mit den Lippen.

Sie schüttelte den Kopf, als wollte sie sagen *Du armer, armer Mann*, dann legte sie ihre freie Hand in seinen Nacken. Die Hitze ihrer Finger übertrug sich auf seine Wirbelsäule und schoss nach unten in einen Körperteil, der besser aus dem Spiel bleiben sollte. Bevor Flynn wirklich verarbeiten konnte, dass er Gefahr lief, nicht mehr mit dem Hirn zu denken, stellte Gabby ihre kleinen Füße auf seine, sodass ihre Brüste sich an ihn drückten und ihre Körper sich fast auf ganzer Länge berührten. So tanzte ein kleines Mädchen mit seinem Vater, nur dass ... er definitiv nicht ihr Vater war.

Plötzlich bekam er kaum noch Luft.

Es war viel zu lange her, seit der das letzte Mal Sex gehabt hatte.

Sie legte den Kopf in den Nacken, um zu ihm aufzusehen, dann grinste sie breit, ohne sich darüber im Klaren zu sein, welche gefährliche Richtung seine Gedanken eingeschlagen hatten. «Jetzt kannst du mir nicht mehr auf die Füße treten. Wo du auch hingehst, ich folge dir.»

Er starrte auf die winzige, runde Narbe über ihrer Augenbraue, die er bisher noch nie bemerkt hatte. Wahrscheinlich ein Überbleibsel der Windpocken, die sie in der zweiten Klasse gehabt hatte. Jetzt kannten sie sich schon all diese Jahre, und er hatte diesen kleinen Punkt gerade zum ersten Mal wahrgenommen. Die Stelle war kaum zu erkennen, war nur noch ein wenig weißer als die helle Haut drum herum.

Sie waren sich so nah, dass sie dieselbe Luft atmeten. Ihr warmer Atem glitt über sein Kinn. Er hätte seinen rechten Hoden darauf verwettet, dass ihre Haut so gut schmeckte, wie sie roch. Sommer und Honig und Süße ...

Verdammt. Doppelt verdammt.

Er war erregt. Aber dieses Gefühl hatte nichts mit der Frau zu tun, sondern nur mit biologischen Tatsachen. Die Berührung war einfach so eng, so intim. Er reagierte auf die Berührungen einer Frau. Sonst nichts.

Durch reine Willenskraft – und indem er sich seine Großtante in einem Bikini vorstellte – zügelte Flynn seine Reaktion, bevor Gabby etwas bemerken konnte. Dann machte er die ersten Schritte, vollkommen planlos – einfach, um etwas zu tun.

Sie glitten in drehenden Bewegungen durch den Raum. Gabby stand sicher auf seinen Füßen und drückte sich an ihn. Er hatte einen Arm um ihren Rücken geschlungen, damit sie nicht das Gleichgewicht verlor. Er wirbelte auf der freien Fläche herum, bis ihnen beiden schwindelig war und er sich nicht länger wie ein Schuft fühlte, weil unkeusche Gedanken in ihm aufgekommen waren.

Als er anhielt und nach Luft schnappte, warf sie den Kopf in den Nacken und lachte. Ihr Pferdeschwanz löste sich, sodass ihre Haare sich um ihren Kopf verteilten. Flynn schob ihr ein paar Strähnen aus dem Gesicht und widerstand nur mit Mühe dem Drang, seinen Daumen über ihre Lippen gleiten zu lassen. Jetzt, da ihre Wangen gerötet waren und ihre Augen leuchteten, war ‹bezaubernd› nicht mehr das erste Wort, das ihm in den Sinn kam. Ihm fielen vollkommen andere Adjektive ein, um sie zu beschreiben, doch er verdrängte diese Gedanken schnell. Er konnte nur hoffen, dass seine Miene so ausdruckslos war, wie er es sich wünschte.

Gabbys Lächeln verrutschte leicht, und etwas in ihrem Blick veränderte sich. Sie grub die Finger in seinen Nacken und erstarrte, um sich dann langsam, fast widerwillig, von ihm zu lösen. Sie rückte umständlich das zu große T-Shirt zurecht, das sie sich geliehen hatte, und vermied es, ihn anzusehen.

Mit einer schnellen Bewegung, als könnte sie sich bei der Berührung seines Körpers verbrennen, zog sie ihr Handy aus seiner Brusttasche. «Morgen mit den anderen im Shooters?»

Sie hatten das heute im Laufe des Tages besprochen, also musste sie ihn eigentlich nicht daran erinnern. Er nickte, obwohl ihm der Graben, der sich plötzlich zwischen ihnen aufgetan hatte, gar nicht gefiel. *«Ich werde da sein.»*

«Ich gehe dann mal ...» Sie wedelte mit der Hand Richtung Tür. «Danke, dass du mich aufgemuntert hast.»

Fast hätte er ‹Danke für die Tanzstunde› geantwortet, doch im letzten Moment überlegte er es sich anders.

• 3 •

Das Shooters war gerammelt voll mit dem üblichen Samstagabend-Publikum. Aus den Lautsprechern unter der Decke schallte Rockmusik. Mehrere Gäste tanzten auf der improvisierten Tanzfläche ganz hinten im Raum. Das Klicken der Billardkugeln war über den Lärm hinweg nur schwach zu hören. Verzweiflung hing in der Luft wie billiges Parfüm.

Gabby saß an einem Ecktisch und spielte an ihrer Bierflasche herum, während Avery sich darüber beschwerte, dass das Drachentrio sich in ihre Hochzeitsvorbereitungen eingemischt hatte.

«Und jetzt behauptet Marie, das Beste am Kuchen sei, dass man ihn sich gegenseitig ins Gesicht klatscht.»

Marie war die Bürgermeisterin der Stadt und die Tante der O'Grady-Jungs. Als die Älteste der drei ‹Drachen›, wie Cade sie getauft hatte, mischte sie sich schon seit Gabbys Babytagen in die Leben der Bewohner von Redwood ein.

Sie zuckte mit den Achseln. «Ich finde das süß. Cade ist ein witziger Kerl. Warum also nicht?»

Avery schob sich eine braune Strähne aus dem Gesicht. «Dem widerspreche ich ja nicht. Aber ich fühle mich wie ein Zirkusclown. Ich meine, wir wollten eine kleine Zeremonie, und jetzt wird alles durchorganisiert wie eine Musical-Aufführung in einem Irrenhaus.»

Brent lachte und vollführte eine dramatische Geste mit den Händen, wie es nur ein offen schwul lebender Mann tun konnte. «Püppchen, das hier *ist* ein Irrenhaus. Spiel einfach mit.»

Flynn erhob sich von seinem Stuhl und deutete auf seine leere Flasche, um auf diese Weise zu fragen, ob die anderen auch noch etwas wollten. Die Hälfte des Tisches hob die Hand, dann zog Flynn Richtung Bar ab.

Cade drückte Avery einen Kuss auf die Wange. «Alle sind total aufgeregt, weil du mich tatsächlich dazu gebracht hast, dir einen Antrag zu machen. Niemand hat geglaubt, das je zu erleben. Es wird perfekt. Du wirst schon sehen.»

Avery kniff die Augen zusammen. «Dich dazu *gebracht* habe? Wer hat hier wen gejagt?»

Cade lachte auf diese unbekümmerte Art, die der Grund dafür war, dass die Frauen ihm zu Füßen lagen. «Details.»

Drake, der älteste O'Grady-Bruder, stellte sein Glas ab und bedachte Cade mit einem strengen Blick. «Ich warne dich. Sollte sie deinetwegen auch nur für eine Sekunde unglücklich sein, werde ich dir das Leben zur Hölle machen.»

Gabby grinste. Bevor Avery nach Redwood gezogen war, war Cade der Playboy der Stadt gewesen und hätte echte Hingabe selbst dann nicht erkannt, wenn sie ihn in den Hintern gebissen hätte. Drake dagegen hatte quasi als Einsiedler gelebt, seitdem er Witwer geworden war. Aber zu Avery war eine enge Verbindung entstanden – Beschützerrolle beschrieb es nicht einmal ansatzweise, auch wenn das seinem jüngeren Bruder gegenüber gar nicht nötig war.

Avery verpasste Drake unter dem Tisch einen Tritt gegen das Schienbein. «Sei still.»

Einer von Drakes Mundwinkeln hob sich. Das kam einem Grinsen näher als alles, was Gabby seit langer Zeit bei ihm gesehen hatte. Dann prostete er Avery spöttisch mit seinem Glas zu.

Gabby ließ ihren Blick zur Bar gleiten, um sicherzustellen, dass Flynn keine Hilfe beim Tragen ihrer Getränke brauchte. Er hatte sich mit dem Rücken zum Tisch auf den Tresen gestützt, ohne sich der attraktiven Rothaarigen in dem ziemlich offenherzigen schwarzen Kleid bewusst zu sein, die neben ihm auf einem Hocker saß. Gabby kannte die Frau nicht, also musste sie eine Touristin sein.

Nun gut. Vielleicht hielt diese Nacht noch Sex für Flynn bereit. Ihr Magen verkrampfte sich, als gefiele ihm diese Vorstellung nicht. Was lächerlich war. Sie wollte doch, dass er jemanden fand und glücklich wurde. Oder nicht?

Sie dachte an diesen Moment in Flynns Haus zurück, dann zog sie ihr Handy heraus, um die Erinnerung zu vertreiben. Sie musste sich eingebildet haben, dass plötzlich Verlangen in seinen Augen aufblitzte. Das hatte sie sich zumindest die ganze Nacht lang eingeredet, nachdem sie sein Haus verlassen hatte. Und dass ihr bei dem Gedanken ganz heiß geworden war und Sehnsucht sie erfasste, hatte sie sich ebenfalls nur eingebildet.

Hinter dir. Heißer-Feger-Alarm.

Sie beobachtete, wie Flynn sein Handy herauszog, aufs Display sah und sich zu Gabby umschaute, bevor er die Rothaarige bemerkte. Er grinste breit und nickte ihr zu.

Zoe, die Hundefriseuse in ihrer Klinik, kippte einen Schnaps hinunter und sah Gabby an. «Wie ist dein Date gestern Abend gelaufen?» Sie schob sich eine Strähne ihres schulterlangen, leuchtend grünen Haars hinters Ohr. Vor einem Jahr hatte sie angefangen, ihre Haare in unnatürlichen Farben zu färben. Niemand wusste, warum, aber es fragte auch niemand nach.

Gabby öffnete den Mund, um zu antworten, und stellte dabei fest, dass sie den Blick nicht von Flynn abwenden konnte. Brachte er die Sache unter Dach und Fach? Sie hatte ihn schon seit einer Weile mit niemandem mehr gesehen. Die Rothaarige lehnte sich zu ihm herüber. Er kommentierte etwas, was sie sagte, mit seinem üblichen, strahlenden Lächeln.

Die Dinge schienen ziemlich gut zu laufen. Aber das war ganz sicher nicht der Grund dafür, dass ihr plötzlich das Herz in die Hose sank.

Flynn legte die Hände über die Ohren, um die Frau wissen zu lassen, dass er taub war. Gabbys Herz raste, weil sie für ihn hoffte, dass die Frau nicht so oberflächlich war wie die meisten. Doch kaum einen Herzschlag später verkrampfte sich die Frau, sie nahm ihren Drink und stapfte davon. Gabby knirschte mit den Zähnen.

«Gabby?»

«Was?» Sie sah Zoe an. «Oh. Tut mir leid.» Sie nahm den letzten Schluck Bier und stellte die Flasche ab, wobei sie um Fassung rang. Worüber hatten sie gerade gesprochen? Ach ja. «Es hat sich herausgestellt, dass es gar kein Date war. Also habe ich zu Therapiezwecken Tiramisu gegessen und einen Film geschaut.» Bei Flynn. Wo sie versucht hatte, ihm die Grundlagen des Tanzens beizubringen, was in vollkommener emotionaler Verwirrung geendet hatte.

Flynn kehrte zum Tisch zurück und stellte die Drinks ab. Für jeden anderen wirkte er wahrscheinlich unverändert – aufmerksam, sorglos und locker. Aber sie kannte all seine kleinen Eigenheiten und Ticks. In der Zeit, in der sie befreundet waren und zusammenarbeiteten, hatte sie gelernt, seine Körpersprache zu lesen. Und seine hängenden Schultern verrieten ihn.

Verdammt. Fast war sie in Versuchung, zur Bar zu stürmen und dem Rotschopf genau zu erklären, was für eine oberflächliche Zicke sie war.

«Ähem.» Brent zog die Augenbrauen hoch. «Wie kann ein Date plötzlich kein Date sein? Erleuchte mich, Zuckerpopo.»

Die Geschichte ihres Lebens. Selbst hier, wo sie von mehr als der Hälfte aller ungebundenen Männer aus Redwood umgeben war, glitten die Blicke der meisten Y-Chromosomenträger einfach über sie hinweg, um Zoe abzuchecken. «Es war einfach ein Missverständnis.»

«Aha. Hm.» Brent verschränkte die Arme. «Was im Namen von Gucci ist tatsächlich passiert?»

Avery verschluckte sich an ihrem Drink.

Gabby gab auf. «Er war an jemand anderem interessiert.» Sie sah kurz zu Flynn, bevor sie den Blick wieder abwandte. Sie war es wirklich leid, dass die Männer sie nicht bemerkten. Zuflucht bei Flynn zu suchen würde daran nichts ändern. «Vielleicht sollte ich mich richtig betrinken und auf der Bar tanzen. Glaubt ihr, dann würden die Männer mich nicht mehr nur als das nette Mädchen sehen?»

Cade rieb sich den Nacken. «Ähm, du *bist* das nette Mädchen.»

Sie verschränkte die Arme. «Ich kann wild sein.» Konnte sie absolut nicht.

Brent lachte. «Zuckerpopo, deine Vorstellung von wild und meine Vorstellung von wild sind zwei vollkommen verschiedene Dinge.»

Drake richtete den Blick an die Decke, als wünschte er

sich, irgendwo anders zu sein, dann rieb er sich das Gesicht, als müsste er ein unangenehmes Bild von seiner Netzhaut vertreiben.

«Ich kann das. Ich kann auf der Bar tanzen. Ich kann mich bewegen wie Jagger», zitierte sie den Song, der gerade lief, während sie inständig hoffte, dass niemand sie beim Wort nahm, weil sie danach vor lauter Scham wahrscheinlich ein Jahr ihr Haus nicht mehr verlassen konnte. Die Nachbarn würden nach ihr sehen müssen, um herauszufinden, ob sie noch lebte.

Sie musste sich wirklich zusammenreißen und diese einsame Selbstmitleidsorgie beenden. Ihr nicht vorhandenes Sexualleben war schließlich nichts Neues. Sie war früher damit klargekommen und würde auch jetzt damit klarkommen. Sich selbst bedauern half auch nicht weiter.

Brent schüttelte dramatisch den Kopf. «Du bewegst dich wie die Typen in *Walking Dead*, aber wir lieben dich trotzdem.»

Sie lachte. «Okay. Kein Tänzchen auf der Bar.» Sie nahm einen Schluck von ihrem frischen Bier und beäugte Brent über den Rand der Flasche hinweg. «Vielleicht sollte ich die Seiten wechseln?»

Diesmal war es Cade, der sich an seinem Bier verschluckte und heftig husten musste.

Zoe stieß sie mit der Schulter an. «Ich würde es absolut mit dir treiben.»

Gabby grinste. Zoe hatte genauso wenig lesbische Tendenzen wie Gabby selbst. «Oh. Wirklich? Meinst du das ernst?»

«Zur Hölle, ja!» Sie klatschten sich ab.

«Himmel.» Drake massierte sich den Nasenrücken. «Dieses Bild werde ich nie wieder los.»

«Wem sagst du das», murmelte Cade, was ihm einen Knuff

von Avery einbrachte. «Was? Zwei Frauen beim Sex. Ich bin schließlich auch nur ein Mann. Selbst wenn ich diese beiden hier schon mein Leben lang kenne, ist das eine heiße Vorstellung.»

«Verdammt, diese Bilder.» Drake rieb sich die Stirn.

Zoes Augenbrauen schossen so weit nach oben, dass sie fast ihre Haare berührten. «Statistisch gesehen stellen sich Männer Frauen bereits innerhalb der ersten fünf Minuten nach dem Kennenlernen nackt vor.»

Drake warf ihr einen herablassenden Blick zu, der fast schon an ... na ja, Herablassung grenzte. «Wir haben uns als Kleinkinder kennengelernt.» Dann deutete er mit dem Daumen auf Gabby. «Sie kenne ich, seit sie in die erste Klasse ging.»

Zoe zuckte unbeeindruckt mit den Schultern. «Dann hast du eben früh angefangen.»

Avery beugte sich vor. «Mich kennst du erst seit ein paar Monaten.»

Drakes böser Blick, der ihr deutlich sagte, dass er ihren Kommentar für wenig hilfreich hielt, sorgte nur dafür, dass Avery noch breiter grinste.

Da er wusste, dass er dieses Wortgefecht nicht gewinnen konnte und Zoe ihn nur reizen wollte, richtete Drake den Blick an die Decke und hielt weise den Mund.

Gabby lachte, bis ihr der Bauch weh tat, und fing Flynns amüsierten Blick auf. «Hast du etwas dazu zu sagen?»

Einer seiner Mundwinkel zuckte. *«Vergesst nicht, Fotos zu machen.»*

Cade schlug mit der Hand auf den Tisch. «Genau meine Meinung.»

• • •

Flynn fuhr Brent nach Hause – nicht, weil sein Kumpel betrunken war, sondern weil er mit Avery zusammen ins Shooters gekommen war und deshalb kein Auto dabeihatte. Auf der kurzen Fahrt gab Flynn sein Bestes, das Bild von Gabby, wie sie mit ihren gemeinsamen Freunden gelacht hatte, aus seinem Kopf zu verbannen, denn es hatte ihn heftiger angemacht als die muntere Rothaarige an der Bar.

Gabby war jetzt schon fast drei Jahrzehnte seine beste Freundin. Und plötzlich reichte eine kurze Tanzstunde, um all das zum Teufel zu jagen. Sicher, er hatte über die Jahre immer mal wieder darüber nachgedacht. Es waren kurze Was-wäre-wenn-Gedanken. Aber nie hatte er sich gefühlt wie in letzter Zeit. Wie gestern Nacht.

Aber das würde nicht passieren. Absolut ausgeschlossen. Er musste damit aufhören, sich mehr vorzustellen als das, was sie immer gehabt hatten. Musste aufhören, mit seinem Schwanz zu denken. Ein Ständer war kaum ein ausreichender Grund dafür, alles aufs Spiel zu setzen.

Er kurvte durch Brents Viertel, das überwiegend aus pseudo-viktorianischen Häusern und Zedern am Straßenrand bestand, während sich dichter Nebel in die Stadt schob. Sobald er in Brents Einfahrt stand, drehte er sich zu seinem Freund um – und zuckte zusammen. Brents Augen funkelten unheilverkündend.

Flynn musterte ihn wachsam und wartete darauf, dass er ihm wie üblich eine als beiläufige Konversation getarnte tiefere Weisheit präsentierte. Brent schaltete das Licht im Innenraum ein, damit Flynn seine Lippen lesen konnte. Brent beherrschte die Gebärdensprache, aber für einen Großteil seines Vokabulars gab es einfach keine Gesten.

«Wieso hattest du und Gabby eigentlich nie etwas miteinander?»

Flynns erster Gedanke war *Oh Scheiße*. Verhielt er sich so offensichtlich, dass es den anderen auffiel? Doch dann verwarf er diese Vermutung schnell wieder. Oberflächlich betrachtet, hatte er sich nicht anders benommen als sonst. Vielleicht hatte Brent doch ordentlich einen in der Krone. Um auf Nummer sicher zu gehen, antwortete Flynn einfach nicht.

«Ihr beide könnt ohneeinander gar nicht funktionieren. Für mich ergibt das einfach Sinn.»

Sein Atem stockte. *«Wovon redest du?»* Er funktionierte ganz wunderbar ohne Gabby. Und andersherum galt dasselbe.

«Du siehst es nicht, oder?» Brent drehte sich ganz zu ihm um und machte es sich in seinem Sitz gemütlich, als wollte er noch eine Weile bleiben. «Ist dir je aufgefallen, dass du dich, wenn wir als Gruppe unterwegs sind, mehr auf sie konzentrierst als auf irgendjemand anderen? Sie übersetzt jedes Wort für dich, das die Leute sagen, damit du nichts verpasst.»

Das tat Gabby schon seit Jahren, weil sie wusste, dass er manchmal Probleme hatte, Lippen zu lesen, wenn mehrere Leute gleichzeitig sprachen. Je größer die Gruppe, desto schwerer fiel es ihm. Er hatte sich so sehr daran gewöhnt, dass er inzwischen meist nur noch sie ansah. Flynn rieb sich das Gesicht. Himmel, das war ihm zur zweiten Natur geworden.

«Weißt du, dass sie das manchmal sogar tut, wenn du nicht dabei bist? Sie sagt ein Wort in Gebärdensprache hier, ein Wort da, auch wenn sie mit anderen redet.»

Natürlich wusste er das nicht. Wie sollte er? Ein schweres Gefühl nistete sich in seinem Magen ein. Vielleicht waren es Schuldgefühle. Die Waage war nicht im Gleichgewicht.

Er fragte sich, was Gabby eigentlich von ihrer Freundschaft hatte.

«Ich glaube, das ist einer der Gründe, warum die Männer sie nicht bemerken. Seien wir doch ehrlich. Sie ist unglaublich süß. Aber alle, die sie länger kennen, sehen dich und sie als Einheit. Und damit ist sie quasi tabu.»

Verdammt. Stimmte das? War es seine Schuld, dass andere Kerle sich nicht an sie herantrauten? Plötzlich fühlte er sich wie ausgehöhlt, als hätte jemand seinen Brustkorb ausgeräumt. Er spürte, wie ihm das Blut aus dem Gesicht wich.

«Also habt ihr beide nie ...? Nicht ein einziges Mal?»

Flynn musterte Brents Gesicht, während er sich bemühte – und dabei vollkommen versagte –, sich nicht von der Schuld übermannen zu lassen. Brent war, wenn er sich einmal an einer Idee festgebissen hatte, unerbittlich wie ein Terrier. Flynn musste ihn dringend ablenken. *«Ich kenne dich auch schon ziemlich lange, und mit dir hatte ich auch noch nie was. Dasselbe in Grün.»*

«Oh, Süßer. Ich wäre begeistert, falls du je in meine Richtung abbiegen solltest.» Er schnippte mit den Fingern und legte ein kleines Sitztänzchen hin. «Gibt einfach keine sexuelle Spannung zwischen Gabs und dir, hm? Deswegen habt ihr nie den horizontalen Tango getanzt. Jetzt verstehe ich.»

Flynn hob die Hände, nur um festzustellen, dass ihm keine Antwort einfiel. Sexuelle Anziehung war nicht das Problem, zumindest nicht von seiner Seite. Und wieso sprach er überhaupt mit Brent darüber?

«Keine Bange.» Brent klopfte Flynn beruhigend auf die Brust. «Ich habe Pläne.»

Flynns Schläfen begannen zu pulsieren. *«Was meinst du mit, du hast Pläne?»*

«Du weißt schon, um Gabby ein wenig Spaß zu verschaffen. Jetzt, wo ich weiß, dass du nicht interessiert bist, werde ich meine gesamte Energie darauf konzentrieren. Und ich bin sehr energetisch.» Er riss die Augen auf, um seine Aussage zu betonen.

Verdammt. Doch Brent war bereits ausgestiegen und ging Richtung Haus, bevor Flynn auch nur schlucken konnte.

Flynn setzte auf die Straße zurück und fuhr Richtung zu Hause. Doch als er den Motor ausschaltete, fand er sich vor Cades Haus wieder, nicht vor seinem eigenen. Er konnte sich nicht mal an die Fahrt hierher erinnern.

Kleine Fichten und Redwood-Bäume erhoben sich rund um die Hütte, sodass das Haus im Schatten lag, weil kaum Mondlicht durch das dichte Blätterdach drang. Der Schnee war Anfang des Frühlings geschmolzen, doch die Blätter begannen gerade erst zu sprießen. Flynn kurbelte das Fenster herunter und sog tief die frische, nach Kiefern duftende Luft in die Lunge, aber sein Kopf wurde nicht klarer.

Er wurde einfach nicht schlau aus dem, was in den letzten vierundzwanzig Stunden passiert war, also stieg er aus und klopfte an Cades Tür. Im Haus brannte noch Licht, also hatte er seinen Bruder noch erwischt, bevor er ins Bett ging. Sie zogen sich ständig gegenseitig auf und machten sich die Hölle heiß, aber er konnte mit seinen beiden Brüdern immer über alles sprechen.

Auch wenn es ihm darum ja gar nicht ging. Er schaute einfach nur mal vorbei. Um – er blickte auf die Uhr – Mitternacht. Und kaum eine halbe Stunde, nachdem er Cade in der Bar gesehen hatte.

Aber Flynn ging es gut. Alles war in Ordnung. Sein Herz

raste nicht, und er umklammerte den Türrahmen auch nicht so fest, dass das Holz zu splittern drohte. Und er stand absolut nicht kurz davor, sich von seinem Mageninhalt zu verabschieden.

Die Tür schwang nach innen auf, und Cade trat in den Türrahmen. «Was ...»

«Ich habe ein Problem.»

Cade zuckte zusammen. «Geht es Mom gut?»

«Ja», antwortete er sofort.

Cade atmete tief durch, dann hielt er inne, um Flynns Gesicht zu mustern. Er nickte langsam, dann deutete er auf die Schaukelstühle auf der Veranda. Sofort setzte Flynn sich in einen davon.

«Ist etwas passiert?»

Flynn rieb sich das Gesicht, dann sagte er wieder: *«Ja.»* Er schluckte schwer und sah über den Vorgarten hinweg, wo hier und da nachtaktive Falter flatterten. *«Ich glaube, es könnte sein ... vielleicht ... hege ich ...»* Zur Hölle damit. *«Gefühle für Gabby.»*

Cades Lachen fing langsam an, um immer heftiger zu werden, bis er die Arme über den Bauch schlug und sich die Tränen aus den Augen wischen musste.

Flynn warf ihm einen bitterbösen Blick zu.

Cade beruhigte sich sofort, dann beugte er sich langsam vor. Er öffnete den Mund, nur um ihn sofort wieder zu schließen. Dann stand er auf und ging ins Haus, um mit einer Flasche Whiskey zurückzukehren – dem guten Zeug, das sie von entfernten Verwandten in Irland zugeschickt bekamen. Er gab Flynn die Flasche.

Und damit war eigentlich alles gesagt.

• 4 •

Gabby betrat die Klinik zehn Minuten vor ihrem Arbeitsbeginn, nur um direkt hinter der Tür wie angewurzelt stehen zu bleiben.

Die Drachen standen gemeinsam mit Flynn, Brent und Avery am Empfang und unterhielten sich. Verdammt. Wenn Flynns Mutter und Tanten hier waren, noch bevor die Klinik öffnete, dann ging etwas vor sich. Nicht gut.

Sie sah Flynn fragend an, doch er zuckte nur mit einer breiten Schulter und warf ihr einen Ich-weiß-gar-nichts-Blick zu.

«Gabby! Genau das Mädchen, das wir sehen wollten.» Marie schlang einen Arm um Gabbys Schulter, sodass eine Strähne von Maries kurzem, dunklem Bob Gabby ins Auge flog.

Doppelt verdammt und Mist obendrauf. Fast alle in der Stadt wussten, dass man besser floh, wenn die Drachen auf einen zukamen. Diese Frauen mischten sich ein. Ständig. Es war nicht nur ihr Hobby, sie betrachteten es als ihre Mission. Gabby allerdings belästigten sie selten. Es musste schon ein kalter Tag in der Hölle sein, wenn sie es für nötig hielten, sie zu belästigen. Wo sie doch das liebe Mädchen war und alles.

«Ähm, okay. Wobei kann ich euch helfen?»

Rosas Grinsen erinnerte an die Cartoon-Version des Grinch. Flynns Tante – die mittlere der drei Schwestern – war ihre Klinikmanagerin gewesen, bevor sie Avery angestellt hatte, also kannte Gabby diesen Blick gut. Und er sorgte dafür, dass ihr kalter Schweiß über den Rücken rann.

Marie trat zurück und verschränkte die Finger ineinander. «Wie du weißt, rückt der Spring Fling näher.»

«Hmm mmm.» Redwood feierte im Laufe des Jahres verschiedene Feste. Der Spring Fling fand im Park in der Nähe der Küste statt und drehte sich thematisch um Ostern. Eigentlich war es Gabbys Lieblingsfest, weil es immer um ihren Geburtstag herum stattfand.

«Und du weißt auch, dass dem Regelwerk zufolge der Kuss-Stand von einem alleinstehenden Mitglied der Gemeinde besetzt werden muss. Avery wollte es machen, aber sie ist nicht mehr alleinstehend. Also haben wir uns für dich entschieden.»

Flynn riss die Augen auf und suchte ihren Blick.

«Ähm ...» Gabby rieb sich die Stirn. «Ich glaube nicht, dass das eine gute Idee ist.» Wer würde schon dafür zahlen, sie zu küssen, wenn sie nicht mal jemanden dazu bringen konnte, es umsonst zu tun? Der Stand würde der Stadt keinen müden Penny einbringen.

«Quatsch», warf Gayle ein. Flynns Mutter war normalerweise das zurückhaltendste Mitglied des Trios, doch jetzt konnte man ihr deutlich ansehen, dass sie es ernst meinte. «Du bist ein hübsches Mädchen, und die Kerle werden Schlange stehen, um dir einen Schmatzer verpassen zu dürfen.»

Rosa verschränkte die Arme. «Du willst doch das Veranstaltungskomitee oder die alleinstehenden Männer von Redwood nicht enttäuschen, oder?»

Ihr Puls raste. «Nein, natürlich nicht. Es ist nur ...»

«Gut.» Rosa nickte, wobei ihre Daumen bereits über ihr Handy tanzten, das sie plötzlich in der Hand hielt.

«W-was tust du?»

«Ich tweete.» Sie grinste. «So, jetzt ist es offiziell. Du bist die Kuss-Königin.» Gabby öffnete den Mund, doch Rosa kam jedem möglichen Kommentar zuvor. «Oh, schaut mal, wir haben schon zwei Antworten.»

Die Drachen unterhielten einen Twitter- und einen Pinterest-Account für die Stadt, die sie beide regelmäßig nutzten, um Neuigkeiten zu verbreiten – oder das, was hier in der Gegend als Neuigkeit durchging. Gabby starrte sehnsüchtig in den hinteren Teil der Klinik. Wenn sie jetzt einfach schreiend weglief, würden die Drachen sie dann in Ruhe lassen?

Flynn richtete sich auf. *«Es wirkt nicht so, als wollte sie an dem Stand stehen. Wieso sucht ihr euch nicht jemand anderen?»*

Gott. Ihn hätte sie vor Dankbarkeit gerne geküsst, doch das hätte die drei Frauen nur ermuntert.

«Pah.» Marie wedelte wegwerfend mit der Hand.

Flynn wirkte selbst ein wenig verstört von der Idee. Sein Blick huschte zwischen Gabby und seinen Tanten hin und her, seine Schultern spannten sich unter dem blauen Praxishemd an. Er hob die Hände, um sich mitzuteilen, doch Gabby verpasste seine Gesten, als ihr Blick zu Brent huschte, weil er sich jetzt einschaltete.

«Ich habe es dir doch gesagt.» Brents singender Tonfall sorgte dafür, dass die Alarmglocken in Gabbys Kopf schrillten. Das Schrillen wurde noch lauter, als Brent Marie ansah und bedeutungsvoll die Augenbrauen hochzog.

Was ging hier vor sich? «Was hast du ihr gesagt?»

Marie ignorierte sie. «Das hast du. Und ich glaube, du hattest recht.»

«Recht womit?» Das alles wurde immer absurder.

«Da wäre noch was», sagte Marie. «Wie immer in der Vergangenheit sollen jeweils zwei Mitarbeiter von allen Unternehmen in der Stadt an den Wettbewerben teilnehmen, die während der Feier stattfinden. Du und Flynn, ihr werdet für Animal Instincts antreten.»

Es ging hierbei um so etwas wie Staffellauf und Eier-Weitwurf. Nichts allzu Verrücktes. Doch trotzdem stellten sich Gabby die Nackenhaare auf. Langsam sah es so aus, als versuchte das Drachentrio, Amor zu spielen. Vor ein paar Monaten hatten sie ähnliche ‹Zufälle› für Avery und Cade arrangiert. Aber ... wieso sie und Flynn? Und wieso jetzt?

Sie sah Brent an. «Ich dachte, du und Zoe vertreten die Klinik.»

«Sehr seltsame Geschichte», meinte Avery trocken. «Er hat sich den Knöchel verstaucht.» Ihre Miene verriet deutlich, dass sie dieser Behauptung ungefähr genauso viel Glauben schenkte wie der Geschichte von der Zahnfee.

Gabby kniff die Augen zusammen und sprach durch die zusammengebissenen Zähne. «Bis zum Spring Fling vergehen noch ein paar Wochen. Bis dahin solltest du dich erholt haben. Falls nicht, nehme ich mit Zoe teil.»

Rosa schüttelte den Kopf. «Nö. Wir brauchen eine Frau und einen Mann.»

«Seit wann?»

«Neue Regel dieses Jahr.» Rosa zuckte wegwerfend mit den Achseln, als wäre das nicht Teil ihres Masterplans.

Panik schnürte Gabby die Kehle zu. Wenn die Drachen auf Kuppelei aus waren, hatten sie und Flynn keine Chance, dem zu entkommen. Sie hatte wirklich keine Ahnung, was das alles ausgelöst hatte, doch sie musste die Sache im Keim ersticken, oder dreißig Jahre Freundschaft und eine gute Arbeitsbeziehung würden in Flammen aufgehen.

Flynn schüttelte den Kopf. *«Ich werde nachschauen, ob unsere Taschen gepackt sind. Wir müssen in zehn Minuten los.»*

Sie und Flynn fuhren dreimal in der Woche zu Hausbesuchen auf die umliegenden Farmen und zu gehbehinderten Einwohnern. Gabby achtete darauf, dass das Auto und die Taschen immer korrekt gepackt waren. Und wenn sie sich ausnahmsweise nicht darum gekümmert hätte, gab es auch noch Avery, die Organisationsfanatikerin. «Du weißt ganz genau, dass alles gepackt ist.» Dann formte sie mit den Lippen das Wort ‹Feigling›.

Flynn grinste, stieß sich vom Tresen ab und warf sie den Wölfen vor. *«Ich gehe lieber auf Nummer sicher.»* Er salutierte ihr mit zwei Fingern und verschwand im Hinterzimmer.

Brent hüpfte hinter ihm her und entzog sich damit fröhlich ihrem Zorn.

Gabby runzelte die Stirn. «Verstauchter Knöchel, hm?»

«Der Schmerz kommt und geht», rief Brent vom Flur aus.

Gabby blickte hilfesuchend zu Avery hinüber, die kein bisschen glücklicher wirkte als sie selbst. Doch die Drachen verabschiedeten sich mit großem Tamtam, eine Ablenkungs- und Rückzugstaktik, um jeden weiteren Widerspruch zu verhindern.

Nachdem sie verschwunden waren, starrte Gabby auf die Tür und seufzte. «Wann bin ich im Land von Oz gelandet?»

Avery lachte. «Das wird schon. Es ist nur ein Tag. Was auch immer sie aushecken, es wird nichts so heiß gegessen wie gekocht.»

Gabby überzeugte das kaum, trotzdem machte sie sich auf ins Hinterzimmer und druckte die Patientenliste für den Tag aus. Sie würde sich später mit diesem Problem beschäftigen.

Als sie sich dem Klinik-SUV näherte, der hinter dem Gebäude neben den Zwingern stand, wartete Flynn bereits auf dem Beifahrersitz. Da sie für die meisten Hausbesuche in die Berge oder an die Küste fahren mussten, brauchten sie einen Geländewagen. Im Kofferraum befanden sich neben ihren Taschen zwei Betäubungsgewehre, ein Satelliten-Telefon und zusätzliche Erste-Hilfe-Sets. Gabby kontrollierte die Heckklappe, um sicherzustellen, dass sie geschlossen war, bevor sie hinters Lenkrad kletterte. Flynn pflegte gerne seine elektronischen Akten, während sie fuhr. Das sparte Zeit.

Sie beäugte ihn, weil sie immer noch wütend war. «Was ist mit deinen Eiern passiert? Haben sie sich zusammen mit deinem Rückgrat in Luft aufgelöst?»

«Ach, komm schon. So übel ist es auch wieder nicht. Was ist schon so schlimm daran, mit mir beim Fling antreten zu müssen?»

War er wirklich so begriffsstutzig? «Sie versuchen zu kuppeln.»

Er zog eine helle Augenbraue hoch. *«Wen denn?»*

Er war wirklich so begriffsstutzig. Sie warf ihm einen vielsagenden Blick zu und zeigte erst auf sich, dann auf ihn.

Als es ihm langsam dämmerte, zuckte er zusammen. Und wenn sie sich nicht vollkommen irrte, sah sie Panik in seinen Augen. *«Das ist ... lächerlich.»*

Gabby unterdrückte die aufflackernde Wut, die sie empfand, weil selbst ihr bester Freund der Meinung war, es sei völlig undenkbar, mit ihr eine Beziehung zu führen. Vielleicht meinte er ja auch, dass es absurd war, dass seine Familie sie verkuppeln wollte. Wie auch immer, er hatte mit beidem nicht unrecht. Sie war einfach nur frustriert wegen ihrer sexuellen Dürreperiode. Flynn konnte das Drachentrio genauso wenig von seinen Plänen abbringen, wie er mit einem Pflaster eine Amputation verarzten konnte.

Sie griff nach dem Navi und gab die Adressen der heutigen Patienten ein. Doch bevor sie den Gang einlegen konnte, berührte Flynn sie am Arm.

«Willst du wirklich am Kuss-Stand stehen?»

Sie war sich sicher gewesen, dass er sie unendlich damit aufziehen würde. Doch stattdessen hatte er besorgt die Stirn gerunzelt. «Es ist besser, als auf dem Tresen zu tanzen oder lesbisch zu werden.» Nicht, dass irgendwer an ihrem Stand auftauchen würde. Wer wollte schon die eigene Schwester küssen? Und so sahen die meisten Männer sie nun einmal.

Nachdem Gabby die Einstellungen am Radio kontrolliert hatte, um sicherzustellen, dass die Untertitel für Flynn aktiviert waren, fuhr sie los. Wieder umfasste Flynn ihren Arm, diesmal fester.

Er wirkte innerlich zerrissen, starrte das Armaturenbrett an, als hätte er die eingeblendeten Liedtexte nie zuvor bemerkt.

Flynn konnte zwar nicht hören, aber Gabby hatte in der Highschool herausgefunden, dass er Musik mochte. Oft legte er eine Hand auf den Lautsprecher, und seit sie ein digitales Satelliten-Radio hatten einbauen lassen, las er die Musiktexte, wenn er nicht an seinen Akten arbeitete. Aber so wie er sich gerade benahm, hätte man meinen können, ihm wäre das noch nie aufgefallen.

Sie drehte den Kopf, um seine Aufmerksamkeit zu erregen. «Was ist los?»

Als er ihr in die Augen sah, erkannte sie Zärtlichkeit in seinem Blick, und etwas knisterte zwischen ihnen. Ein seltsames Bewusstsein. Akzeptanz. Das Gefühl verschwand so schnell, wie es gekommen war, doch plötzlich erschien ihr der Innenraum des Autos viel zu klein.

Gott. Sie verlor den Verstand.

Sie straffte die Schultern, fuhr endlich los und lenkte das Auto Richtung Hauptstraße. «Weißt du, was ich an dir am meisten mag?»

«Würdest du bitte aufhören, während der Fahrt in Gebärdensprache zu sprechen?»

Sie grinste, weil sie das nicht das erste Mal zu hören bekam. «Ich kann mit den Knien lenken. Siehst du?»

Er knurrte. Flynn gab nicht oft Geräusche von sich. Selten sprach er mal ein Wort, und das auch nur, wenn niemand anderes dabei war und er die Hände nicht frei hatte, wie bei der Behandlung eines Tieres.

Einen Augenblick später gab er mit einem Seufzen nach. *«Was magst du an mir am meisten?»*

Sie sah ihn gerade lange genug an, um seine Hände zu lesen, dann richtete sie den Blick wieder auf die Straße. «Es macht dir nichts aus, wenn ich singe.» Sie drehte die Musik lauter und grölte einen Aerosmith-Klassiker mit. Sie konnte keinen Ton halten, und das wusste sie auch.

Flynn starrte sie voller Zuneigung an und schüttelte den Kopf.

Irgendwie passte es, dass die erste Patientin an diesem Tag Mrs. Crosby war. Nach Gabbys Schätzung war die Frau ungefähr dreihundert Jahre alt und dafür noch in phantastischer Form. Außerdem besaß sie sechs Katzen und lebte allein. Glücklicherweise hatte Avery für diesen Hausbesuch genug Zeit eingeplant – einen halben Tag –, denn sie verbrachten gewöhnlich viel Zeit mit der alten Dame.

Gabby klingelte, während Flynn auf seinem Tablet die Akte durchsah. Der Gestank von Ammoniak traf Gabby wie ein Schlag, als Mrs. Crosby die Tür öffnete. Flynn trat unwillkürlich einen Schritt zurück, dann wechselten sie einen vielsagenden Blick. Offensichtlich hatte niemand der alten Dame geholfen, die Katzentoiletten zu säubern.

Sie betraten das Haus und brachten die Höflichkeiten hinter sich.

Mrs. Crosby wackelte mit Hilfe eines Gehstocks zu einem braunen Sofa im überfüllen Wohnzimmer und setzte sich. Auf jeder verfügbaren Oberfläche lagen Zeitungen oder standen irgendwelche Erinnerungsstücke herum. An der verfärbten Wandvertäfelung hingen uralte Familienbilder.

Zwei Katzen lagen auf der Rückenlehne des Sofas, drei weitere drängten sich auf dem Zottelteppich um ihre Beine, eine sprang der alten Dame auf den Schoß, und eine weitere starrte sie böse vom Fenster aus an. Gabby zählte im Kopf kurz durch und sah Flynn an.

«Haben Sie eine neue Katze, Mrs. Crosby?»

«O ja, Liebes. Das hier ist Fluffykins.» Sie streichelte das grau-weiße Kätzchen auf ihrem Schoß. Die Arthritis in ihren Fingern schien sich seit ihrem letzten Besuch verschlechtert zu haben. Ihr Haar war zwar ordentlich gekämmt, wirkte aber länger als gewöhnlich.

Gabby seufzte und fragte sich, ob sie wohl in vierzig Jahren auch so leben würde. Allein, nur von Katzen umgeben, die die Leere füllten. Die Leute in der Stadt würden sie als verrückte Katzentante bezeichnen, aber sie wäre schon zu senil, um es zu merken.

Aber Scherz beiseite. Gabby tat die alte Dame leid. Sie stellte ihre Tasche ab und informierte Flynn, dass sie die Katzenklos säubern wollte, bevor sie anfingen. Das gehörte eigentlich nicht zu ihrem Service, aber es war offensichtlich, dass Mrs. Crosbys Sohn schon eine Weile nicht mehr vorbeigeschaut hatte, um nach seiner Mutter zu sehen.

Gabby ging durch die winzige, altmodische Küche in Richtung des Raums, durch den man das Haus vom Garten aus betrat. Sie schüttelte den Kopf. Die Kisten waren so voll, dass die Katzen sich andere Stellen gesucht hatten, um sich zu erleichtern. Sie zog Handschuhe aus den Taschen ihrer Arbeitskleidung und holte eine Mülltüte unter der Spüle hervor.

Nachdem sie das alte Katzenstreu weggeworfen und jegliche Reste aus den Kisten gekratzt hatte, füllte sie die Behälter wieder auf und verteilte ein wenig Backpulver auf der Oberfläche, das den Gestank aufnehmen sollte.

Sie kontrollierte die Futter- und Wasserschüsseln, doch in diesem Punkt war alles in Ordnung. Dann öffnete sie das Küchenfenster, um zu lüften, und sprühte Möbel und Vorhänge mit einer gefundenen Flasche Textil-Erfrischer ein. Dann verteilte sie auch auf den Teppichen Backpulver und saugte kurz durch. Sie entfernte die abgelaufenen Lebensmittel aus Kühlschrank und Vorratskammer und brachte schließlich noch den Müll raus.

Insgesamt hatte sie die ganze Aktion kaum eine halbe Stunde gekostet. Mrs. Crosbys Sohn hatte keinerlei Ausrede, sich nicht um seine Mutter zu kümmern. Es war nicht gut für Mrs. Crosby, in einer solchen Umgebung zu leben.

Nachdem sie sich die Hände gewaschen und neue Handschuhe übergestreift hatte, kehrte sie ins Wohnzimmer zurück, wo Flynn gerade eine der Katzen untersuchte. «Alles okay?»

Er nickte und setzte die Katze auf den Boden. *«Zwei erledigt. Bisher keine Probleme. Alle sechs müssen geimpft werden.»*

Gabby hielt den Impfstoff in einer Kühltasche bereit, doch sie impften die Tiere immer erst nach der Untersuchung, um sie nicht zu sehr aufzuregen. Während Flynn weiterarbeitete, nahm Gabby ihr Stethoskop und hörte Herz, Darm und Lungen der Katzen ab, mit denen er schon fertig war.

Er tastete die restlichen vier Katzen ab, dann war es Zeit für den Neuzugang. Als Flynn sich Fluffykins näherte, stellte die Katze sofort die Haare auf. Er trat zurück, um ihr Freiraum zu lassen.

Gabby übersetzte seine Fragen für Mrs. Crosby, dann griff sie nach dem Pelzknäuel, um es für Flynn festzuhalten.

«Weiblich. Ungefähr vierzehn Wochen alt. Weicher Bauch. Saubere Ohren.»

«Alles sieht prima aus, Mrs. Crosby. Wir werden sie jetzt noch impfen, dann sollte es das gewesen sein.»

«Wunderbar, Liebes.»

Über die Jahre hatten sie diesen Arbeitsschritt perfektioniert. Flynn hielt die Katzen fest, während Gabby die Spritzen aufzog, einer nach der anderen den notwendigen Pikser verpasste und die benutzten Kanülen in einem tragbaren Behälter für gefährliche Abfälle entsorgte. Während Flynn die Tiere ablenkte, verpasste sie jeder von ihnen noch eine Herzwurm-Tablette und trug das Floh- und Zeckenmittel auf.

Das neue Kätzchen war nicht glücklich darüber und fauchte, noch bevor sie bei ihm angefangen hatten. Gabby wusste, dass sie schnell sein musste. Sie wartete, bis Flynn die Kleine sicher festhielt, dann setzte sie die Spritze.

Flynn lockerte seinen Griff, um die Katze auf den Boden

springen zu lassen, doch stattdessen stürzte sich das Tier mit gefletschten Zähnen und einem aggressiven Fauchen auf Gabby. Ein grau-weißes Fellknäuel flog an ihrem Blickfeld vorbei. Bevor sie reagieren konnte, vergrub das kleine Monster die hinteren Krallen in ihrem Oberschenkel, biss ihr ordentlich in die linke Hand und verschwand dann durch den Flur.

Gabby sog zischend den Atem durch die Zähne und verzog das Gesicht. Der Schmerz schoss scharf und brennend durch ihren Arm. Mit tränenden Augen musterte sie die Wunde. Der Biss war durch den Handschuh gedrungen, sodass sie leicht blutete. Toll. Katzenmäuler waren voller Bakterien, und die Wunden eiterten gerne.

Flynn griff nach ihrer Hand, doch sie schüttelte den Kopf. Sie würden die Wunde im Auto säubern.

Eiliger als gewöhnlich schrieb sie eine Nachricht für Mrs. Crosbys Sohn und heftete sie mit einem Magneten an den Kühlschrank, dann wusch sie sich die Hände und verabschiedete sich von der alten Dame.

Flynn hatte den Erste-Hilfe-Kasten bereits herausgeholt, als sie aus dem Haus trat. Auf seiner Stirn hatte sich eine tiefe Sorgenfalte gebildet. *«Lass mich das anschauen.»*

Sie stellte ihre Tasche ab. «Mrs. Crosby hat nichts davon mitbekommen. Ich wollte ihr keine Sorgen bereiten.»

Er nickte verständnisvoll, bevor er den Biss untersuchte. Sie hatte vier Löcher in ihrem kleinen Finger. Und zwar tiefe Löcher. Da an diesem Teil der Hand wenig Gewebe vorhanden war, konnten scharfe Zähne recht leicht bis auf den Knochen durchdringen. Die Stelle wirkte jetzt schon gerötet.

Flynn brummte und desinfizierte seine Hände. Dann drückte er die Wunden mit schnellen, geübten Bewegungen aus, säuberte sie mit Wasserstoffperoxid und trug zusätzlich noch eine antibakterielle Salbe auf. Zum Schluss wickelte er ihren Finger so dick ein, dass sie in einem Boxkampf hätte antreten können.

Geht es dir gut?, formte er mit den Lippen.

Die Wunde brannte heftig. «Nur ein Biss. Ist nicht das erste Mal.» Und es würde auch nicht das letzte Mal sein.

Seinem Blick entnahm sie, dass er die Sache anders sah. Er hielt immer noch ihre schmalen Finger in seiner großen, schwieligen Hand. Dann ließ er den Daumen über ihre Handfläche gleiten. Ein Zittern lief über Gabbys Körper. Wie in Trance beobachtete Flynn die Bewegung, sein Blick verriet Besorgnis.

Das Sonnenlicht brachte sein rötlich blondes Haar zum Strahlen. Der angenehm herbe Duft seines Aftershaves verdrängte den Geruch von feuchter Erde und Frühlingsluft – so vertraut und beruhigend, dass sie ihn fast nicht bemerkte. Er stand ganz nahe vor ihr. So nah, dass sie die Wärme seines Körpers spürte, jede der langen, hellen Wimpern zählen konnte, die seine ernsten, haselnussbraunen Augen umrahmten. Sein Gesicht war absolut symmetrisch. Hohe Wangenknochen, breites Kinn.

Ihr Puls beschleunigte sich. Sie betrachtete die dunkelblaue Praxiskleidung, die seinen schlanken, athletischen Körper bedeckte, und fragte sich, wie es sich wohl anfühlen würde, wenn er sie fest gegen all diese harten Muskeln drückte. Es war so lange her, dass sie mit jemandem intim gewesen war. Als eine kühle Brise zwischen ihnen hindurchstrich, wünschte sie sich, in seiner Wärme zu versinken und den Rest der Welt einfach auszublenden. Von jemandem berührt zu werden, dem sie etwas bedeutete.

Gott. Nein. *Böse Gabby. Böse.*

Flynn schluckte schwer, als hätte er ihre Gedanken gespürt. Einmal. Zweimal.

Sie hätte ihn fast gefragt, ob es *ihm* gutging, doch plötzlich zog er sich von ihr zurück. Er warf einen kurzen Blick über die Schulter, schüttelte den Kopf und ging ums Auto herum, um sich auf den Beifahrersitz zu setzen.

Immer noch aufgewühlt von dem Vorfall, schluckte sie vorsichtshalber ein Antibiotikum, verstaute dann ihre Ausrüstung auf der Ladefläche und setzte sich schließlich wieder hinter das Lenkrad.

· 5 ·

Flynn schaute zum zehnten Mal auf die Uhr. Es sah Gabby gar nicht ähnlich, zu spät zur Arbeit zu kommen. Er lehnte sich im Bürostuhl zurück und überlegte, ob er ihr eine Nachricht schreiben sollte. Sie war erst zehn Minuten zu spät, und sie hatten heute keine Hausbesuche, aber er konnte sich nicht erinnern, dass sie in der ganzen Zeit, in der sie Seite an Seite gearbeitet hatten, je unpünktlich gewesen wäre.

Vielleicht hatte sie sich krankgemeldet. Aber gestern hatte sie vollkommen gesund gewirkt. Er konnte sich auch nicht daran erinnern, dass sie sich je krankgemeldet hätte. Nicht mal vor zwei Jahren, als sie eine Lungenentzündung gehabt hatte und er sie zwingen musste, nach Hause zu gehen. Darüber hatte sie sich ziemlich aufgeregt.

Er machte sich Sorgen. Mit einem Kopfschütteln zog er sein Handy heran und tippte eine Nachricht. Sie steckte wahrscheinlich im Verkehr fest oder etwas in der Art. Doch nachdem weitere zehn Minuten vergangen waren, ohne dass sie geantwortet hatte, stand Flynn auf und ging zum Empfang. Egal, was auch geschah, sie schrieb ihm immer zurück. Egal, zu welcher Uhrzeit und was sie gerade tat. Sie antwortete immer.

Er wartete, bis Avery einen Tierbesitzer verabschiedet hatte, dann fragte er sie: *«Hat Gabby sich krankgemeldet?»*

Avery runzelte verwirrt die Stirn und warf einen Blick auf den Anrufbeantworter. «Nein. Ist sie nicht da?»

Er schüttelte den Kopf. Seine Schläfen pulsierten.

«Hast du versucht, ihr eine Nachricht zu schreiben?»

Er nickte, wobei er sich zurückhalten musste, um Avery nicht anzublaffen. Es war nicht ihre Schuld, dass er kurz davorstand auszuticken. Es war nur ... so etwas sah Gabby gar nicht ähnlich. Absolut nicht.

Avery hob einen Finger, um ihn um Geduld zu bitten, und griff nach ihrem Schreibtischtelefon. Nach ein paar Sekunden legte sie auf und wählte eine weitere Nummer, nur um dann erneut aufzulegen. «Sie geht weder zu Hause noch auf ihrem Handy dran.» Avery schob ihren Stuhl zurück und zog eine Akte aus dem Schrank hinter sich. Sie überflog, was er für Gabbys Personalakte hielt, dann griff sie wieder nach dem Telefon.

Flynn beobachtete, wie Averys Lippen sich bewegten, doch sie sprach so schnell, dass er sie nicht verstehen konnte. Ungeduldig richtete er den Blick auf das hübsche Wandbild im Cartoon-Stil, auf dem Hunde und Katzen zu sehen waren, die menschliche Tätigkeiten verrichteten. Zoe hatte damit nach der Renovierung die Wand im Wartebereich bemalt. Dann ließ er seinen Blick durch das halbvolle Wartezimmer gleiten. Die meisten Patienten warteten auf Cade oder würden von Drake operiert werden.

Avery sprang auf die Beine. «Was?» Sie suchte panisch Flynns Blick. «Okay, danke.» Sie legte auf und rang kurz die Hände, bevor sie gleichzeitig sprach und gebärdete: «Ich habe ihre Mom erreicht. Gabby ist im Krankenhaus. Irgendwas mit einer Infektion.»

Ihm wurde schlecht. Himmel. Der Katzenbiss gestern. Er hatte gedacht, er hätte die Wunden gut gesäubert, und sie hatte prophylaktisch Antibiotika geschluckt, aber die Haut war ziemlich irritiert gewesen. Er hätte gestern Abend nach ihr sehen sollen. Doch nach dem peinlichen Moment vor Mrs. Crosbys Haus hatte er sich entschieden, ein wenig Abstand zu wahren.

Er deutete auf die Tür, da er gehen wollte. *«Buch meine Termine für heute um, ja?»*

Avery nickte. «Schick mir eine Nachricht, wenn du dort bist. Halt mich auf dem Laufenden.»

Flynn fuhr durch die Stadt ins benachbarte County, um das nächstgelegene Krankenhaus zu erreichen. Redwood hatte eine Notfallpraxis, aber die meisten Patienten wurden in die umliegenden Städte weitergeschickt.

Infektionen konnten durchaus ernsthaft sein, doch als er das Krankenhaus betrat, hatte er sich bereits mit dem Gedanken beruhigt, dass Gabby beim ersten Anzeichen von Problemen Hilfe gesucht hätte. Hoffentlich war ihre Einweisung ins Krankenhaus nur eine Vorsichtsmaßnahme.

Die Krankenschwester am Empfang konnte keine Gebärdensprache, also kritzelte er Gabbys Namen und Geburtstag auf einen Zettel, damit sie die Zimmernummer heraussuchen konnte.

«Gehören Sie zur Familie?»

Er erstarrte, weil er sich fragte, ob sie auf der Intensivstation lag. Sonst stellten sie diese Frage eigentlich nicht. Nachdem er die Bürokratie des Gesundheitswesens kannte, log er mit einem Nicken.

Flynn atmete erleichtert auf, als die Krankenschwester ihm eine Zimmernummer gab, dann eilte er den Flur entlang. Als er das Zimmer endlich gefunden hatte, sah er Gabbys Schwester Rachel. Sie saß auf einem Stuhl in der Ecke und blätterte in einem Magazin. Es nervte sie ganz offensichtlich, dass sie hier sein musste. Als sie aufsah und ihn entdeckte, verdrehte sie die Augen.

Rachel und Gabby waren so unterschiedlich, wie Geschwister nur sein konnten. Rachel hatte dunkles Haar und olivfarbene Haut wie ihr Vater, während Gabby hell war wie ihre Mom. Rachel war unhöflich und selbstsüchtig, während Gabbys Superkräfte Taktgefühl und Freundlichkeit waren.

Rachel quasselte irgendetwas, doch Flynn hatte ihre Lippen noch nie lesen können. Als wüsste sie, wie sehr ihn das nervte, lächelte sie ihn auf eine Weise an, die keinen Zweifel daran ließ, dass sie glaubte, er wäre nicht nur taub, sondern auch dämlich.

Also konzentrierte er sich stattdessen auf die schlafende Gabby. Ihre Wangen waren ein wenig gerötet, aber abgesehen davon wirkte sie gesund. An ihrem rechten Arm hing eine Infusion. Ihr linker Arm war verbunden. Und er war ... von den Fingerspitzen bis zum Ellbogen geschwollen. Himmel. Es hatte sie ordentlich erwischt. Aber der Monitor zeigte normale Vitalparameter. Er las die Aufschrift auf der Infusion. Nur medizinische Kochsalzlösung mit einem starken Antibiotikum.

Gabbys Lider hoben sich flatternd, und sie schenkte ihm ein schwaches Lächeln. «Hey.»

Sie machte Anstalten, in Gebärdensprache zu sprechen, und dachte dabei nicht an ihren Arm. Sofort verzog sie das Gesicht, und ihre Wangen wurden bleich.

Sanft legte er eine Hand auf ihre und tippte auf seinen Mund, damit sie einfach mit ihm sprach.

«Es geht mir gut. Ich bin nur müde, und es tut ein bisschen weh.»

«Seit wann bist du hier?» Und wieso hatte sie ihn nicht angerufen?

Sie rutschte ein wenig zur Seite und klopfte neben sich auf die Matratze. Gehorsam setzte er sich auf die Bettkante. «Meine Hand ist so gegen Mitternacht angeschwollen. Ich hatte auch Fieber, also bin ich in die Notaufnahme gefahren.»

Besorgnis schnürte ihm die Luft ab. *«Ist die Infektion in die Blutbahn vorgedrungen?»* Denn das wäre schlimm. Sehr, sehr schlimm.

Sie schüttelte den Kopf. «Die Blutuntersuchung sieht gut aus. Wenn ich fieberfrei bleibe, kann ich heute Nachmittag nach Hause.» Ihr Blick schoss über seine Schulter zu Rachel. «Ich habe dir gesagt, dass du nicht bleiben musst. Mein Auto steht auf dem Parkplatz. Ich kann selbst nach Hause fahren.»

Auf keinen Fall. Flynn drehte sich zu Rachel um, die mit einer Hand in seine Richtung wedelte und redete wie ein Wasserfall. Mit einem Kopfschütteln richtete er seinen Blick wieder auf Gabby. *«Was ist los?»*

Gabbys Stirn glättete sich wieder. «Mom hat Rachel heute Morgen hier abgesetzt. Sie musste sich krankmelden, um bei mir bleiben zu können.» Sie warf einen genervten Blick auf ihre Schwester. «Was eigentlich nicht nötig war. Nimm mein Auto und geh zur Arbeit. Es ist okay.»

Gabby ballte die Hand unter seinen Fingern zur Faust und kniff die Augen zusammen. «Du weißt, warum. Weil er meine Lippen lesen muss. Ich kann meine Hände nämlich nicht benutzen.»

Zweifellos fragte sich Rachel, wieso ihre Schwester langsamer sprach als gewöhnlich. Rachels Gemecker sorgte dafür, dass Gabbys Puls in die Höhe schoss, wie auf dem Monitor zu sehen war.

«Sag ihr, sie soll verschwinden, oder ich schmeiße sie raus. Ich

schwöre, das mache ich wirklich. Ich werde bei dir bleiben und dich nach Hause fahren, wenn sie dich entlassen.»

Sie warf ihm einen Blick zu und schluckte schwer. «Was ist mit deinen Patienten?»

«Heute war nicht viel los. Sie bekommen andere Termine.»

Auch wenn sie immer noch zögerlich wirkte, hob sich ihre Brust doch in einem tiefen Atemzug. Dann sah sie wieder zu Rachel hinüber. «Flynn hat den Rest des Tages frei. Nimm mein Auto. Fahr zur Arbeit. Ich werde es morgen abholen.» Sie schloss die Augen, als müsste sie um Geduld beten. «Sag Mom, dass ich sie bald anrufe. Danke, dass du hier warst.»

Flynn wartete, bis Rachel den Raum verlassen hatte, dann blickte er Gabby strafend an. *«Du hast mir Angst gemacht, als du nicht zur Arbeit gekommen bist. Avery macht sich Sorgen. Du hättest dich bei mir melden sollen.»*

Sie verzog schuldbewusst das Gesicht. «Es tut mir leid. Ich …»

Er war ein Arschloch. Eilig schüttelte er den Kopf und verdrängte die Wut. *«Es geht dir gut. Nur das zählt.»*

«Du musst wirklich nicht bleiben.»

Er lächelte. *«Halt die Klappe.»*

«Ich meine es ernst. Ich bin im Krankenhaus. Ich brauche keinen Babysitter.»

«Gabby.»

«Ja?»

«Hör auf zu reden.»

Sein Grinsen wurde breiter, als sie seufzte und mit der gesunden Hand nach der Fernbedienung griff. Verlegen hantierte sie damit herum, als sich prompt das Kabel mit ihrem Infusionsschlauch verknotete.

Flynn schickte Avery eine Nachricht, um sie auf den neusten Stand zu bringen.

Und dann schaltete Gabby die Untertitel im Fernseher ein. Für ihn. Weil sie ständig solche Sachen für ihn tat. Bis Brent es neulich abends erwähnt hatte, war Flynn sich all dieser kleinen Dinge gar nicht bewusst gewesen. Jetzt bemerkte er sie überall. Wie gestern im Auto, als sie das Radio so eingestellt hatte, dass die Liedtexte angezeigt wurden. Er hätte den gesamten Inhalt seines Bankkontos darauf verwettet, dass das keine Standardfunktion des Autoradios war.

Sein Magen schmerzte, als hätte ihm jemand die Faust in den Bauch gerammt. Er betrachtete Gabbys Verhalten seit Jahren als Selbstverständlichkeit. Tat genau das schon fast sein gesamtes Leben lang. Sie hatte noch andere Freunde außerhalb der Klinik-Clique. Genau wie er. Aber sie verbrachten eine Menge Zeit miteinander. Und er konnte einfach nicht anders, als sich zu fragen, wieso sie noch niemanden gefunden hatte. Vielleicht hatte Brent recht.

Er musste einen Weg finden, ein wenig Abstand zwischen ihnen zu erzeugen, ohne dass sie ihm auf die Schliche kam. Irgendwann würde der Tag kommen, an dem ein Mann mitbekam, wie toll sie war, wie ... unersetzlich, und Flynn würde einen Weg finden müssen klarzukommen, ohne sie und ihre Fähigkeit, alles für ihn leichter zu machen.

Er stand auf und zog den Stuhl, den Rachel benutzt hatte, neben das Bett, um sich hineinsinken zu lassen.

Gabby hob einen Becher mit Wackelpudding hoch, damit er ihn nahm.

«Ich bin mir ziemlich sicher, dass du das essen sollst.»

«Ich hasse Wackelpudding. Wenn du das Zeug isst, denken

sie, ich wäre es gewesen, und entlassen mich vielleicht früher. Bisher hatte ich kaum Appetit.»

Das schien ihm kaum eine angemessene Wiedergutmachung für all das, was sie für ihn tat, aber trotzdem nahm er ihr den Pudding ab. Bevor er allerdings aß, öffnete er ihr Apfelmus und deutete mit dem Kinn auf den Becher.

Sie aß einen Löffel und richtete den Blick auf den Fernseher. Zwei Löffel später stellte sie den Becher beiseite und wechselte den Sender von irgendeinem Frauenfilm auf den Discovery Channel. Gewöhnlich war Gabby voll dabei, sobald es in Büchern oder Filmen um Romantik oder Gefühle ging.

Also betrachtete er sie misstrauisch.

Sie sah ihn an. «Was?» Er zog die Augenbrauen hoch und nickte in Richtung des Fernsehers an der Wand. *«Du schaust lieber* Der gefährlichste Job Alaskas *als etwas, wobei man sich die Augen ausheulen kann?»*

Und genau da lag das Problem. Vermutlich hatte sie sich nicht mal bewusst entschieden umzuschalten. Himmel. Dabei war sie diejenige, die im verdammten Krankenhaus lag.

Er schaltete zurück auf den Frauenfilm, bevor er die Fernbedienung außerhalb ihrer Reichweite auf den Tisch legte. Er konnte förmlich spüren, wie seine Hoden schrumpften bei all dem Östrogen auf dem Bildschirm. Aber er schob sich tapfer den Wackelpudding in den Mund, obwohl sein vor Schuldgefühlen verkrampfter Magen rebellierte.

Eine gute Stunde verging, bevor ein Arzt den Raum betrat. Er war jung – vielleicht dreißig – und sah aus, als stammte er direkt aus *Grey's Anatomy*. Was Flynn nur deswegen wusste, weil Gabby die Serie mochte. Die strahlend blauen Augen des Docs richteten sich direkt auf Gabby, dann schenkte er ihr ein charmantes Grinsen, bei dem Flynn ein Knurren unterdrücken musste.

Er spürte ein Vibrieren in der Brust. Und als Gabby ihn aus großen Augen ansah, wurde ihm klar, dass das mit dem Unterdrücken nicht geklappt hatte. Er hatte geknurrt. Laut. *Ups.*

Der Blick des Arztes richtete sich wieder auf Gabby. «Wie fühlen Sie sich?»

Sie schenkte ihm ein strahlendes Lächeln. «Gut. Sehen Sie? Ich habe gegessen.»

Dr. Nervensäge legte eine Hand auf ihre Schulter und untersuchte ihren Arm. Dann warf er einen Blick auf den Monitor. «Ich glaube, Sie können heute wieder nach Hause gehen. Aber erst, wenn dieser Infusionsbeutel leer ist. Ich werde Ihnen zusätzlich noch Antibiotika als Tabletten verschreiben. Und in einer Woche kommen Sie wieder, um sich die Fäden ziehen zu lassen.»

Fäden? Welche Fäden?

«Wenn Sie allerdings Fieber bekommen, möchte ich Sie sofort wiedersehen. Brauchen Sie eine Krankschreibung für die Arbeit?»

Sie schüttelte den Kopf. «Das da ist mein Boss.»

Boss. Nicht Freund. Flynn bemühte sich, nicht beleidigt zu sein, weil das im Moment wirklich niemand brauchen konnte. Doch seine Schläfen pulsierten.

Dr. Soll-Verschwinden lachte und drückte noch einmal ihre Schulter. «Verstanden. Okay, Sie werden sich bald besser fühlen.»

Sobald der Kerl weg war, musterte Flynn Gabby durch zusammengekniffene Augen. *«Welche Fäden?»*

Sie hob ihren geschwollenen Arm und zeigte ihm drei

schwarze Fäden im Unterarm. «Sie haben gestern Nacht einen Drainageschlauch gelegt. Heute Morgen haben sie ihn wieder entfernt.»

Wie bitte? Ein Drainageschlauch bedeutete, dass es ihr viel schlechter gegangen war, als sie ihm verraten hatte. Die Schwellung an ihrem Arm musste massiv gewesen sein. Himmel, schon eine Stunde später hätte die Infektion auf ihr Blut übergreifen können.

«Atme.»

«Was?»

«Du atmest nicht. Es geht mir gut. Also atme.»

Er gehorchte und sog tief Luft in seine Lunge, obwohl er Gabby eigentlich erwürgen wollte. Dann holte er ihre Kleidung aus dem Schrank. Zwei Stunden später war sie zu Hause und lag unter einer Decke auf einem Sessel. Eine Tasse heißer Kakao und eine Suppe standen neben ihr, die Fernbedienung hielt sie in der Hand.

Er ignorierte ihre anbetungswürdig verwirrte Miene genauso wie die Einladung, ihr Gesellschaft zu leisten. Stattdessen verschwand er durch die Tür, um endlich damit anzufangen, den nötigen Abstand zwischen ihnen zu schaffen.

Von heute an.

· 6 ·

Seit zwei Tagen arbeitete er ohne Gabby ... und schon stellte er diese ganze Sache mit dem Abstand wieder in Frage. Es bestand kein Zweifel mehr daran, für wie selbstverständlich er sie genommen hatte.

Brent war kein Idiot und verdammt gut in seinem Job. Sicher, er arbeitete seit Jahren hauptsächlich für Cade und kannte dessen Patienten besser. Und er und Gabby wechselten sich als Drakes OP-Assistenz ab. Aber die Zusammenarbeit mit Flynn war etwas völlig anderes als die Arbeit mit seinen Brüdern.

Meistens haderte Flynn nicht mit seinem Schicksal und hoffte nicht auf Unmögliches – zum Beispiel funktionierende Ohren. Doch die letzten achtundvierzig Stunden hatten seine Geduld so sehr strapaziert, dass er sich wünschte, normal zu sein.

Denn verdammt, Brent war nicht Gabby. Und die Situation zwang ihn dazu, sich einzugestehen, dass seine unpassende ... Hingezogenheit zu Gabby ein Ende finden musste. Er konnte auf keinen Fall noch einmal zwei Tage wie diese durchstehen. Sie würden unweigerlich mit einer Mordanklage enden. Und wenn er seinem Verlangen nachgeben würde und die Grenzen der Freundschaft überschritt, würde sein gesamtes Leben explodieren.

Gestern hatte auch der Wohnkomplex für Senioren auf der Liste der Hausbesuche gestanden. Flynn hatte Brent daran erinnern müssen, Gebärdensprache zu dolmetschen, damit Flynn seine Fragen stellen konnte. Brent war es außerdem nicht gewöhnt, den Darm, die Lunge und das Herz der Patienten abzuhören, weil Cade das gewöhnlich selbst machte. Selbst einfache Impfungen und Krallenpflege waren unglaublich kompliziert gewesen. Brent hatte sich in Gabbys Tasche nicht zurechtgefunden und viel zu lange gebraucht, um alles Nötige vorzubereiten. Die Tour, die eigentlich sechs Stunden hätte dauern sollen, hatte letztendlich neun Stunden verschlungen.

Hätte er nicht genau gesehen, wie sehr der Tierarzthelfer sich bemühte, hätte Flynn darauf gewettet, dass Brent sich absichtlich dumm anstellte, nur um ihn zu ärgern.

Heute Morgen war es schon besser gelaufen, aber bei weitem noch nicht so glatt wie mit Gabby. Flynn ging auf, dass er unendlich viele kleine Dinge nie bemerkt hatte. Dass Gabby immer automatisch alles in Gebärdensprache übersetzte, damit er Gesprächen folgen konnte, dass sie automatisch die Tiere abhörte, während er die Patienten abtastete, wie gut sie die Tierbesitzer kannte und immer wusste, welche Fragen sie stellen musste.

Vor allem aber kannte Gabby *ihn* gut. Sie konnte seine Körpersprache lesen, erkennen, was er brauchte, und ohne zu zögern handeln. Sie war unersetzlich. Und dabei sprach er nur von der Arbeit.

Auf der persönlichen Ebene kamen die letzten achtundvierzig Stunden ohne sie einem Entzug gleich. Flynn hatte sich dazu zwingen müssen, nicht nach der Arbeit zu ihr zu fahren, um nach ihr zu schauen. Stattdessen hatte er schlechte Sendungen im Fernsehen geschaut, hatte im Internet gesurft und war in seiner Wohnung auf und ab getigert, während er sich selbst versicherte, dass sie sicherlich klug genug wäre, sich bei ihm zu melden, wenn sie etwas brauchte. Also hatte er sie nicht besucht. Die dringend notwendigen Grenzen würden niemals halten, wenn er nicht standhaft blieb.

Aber vielleicht fand das alles ja auch nur in seinem Kopf statt. Gabby hatte bisher nie irgendeine Art von sexuellem Interesse an ihm gezeigt. Dass er langsam austickte, musste noch nicht bedeuten, dass es ihr genauso ging.

Brent wedelte in dem kleinen Behandlungsraum mit der Hand, um seine Aufmerksamkeit zu erregen. Das war ebenfalls ein Problem. Flynn war in Gedanken einfach woanders. Ständig driftete er ab. Wenn er nicht bald anfing, sich auf die anstehenden Aufgaben zu konzentrieren, tat er vielleicht noch einem Tier weh.

Und natürlich – natürlich – musste genau heute der Tag sein, an dem Mixey mit ihrem jährlichen Besuch in der Klinik dran war. Die Schäferhündin mochte Flynn nicht besonders und Brent anscheinend noch weniger. Schon als Welpe war der Hund nervös gewesen. Jetzt sah sie die ganze Zeit mit einem Wie-könnt-ihr-mir-das-antun-Blick zwischen Flynn und Brent hin und her, und ihre gesamte Körpersprache machte Flynn misstrauisch. Sie hatte keine rote Markierung in ihrer Akte, was bedeutete, dass Mixey noch nie jemanden gebissen hatte. Doch Flynn ging davon aus, dass das nur eine Frage der Zeit war.

Vor zwei Minuten hatte er die Besitzerin gebeten, den Raum zu verlassen, damit sie die Impfungen hinter sich bringen konnten, denn in Anwesenheit ihrer Besitzerin war die Hündin noch nervöser. Es würde schon schwer genug werden, Mixey lange genug festzuhalten, um die Spritze setzen zu können. Die arme Hündin starrte ständig zur Tür, als warte sie darauf, dass Gabby erschien.

Denn die Hündin liebte Gabby. Wer nicht?

Flynn seufzte und sah Zoe an, die er geholt hatte, um ein zusätzliches Paar Hände zu haben. «*Wir müssen es schnell machen. Brent, du hebst sie auf den Tisch. Zoe, hilf ihm, sie festzuhalten. Ich werde injizieren. Rein und raus.*»

Sie nickten. Flynn ging zur Arbeitsfläche, um das Serum aufzuziehen, wobei er darauf achtete, dass Mixey ihn nicht sehen konnte. Dann schob er die Spritze eilig in die Tasche seiner Arbeitshose und nickte Brent und Zoe zu. Sie stürzten vor.

Und die Hölle brach los.

• • •

Gabby grinste, als sie kurz nach dem Mittagessen in die Klinik stiefelte. Das Wartezimmer war voll. Eigentlich sollte sie den Rest des Tages noch zu Hause verbringen, aber sie ertrug es einfach nicht mehr, auf ihrem Sofa zu sitzen, Eis zu essen und wegen irgendwelcher Schnulzen herumzuheulen. Wenn sie so weitermachte, würde ihr bald ihre Praxiskleidung nicht mehr passen. Außerdem war ihr Arm vollkommen abgeschwollen, und auch das Fieber war nicht wiedergekommen.

Sie hatte den Lärm und den Geruch von nassem Hund vermisst. Zoe, Brent und Avery hatten sie in den letzten zwei Tagen nach der Arbeit besucht, um nach ihr zu sehen. Drake und Cade hatten angerufen. Flynn hatte sich ungewöhnlich rargemacht, aber wahrscheinlich war er davon ausgegangen, dass sie sich ausruhte. Doch ohne die Arbeit fehlte ihr etwas. Sie hatte sogar den dämlichen Klinik-Vogel vermisst, der hinter Averys Schreibtisch auf seinem Käfig saß.

«Krächz. *Knocking on heaven's door.*»

Jep. Gossip sprach nur in Liedertiteln und -texten. Der frühere Besitzer des Kakadus hatte ihn vor vier Jahren abgegeben, und Gossip war zu ihrem ... ähm, ganzen Stolz geworden. She-Ra, die Klinikkatze, saß auf ihrem Thron, dem Drucker, und ließ ihren abschätzigen Blick durch den Raum gleiten. Thor, ihre riesige Dogge – und der größte Feigling in der Welt der Hunde –, versteckte sich wahrscheinlich unter Averys Schreibtisch vor She-Ra. Oder vor seinem eigenen Schatten.

Ich habe das alles so vermisst.

Gabby entdeckte Mrs. Hinderman im Wartezimmer und ging zu ihr. «Hey! Ist Mixey zur Untersuchung hier?»

Die fünfzigjährige Frau drückte sich die Hände an die ausladende Brust und stieß lautstark den Atem aus. «Gott sei Dank sind Sie hier. Mixey mag niemanden außer Ihnen, und sie ist so nervös.»

Autsch. «Brent kann wundervoll mit Tieren umgehen. Ich bin mir sicher, Mixey geht es gut. Ich wollte sowieso gerade nach hinten gehen. Ich werde mal einen Blick ins Zimmer werfen.»

«Vielen Dank!»

Gabby keuchte auf, als die Frau sie plötzlich fest an sich drückte. Über Mrs. Hindermans Schulter hinweg fing sie Averys amüsierten Blick auf. Oh, schau an, ihre Klientin hatte beim Färben eine graue Stelle im schwarzen Haar übersehen. Direkt da, über dem Ohr ... «Wenn ich nach Ihrem Hund sehen soll, müssen Sie mich loslassen.»

«Ja. Tut mir leid. Ich freue mich wirklich, Sie zu sehen.»

«Krächz. *Love is a battlefield.*»

Grinsend ging Gabby den Flur entlang zu Flynns Untersuchungszimmer. Dann blieb sie wie angewurzelt stehen. Brent schrie laut, und Zoe – Zoe? – quietschte wie ein angestochenes Schwein. Zoe war ihre Hundefriseuse. Sicher, ab und zu half sie in der Klinik aus, aber was tat sie im Behandlungsraum, wenn Brent doch da war? Als ihr Kreischen Banshee-Ausmaße annahm, öffnete Gabby die Tür. Und erstarrte.

Mixey lag auf dem Bauch auf dem Untersuchungstisch, ihre Nase hatte sie in Flynns Schritt vergraben. Zoe kniete auf allen vieren über dem Hund, wodurch sie Flynn beinahe ihren Hintern ins Gesicht presste. Und Brent lehnte über dem Hintern des Schäferhundes, sodass es fast wirkte, als würde er die Hündin bespringen. Braune und weiße Fellbüschel flogen durch die Luft wie Konfetti.

Alle hielten inne und drehten langsam die Köpfe in ihre Richtung.

«Hi.» Gabby winkte. «Ich wollte euren flotten Vierer nicht unterbrechen. Wollt ihr lieber allein sein?»

Sobald Mixey ihre Stimme hörte, jaulte sie und wand sich unter Zoe. Brent fluchte wie ein Droschkenkutscher und versuchte, die Hündin noch fester zu halten. Oder die Sache mit dem Bespringen jetzt ernsthaft anzugehen. Flynn verzog das Gesicht, und Gabby wurde klar, dass der Hund nicht nur die Nase in seine Intimteile hielt, sondern sich im Stoff der Hose verbissen hatte.

O Mann.

«Du bist echt ein Witzbold, weißt du das?» Zoe blies sich ein paar grüne Strähnen aus dem Gesicht. «Wie wäre es, wenn du uns hilfst?»

Gabby konnte einfach nicht anders. Sie lachte. «Mixey, aus!»

Der Hund löste sein Maul von Flynn und sprang vom Tisch,

sodass Zoe mit einem Quietschen zu Boden plumpste. Brent hob kapitulierend – oder im Gebet – die Hände.

«Komm her, meine Schöne.» Gabby kniete sich auf den Boden und nahm den verängstigten Hund schützend in die Arme. «Braves Mädchen.»

Hinter dem Rücken der Hündin wedelte sie mit den Fingern, damit Flynn ihr die Spritze reichen konnte. Sie nahm die Kappe von der Kanüle, injizierte die Flüssigkeit und gab Flynn die Spritze zurück. Die ganze Zeit über lobte und streichelte sie den Hund. Mixey bemerkte den Pikser vor lauter Freude nicht einmal.

Gabby stand auf und drehte sich zu Flynn um. Er wirkte noch irritiert, doch gleichzeitig zuckten seine Mundwinkel, als versuchte er, seine Freude über ihre Rückkehr zu unterdrücken. Sein lockiges, rotblondes Haar stand in alle Richtungen ab, und der Bartschatten auf seinem Kinn war ein wenig dunkler als sein Kopfhaar. Der arme Flynn hatte offensichtlich einen harten Morgen gehabt.

Ihre Blicke trafen sich, und sie hätte schwören können, dass sie darin eine Mischung aus Verlangen und Sehnsucht erkannte. Aber das war albern. Gabby hatte sich inzwischen erfolgreich eingeredet, dass sie sich die seltsame Stimmung während ihrer Tanzstunde nur eingebildet hatte. Und das galt auch für den Moment, als er ihre Hand verbunden hatte.

«Kümmert euch nicht um mich. Mir geht es gut.» Zoe rappelte sich vom Boden auf und strich sich die Haare glatt.

«Shhh.» Brent wedelte mit der Hand. «Die beiden haben gerade einen Moment.» Er drückte sich die Finger an die Lippen, als könnten sonst plötzlich Sonette aus ihm heraussprudeln.

Gabby öffnete den Mund, um zu widersprechen, doch als

sie wieder zu Flynn sah, veränderte sich etwas in ihr. Sie war sich seiner Anwesenheit plötzlich unglaublich bewusst.

War sich seiner Größe bewusst, als er auf sie heruntersah, seines kantigen Gesichts. Sie versuchte zu schlucken, doch ihre Kehle verweigerte den Dienst. Breite Schultern, muskulöse Schenkel, starke Arme und eine schmale Hüfte. Die Muskeln seiner Arme bewegten sich, als er die Hände an die Seiten drückte. Ihr Herz raste, bis sie nichts mehr hörte als ein Rauschen in den Ohren.

Gott. Sie hatten wirklich einen Moment. Ihr drehte sich der Kopf, als sie Flynn erneut musterte und sich fragte, warum plötzlich nichts mehr normal war. Denn dass sie und Flynn sich auf sexueller Ebene wahrnahmen? Das hatte absolut nichts mit Normalität zu tun.

Flynn gab ihren Blick nur frei, um kurz auf ihre Lippen zu sehen. Dann schaute er ihr wieder in die Augen. Die Intensität in diesen haselnussbraunen Tiefen sorgte dafür, dass Gabby die Luft wegblieb. Er war wirklich ein sehr gut aussehender Mann. Und klug. Und freundlich. Und …

Mit brennenden Wangen senkte sie ihren Blick auf seinen Schritt. Doch das machte alles nur schlimmer. Denn jetzt stellte sie sich ihn nackt vor. Und das Bild gefiel ihr. Sie schlug die Hände vors Gesicht.

Der gesamte Schritt der hellblauen Praxishose war feucht von Mixeys Sabber, sodass es aussah, als hätte er sich selbst eingenässt. Verdammt. Sie sah noch einmal hin. *Böse Augen.*

«Ähm.» Sie hob den Blick wieder. Und wow. Es war wirklich heiß hier drin. «Geht es dir gut? Hat sie deine … edlen Teile erwischt?»

Flynn zog die Augenbrauen hoch, und seine Miene verriet,

dass er seine Probleme mit ihrer Wortwahl hatte. *«Sie hat meine Hose erwischt, nicht meine Weichteile.»*

Weichteile. Genau. Sie würde wetten, dass sie ganz und gar nicht weich wären, wenn …

«Ich bin froh, dass du wieder da bist.» Er trat näher an sie heran, umfasste ihre Wangen und drückte ihr einen schnellen, harten Kuss auf den Mund. Die Berührung war in etwa so sexy wie ein Hurrikan, traf sie dafür aber mit derselben Wucht. Flynn gab sie so plötzlich wieder frei, dass sie schwankte. *«Du bekommst nie wieder einen freien Tag.»*

Damit stiefelte er aus dem Raum, wobei Mixey sich an seine Fersen heftete.

Schweigen breitete sich aus. Und machte es sich gemütlich.

«Ooooh, Mädel. Was war das denn?»

Gabby tauchte aus ihrer Schockstarre auf und warf einen Blick zu Brent hinüber. Schüttelte den Kopf, um ihn wieder freizubekommen. «Gar nichts.»

Zoe verschränkte die Arme. «Dieser glühende Blick, mit dem er dich gemustert hat, war nicht *nichts*.»

«Oh Gott. Ich habe mir das nicht nur eingebildet, oder?»

Brent schnalzte mit der Zunge. «Wenn ja, dann war es eine Gruppenhalluzination.»

«Seit wann …?» Zoe hob hilflos die Hand, es schien ihr nicht zu gelingen, die richtigen Worte zu finden. Die Vorstellung, dass sie und Flynn zusammen sein könnten, schien irgendwie seltsam zu sein – besonders wenn man die letzten fünf Minuten aus der Gleichung nahm.

«Nein. Da ist nichts. Ehrlich.» Sie rieb sich die Stirn, war hin- und hergerissen zwischen der seltsamen Freude in ihrem Bauch und der Panik in ihrer Brust. «Ich glaube, die Drachen haben uns manipuliert. Haben uns irgendwie aus der Bahn geworfen.»

Zoe zuckte mit den Achseln. «Das ist eine Erklärung.»

Brent gab ein unbestimmtes Geräusch von sich. «Was willst du eigentlich zum Spring Fling anziehen? Das ist schon nächste Woche. Und du musst es am Kuss-Stand richtig bringen, Schwester!»

Verdammt. Bei dem Gedanken, welcher Teil der Einwohnerschaft von Redwood auftauchen würde, um sie zu küssen, lief ihr ein kalter Schauder über den Rücken. Sie dachte an ihr Nicht-Date mit Tom zurück und wusste genau, dass er nicht der Einzige war, der an ihr vorüberging, als gäbe es sie gar nicht. «Es wird sowieso niemand auftauchen. Spielt also keine Rolle.»

Brent stemmte eine Hand in die Hüfte. «Nicht, wenn du eines von deinen Sommerkleidern oder Jeans trägst. Dann nicht. Du musst dich aufbrezeln. Damit sie dich mit anderen Augen sehen. Nach der Arbeit werden wir shoppen gehen.»

Gabby schloss die Augen und betete um Geduld. Wollte sie überhaupt, dass die Männer sie nur deshalb bemerkten, weil sie sich so aufbrezelte? «Als ich das letzte Mal mit dir shoppen gegangen bin, bin ich mit einer halben Schublade durchsichtiger Unterhosen nach Hause gekommen.» Die niemand außer ihr je zu Gesicht bekam. Ihr Liebesleben war wirklich traurig, wenn ihre Katze und ihr schwuler Freund die Einzigen waren, die ihre Unterwäsche kannten.

«Und die sind heiß. Wir werden dir ein Outfit kaufen, bei dem die Männer an nichts anderes denken als daran, es dir auszuziehen.»

Klang für sie nach einer aussichtslosen Sache. «Schön. Aber bei Miniröcken ziehe ich eine Grenze.»

Brent runzelte die Stirn. «Du kannst einem wirklich den Spaß verderben.» Sein Blick glitt über ihren Körper, als würde er bereits Pläne schmieden. «Wir müssen dich auch anständig schminken. Dich ein wenig nuttiger machen.» Gabby öffnete den Mund, um zu widersprechen, doch Brent hatte sich bereits zu Zoe umgedreht. «Das kannst du machen.»

Zoe stemmte die Fäuste in die Hüften. «Und wie kommst du darauf, dass ich irgendetwas von nuttigem Make-up verstehe?»

Brent zog ungläubig die Augenbrauen hoch.

«Okay, ich kenne mich aus.» Zoe seufzte und sah Gabby an. «Ein Komm-fick-mich-Make-up, wird geliefert. Ich werde am Samstagmorgen vorbeikommen. Kopf hoch. Mein Cartoon-Stand ist direkt neben deinem. Wir können uns hinter dem Rücken der Leute über sie lustig machen.»

Zoe hatte alle Wandgemälde in der Klinik gemalt. Auch wenn sie sich selbst nie als Künstlerin bezeichnete, war sie ziemlich gut. Bei den meisten Veranstaltungen der Stadt zeichnete sie Cartoon-Karikaturen. Vielleicht würde der Spring Fling mit Zoe am Nachbarstand nicht ganz so schrecklich werden.

Sie öffnete die Tür, und Gabby folgte den beiden in den Flur. «Ich kann mich selbst anziehen und mich auch selbst schminken, vielen Dank.»

Das brachte Brent so heftig zum Lachen, dass ihm Tränen über die Wangen liefen.

· 7 ·

Feine Gischt wirbelte über die Klippen hinauf, wo der Redwood Park im Westen am Pazifik endete, und verband sich mit dem dünnen Nebel, der über dem feuchten Gras schwebte. Am südlichen Ende des Parks drehten sich ein paar Kinderkarussells in schwindelerregendem Tempo. Nicht weit entfernt waren verschiedene Buden mit Spielen aufgestellt. Essensstände reihten sich am Zaun vor den Klippen auf und verbreiteten den Duft von Popcorn, gesalzenen Nüssen und gebratenem Fleisch. Eine kühle Brise sorgte dafür, dass sich die Luft trotz des Sonnenscheins kalt anfühlte.

Flynn verschränkte die Arme und ließ seinen Blick über den Park gleiten. In diesem nördlichen Bereich sollten die Wettbewerbe stattfinden, an denen er und Gabby gleich teilnehmen würden. Er wusste immer noch nicht, wie er hier hineingeraten war. In den letzten Jahren hatten die ansässigen Unternehmen jeweils zwei Vertreter geschickt. Für die Klinik waren gewöhnlich Gabby, Zoe oder Brent angetreten.

Und wo er gerade darüber nachdachte … Wo waren eigentlich die Stände von Gabby und Zoe? Der Park war rappelvoll. Leute wanderten herum oder standen an, um Essen oder Tickets zu kaufen, sodass man kaum erkennen konnte, was sich eigentlich wo befand. Eine seltsame Nervosität hatte Flynn erfasst. Er machte sich abwechselnd Sorgen, dass niemand bei Gabbys Kuss-Stand auftauchen würde und dass … die Männer doch kamen.

Er rieb sich das Gesicht.

Avery runzelte die Stirn. «Was ist los?»

Eine Menge. Flynn ignorierte die Frage und ging in die Hocke, um Hailey ins Gesicht sehen zu können. Flynn hatte eine Schwäche für das Mädchen. Averys achtjährige Tochter war Autistin und redete nicht. Sie schien fasziniert davon, dass Flynn ebenfalls nicht sprach. *«Hast du Spaß?»*, fragte er in Gebärdensprache.

Hailey wedelte aufgeregt mit den Händen.

Cades Miene war unbezahlbar. In einer Mischung aus Stolz und Freude lächelte sein Bruder das Mädchen an, das ihn um den kleinen Finger gewickelt hatte. Noch vor nicht allzu langer Zeit war Cade von Frau zu Frau gezogen, ohne jede Absicht, sesshaft zu werden. Dann war Avery in die Stadt gekommen. Und falls Flynn ein wenig eifersüchtig auf seinen Bruder war, musste das ja niemand erfahren.

Er konzentrierte sich wieder auf Hailey. *«Noch ein Monat, und du bist offiziell meine Nichte. Ich glaube, du solltest mich Onkel Wundervoll nennen.»*

Das brachte ihm ein weiteres Händewedeln ein. Grinsend stand er auf.

Avery hob einen Finger, wobei sie den Blick auf Drake richtete, der ein paar Schritte entfernt stand und sich mit ein paar Frauen aus dem Friseursalon unterhielt – oder ihnen mit finsterer Miene zuhörte. «Bin gleich zurück. Ich muss Drake retten.»

Als sie sich entfernte, wandte sich Flynn an Cade. *«Sie hat ihn schon wieder dazu gebracht, zu einem Stadtfest zu kommen.»*

Seitdem seine Frau Heather vor fast vier Jahren gestorben war, hatte Drake sich ziemlich von der Welt zurückgezogen. Die beiden waren zusammen aufgewachsen, und es gab keinen Ort in der Stadt, der ihn nicht an Heather erinnerte. Doch Avery hatte ihn langsam aus seinem Trott geholt, sodass sein älterer Bruder allmählich nicht mehr wie ein Geist wirkte, sondern wieder wie der Mann, der er einmal gewesen war.

Cade nickte. «Und sie musste sich gar nicht so sehr anstrengen. Sie hat ihn nur gefragt, ob er auch kommen würde. Er hat sie kurz angestarrt und dann mit den Achseln gezuckt. Total seltsam.»

Wie der Rest seiner Familie und sein Freundeskreis hatte sich auch Flynn Sorgen gemacht, dass Drake niemals wieder aus seiner Trauer auftauchen würde. Auch wenn Drakes Körpersprache gerade nicht unbedingt Begeisterung ausdrückte, war er zumindest nicht sofort geflüchtet. Ein Fortschritt.

Flynn sah sich erneut um. *«Hast du eine Ahnung, wo Gabbys Kuss-Stand steht?»*

«Neben Zoes Karikaturen-Stand.» Als Flynn die Augen zusammenkniff, grinste Cade wie der Trottel, der er war. «Warum? Willst du dich anstellen?»

«Nein.»

Cades Grinsen wurde spöttisch. «Wie läuft es mit den … Gefühlen?»

Flynn seufzte und wünschte sich inständig, er hätte nie mit seinem Bruder darüber geredet. Zu diesem Zeitpunkt hatte er geglaubt, das Gespräch könnte ihm helfen, seine Gedanken zu ordnen, doch eigentlich hatte er so nur zugegeben, dass er sich von Gabby angezogen fühlte. *«Ich ignoriere sie. Sie werden verschwinden.»*

Cade warf lachend den Kopf in den Nacken. «Viel Glück dabei. Willst du mir wirklich erzählen, dass du dich nicht fragst, wie viele Männer gerade anstehen, um Gabby zu küssen?»

Als müsste man ihn daran erinnern. *«Nein.»*

Cades Blick huschte zu etwas hinter Flynns Schultern, und sein Lächeln verrutschte. Sein Bruder schloss die Augen und schüttelte den Kopf. «Drachen auf elf Uhr.»

Flynn erstarrte. Andere suchten gerne Deckung, wenn seine Mutter und Tanten auftauchten, aber ihm waren ihre Spielchen normalerweise egal. Sie meinten es gut und hatten ihn bisher in Ruhe gelassen. Aber seit Gabby letzte Woche im Auto gesagt hatte ... dass die Drachen versuchten, sie zu verkuppeln ... wollte auch er nicht nur fliehen, sondern sich für Wochen in seinem Haus einschließen, bis sie ein anderes Opfer gefunden hatten. Was hatte dazu geführt, dass sie nach all dieser Zeit auch ihn und Gabby ins Visier nahmen? Und in welcher Absicht?

Tante Marie trat rechts neben ihn. Sie trug einen ihrer typischen schwarzen Hosenanzüge und befand sich ganz im Bürgermeister-Modus. «Die Wettbewerbe fangen in ungefähr zwanzig Minuten an. Du solltest Gabby suchen, damit ihr euch bereit machen könnt.»

So lautete der Plan. Wenn ihm nur irgendwer sagen könnte, wo zur Hölle Gabbys Stand war.

Tante Rosa grinste, sodass Flynn das Herz in die Hose rutschte. Ihr unnatürlich kurzes, rotes Haar bewegte sich in einer Windböe. «Es ist eine Schande, sie aus dem Stand zu holen. Sie ist die Attraktion des Tages. Hat schon jede Menge Geld eingebracht.»

Besten Dank. Das half auch nicht. Flynn versuchte, eine neutrale Miene beizubehalten. *«Wo ist sie denn?»*

Mom drückte ihm einen Kuss auf die Wange, sodass der vertraute Geruch von frisch gewaschener Baumwolle ihn umwehte. «Hinter den Essenszelten. Erinnere sie daran, die ‹*Bin bald zurück*›-Karte aufzustellen. Die Männer werden enttäuscht sein, aber sie können ja wiederkommen, wenn die Wettbewerbe beendet sind.»

Das beantwortete die Frage, ob bei ihr überhaupt etwas los war, endgültig. Er warf seinem Bruder einen Danke-für-nichts-Blick zu und ging Richtung Essensstände. Da die Verkäufer sich vor dem Zaun am Klippenrand aufgereiht hatten, ging er davon aus, dass seine Mutter gemeint hatte, Gabbys Stand befinde sich ein Stück weiter hinten.

Er bog nach rechts ab, und da war sie, zwischen dem Nein-zu-Drogen-Stand des Sheriffs und Zoes Karikaturen-Stand. Die behelfsmäßige Sperrholz-Hütte mit der Markise davor erinnerte ihn an alte *Peanuts*-Cartoons und war eine von vielen in einer ordentlichen Reihe. Bei Zoe standen vielleicht zehn Kinder an, und auch beim Sheriff gab es eine Schlange. Aber Gabbys Stand? Ihre Schlange erstreckte sich bis an die Waldgrenze und noch weiter daran entlang. Mindestens fünfzig Kerle. Und ... ein paar Jungen. Zehn- oder zwölfjährige Jungen. Verdammt.

Brent schien den Verkehr zu regeln ... oder ihren Zuhälter zu spielen. Er sah auf, entdeckte Flynn und kam herüber. «Schau dir unsere Gabby an.» Er rieb sich das Gesicht, als müsste er Tränen zurückhalten. «Kannst du das glauben?»

Nein, konnte Flynn nicht. Der Kuss-Stand war immer eine Attraktion, doch das übertraf alles, was er erwartet hatte. Dabei hatte sie gefürchtet, niemand würde auftauchen. Himmel, die Hälfte der Männer von Redwood standen hier an. Er fragte sich, wie Gabby wohl mit all der Aufmerksamkeit klarkam. Er konnte sie hinter den Seitenwänden der Hütte nicht sehen.

Brent tippte sich mit einem Finger ans Kinn. «Ich bin so

froh, dass die Nachricht sich schon vor dem Fest in der Stadt verbreitet hat. Das war der entscheidende Schachzug, denkst du nicht auch? Den Leuten zu erzählen, dass Gabby solo und auf der Suche ist, hat wirklich funktioniert.»

Flynn knirschte mit den Zähnen. *«Sie ist kein Stück Fleisch, Mann.»*

Das brachte ihm ein Augenrollen ein. «Entspann dich. Ich habe der Öffentlichkeit nur mitgeteilt, dass sie nicht gebunden ist.» Sein Blick huschte über Flynns Körper, womit er andeutete, dass alle angenommen hatten, dass sie auf irgendeine Art an ihn gebunden war.

Kapiert. Und mehr war nicht nötig gewesen, um die Sichtweise der Männer zu ändern. Sicher, Gabby war nicht oft ausgegangen, und in letzter Zeit hatte sie das auch gestört. Aber war das wirklich seine Schuld? Vielleicht hatte Brent recht, und er hatte ihr unbeabsichtigt im Weg gestanden. Schuldgefühle sorgten wieder einmal dafür, dass sich sein Magen schmerzhaft zusammenzog.

Brent stieß den Atem aus, und seine Schultern sackten nach unten. «Zu dumm, dass die meisten der Kerle in der Schlange eine ...»

Das nächste Wort verstand Flynn nicht, daher schüttelte er den Kopf.

«H-A-C-K-F-R-E-S-S-E, Hackfresse. Das heißt, sie sind hässlich wie die Nacht.»

So wie er Gabby kannte, interessierte es sie wahrscheinlich nicht besonders, wie ein Mann aussah. Mit ihrem großen Herz sah sie über das Äußere hinweg bis zur Persönlichkeit dahinter. Was ein weiterer Grund dafür war, dass er sich schrecklich fühlte, weil er vielleicht ihr Problem in der Dating-Sache war. Sie war ein wirklich guter Mensch. Freundlich, aufrichtig, hübsch. Jeder Mann könnte sich glücklich schätzen, mit ihr zusammen zu sein.

«Und das Outfit hat auch geholfen. Sie war nicht allzu glücklich darüber, aber ich habe sie dazu gebracht, ein wenig Haut zu zeigen.» Brent machte eine Bewegung, als würde er mit den Krallen zuschlagen. Wie eine schwule Katze.

Flynn rieb sich das Gesicht und ging um die Bude herum, um Gabby sehen zu können.

Und dann blieb ihm die Luft weg. Ein wenig Haut? Ein *wenig* Haut? Eher so gut wie *alles*. Fast jeden weichen, glatten, wunderbaren Zentimeter. Sie trug eine kurze, schwarze Korsage, die irgendwo auf Höhe der oberen Lendenwirbel endete. Der dazu passende schwarze Rock rutschte auf ihren wohlgeformten Oberschenkeln nach oben, als sie sich vorbeugte, um den nächsten Kandidaten zu küssen. Er konnte nicht sagen, wer es war, weil sein Blick sich an ihren Beinen festgesaugt hatte. Würde der Rock nur noch ein kleines Stück höherrutschen ...

Er fragte sich, ob ihre Unterhose wohl auch aus schwarzer Spitze bestand.

Scheiße. Ein einziger Blick hatte genügt, um ihn hart zu machen. Er vergrub die Hände in den Taschen und rückte so unauffällig wie möglich seine Hose zurecht. Auch wenn Gabby sich üblicherweise nicht unbedingt konservativ kleidete, war dieses Outfit doch so weit von dem entfernt, was sie gewöhnlich trug, wie der Nordpol von Redwood.

Er ließ seinen Blick über ihre Wirbelsäule zu ihren nackten Schultern gleiten, die sie leicht bewegte. Ihr karamellfarbenes Haar fiel in Locken über eine Schulter, es wirkte voller als gewöhnlich. Alles an ihr sah weich aus – ihre Haut, ihre Kurven.

So weich wie ihr Herz. Ihr Hals, eine kleine Stelle direkt unter ihrem Ohr, faszinierte ihn besonders. Das war seine Lieblingsstelle am weiblichen Körper. Er konnte sie küssen, lecken oder daran saugen, um alle anderen Gedanken zu vertreiben, konnte sein Gesicht dort vergraben, während seine Hände sich anderen Stellen widmeten.

Die meisten Männer standen auf den Hintern oder die Brüste oder die Beine. Nicht, dass ihre Beine kein Stöhnen wert wären. Tatsächlich hegte er schon länger eine Phantasie über diese Beine, darüber, wie sie sich um seine Hüften schlossen und …

Er sah auf und entdeckte, dass blaue Augen ihn fragend musterten.

Kurz warf er einen Blick auf Brent und hoffte inständig, dass sie nichts gesagt hatte, während seine Augen anderweitig beschäftigt gewesen waren. Er rieb sich die Brust, wo ein komischer Schmerz einfach nicht weggehen wollte. Da Brents amüsierter Blick ihm keinerlei Hilfe bot, sah er wieder zu Gabby.

Ihre Rückansicht war bereits phantastisch gewesen, aber die Vorderansicht stellte alles in den Schatten. Die milchig weiße Rundung ihrer Brüste war über dem Korsett zu erkennen. Er wollte verdammt sein. Wie konnte es sein, dass er ihr noch nie auf den Busen geschaut hatte? Das, was er von ihren Brüsten sehen konnte, war perfekt. Wahrscheinlich Körbchengröße C, gerade groß genug, um eine Hand zu füllen, aber nicht so ausladend, dass sie nicht mehr zu der schmalen Kurve ihrer Taille passten.

Er starrte Gabby auf die Brüste. Während die Hälfte der männlichen Einwohner von Redwood zusah. Das würde ihr bei der Date-Suche kaum helfen. Mit Mühe hob er den Blick, ließ ihn über ihre vor Überraschung geöffneten Lippen und zu ihren Augen gleiten. All dieses Blau, eingerahmt von hellen Wimpern. Nur dass sie heute mit Kohle umrandet waren, oder wie man dieses Schminkzeug auch nannte. Er hatte Gabby noch nie mit so viel Make-up gesehen.

Eine Schande. Sie gefiel ihm ohne besser. Sie hatte sich vom netten Mädchen von nebenan zu Escort-Barbie verwandelt. Wo zur Hölle war seine Gabby?

Sie zuckte zusammen und wirbelte zu der wartenden Schlange herum, als jemand ihren Namen rief. Direkt vor ihr stand Tom, der Trottel, der sie vor ein paar Wochen um ein Date mit ihrer Schwester angehauen hatte.

Ein hässliches Gefühl stieg in Flynn auf, und seine Hände begannen so sehr zu zittern, dass er sie zu Fäusten ballen musste. Schmerz pulsierte hinter seinen Augen. Er stiefelte zum Tresen, stellte das *‹Bin bald zurück›*-Schild auf und zog das Gitter herunter, um ihren Stand zu schließen.

Sie riss die Augen auf. «Was tust du da?»

Wenn er das wüsste. *«Die* Wettbewerbe *fangen gleich an. Wir brauchen dich.»* Er hielt inne und … zur Hölle damit. *«Du wirst Tom nicht küssen. Nicht jetzt und auch nicht, wenn wir zurück sind.»* Niemals. Der Kerl hatte sie ausgenutzt, um an ihre Schwester heranzukommen, und jetzt, wo Rachel offenbar mit ihm fertig war, wandte er sich wieder Gabby zu. Sie sollte niemals die zweite Wahl von irgendwem sein.

Gabby hob die Hand, als wollte sie ihn berühren, nur um ihre Finger gleich wieder sinken zu lassen. «Geht es dir gut?»

Nachdem es keine logisch schlüssige Antwort auf diese Frage gab, sah er sich um, entdeckte ihre Jeans auf einem Stuhl und warf sie ihr zu. *«So kannst du nicht bei den* Wettbewerben *antreten.»*

Mit gerunzelter Stirn und verwirrter Miene zog sie die kniehohen Lederstiefel aus und schlüpfte unter dem Rock in die Jeans. Als sie auch den besagten Rock ausgezogen und die Stiefel über ihren – Gott helfe ihm – engen Jeans wieder angezogen hatte, wirkte sie sauer.

Sie schnappte sich die Kasse, drückte sie Brent in die Hand und marschierte aus der Hütte.

Flynn hatte vollkommen vergessen, dass Brent auch da war. Und sein Grinsen verriet, dass Brent sich dieser Tatsache durchaus bewusst war. «Habe ich schon erwähnt, dass sie bereits fünf Dates hat?»

Er hätte verdammt noch mal im Bett bleiben sollen. Doch nachdem es dafür jetzt zu spät war, folgte er Gabby und holte sie ein, obwohl sie mit wütenden Schritten auf das Nordende des Parks zueilte.

Sie hielt an und wirbelte zu ihm herum, ihre Wangen waren gerötet, und Feuer loderte in ihren saphirblauen Augen. Man sah sie nur selten wütend, und Flynn musste sich eingestehen, dass er nie etwas Heißeres gesehen hatte. «Wieso konnte ich die Sachen nicht einfach anlassen?»

Vor seinem inneren Augen sah er, wie die gesamte Stadt beim Staffellauf ihre Beine betrachtete, dann schüttelte er den Kopf, um den Gedanken zu vertreiben. *«Wenn du wirklich in diesem Rock an einem Dreibeinrennen teilnehmen willst, dann bitte.»*

Sie legte nachdenklich den Kopf schief, dann nickte sie. «Und wieso darf ich Tom nicht küssen? Das hast nicht du zu entscheiden.»

Flynn seufzte. Es fiel ihm schwer, sie anzusehen, weil er sie an seine Brust ziehen wollte. Also starrte er stattdessen auf den Boden. *«Lass dich nicht zu einer zweiten Wahl machen.»* Als ihre Hände sich nicht hoben, um etwas in Gebärdensprache zu sagen, zwang er sich, ihr in die Augen zu sehen. Dieser Ausdruck auf ihrem Gesicht – als wäre sie noch nie für irgendwen die erste Wahl gewesen – sorgte dafür, dass sein Herz schmerzte. *«Kümmere dich nicht um mich. Tut mir leid. Tu, was du willst.»*

Sie kaute nachdenklich auf der Unterlippe, als sie ihn musterte. «Ist zwischen uns alles okay? Du wirkst in letzter Zeit etwas seltsam.»

Wenn jemand das wusste, dann sie. Sie verstand jede Nuance seines Wesens und seine Eigenheiten, als wären es ihre eigenen. Und er war ein wirklich schlechter Schauspieler. Und ... diese Sache mit dem Abstand funktionierte nicht. Vielleicht musste er einfach mit ihr reden, damit er diese seltsamen Gefühle hinter sich lassen konnten. Sie würde sich wahrscheinlich sowieso nur totlachen. Und dann konnten sie zur Normalität zurückkehren.

Doch jetzt war nicht der richtige Zeitpunkt dafür. *«Wir müssen los. Die* Wettbewerbe *fangen gleich an.»*

Er nahm ihre Hand und führte sie zu der freien Rasenfläche, die schon von Zuschauern umringt wurde. Die Teams der anderen Firmen hatten sich bereits am Start versammelt. Seine Tante Marie nickte ihnen zu und hob das Mikrophon an den Mund.

Da er auf diese Entfernung ihre Lippen nicht lesen konnte, sah er zu Gabby, die automatisch alles für ihn in Gebärdensprache übersetzte. Anscheinend sollte es zuerst ein Eierweitwerfen geben, wobei das Ei von einem Teilnehmer geworfen wurde, während der andere es auffangen musste. Nach jedem

Wurf musste das Paar seinen Abstand um einen halben Meter vergrößern, bis nur noch ein Paar mit einem ganzen Ei übrig war. Er erkannte einige der Mitspieler, aus dem Shooters, den Restaurants, der Bibliothek und anderen kleineren Geschäften. Tante Maries Sekretärin verteilte die Eier und reihte die Frauen auf einer Seite und die Männer auf der anderen Seite auf.

Flynn stand vielleicht einen halben Meter vor Gabby. Er grinste, hielt das Ei in der Hand.

«Wir kriegen das hin. Du bist Tierarzt. Du hast geschickte Hände.»

Er schüttelte den Kopf. Ihm war vollkommen schnuppe, ob sie gewannen oder nicht. Und so wie er sie kannte, ging es ihr genauso. Hier ging es nur um den Spaß.

Gabby drehte sich um, um Tante Marie sehen zu können, und zählte mit den Fingern nach unten, um ihm zu verraten, wann er anfangen sollte. Sobald sie den Daumen hob, warf er das Ei, sanft von unten. Sie fing es in den hohlen Handflächen auf und warf es zurück. Sie traten einen Schritt zurück und wiederholten das Ganze ein paarmal, wobei sie länger durchhielten als die meisten anderen.

Bis Gabby schließlich danebengriff und das Ei zerbrach. Auf ihrem Busen. Direkt zwischen ihren Brüsten, sodass das Eigelb in ihr Korsett lief. Er würde nie wieder Eier essen können, ohne daran zu denken. Sie blieb wie angewurzelt stehen, offensichtlich ratlos, was sie tun sollte. Er presste die Lippen aufeinander, um nicht zu grinsen.

Das Paar neben ihnen, Angestellte des Baumarktes, jubelte über seinen Sieg. Gabby sagte etwas zu der Frau, woraufhin sie Gabby ihr Ei gab. Gabby drehte sich mit zusammengekniffenen Augen zu Flynn um und lächelte. Ein Lächeln, das ihn an die

Autowaschaktion im letzten Highschool-Jahr erinnerte, als sie ihm einen Eimer Seifenwasser über den Kopf gegossen hatte, weil er sie mit dem Schlauch nass gespritzt hatte.

Zur Hölle. Nein. *«Hey, du hast das Ei nicht gefa...»*

Das Ei traf ihn und zerbrach. In seinem Schritt. Schalenreste und gelber Schleim tropften vor seinen Füßen zu Boden. Er stemmte die Hände in die Hüften und wartete darauf, dass sie aufhörte zu lachen. Während er sie beobachtete, wünschte er sich für einen kurzen Moment, er könnte sie hören. Er hätte darauf gewettet, dass ihr Lachen so fröhlich und strahlend war wie ihre Augen.

Dann wurde sie wieder ernst. Ansatzweise zumindest.

Flynn seufzte. *«Fühlst du dich jetzt besser?»*

Sie kam zu ihm und tätschelte ihm die Schulter, bevor sie das Handtuch auffing, das jemand ihnen zuwarf. Er starrte die Umstehenden an, während sie sich sauber machte, und hätte schwören können, dass Brent Tante Rosa abklatschte. Warum? Gabby gab ihm das Handtuch, und er bemühte sich, den Eierschleim aus dem Schritt seiner Jeans zu entfernen. Er sah aus, als hätte er sich in die Hose gemacht.

Dann folgte das Dreibeinrennen. Er konnte sich bessere Arten vorstellen, an Gabby gefesselt zu sein, und zwar nicht an den Beinen. Trotz der Hitze, die ihn erfüllte, weil er direkt neben ihr stand und einen Arm um ihre Hüfte gelegt hatte, um das Gleichgewicht zu wahren, absolvierten sie das Rennen ohne Zwischenfälle.

Überwiegend zumindest. Sie kamen als Letzte ins Ziel, weil das Paar neben ihnen stolperte und sie mit zu Boden riss. Flynn war zu sehr damit beschäftigt, jede Reaktion zu unterdrücken, als Gabby auf ihn stürzte und ihr blondes Haar sich wie ein

Wasserfall auf sein Gesicht ergoss, als dass er einen Gedanken an irgendetwas anderes verschwenden konnte. Also dauerte es eine Weile, wieder auf die Beine zu kommen und das Rennen zu beenden. Ihr Honigduft war wirklich das reinste Aphrodisiakum.

Noch ein Wettkampf, dann war dieser Blödsinn endlich ausgestanden. Er verpasste die Hälfte der Anweisungen, weil er in den inzwischen bedeckten Himmel starrte und zu einer höheren Macht betete. Gott möge ihm Gleichmut schenken ... oder irgendetwas in der Art. Nur funktionierte es nicht. Er wollte wieder mit Gabby in die Horizontale, aber ohne Zeugen und Kleidung. Allein dieser Gedanke machte ihn schon zum Arschloch erster Güte.

Gabby legte ihm einen pinkfarbenen Wasserballon in die Hände. Er starrte erst den Ballon an, dann sie. Sein Karma war wirklich grauenhaft, wenn der nächste Wettkampf sie, diese Kleidung und Wasser beinhaltete. Flynn warf ihr einen fragenden Blick zu. Als sie ihm erklärte, was sie tun sollten, konnte er nur mit den Zähnen knirschen.

Er beobachtete, wie die anderen Paare die Ballons zwischen ihren Brüsten zusammendrückten und sich aufstellten, um in dieser Position die Ziellinie zu erreichen. Die Aufgabe bestand darin, den Ballon weder kaputt zu machen noch fallen zu lassen. Und auf keinen Fall die Hände zu benutzen. Vielleicht sollte er ihren Wasserballon einfach sofort und ‹aus Versehen› fallen lassen.

Gabby drückte sich an ihn, Schenkel an Schenkel, Brust an Brust, und schob den Ballon zwischen sie. Sie wirkte fröhlich und unbeschwert, während ihm der Atem stockte. Seine Kehle war wie zugeschnürt von dem verzweifelten Wunsch, dass diese Anziehungskraft endlich ein Ende – oder Erfüllung – fand.

Gabby musste seine Anspannung gespürt haben, weil sie ihre kühlen Finger um seinen Unterarm schloss und ihn mit einem sanften Blick musterte.

Sie mussten reden. Daran führte kein Weg mehr vorbei. Über die Jahre hatten sie schon über fast alles gesprochen. Dieser irrationale Impuls würde da keinen Unterschied machen. Oder?

Er hatte nicht einmal bemerkt, dass die anderen sich bereits auf den Weg gemacht hatten. Und auch nicht, dass er unwillkürlich näher an Gabby herangetreten war ... bis sein Hemd nass wurde. Super. Sie hatten noch nicht mal angefangen, und er hatte es schon verbockt.

Gabby erschauerte, und Gänsehaut bildete sich auf ihren Armen. Kleine pinke Plastikfetzen des Ballons hingen in ihrem Haar, und ihre Wimperntusche verlief. Sie wischte sich mit den Fingern Wassertropfen von den Lippen, und er wünschte sich, es wäre seine Hand.

Er hob die Arme, zog sein Sweatshirt aus und streifte es ihr über den Kopf.

· 8 ·

Mit Flynn dicht hinter sich betrat Gabby ihren kleinen Bungalow und legte den Schlüsselbund auf den Tisch im Flur. Sehnsüchtig sah sie zu dem gemütlichen blauen Sessel vor dem Wohnzimmerfenster hinüber, bevor sie stirnrunzelnd ihre Kleidung betrachtete. Erst duschen. Danach im Sessel kollabieren.

Sie drehte sich zu Flynn um, weil sie ihm sagen wollte, dass sie gleich zurück sei, doch als sie die Anspannung in seinen Schultern und um seine Augen sah, zögerte sie. Er benahm sich seit zwei Wochen seltsam. Und sie war keine Idiotin. So, wie er ihr abwechselnd aus dem Weg ging und hitzige Blicke zuwarf, konnte sie nicht mehr leugnen, dass er sich von ihr angezogen fühlte.

Er schob die Hände in die Hosentaschen, sodass sein T-Shirt sich über seinem Bizeps spannte, dann musterte er den Parkettboden, als könnte er zwischen den dunklen Brettern eine Lösung für den Hunger in der Welt finden.

Müde schüttelte Gabby die Stiefel ab und schob sie neben die Tür. Es war ein langer Tag gewesen. Brent hatte sie angezogen wie eine Prostituierte, und Zoe hatte ihr ein Dragqueen-Make-up verpasst. Sie war gezwungen worden, jeden verfügbaren Mann in Redwood zu küssen, um dann für die Klinik bei verschiedenen dämlichen Wettbewerben anzutreten. Sie war vollkommen fertig. Sie sehnte sich nach einer heißen Dusche, einer Tasse Kakao und zwei ungestörten Stunden mit einem guten Buch.

Ob Flynn da war oder nicht. Es war ihr egal. Mit Flynn abzuhängen war immer einfach gewesen. In letzter Zeit allerdings nicht mehr. Sie vermisste … diese Leichtigkeit.

Zumindest schienen die nächsten fünf Freitage vielversprechend. Ihr Kuss-Stand war ein voller Erfolg gewesen, eine Menge Männer hatten sie um ein Date gebeten. Doch statt erleichtert zu sein, war sie enttäuscht. Diese Kerle hätten nie etwas unternommen, wenn sie sich nicht anders angezogen und Brent sie nicht angepriesen hätte. Sie wollte jemanden, der sie sah, wie sie war, ohne hautenge Kleidung und Schnickschnack. Was, wenn sie ehrlich war, seit der Pubertät nicht mehr geschehen war. Also warum sich weiter Hoffnungen machen?

Und der Mann, der jetzt vor ihr stand? Ihr bester Freund? Aus irgendeinem unverständlichen Grund hatte er plötzlich angefangen, sie nicht mehr als Kumpel zu sehen, sondern als Frau. An seinem schweren Atem, seinen geweiteten Pupillen und den holprigen Gesprächen, wann immer er in ihrer Nähe war, erkannte sie, dass er gegen sein Verlangen ankämpfte. Als wäre es falsch, sie zu begehren.

Gabby musste zugeben, dass sie auch nicht so genau wusste, was sie von dieser Entwicklung halten sollte. Sie hatte sich das Ganze gerade erst eingestanden. Es war noch zu früh, um zu wissen, ob sie ihn ebenfalls wollte oder nicht. Flynn war ein unglaublich attraktiver Mann, sowohl körperlich als auch von seiner Persönlichkeit. Doch das war vollkommen unwichtig. Denn letztendlich, wenn es hart auf hart kam, hatte sie einen Mann verdient, der sich nicht schämte, weil er sie begehrte. Einen Mann, der wirklich mit ihr zusammen sein wollte. Jemanden, der sich nicht benahm, als müsste er gegen seine Gefühle ankämpfen.

Und es war nur zu offensichtlich, dass Flynn sie nicht begehren *wollte.*

Schließlich suchte er ihren Blick. In seinen Augen sah sie Bedauern und eine Entschuldigung. *«Können wir reden?»*

Schlimmster Satz in der gesamten Geschichte der gesprochenen Sprache. Noch vor ‹Lass uns Freunde sein›. Und sie waren bereits befreundet. Das war das Schlimmste an der ganzen Sache. Er war ihr bester Freund, wusste so gut wie alles über sie und schämte sich trotzdem, weil er sie begehrte.

Sie deutete mit dem Kinn Richtung Flur. «Vorher muss ich duschen. Gibst du mir fünf Minuten?» Sie griff nach dem Saum des Sweatshirts, das er ihr im Park geliehen hatte, zog es sich über den Kopf und drückte es ihm in die Hand.

Er schluckte schwer, dann nickte er, während er ihr das Sweatshirt abnahm, ohne ihr dabei zu nahe zu kommen. Trotz all seines James-Bond-Gleichmuts wirkte er gerade geschüttelt *und* gerührt.

Sie schlurfte den Flur entlang. Ohne in den Spiegel zu sehen, schlüpfte sie unter die Dusche und beeilte sich, statt sich unter dem heißen Wasserstrahl zu entspannen, wie sie es sich gewünscht hätte. Dann zog sie ein paar Boxershorts und ein T-Shirt über. Jetzt fühlte sie sich wieder wie sie selbst. Sie griff nach dem Türknauf und zögerte.

Flynn wollte reden. Sie wusste nicht, ob er vorhatte, direkt mit der Wahrheit herauszurücken oder sie mit einer Ausrede abzuspeisen, aber ihr Herz würde diesen Schlag so oder so nicht wegstecken können. Nicht, wenn er von ihm kam. Sie nahm sich einen Moment Zeit, um zu entscheiden, was sie tun wollte, dann öffnete sie die Tür.

Sobald sie das Wohnzimmer betrat und ihn sah, wurde ihr

klar, dass sie mit dem Entschluss, diesem Gespräch auszuweichen, die richtige Entscheidung getroffen hatte. Flynn saß auf ihrer Couch, die Ellbogen auf den Knien und den Kopf in den Händen vergraben, während ihre Tigerkatze Popsicle ihr Bestes gab, seine Aufmerksamkeit zu erregen, indem sie sich an seinem Rücken rieb. Flynn hatte offensichtlich in den vollen Schuldgefühl-Modus geschaltet.

War es zu viel verlangt, sich einen Mann zu wünschen, der sie auch ohne Schuldgefühle begehrte?

Er riss den Kopf hoch und sah ihr ins Gesicht. Der Blick in seinen Augen traf sie wie ein Schlag. Die Offenheit darin war alleine schon erschütternd. Es fiel ihr schwer, Flynn, den Mann, von Flynn, dem guten Freund, den sie schon so lange kannte, zu trennen. Schwer vorstellbar, dass beide dieselbe Person waren. Aber er wirkte noch unsicherer als vorhin. Und so fiel ihr etwas ein, wie sie diesem so dringend nötigen Gespräch aus dem Weg gehen konnte, zumindest heute Abend. Morgen konnte sie sich der Sache auch noch stellen.

«Bist du immer noch nervös wegen des Tanzes auf Cades Hochzeit?»

Er stand auf, trat aber nicht näher an sie heran. Seine Miene verriet, dass er nicht wusste, wie er antworten sollte. Sein rötlich blondes Haar stand in alle Richtungen ab, weil er gerade noch die Finger darin vergraben hatte, und an seinem Kinn zuckte ein Muskel im Takt ihres Herzschlages.

Vielleicht hatte sie die Sache auch nicht ganz durchdacht. Okay, das hatte sie definitiv nicht. Sie konnte den genauen Zeitpunkt nennen, an dem die Sache zwischen ihnen aus dem Gleichgewicht geraten war. Es war der Moment gewesen, als sie mit ihm getanzt hatte. Ihm ein weiteres Mal so nahezukommen war eine ähnlich gute Idee, wie im Dezember auf dem Klamath Mountain Ski zu fahren. Nackt.

Popsicle kratzte an Flynns Hosenbein, weil sie nun einmal keine Scham kannte, wenn es um Streicheleinheiten ging, und Flynn beugte sich vor, um sie hochzuheben. Seine große Hand kraulte Popsicles Rücken, wobei er die Katze ansah, und Gabby konnte quasi sehen, wie sich die Zahnräder in seinem Kopf drehten.

Nach einem Moment setzte er Popsicle wieder ab und sah zaghaft Gabby an. Die drei Meter zwischen ihnen schrumpften plötzlich, ohne dass einer von ihnen sich bewegte. *«Ich glaube, wir sollten reden.»* Er zog eine Grimasse, als wäre ihm gerade erst bewusst geworden, was er gesagt hatte, und fuhr sich mit einer Hand durchs Haar. Dann schloss er die Augen. *«Ich werde sonst in ungefähr drei Sekunden wahnsinnig.»* Er öffnete die Augen und seufzte, als flehe er sie an, alles in Ordnung zu bringen.

Und einfach so verpuffte die Spannung, und er war wieder ihr bester Freund, der ein Problem mit ihr diskutieren wollte. Es spielte keine Rolle, dass es dabei dieses Mal um sie ging. Darüber zu reden würde überhaupt nichts ändern, weil ihm die Idee, dass er sie anziehend fand, offensichtlich immer noch nicht gefiel. Aber etwas in ihr wurde nachgiebiger. Jetzt im Moment brauchte er sie, und das würde sie ihm nie verweigern.

«Ich weiß. Aber wir müssen die Situation nicht analysieren, oder? Du solltest nur wissen, dass ich mir der Sache ... bewusst bin.» Sie wollte ihm einen Ausweg bieten, wollte auf diese Weise die Tatsachen anerkennen, ohne ihn über heiße Kohlen laufen zu lassen. Ihnen Zeit geben, sich an die Situation zu gewöhnen, um einfach zu schauen, was passierte.

Doch ... er wirkte verletzt, als hätte sie seine Gefühle damit leichtfertig abgetan. Langsam senkten sich seine Augenbrauen. Eine Erkenntnis flackerte in seinen Augen auf, und seine Lippen wurden schmal. Sie hatte das unangenehme Gefühl, dass er sie falsch verstanden hatte. Sie trat vor, getrieben von dem Drang, ihn zu trösten, doch er wandte den Blick ab, und sie erstarrte.

Er rieb sich das Gesicht. *«Was sollen wir tun? Wie …»*

Sie ging zu ihm und nahm seine Hände, dann wartete sie darauf, dass er sie ansah, damit er ihre Lippen lesen konnte. Es schien ihn viel Kraft zu kosten, doch schließlich hob er den Blick und sah ihr auf den Mund.

«Wir tanzen. Das werden wir tun. Tanzen.»

Eine kleine Falte erschien zwischen seinen Brauen. Seine Schultern sanken nach unten, als wäre ihm ein tonnenschweres Gewicht abgenommen worden, und er trat vor, bis ihre Körper sich berührten. Sie spürte sein tiefes Seufzen in ihrem Haar, als er sie an sich zog, eine Hand an ihrem Nacken, die andere an ihrem Kreuz. Sie drückte die Wange an seine Brust und atmete seinen Duft ein, eine Mischung aus Seife und den Gerüchen des Tages.

Dann schlang sie die Arme um ihn, drückte die Handflächen an seinen warmen Rücken. So blieben sie kurz stehen, bevor er sie sanft in Bewegung setzte. Ein vorsichtiges Wiegen, als wäre er sich nicht sicher. Sie folgte seiner Führung und bewegte sich mit ihm. Einen Schritt nach links, einen nach hinten, während er sie die ganze Zeit an sich gedrückt hielt.

Es gab keine Musik, aber der Moment hatte eine ganz eigene Magie, die sich um sie spann. Sie durchdrang. Der Rest der Welt verblasste, sodass es nur noch Flynn und sie gab. Hätte sie noch an solche Dinge geglaubt, sie hätte sich wie in einem

Märchen gefühlt, so wie er sie scheinbar vor allem beschützen wollte, sogar vor sich selbst. Seine Arme schlossen sich fester um sie und boten ihr Sicherheit.

Nach ein paar Minuten wurden ihr zwei Dinge klar. Zum einen: Er brauchte keine Tanzstunden. Und zum zweiten: Ihr Körper reagierte begeistert auf seine Nähe. Sie waren sich noch nie so nahe gewesen, dass sie seinen gesamten Körper spüren, in ihm versinken konnte.

Ihre Brüste wurden gegen seine harte Brust gedrückt, die leichte Bewegung des Tanzes reichte, dass ihre Nippel sich verhärteten. Sie spürte ein Brennen. Ein Sehnen. Flynns Kinn ruhte auf ihrem Kopf, als wäre es vollkommen natürlich, sie so zu halten. Ihre Oberschenkel berührten sich, seine Jeans auf ihrer nackten Haut. Als eines seiner Beine zwischen ihre Schenkel glitt, drängte sie sich näher an ihn. Die Muskeln an seinem Rücken bewegten sich unter ihren Händen, sie spürte seine Stärke, und Verlangen stieg in ihr auf. Die Hitze entstand in ihrem Bauch und verlagerte sich zwischen ihre Beine.

Und das war die Antwort auf die Frage, ob sie ihn auch wollte. Er hatte offensichtlich … etwas … empfunden, aber sie hatte verleugnet, was direkt vor ihrer Nase geschah, und sich stattdessen eingeredet, dass sie zu viel in gar nichts hineininterpretierte.

Aber das hier war alles andere als nichts. Und sie hatte keine Ahnung, was sie tun sollte.

«Gabby …»

Oh, *seine Stimme*. Er sprach nicht oft … und aufgrund seiner Taubheit klang ihr Name eher wie *Gob-bee*. Doch die Anspannung, das Verlangen, das in diesem einen Wort mitschwang, ließ sie bis in die Zehenspitzen erschauern.

Ihr wurde klar, dass sie nicht länger tanzten. Sie hatte die Finger in seinem Hemd vergraben und klammerte sie mit aller Macht an ihn. Unbewusst hatte sie ihre Stirn gegen seine Kehle gedrückt, ihr Mund war nur Millimeter von seiner warmen Haut entfernt. Als er schluckte, berührten ihre Lippen seinen Adamsapfel.

Flynn erstarrte bei dem Kontakt … bis auf seine Finger, die sich plötzlich in ihrem Haar vergruben. Dann, als wollte er die Stimmung austesten, glitt seine andere Hand von ihrem Kreuz an ihre Taille, eine langsame, wunderbare Bewegung. Ihr Atem stockte. Er deutete das offenbar als Erlaubnis, denn seine Handfläche glitt weiter über ihre Rippen, dann spreizte er die Finger, sodass sie durch das T-Shirt hindurch die Unterseite ihrer Brust liebkosten.

Sie schloss die Augen und schmolz förmlich in seinen Armen. Wurde zu flüssigem Feuer. Nichts sonst spielte mehr eine Rolle – nicht die Gründe, die sie davon abgehalten hatten, ihrem Verlangen zu folgen, nicht der Schaden, den ihre Freundschaft nehmen konnte. Sie konnte nur an seine Berührung denken. Ihr Herz raste, und ihr Körper sehnte sich nach ihm. So sehr, dass es beinahe weh tat. Kein anderer Mann hatte je ein solches Verlangen in ihr erzeugt.

Flynn senkte den Kopf, um mit seiner Wange über ihre zu streichen. Das Kratzen seiner Bartstoppeln auf ihrer Haut entlockte ihr ein Stöhnen. Rau auf weich. Er musste das Geräusch irgendwie gespürt haben, denn er antwortete ihr seinerseits mit einem leisen Stöhnen. Seine Brust hob sich in einem scharfen Atemzug, bevor er zitternd ausatmete, sodass heiße Luft über ihr Ohr, ihren Hals glitt. Sein Mund strich fast unmerklich über ihre Haut, eine hauchzarte Liebkosung, eine Frage …

Ja. Gott, ja. Sie vergrub ihr Gesicht an seiner Kehle, öffnete die Lippen und ließ ihre Zunge über seine Haut gleiten. Er roch so gut – nach warmem, erregtem Mann. Sie schmeckte das Salz auf seiner Haut und wollte ihn überall kosten. Seine Hand in ihrem Nacken umfasste sie fester, als müsste er sie festhalten oder hätte Angst, dass sie aufhörte. Die Fingerspitzen seiner anderen Hand pressten sich gegen ihre Rippen, verbrannten sie mit ihrer Hitze. Seine Hüfte drängte sich nach vorne, seine harte Erektion drückte gegen ihren Bauch und …

Er ließ sie los.

Sie schwankte, als er sich so plötzlich von ihr löste und kühle Luft auf ihre Haut traf.

Seine Hände lagen noch auf ihren Schultern, aber er hielt sie auf Armlänge von sich entfernt. Er atmete schwer und starrte sie an, als hätte er sie noch nie gesehen. Aus großen, haselnussbraunen Augen, in denen unzählige Gefühle schimmerten. Dann senkten sich seine Lider, wie eine Tür, die sich vor ihr schloss, und ein gequälter Ausdruck erschien auf seinem Gesicht.

Die Zurückweisung traf sie wie ein Schlag. Sie schlang die Arme um ihren Bauch, wie um sich selbst zu stützen. Sie konnte ihre Tränen kaum zurückhalten, während sie auf seine Brust starrte, weil sie zusammenbrechen würde, wenn sie das Bedauern in seiner Miene noch einen Moment länger ertragen musste.

Gott, das tat weh. Unzählige Male war sie übergangen worden. Hatte sich in einem Raum voller Menschen aufgehalten, ohne gesehen zu werden. War mit dem Etikett ‹Gute Freundin› versehen worden. Doch dass Flynn sie jetzt zurückwies, als hätte er gerade den schlimmsten Fehler seines Lebens begangen …

das fühlte sich an wie ein Stich in die Brust. Ihre Kehle wurde schmerzhaft eng. Sie hatten kaum etwas getan, und trotzdem betrachtete er sie ... als Fehler.

Flynn richtete sich auf, fuhr sich mit beiden Händen durch die Haare und entfernte sich mit großen Schritten, nur um im nächsten Moment zurückzukehren und sanft ihre Wangen zu umfassen. Tiefe Verzweiflung ging von ihm aus. Mit frustriert gerunzelter Stirn starrte er sie flehend an. Dann hob er die Hände, als wäre ihm erst jetzt bewusst geworden, dass er sie schon wieder berührte, und trat zwei Schritte zurück.

Er rieb sich den Nacken. Sah sich im Raum um. «*Himmel. Es tut mir leid. So leid.*»

Ja, das hatte sie verstanden. Wie jämmerlich war es da, dass ihr nur eines leidtat – nämlich dass er aufgehört hatte? Sie versuchte durchzuatmen, aber sie konnte Flynn immer noch riechen, und das machte alles nur noch schlimmer. Ihr wurde übel, und ihre dämlichen, dämlichen Arme wollten sich wieder um ihn schließen.

«*Ich werde nicht ...*» Er trat vor und senkte den Kopf, um ihr in die Augen zu sehen. «*Es wird nicht wieder passieren. Das verspreche ich.*»

Sie nickte wie eine Idiotin, denn was sollte sie schon sagen?

Popsicle wand sich um ihre Knöchel, während sie dastand, kurz davor, in Millionen kleine Stücke zu zerbrechen. Erst als die Eingangstür sich mit einem leisen Klicken schloss, wurde ihr klar, dass Flynn gegangen war.

Gabby stolperte zur Couch, ließ sich fallen und rieb sich die Stirn. Sie fühlte sich wie betäubt. Sie hatte keine Ahnung, wie lang sie dort saß und das Sweatshirt anstarrte, das Flynn vergessen hatte, während Popsicle gegen ihren Arm stieß, weil sie gestreichelt werden wollte. Sie blinzelte.

Dann klingelte ihr Handy. Sie zuckte zusammen, womit sie der Katze ein erschrockenes Fauchen entlockte. In der Hoffnung, dass es eine Nachricht von Flynn war, griff sie nach dem Handy und sah auf das Display.

Ein Anruf von Brent. Zu jedem anderen Zeitpunkt wäre sie drangegangen, doch heute Abend brauchte sie ... Was? Irgendwas. Eines der Mädels. Avery oder Zoe, um über das zu reden, was passiert war, weil sie gerade einfach nicht verstand, was vor sich ging. Wie sollten sie und Flynn weiter zusammenarbeiten? Wäre das nicht peinlich? Und was war mit ihrer Freundschaft?

Sie ignorierte Brents Anruf und entsperrte mit zitternden Fingern das Display, um durch ihre Kontaktliste zu scrollen. Bei Averys Namen hielt sie nicht an. Vermutlich brachte sie gerade ihre Tochter Hailey ins Bett. Bei Flynns Namen musste sie ein Schluchzen unterdrücken, dann kam sie zu Rachel und hielt kurz inne. Ihre Schwester hatte jede Menge Erfahrung, wenn es um Sex ging, aber absolut keine Ahnung, wenn es um Verabredungen oder Freundschaft ging. Bei Zoes Mutter war vor vier Jahren eine früh auftretende Form der Demenz diagnostiziert worden. Ihr geistiger Zustand verschlechterte sich rapide, und die arme Zoe tat alles in ihrer Macht Stehende, um ihre Mutter zu Hause behalten zu können. Nachdem sie den ganzen Tag auf dem Spring Fling gewesen war, bemühte sich Zoe wahrscheinlich gerade darum, ihre Mutter zu beruhigen und wieder zur gewohnten Ordnung zurückzukehren.

Sie scrollte wieder nach oben. Avery war relativ neu in der Stadt. Vielleicht konnte sie Gabby eine neue Perspektive eröffnen, einen neuen Blickwinkel. Avery war letzten Monat bei Cade eingezogen, und Cade kümmerte sich liebevoll um Hailey. Vielleicht war es okay, wenn sie Avery anrief.

Sie konnte nicht den ganzen Abend so herumsitzen. Irgendwann würde sie sonst explodieren. Oder eine Eisfabrik überfallen. *Her mit dem Brownie-Eis, oder ich schieße ...*

«Hey. Störe ich gerade? Hättest du eine Minute?»

Avery brummte zustimmend. «Du störst gar nicht. Was ist los?»

Gabby schaffte es nur mit Mühe, die Fassung so weit zu wahren, dass sie ihrer Freundin erzählen konnte, was passiert war. Nach einem Moment des nachdenklichen Schweigens meinte Avery: «Wow.»

«Ja.»

«Wenn ich ehrlich bin, überrascht es mich eher, dass nicht schon früher was zwischen euch passiert ist. Ihr beide seid ... ich weiß nicht. Da sprühen Funken. Definitiv.»

Funken, ein Inferno. Wie auch immer man das bezeichnen wollte, es war da. Aber bis vor kurzem hatte sie nichts von irgendwelcher Romantik bemerkt. Hatte der Rest der Stadt etwas gesehen, was ihr nicht bewusst gewesen war?

Avery seufzte. «Mal abgesehen vom Offensichtlichen, was hält dich davon ab, es mit ihm zu versuchen? Ich meine, ich kann mir einfach nicht vorstellen, dass ihr euch hassen würdet, falls es nicht läuft.»

Hassen? Nein. Aber die Freundschaft und die enge Arbeitsbeziehung – ganz zu schweigen von ihrer Clique – könnten darunter leiden. «Er benimmt sich, als wäre diese Chemie zwischen uns das Schlimmste, was ihm passieren konnte.»

Avery lachte. «Für ihn ist das wahrscheinlich auch so. Mal

ehrlich, Gabby. Ihr kennt euch seit der Vorschule, ihr arbeitet jeden Tag zusammen, und er ist abhängiger von dir, als dir vielleicht bewusst ist. Und für einen Mann ist es ziemlich beschämend, das zuzugeben. Ich wette, dass er sich gerade selbst zum Teufel wünscht, weil er alles kaputt gemacht hat.»

Das verstand sie so weit. Doch sie konnte nicht mit einem Mann zusammen sein, der Schuldgefühle hatte, weil er sie berührte oder begehrte. Und da dieser Mann zufällig Flynn war, würde jetzt nichts mehr so sein wie zuvor. Weil er nicht einfach irgendwer war. Wenn sie ihren Gefühlen folgten, gäbe es keinen Weg zurück. Von allen Menschen in ihrem Leben besaß nur Flynn die Macht, sie in ihrem Innersten zu verletzen – nicht nur oberflächlich, wie andere es getan hatten.

Sie kraulte Popsicle und starrte Flynns Sweatshirt an. «Was sollte ich deiner Meinung nach tun?»

Avery stieß den Atem aus. «Du hast heute eine Menge Verabredungen klargemacht, richtig? Geh mit jemand anderem aus. Flynn hat dich bisher nie wirklich mit einem anderen Mann gesehen, zumindest nicht, seitdem er sich eingestanden hat, dass er sich zu dir hingezogen fühlt. Vielleicht wird ein Date mit jemand anderem euch beiden bewusst machen, was ihr wirklich wollt. Wer weiß? Vielleicht ist da gar nichts zwischen euch beiden, und ihr regt euch völlig umsonst auf. Auf jeden Fall wird es ihn zwingen, etwas zu unternehmen.»

Gabby kaute auf der Unterlippe. Sie wollte ihn zu nichts zwingen. Sie wollte nur ... was Avery und Cade hatten. Was Drake und Heather gehabt hatten. Sie wollte geliebt werden. Jemandem etwas bedeuten.

«Und Gabby? Ich bin mir ziemlich sicher, dass dir alles um die Ohren fliegt, wenn du die Situation ignorierst.»

· 9 ·

Cade stellte sein Bier ab. «Moment. Willst du damit sagen, es hat ihr nicht gefallen?»

Flynn saß zusammengesunken auf einem Hocker an der Bar im Shooters, das an diesem Freitagabend gut gefüllt war. Er zog sich die Baseballkappe tiefer in die Stirn und versuchte, eine Antwort zu finden. Die Wahrheit lautete, dass er nicht wusste, ob Gabby in dem Moment genauso versunken gewesen war wie er oder ob er vollkommen wahnsinnig geworden war und sich ihre leidenschaftliche Reaktion nur eingebildet hatte.

Letztendlich zuckte Flynn mit den Achseln. *«Ich weiß es nicht.»*

Cade, der auf dem Hocker neben ihm saß, warf ihm einen ungläubigen Blick zu. «Wie kannst du das nicht wissen? Ich meine, hat sie reagiert oder nicht? Daran merkst du doch, ob sie auf dich steht.»

Das war genau das Problem. Flynn hatte an diesem Abend vor einer Woche versucht, mit Gabby zu reden, und sie hatte ihn … auflaufen lassen. Das hatte sie noch nie getan, kein einziges Mal. Und das bewies doch, dass die Gefühle einseitig waren. Sie hatte in ihrem Wohnzimmer vor ihm gestanden und hatte erklärt, dass sie wusste, dass er sie wollte. Und dann hatte sie sich benommen, als hätten sie über das Wetter gesprochen.

Und genau in diesem Moment hatte er beschlossen, sich lieber den eigenen Arm abzukauen, als ihr noch einen einzigen unbehaglichen Moment zu bereiten. Er war schließlich der dämliche Trottel, der die unsichtbare Grenze übertreten hatte. Es war auf keinen Fall ihre Schuld. Er war entschlossen gewesen, einfach weiterzumachen wie bisher und einen Weg zu finden, über diese Sache hinwegzukommen.

Doch dann hatte sie ihre weichen Kurven an ihn gedrückt und sich an ihn geklammert wie eine Ertrinkende. Vollkommene Verwirrung. Es war unmöglich gewesen, nicht zu bemerken, wie ihre Brustwarzen steif wurden, wie ihre Wangen erröteten. Und wie flach sie atmete. Und dann war da ihr offener Mund an seiner Kehle gewesen, die Zunge, die seine Haut ... geleckt hatte. Sie hatte ihn geleckt.

Jede andere Frau hätte er sofort aufs Sofa gezogen, und sie wäre bereits auf halbem Weg zu einem Orgasmus gewesen, bevor ihm die ersten Zweifel gekommen wären. Das letzte Mal mochte eine Weile her sein, aber er hatte nicht vergessen, wie es ging. Nur war Gabby nicht jede andere Frau.

Er hatte den Kopf gehoben, um ihr in die Augen zu sehen, um Bestätigung zu suchen, und stattdessen hatte er ... Scheiße. Er würde diese enttäuschte Miene nie vergessen. Als hätte er sie verraten.

«Beim Spring Fling wirkte die Stimmung zwischen euch ziemlich hitzig.»

Flynn rieb sich das Gesicht und nahm einen tiefen Schluck von seinem Bier. *«War wohl ein falscher Eindruck.»*

Cade musterte ihn aus dem Augenwinkel, dann zog er sein Handy heraus und rief eine App auf. Nach ein paar Bewegungen seines Daumens drehte er das Display in Flynns Richtung.

«Du hast die Pinterest-App auf dem Handy? Sehr männlich, kleiner Bruder.»

Cade runzelte die Stirn. «Wenn dir die Drachen auf den Fersen sind und sich in dein Leben einmischen, wirst du sie auch installieren. Andererseits ... genau das ist schon passiert.» Er wedelte mit dem Handy.

Mit einem Seufzen nahm Flynn ihm das Gerät ab und erstarrte. Dort, auf einer der Pinnwände, war ein Bild von ihm und Gabby auf dem Spring Fling – sie in seinen Armen, ihre Gesichter dicht beieinander, direkt nachdem der Ballon geplatzt war. Hätte er es nicht besser gewusst, hätte er schwören können, dass es eine Werbeanzeige für irgendein sinnliches Parfüm war.

«Keine Chemie? Da musst du dir eine bessere Lüge ausdenken.»

Flynn gab seinem Bruder das Handy zurück. Sein Herz raste. *«Wir sind nur Freunde. Wie wir es immer waren.»*

«Und das ist okay für dich?»

Musste es wohl sein. Welche Alternative gab es denn? Sie verlieren? *«Es ist okay. Wir sind okay.»*

Am Montag nach dem ... Zwischenfall hatte sie sich benommen, als wäre nichts passiert. Sie verfielen bei der Arbeit in ihren gewohnten Trott, und alles lief so locker und problemlos wie immer. Bis auf winzige Kleinigkeiten. So hatte sie im Auto nicht mitgesungen, hatte ihm kaum in die Augen gesehen und ihm auch nichts von ihrer Verabredung erzählt. Ihrer Verabredung heute Abend. Hier.

Gabby und einer der örtlichen Deputys, mit dem sie zur Schule gegangen waren, saßen genau drei Tische hinter ihm. Sie trug ein Sommerkleid in der Farbe ihrer Augen, das von einer Schleife im Nacken gehalten wurde. Ein kurzes Zupfen an der Schleife, und das Kleidungsstück würde sofort zu Boden fallen.

Soweit Flynn es im Spiegel hinter der Bar verfolgt hatte, war Wyatt sehr aufmerksam, beugte sich vor, wenn sie etwas sagte, und berührte immer wieder beiläufig ihre Hand. Gabby lächelte viel und lachte auch immer wieder in Reaktion auf etwas, das Wyatt erzählte. Sie schienen sich glänzend zu verstehen. Hurra.

Flynn knirschte mit den Zähnen. Welcher Volltrottel wählte das Shooters für ein erstes Date? Und wieso zur Hölle war Flynn immer noch hier und folterte sich selbst?

«Okay, hm?» Cade stieß ihn mit der Schulter an. «Deswegen starrst du auch die ganze Zeit böse in den Spiegel ... weil du okay bist? Du hältst keine fünf Sekunden durch, ohne nach ihr zu schauen. Himmel, du hast nicht mal bemerkt, dass Emma Jane dich seit einer guten Stunde abcheckt.»

Flynn sah die Barkeeperin an. Emma Jane war eine zierliche Brünette, mit der er gelegentlich verstohlen eine Nacht verbracht hatte. ‹Verstohlen›, weil sie eine dreijährige Tochter hatte, und ‹gelegentlich› aus demselben Grund. Die letzte intime Begegnung war etwa acht Monate her.

Keiner von ihnen hatte Interesse an mehr als sexueller Befriedigung, und ehrlich gesagt, war die ganze Sache im Grunde zu anstrengend gewesen, als dass sie sich wirklich gelohnt hätte. Er hatte mehr Zeit damit verbracht, in ihrem Gesicht nach Zeichen dafür zu suchen, was ihr gefiel, als selbst Spaß zu haben. So lief es bei all seinen Geliebten. Eine Menge Frauen fanden es unheimlich, dass er die Augen immer offen hielt. Aber da er nicht hören konnte und seiner Partnerin auf jeden Fall Befriedigung verschaffen wollte, musste er sich auf Beobachtungen verlassen. Falls eine Frau zu irgendeiner Zeit ihre Meinung änderte oder ihr etwas Bestimmtes nicht gefiel, dann wollte er es wissen.

Sex erschien ihm zunehmend anstrengend. Auch wenn das nicht hieß, dass er ihn komplett aus seinem Leben streichen wollte.

Emma Jane hob den Blick vom Zapfhahn und lächelte. Nachdem sie kurz die Bar abgewischt und Frank vom Baumarkt sein Bier über den Tresen geschoben hatte, warf sie sich das Handtuch über die Schulter und kam zu ihnen. «Wie geht's dir?»

Sie konnte nur ein bisschen Gebärdensprache, also hielt er seine Antwort einfach. *«Gut. Und dir?»*

«Ein weiterer Tag im Paradies.» Sie grinste Cade an. «Noch eines?»

«Nein danke.»

Sie nickte, dann sah sie wieder Flynn an. Sie öffnete den Mund, als wollte sie noch etwas sagen. Vermutlich suchte sie nach einem Weg, sich für später mit ihm zu verabreden, ohne dass es sein Bruder bemerkte. An einem anderen Tag hätte Flynn ihr vielleicht eine Nachricht geschickt, damit sie auf diesem Weg etwas planen konnten ... doch heute Nacht wollte er keinen Sex.

Stattdessen quälte er sich lieber weiter selbst und suchte im Spiegel erneut nach einer bestimmten Blondine. Morgen hatte Gabby Geburtstag. Ihr Geschenk lag bereits in seinem Auto. Wegen der angespannten Stimmung zwischen ihnen war er sich nicht sicher gewesen, ob er es ihr bei der Arbeit hätte geben sollen oder nicht. Sie hatten ihren Geburtstag immer zusammen verbracht, entweder mit ihrer Clique oder einfach zu zweit, mit Essen auf der Couch. Doch im Moment war er sich nicht einmal sicher, ob er willkommen war.

«Sie war interessiert.»

Flynn zwang sich, den Blick von Gabby loszureißen und

seinen Bruder anzusehen. Zuerst dachte er, Cade spräche von Gabby, doch dann wurde ihm klar, dass er die Barkeeperin meinte. Emma Jane war verschwunden, um weiter Gläser zu füllen. Flynn wollte nicht über sie reden, also wechselte er das Thema und fragte Cade etwas über die nahende Hochzeit.

Sie unterhielten sich noch zwanzig Minuten über nichts Besonderes, bevor er beschloss, es für heute Abend gut sein zu lassen. Flynn verließ das Shooters und ging allein nach Hause, während Gabby immer noch mit ihrer Verabredung am Tisch saß.

In dieser Nacht tat er kein Auge zu, weil er sich in verstörend detaillierten Bildern ausmalte, was Gabby möglicherweise gerade mit Wyatt tat. Bei diesen Gedanken drehte sich ihm der Magen um. Er wusste nicht, wie spät es war, als er irgendwann den Kopf zum Fenster drehte, wo trübes Morgenlicht durch die Jalousien drang. Erschöpft von Schlafmangel und dem, was er inzwischen den Gabby-Effekt nannte, rieb er sich die Brust.

Fletch drückte seine kalte, feuchte Nase gegen Flynns Arm, eine schweigende Aufforderung, sich in Bewegung zu setzen. Der Golden Retriever war sein ständiger Begleiter, seit Flynn ihn vor fünf Jahren adoptiert hatte. Der Hund sollte ursprünglich zum Therapiehund ausgebildet werden, doch er reagierte zu unruhig auf Senioren, um die Ausbildung abzuschließen.

«Ich nehme an, du musst mal raus.»

Fletchs Ohren zuckten, dann legte er den Kopf schief. Flynn sprach nur dann laut, wenn sie allein waren. Manchmal hatte Flynn das Gefühl, dass dem Hund Gebärdensprache lieber war. Nicht, dass Fletch ihn wirklich verstand, egal welche Sprache er benutzte.

Flynn kraulte dem Hund den Nacken und blieb liegen.

Wenn er aus dem Bett stieg, würde er entscheiden müssen, was er heute tun sollte. Und ob diese Pläne Gabby mit einschlossen. Sie wurde heute dreißig. Er hatte dieses Wochenende Rufbereitschaft in der Klinik, aber bisher hatte sein Pager nicht vibriert. Als er schließlich aufstand, fragte er sich, ob dieses Glück wohl halten würde. Er setzte einen Kaffee auf und duschte dann.

Nachdem er Fletch gefüttert und in den Garten gelassen hatte, lehnte er sich mit seiner ersten Tasse Kaffee an den Küchentresen und starrte sein Handy an. Keine Nachrichten. Gabby schrieb ihm immer, um zu erzählen, wie eine Verabredung gelaufen war. Es war zwar erst acht Uhr, aber Gabby stand gewöhnlich auch früh auf. Vielleicht hatte Wyatt sie die ganze Nacht wach gehalten. Oder die beiden lagen noch im Bett ...

Er warf sein Handy zur Seite und rieb sich die Augen. Zur Hölle, es ging ihn überhaupt nichts an, mit wem sie sich einließ. Er hatte ihr versprochen, dass das, was letztes Wochenende passiert war, nicht wieder geschehen würde. Und das meinte er ernst. Selbst wenn sie auf ihn reagiert hatte – und in diesem Punkt war er sich immer noch nicht sicher –, durften sie diese unsichtbare Grenze nicht überschreiten.

Aber verdammt. Er vermisste sie. Die ganze Woche über war sie zurückhaltend gewesen ... unnahbar. Und sie sollte ihren Geburtstag nicht allein verbringen. Ihre Familie hielt nicht viel vom Feiern, also würde sie, wenn er nicht vorbeifuhr, den Tag wahrscheinlich mit einem Eimer Pfefferminz-Eis und einem romantischen Film verbringen.

Es sei denn, Wyatt hatte bei ihr übernachtet.

Flynn stieß sich von der Arbeitsfläche ab und klopfte sich auf den Oberschenkel, um Fletch zu rufen. Er würde kurz bei ihr vorbeifahren, um zu schauen, ob ein zweites Auto vor dem Haus stand. Wenn sie allein war, würden sie ihr Ding durchziehen. Miteinander abhängen. Sich unterhalten. Kuchen essen oder was auch immer. Er war entschlossen, die Atmosphäre zu entspannen und dafür zu sorgen, dass wieder Normalität einkehrte.

Fünf Minuten später stand er auf ihrer Veranda, Fletch neben sich. Der Hund hielt die Tüte mit Gabbys Geschenk im Maul. Es standen keine Autos vor ihrem Haus oder in der Einfahrt, trotzdem nahm er sein Handy und schickte eine Nachricht.

Flynn: Bist du wach?

Gabby: Ja.

Flynn: Bist du allein?

Bei allen Heiligen, bitte lass sie antworten …

Gabby: Ja.

Er stieß den Atem aus, den er angehalten hat.

Flynn: Mach die Haustür auf.

Das karamellfarbene Haar zu einem hohen Pferdeschwanz gebunden, mit make-up-freiem Gesicht und in Jeans und Pulli riss Gabby die Tür auf. Ihr Lächeln wirkte wie ein verspäteter Einfall. Und das ging so nicht.

Flynn betrat das Haus, Fletch folgte ihm auf den Fersen. Er schloss die Tür hinter sich. «*Happy Birthday.*»

Ihr Lächeln wurde breiter, jedoch ohne ihre Augen zu erreichen. Sie sah zum Hund und … Himmel. Da war das Lächeln, das er die ganze Woche über vermisst hatte. Zumindest Fletch konnte es noch hervorzaubern.

Sie kniete sich vor den Retriever und kraulte ihm die Ohren, dann zog sie ihm die Tüte aus dem Maul. Sie sah zu Flynn auf, und ihr Blick wurde beinahe sofort forschend. Dabei hatte er gedacht, seine Gedanken wären gut genug hinter einer ausdruckslosen Miene verborgen.

«Ist etwas?»

Er zuckte mit den Achseln. «*Du bist dreißig geworden. Ich hatte mit grauen Haaren und hängenden Brüsten gerechnet. Zumindest mit einer Menge Krähenfüße um die Augen. Aber du siehst aus wie gestern.*»

Sie lachte und stand auf, die Tüte in der Hand.

«*Mach es auf. Ich weiß doch, dass du ungeduldig bist.*»

Er hatte den Satz noch nicht beendet, als sie bereits das Papier aufriss und einen kleinen Bilderrahmen herauszog. Diese Tradition hatte ihren Anfang irgendwann in der Highschool genommen, seit er wusste, dass sie eine liebenswerte Schwäche für Märchen hatte. Seitdem hatte er nach Fotos von Burgen gesucht und schenkte ihr jedes Jahr ein neues Bild zum Geburtstag. An den Wänden in ihrem Wohn- und Schlafzimmer war kaum noch ein freier Platz.

Sie drückte eine Hand an die Brust, als sie das Bild betrachtet. «Es ist so schön. Wo steht diese Burg?»

«*Schottland.*» Nicht, dass er ihre Schwäche geteilt hätte, aber dieses Bild mochte er besonders. Es zeigte eine halbverfallene

Burg auf grünem Rasen vor einem hohen Berg. Innerhalb der Burgmauern leuchtete warmes, gelbes Licht. Das Bild war in der Dämmerung entstanden. Sehr stimmungsvoll. Er hatte es gesehen, an Gabby gedacht und den Druck mit zwei Klicks bestellt.

Sie legte den Bilderrahmen auf den Beistelltisch ... und warf sich in seine Arme. Er schaffte es gerade so, sie aufzufangen, und stolperte einen Schritt nach hinten, bevor er sicher die Arme um sie schloss. Die Anspannung der letzten Woche verpuffte, als er sie festhielt. Ihr Honigduft und ihre weichen Kurven ließen endlich das schmerzende Gefühl in seiner Brust verschwinden.

Sie hatte die Arme um seinen Nacken und die Beine um seine Hüften geschlungen, doch jetzt hob sie den Kopf und legte sanft eine Hand an seine Wange. «Danke. Ich finde es toll.»

Da er die Hände nicht frei hatte, formte er mit den Lippen: *Ach wirklich? Das war kaum zu erkennen.* Ihre Augen strahlten fröhlich, als sie seinen Blick erwiderte, während er nach einem guten Grund suchte, sie nicht loszulassen. Sie machte ebenfalls keine Anstalten, sich von ihm zu lösen. Flynns Lächeln verrutschte, als sein Blut sich in den Adern erhitzte. Verdammt noch mal, seine Gabby. Mit diesem Blick, in dem ihr ganzes Herz lag. *Tut mir leid*, formte er mit den Lippen. Es tat ihm leid, dass sein dämliches Verhalten einen Keil zwischen sie getrieben hatte und dass er zu schwach gewesen war, sich dagegen zu wehren.

Ihr zärtlicher Blick huschte über sein Gesicht und verweilte auf seinem Mund. «Du fühlst dich von mir angezogen.»

Da sie nur das Offensichtliche aussprach und er keine Ahnung hatte, wo dieses Gespräch hinführen würde, antwortete er nicht.

Wieder breitete sich Schweigen aus, bis sie – verdammt wollte er sein – an ihm hinabrutschte, sodass alle interessanten Teile sich aneinanderrieben und ihm den Atem raubten. Als sie wieder mit beiden Füßen auf dem Boden stand, berührten sich ihre Körper auf voller Länge. Und ihre warme Hand lag immer noch an seiner Wange. Ihr Daumen glitt über seinen Kiefer, und er merkte, dass er vergessen hatte, sich zu rasieren. Er wollte die Augen schließen und die Berührung genießen, doch stattdessen vergrub er lediglich die Finger in ihrem Pulli.

«Wir sollten darüber reden.»

Wieso hatte sie ihre Meinung geändert? Er hatte diese Sache vor einer Woche ansprechen wollen – damit sie es hinter sich lassen und weitermachen konnten wie vorher –, doch sie hatte ihn auflaufen lassen. Bei der Erinnerung daran verkrampfte sich erneut sein Herz, weil die Gabby, die er fast sein gesamtes Leben lang kannte, so etwas noch nie getan hatte … was bewies, dass sie sich von dieser Sache vielleicht nie erholen würden.

«Du hast gesagt, du willst nicht darüber sprechen.» Er war sich ziemlich sicher, dass es alles nur schlimmer machen würde, wenn sie jetzt darüber redeten.

«Wir können nicht mehr normal miteinander umgehen. Das gefällt mir nicht.» Sie kaute an ihrer Unterlippe, sodass er sich mit aller Kraft zurückhalten musste, um nicht genau über diese Stelle zu lecken. «Ich hatte Zeit, über alles nachzudenken.» Sanft legte sie eine Hand an seine Brust und trat zurück, bevor sie auf die Couch deutete.

Sie hätte genauso gut auf die andere Seite des Grand Canyons deuten können. So fühlte sich diese Bitte nach einem ‹Gespräch› an. Als würde eine Schlucht zwischen ihnen liegen.

Als würde diese Schlucht immer breiter. Dabei hatten sie noch nicht einmal angefangen. Doch diese kopfgesteuerte Herangehensweise entsprach ihnen. Sie hatten immer schon offen über alles gesprochen. Und so setzte er sich auf die Couch.

Popsicle stiefelte an Fletch vorbei und schlug dem Hund den Schwanz ins Gesicht. Fletch, der an die Mätzchen der Katze gewöhnt war, legte sich hin, um sie aus dem Augenwinkel zu beobachten. Es dauerte kaum eine Sekunde, da hatte die Katze es sich schon neben dem Hund gemütlich gemacht, und beide schliefen ein.

Gabby setzte sich direkt neben Flynn statt ans andere Ende der Couch. Dann drehte sie sich zu ihm um.

Er seufzte, unendlich erschöpft. *«Wie lief deine Verabredung gestern Abend?»*

Sie stützte den Ellbogen auf die Rückenlehne und den Kopf gegen die Hand. Dann zuckte sie wegwerfend mit einer Schulter. «Wir haben den Großteil des Abends damit verbracht, in Erinnerungen an die Schulzeit zu schwelgen. Es fühlte sich eher wie ein Klassentreffen mit nur zwei Teilnehmern an als wie ein Date.» Sie lächelte selbstironisch. «Als er sich vorgebeugt hat, um mich zu küssen, sind wir mit der Stirn zusammengestoßen.»

Er lachte. *«Also keine zweite Verabredung in der nahen Zukunft?»*

Sie schüttelte den Kopf. Das Lächeln war verblasst, ihr Blick geistesabwesend. Flynn bemerkte es sofort, als ihre Gedanken sich wieder ihnen beiden zuwandten, denn eine kleine Falte erschien zwischen ihren Augenbrauen, und sie vermied es, ihm in die Augen zu sehen.

Er wartete ab und sah sich währenddessen im Wohnzimmer um. Ihr Haus war ein kleiner Bungalow mit zwei Schlafzimmern, das sie in warmem Gelb und Rot eingerichtet hatte, ganz anders als sein Farbkonzept aus kühlem Grau und Grün. Ihre Möbel waren groß, gemütlich und ertranken fast unter Kissen. Glasfiguren und Vasen setzten Akzente, wo bei ihm ein paar Deko-Objekte aus Naturmaterialien verteilt waren. Das Haus passte zu ihr.

Auf typische Gabby-Art sah sie ihn schließlich direkt an und sprach einfach ihre Gedanken aus. «Wann hast du angefangen, auf diese Weise für mich zu empfinden?»

In der Highschool, aber das würde er ihr gegenüber nie zugeben. Damals hatte er es geschafft, diese Gefühle beiseitezuschieben und in wunderbarer Verleugnung weiterzuleben. Er hatte keine Ahnung, wieso der Damm jetzt gebrochen war. Er schüttelte verwirrt den Kopf. *«Ich habe keine Antworten für dich, Gabby.»*

«Es stört dich, dass du dich von mir angezogen fühlst.» Keine Frage. Eine Aussage.

Er wollte verdammt sein, wenn er da nicht Schmerz in ihren Augen sah. Was für ein Recht hatte sie, jetzt so verletzt zu sein? Sie, die vor ihm gestanden und seine Gefühle angesprochen hatte, ohne sie in irgendeiner Weise zu erwidern? Es sei denn, sein erster Eindruck an diesem Abend war doch richtig gewesen. Es sei denn, sie hatte sich an ihn gedrückt und ihr Gesicht an seinem Hals vergraben. Und es hatte auch andere, subtilere Hinweise gegeben. Er hatte geglaubt, er würde wahnsinnig werden, weil er zu viel in Kleinigkeiten hineininterpretierte. Doch jetzt war er sich da nicht mehr so sicher.

«Geht es nur mir so, Gabby?» Er hatte nicht erwartet, dass das Gespräch diese Richtung einschlagen würde, aber wenn sie

auch nur halb so viel empfand wie er, dann war die Situation gerade sehr gefährlich geworden.

Sie senkte den Blick auf die Hände, während sie offenbar versuchte, eine angemessene Antwort zu finden. Sein Herz schien aus seiner Brust springen zu wollen, so heftig schlug es gegen seine Rippen. Wenn sie so intensiv über eine Antwort nachdenken musste, dann war er nicht allein mit seinen Gefühlen. Er hielt den Atem an, wartete darauf, dass sie alles aufklärte, doch als sie ihn wieder ansah, verlor er den Boden unter den Füßen.

Tränen glänzten in ihren Augen, und sie atmete zitternd ein. «Es fällt mir schwer zu akzeptieren, dass du mich plötzlich siehst, von einem Moment auf den anderen. Dabei war ich die ganze Zeit über da, Flynn.»

Glaubte sie wirklich, er hätte sie nie bemerkt? War ihr denn nicht bewusst, dass sie in beinahe jeder wachen Minute ein Teil von ihm war? Dass sie in alle Aspekte seines Lebens verwoben war? So sehr, dass es tiefe, gefährlich blutende Wunden hinterlassen würde, wenn sie sich voneinander lösten? *Deswegen* hatte er bereits vor vielen Jahren sein Verlangen verdrängt und weggeschlossen. *Deswegen* kämpfte er jetzt, wo der Damm gebrochen war und alles wieder ans Licht drängte, so heftig darum, nicht nach seinen Gefühlen zu handeln. Sie war verdammt noch mal überall. Arbeit. Zu Hause. Familie. Freunde. In seinen Träumen. In seinen Gedanken. In seinem Kopf.

Und sie hatte seine Frage immer noch nicht beantwortet.

«Es spielt keine Rolle, wie ich mich fühle. Du willst es nicht. Nicht wirklich. Du wärst nicht so aufgewühlt, wenn ...»

Er stand so schnell auf, dass ihre Katze auf den Boden fiel. Er hatte nicht einmal bemerkt, dass sie auf seinen Schoß gesprungen war. Orangefarbene Haare schwebten durch die Luft.

Meinte sie das ernst? Glaubte sie wirklich, er wollte sie nicht?

Er erstarrte, als er in Gabbys große veilchenblaue Augen blickte, und ballte die Hände zu Fäusten, um sie nicht zu berühren. Um sich davon abzuhalten, sie auf die nächstgelegene horizontale Fläche zu schleifen und ihr zu zeigen, wie falsch sie mit ihrer Einschätzung lag. Die Luft in seiner Lunge brannte. Seine Schläfen pulsierten.

Zum Teufel damit. Sie wollte Antworten. Die würde sie bekommen.

Er griff nach Gabbys Ellbogen und zog sie auf die Beine. *«Mein Auto. Jetzt.»*

«Was? Wohin willst du denn …?»

Er brachte sie mit einem harten Blick zum Schweigen, dann bedeutete er seinem Hund mit einer Handbewegung, im Haus zu bleiben.

· 10 ·

Gabby kaute auf ihrer Unterlippe und musterte die Läden, an denen sie vorbeifuhren, während Flynn den Wagen durch die Stadt lenkte. Der Regen hatte aufgehört und schwüle Luft und leichten Nebel zurückgelassen. Flynn vibrierte auf dem Fahrersitz förmlich vor Frust, sodass sich ihr Magen noch mehr verkrampfte. Tausend Gedanken schossen durch ihren Kopf, ohne dass sie je bis zu ihrem Mund durchdrangen.

Die ganze Woche hatte etwas zwischen ihnen nicht gestimmt. Sie hatte gedacht, es würde etwas verändern, wenn sie darüber redeten. Doch was auch immer für Flynns Stimmung verantwortlich war, es verschwand nicht. Und sie hatte wirklich keine Ahnung, wo er sie jetzt hinbrachte. Er hatte ihr nur befohlen, ins Auto zu steigen, dann hatte er Gas gegeben – und sie seitdem keines Blickes gewürdigt.

Flynn bog ein paarmal scharf ab, dann fuhr er auf den Parkplatz der Grundschule und schaltete den Motor aus. Er blickte starr geradeaus. An seinem Kinn zuckte ein Muskel. Seine Finger umklammerten das Lenkrad, bis er sie schließlich löste, um ihr in Gebärdensprache mitzuteilen: *«Raum 10.»*

Sie musterte ihre alte Schule, ein zweistöckiges Gebäude aus rotem Ziegel und Holz, dann sah sie Flynn an. «Ich verstehe nicht.»

Er schüttelte den Kopf, eine winzige Bewegung, die sie nur bemerkte, weil sie ihn so genau beobachtete. *«Dort sind wir uns das erste Mal begegnet. Raum 10, direkt hinter der Eingangstür.*

Dein Vater war gerade von Portland hierher versetzt worden, und du warst das neue Kind. Du trugst zwei Zöpfe und hattest ein nervöses Lächeln im Gesicht.»

Langsam drehte er den Kopf, um sie anzusehen, und plötzlich verweigerte ihre Lunge ihr den Dienst. Die Wut war aus seinem Blick verschwunden. Stattdessen sah sie Zuneigung und das Flehen um Verständnis in Flynns Augen. Sein Blick glitt über ihr Gesicht, als vergliche er das Mädchen, das sie früher gewesen war, mit der Frau, die jetzt vor ihm saß.

Einer seiner Mundwinkel hob sich zu einem schiefen Lächeln. *«Wir standen am Anfang der Pause vor der Garderobe, um unsere Mäntel zu holen, als du mich zum ersten Mal bemerkt hast. Du dachtest, ich sei unhöflich, weil ich nicht mit dir geredet habe. Mein Vater hat mir erzählt, dass du – sobald du herausgefunden hattest, dass ich taub bin – deine Eltern dazu gebracht hast, dich bei einem Kurs für Gebärdensprache anzumelden, damit du dich mit mir unterhalten kannst.»*

Er hielt inne. Ein zärtlicher Ausdruck ließ seine haselnussbraunen Augen weich wirken. *«Niemand außerhalb meiner Familie hatte das je getan. Und seitdem auch niemand mehr. Sie versuchen klarzukommen, indem ich Lippen lese oder sie die Kommunikations-App auf meinem Handy nutzen. Niemand ist je so weit gegangen wie du.»*

Gabby musste sich selbst ermahnen, das Atmen nicht zu vergessen, dann schluckte sie schwer. Sie konnte einfach nicht glauben, dass Flynn sich noch daran erinnerte, wie sie sich das erste Mal getroffen hatten. Ihre Erinnerung an diese Zeit war eher bruchstückhaft, kein Bild hatte sich so eingebrannt wie offensichtlich bei ihm.

Sie umklammerte den Gurt vor ihrer Brust und starrte die

Schule an. Der Geruch von Kleber und Kreide stieg ihr in die Nase, als befände sie sich im Gebäude. Dann musterte sie den Schulhof. Eichen- und Ahornbäume in voller Blüte. Da Samstag war, brannte im Gebäude kein Licht, und es herrschte Stille.

Flynn öffnete die Tür und bedeutete ihr, seinem Beispiel zu folgen. Zusammen mit ihm wanderte sie um das Gebäude herum und atmete tief den Duft von feuchtem Gras und Kiefer ein, als sie zum Spielplatz gingen. Sie hatte keine Ahnung, was er vorhatte oder warum sie hier waren, doch sie lächelte, als sie ihren alten Tummelplatz wiedersah.

Flynn blieb vor dem Klettergerüst stehen und musterte es. Dann hob er die Arme, griff nach der obersten Stange und lehnte sich nach vorn. Die Muskeln seiner Schultern und Arme drängten sich gegen sein schwarzes T-Shirt, wunderbar hart. Eine leichte Brise bewegte sein rötlich blondes Haar.

Er starrte sie mit ausdrucksloser Miene an, dann öffnete und schloss er ein paarmal den Mund, als bemühe er sich, Worte zu formen. «In der ersten Klasse bist du über diese Stangen geklettert, und Jimmy Valez hat dich runtergeschubst.»

Gabby schnappte nach Luft. Flynn sprach fast nie laut – vielleicht weil es ihm peinlich war oder weil es einfach zu viel Mühe bereitete. Sie hatte ihn über die Jahre oft genug gehört, um seine Stimme zu erkennen, doch trotzdem traf es sie jedes Mal wie ein Schlag. Ein tiefes Rumpeln, gepaart mit einer ganz eigenen Aussprache. Wenn er mit Worten sprach statt in Gebärdensprache, redete er, wie er alles andere auch tat – langsam, sorgfältig und durchdacht.

Er schluckte schwer, sodass sein Adamsapfel hüpfte. «Ich bin losgelaufen, um zu schauen, ob es dir gut geht. Ich war zu besorgt, um zu bemerken, dass ich laut nach dir gerufen hatte. Ein paar Kinder haben mich aufgezogen.» Selbst jetzt rötete Verlegenheit seine Wangen, sodass ihre Brust wie zugeschnürt war. Kinder waren dämlich, verstanden einfach nicht, wie sehr Worte verletzen konnten. «Bis heute sind du und Fletch die Einzigen, mit denen ich laut spreche. Ich rede nicht einmal mit meinen Brüdern.»

Drake und Cade würden nie etwas tun, wodurch er sich schlecht fühlte. Flynn stand den beiden außergewöhnlich nahe, und trotz ihres ständigen Gefrotzels und ihrer Witze liebten die drei sich so sehr, dass ihr oft die Kehle eng wurde. Denn sie und Rachel ertrugen sich als Schwestern gerade so, aber sie betrachteten sich sicher nicht als Freundinnen.

Doch sie verstand, was er sagen wollte. Tränen brannten in ihren Augen. Sie musste mehrmals blinzeln, um sie zu vertreiben, damit er sie nicht falsch verstand. Sie bemitleidete ihn nicht. Es war vielmehr so, dass er ihr so viel bedeutete, dass es sie verletzte, wenn er verletzt wurde. Und er war oft verletzt worden.

Er sah zum Himmel, senkte die Arme und ging mit großen Schritten zurück zum Auto. Gabby musste sich erst einen Moment sammeln, bevor sie ihm folgen konnte.

Sie sprachen nicht miteinander, als er zwei Blocks weiter zu ihrer alten Highschool fuhr und auch dort auf dem leeren Parkplatz hielt. Inzwischen verstand sie etwas besser, worum es bei dieser kleinen Reise in die Vergangenheit ging, doch sie hielt ihn nicht auf. Sie hatte das Klettergerüst genauso vergessen wie den Tag, an dem sie sich zum ersten Mal gesehen hatten. Aber er nicht. Diese Dinge hatten sich aus gutem Grund in sein Gedächtnis eingebrannt, und sie stellte fest, dass sie mehr als nur interessiert daran war, seine Seite der Medaille zu sehen.

Seufzend starrte er ihre alte Schule an, die ihrer Grundschule so ähnlich sah, dass es dasselbe Gebäude hätte sein können, wäre die Highschool nicht ein Stockwerk höher gewesen. *«Du hast im Unterricht für mich mitgeschrieben, damit ich nichts verpasse. Die meisten Lehrer haben darauf geachtet, zum Raum zu sprechen, damit ich Lippen lesen konnte – oder haben, wenn sie es denn konnten, auch in Gebärdensprache unterrichtet. Aber du hast trotzdem mitgeschrieben.»*

Er drehte den Kopf und sah ihr in die Augen. Es war ein intensiver Blick. Entschlossen. *«Wir waren zusammen auf drei von vier Schulbällen und auf beiden Abschlussbällen. Zu dieser Zeit haben dich bereits alle als das nette Mädchen gesehen, das man nicht anfasst, und ich war für jede unserer Mitschülerinnen der absolute Notnagel. Wenn meine Brüder nicht zur selben Zeit Mittagspause hatten wie ich, hast du immer dafür gesorgt, dass ich nicht alleine essen musste. Du warst immer da, hast mich eingebunden.»* Er holte zitternd Luft und schloss die Augen. *«Deinetwegen war die Highschool erträglich.»*

Sie konnte sich nicht daran erinnern, dass ihre Klassenkameraden ihn je wie einen Aussätzigen behandelt hätten. Drake, Heather und Zoe waren im Jahrgang über ihnen und Cade ein Jahr nach ihnen. Avery und Brent hatten damals noch nicht in Redwood gelebt. Doch auch außerhalb dieser Clique hatte es andere gegeben. Flynn hatte vier Jahre lang im Baseball-Team gespielt. Er hatte eine Menge Freunde gehabt. Damals war er groß und schlaksig gewesen, noch nicht so muskulös wie heute. Trotzdem hatte er durchaus weibliche Aufmerksamkeit auf sich gezogen.

Er mochte oft von den Frauen übersehen werden, weil er taub war – und zum Teil auch deswegen, weil Cade bis vor kurzem noch den Playboy der Stadt gespielt hatte und für viele die offensichtlichere Wahl gewesen war. Aber Flynn war definitiv nicht leer ausgegangen. Soweit sie wusste, hielten ihn alle für einen witzigen, gutaussehenden Kerl. Damals wie heute. Aber ... vielleicht hatte es Situationen gegeben, von denen sie nichts wusste? Momente, in denen andere grausam gewesen waren?

Und bei ihm klang es jetzt, als wäre sie eine Art Heilige. Aber sie tat nicht immer das Richtige. Und wenn er glaubte, diese Beispiele aus der Highschool wären ein Ausdruck von Edelmut gewesen ... dann stimmte das einfach nicht. Sie war nur sie selbst gewesen. Hatte sich benommen wie eine gute Freundin. Jeder andere hätte dasselbe getan. Seine Brüder, Heather und Zoe *hatten* es auch getan.

Er hatte offensichtlich vollkommen vergessen, wie oft er ihr geholfen hatte und für sie da gewesen war. Er war lange mit ihr aufgeblieben, um für Biologie- und Chemie-Tests zu lernen, weil sie schrecklich schlecht in Naturwissenschaften war. Oder hatte sich die Mühe gemacht, vor dem Unterricht vom Baseballtraining zu ihrem Haus zu fahren, um sie zur Schule zu bringen, weil Rachel nicht mit ihr gesehen werden wollte. Und er war immer der Einzige gewesen, der an ihre Allergie gegen Rosen gedacht hatte. Unzählige Male hatte er Blumensträuße von Klienten in der Klinik abgefangen oder Männer gewarnt, ihr bei Verabredungen keine Rosen zu schenken. Zum Teufel, er würde wahrscheinlich den Valentinstag boykottieren, damit sie sich kein Antihistaminikum kaufen musste.

Er kapierte es einfach nicht. Er war aus ihrem Leben genauso wenig wegzudenken wie sie aus seinem. Gabby sah ihn an, wie er da mit harter Miene und steifem Rücken saß, und wünschte sich, er würde es verstehen. Ihr Magen verkrampfte sich, als sie nach seinem Arm griff.

Aber bevor sie ihn berührte, legte er den Gang ein und fuhr eilig vom Parkplatz. Offensichtlich war ihr Ausflug noch nicht zu Ende.

In der nächsten Stunde fuhr er sie zur Bowlingbahn, zum Eisladen, zum Park und zum Shooters. All diese Orte waren aus einem anderen Grund für ihn wichtig. Der Stopp bei der Klinik war besonders schwierig für ihn, das merkte sie an seiner Miene, als er darüber sprach, wie schwer ihm die Arbeit gefallen war, als sie zu Hause hatte bleiben müssen.

Doch als er durch das Friedhofstor fuhr und langsam den gewundenen Weg entlangrollte, wurde ihr Herz schwer. Er parkte und starrte die Grabsteine an, während ihre Hände zitterten und ihre Kehle vor Trauer wie zugeschnürt war.

Flynn stieg aus, und sie folgte ihm, stand schweigend neben ihm, als er den Grabstein seines Vaters betrachtete. Diesen Sommer war es zehn Jahre her. Flynn war im letzten Jahr des Colleges gewesen, als sein Vater gestorben war. Von den drei O'Grady-Brüdern hatte der Verlust Flynn am härtesten getroffen. Sein Vater war Flynns größter Unterstützer gewesen. Und Flynn war derjenige gewesen, der seinen Vater nach dem plötzlichen Herzinfarkt gefunden hatte.

«*Erinnerst du dich an den Tag, als er gestorben ist?*» Flynn sah sie nicht an, doch sie konnte an seinem Profil erkennen, dass allein seine Anwesenheit hier alles wieder aufwühlte.

«Ja.» Sie hatte es von ihrer Mutter erfahren, kaum dass der Krankenwagen mit der Leiche weggefahren war. In Kleinstädten verbreiteten sich solche Nachrichten schnell. Gabby war sofort zum Haus von Flynns Eltern gerannt. «Er wäre so stolz auf dich.»

Flynn schloss die Augen, schüttelte den Kopf und lachte freudlos. *«Genau dasselbe hast du am Tag der Beerdigung gesagt, als ich das College hinschmeißen wollte. Alles hinschmeißen wollte.»*

Und sie hatte es auch damals ernst gemeint. Flynns Handicap hatte ihn nicht davon abgehalten, einen Beruf zu ergreifen, von dem die meisten geglaubt hatten, er könnte ihn unmöglich ausüben. Er konnte kein Stethoskop benutzen, stattdessen musste er sich auf andere Untersuchungsmethoden und seine gute Beobachtungsgabe verlassen. Aber er hatte seinen Professoren bewiesen, dass er Tiere richtig untersuchen und Diagnosen stellen konnte, obwohl er taub war. Und genau das hätte sich sein Vater für ihn gewünscht. Sein Dad hatte Animal Instincts aufgebaut und die Klinik dann seinen drei fähigen Söhnen hinterlassen.

«Ohne dich wäre ich heute kein Tierarzt.» Flynn drehte sich zu ihr um. *«Du hast mir eine ganze Woche dabei zugehört, wie ich Blödsinn geredet habe. Hast mit mir im Bett gelegen und so getan, als würdest du meine Tränen nicht sehen, um mich dann zurück aufs College zu scheuchen, um meinen Abschluss zu machen.»*

«Das hättest du auch ohne mich getan.»

Die Zweifel in seinem Blick sagten etwas anderes. Flynn schluckte schwer und musterte intensiv ihr Gesicht, als überlegte er, noch etwas zu sagen. Schließlich richtete er den Blick in die Ferne. *«Ich wusste nicht, was mit mir los war. Trauer, nehme ich an. Aber ich konnte all die Beileidsbekundungen und Trauernden nicht ertragen. Konnte es nicht ertragen zu sehen, wie meine Mutter sich die Augen ausheulte.»* Er sah sie wieder an. *«Du hast mir Halt gegeben, als meine Welt aus dem Gleichgewicht geriet und ich alles wegwerfen wollte.*»

«Du brauchtest nur etwas Zeit, das war alles.»

Er schüttelte den Kopf und schob seine Hände in die Hosentaschen, als wollte er sagen, dass dieses Gespräch für ihn zu Ende war. Der Muskel an seinem Kiefer zuckte, seine Stirn war gerunzelt, seine ganze Miene verriet, wie zornig er war.

Gabby trat näher an ihn heran, kam ihm ganz nah. «Du hast genauso viel gegeben wie genommen, Flynn. Es gibt ebenso viele Momente, in denen du mich gerettet hast. Wir waren füreinander da, weil es das ist, was Freunde nun einmal tun. Freunde unterstützen sich. Wenn ein Stück von uns zerbricht, sammeln sie die Scherben auf. Und ich werde auch morgen noch da sein und am Tag danach und am Tag danach, um die Scherben aufzusammeln. Genauso wie du es für mich tust.»

Unzählige Gefühle blitzten in seinen Augen auf und verschwanden wieder. Er bewegte keinen Muskel, aber er war ihr so nah. Er umgab sie, drang in sie, forderte Platz und füllte die dunklen Ecken in ihrem Innersten. Tröstend, beruhigend. Und zum ersten Mal war es nicht nur das. Sondern da war mehr. Lust, die sich zu entladen drohte. Sehnsucht, so tief, dass sie es nicht für möglich gehalten hätte. Sie wollte seine Lippen auf den ihren spüren, seine Arme, die sich um sie legten. Wollte wissen, wie seine Haut sich an ihrer anfühlte und wie schön es wäre, ihn tief in sich zu spüren.

Das. Genau *das* hatte ihr bei ihren bisherigen Beziehungen gefehlt. Hunger. Hitze. Das drängende Verlangen, zu nehmen und genommen zu werden. Ein guter Mann, mit gutem Herzen, aber wild und leidenschaftlich unter der Oberfläche. Sie hatten sich noch nicht geküsst, hatten kaum mehr getan, als sich zu berühren, also hatte sie keine Ahnung, ob diese Hitze anhalten würde. Ob sie wirklich Verlangen fühlen würden, wenn sie die unsichtbare Grenze überschritten.

Aber verdammt. Sie wollte es herausfinden.

Gabby atmete flach, ihr Gesicht brannte, und sie zitterte. Seine Augen wurden groß, als er ihre Gefühle erkannte, dann lehnte er sich vor, Verlangen verschleierte seinen Blick. Er schloss den Abstand zwischen ihnen, bis sie dieselbe Luft atmeten – nur um sich plötzlich wieder aufzurichten und einen Schritt zurückzutreten. Wie er es schon einmal getan hatte. Er verleugnete das alles. Wies sie zurück.

Doch diesmal verstand sie seine Gründe. Es waren stichhaltige Gründe. Und er hatte recht. Nach allem, was er heute gesagt hatte – nach all den Orten, an die er sie geführt hatte –, sollten sie dieser Anziehungskraft wahrscheinlich nicht nachgeben. Die Konsequenzen wären zu weitreichend.

Flynn presste sich die Handflächen auf die Augen und vergrößerte den Abstand zwischen ihnen, als bemühte er sich, das Richtige zu tun, ohne wirklich die Kraft dafür zu besitzen. Ein Knurren stieg in seiner Kehle auf, als er sich wieder zum Grab umwandte.

Nach mehreren tiefen Atemzügen ging er vor dem Grabstein seines Dads in die Hocke und wischte einige frisch abgemähte Grashalme von der Platte. Er senkte den Kopf, und Gabby nahm an, dass er mit seinem Vater sprach.

Gabby ließ ihm seinen Freiraum und ging ein Stück weiter, zu Heathers Grab. Drakes Ehefrau war nach einem kurzen, grausamen Kampf gegen Eierstockkrebs gestorben. Es hatte sie alle mitgenommen, besonders Drake, und als Gabby Heathers Grabstein anstarrte, wurde ihr wieder bewusst, wie kurz das

Leben sein konnte. Dass die Leute, die sie liebte, ihr jederzeit genommen werden konnten. In einer Minute noch da, in der nächsten verschwunden.

«Ich vermisse dich.» Sie schickte Heather einen Luftkuss und ging zurück zum Auto. In ihren Augen brannten Tränen. Aber als Flynn schließlich hinter das Lenkrad glitt, hatte sie sich wieder unter Kontrolle.

Gabby ging davon aus, dass er sie jetzt nach Hause bringen würde, doch stattdessen fuhr er zu seinem Haus und stieg aus. Vielleicht hatte er einfach vergessen, dass Fletch noch bei ihr war. Doch kaum hatte Flynn die Haustür geöffnet und war mit großen Schritten in die Mitte des Wohnzimmers getreten, wusste Gabby, dass er noch nicht fertig war.

Sie schloss die Tür und lehnte sich dagegen, um eine Stütze zu haben. Flynns gequälter, verzweifelter Blick suchte ihren. Erschöpfung breitete sich in ihr aus. Der beste und der schlimmste Geburtstag aller Zeiten. Sie brauchte Kuchen. Und Wein.

Ein Orgasmus wäre ihr lieber gewesen, aber das war genauso wahrscheinlich, wie dass Ryan Gosling in die Stadt rauschen und ihr ewige Liebe schwören würde.

Flynn warf einen Blick zum Kamin. *«Du und Zoe haben mir dabei geholfen, das Haus einzurichten, nachdem es fertig war.»*

Sie nickte. «Wir haben auch Cade dabei geholfen. Worauf willst du hinaus?»

Er fuhr sich mit einer Hand durch die Haare. *«Ich will sagen, dass du sogar in meinem Zuhause immer da bist. Du bist auf der Couch und schaust Filme. In der Küche, wo du uns Margaritas mixt, weil du gerade Lust darauf hast. In den Bildern an den Wänden und den Zierkissen, die ich nicht mag, aber auch nicht wegtun will, weil du sie mir geschenkt hast.»*

Irgendwer musste sie aus diesem Teufelskreis holen, also versuchte Gabby es mit Humor, weil sie einfach zu müde war, um weiter in dieser Spirale zu bleiben. «Ich nehme die Kissen mit.»

«Es geht nicht um die Kissen!»

«Das hast du doch gerade gesagt.» Sie hatte sich selbst nie als Pyromanin betrachtet, aber es hatte schon etwas, mit dem Feuer zu spielen.

Flynn fletschte die Zähne, ballte die Hände zu Fäusten, als müsste er sich davon abhalten, sie zu würgen. Die Adern auf seinen Armen standen hervor. Sein Bizeps dehnte sein T-Shirt.

Sie spürte, wie sie zwischen den Beinen feucht wurde. «Und wenn es dich so sehr stört, mache ich das nächste Mal Daiquiris.»

Plötzlich erstarrte er. Starrte sie böse an. Rieb sich das Gesicht und ... lachte. *«Himmel, Gabby. Das ist nicht witzig.»*

«Ein bisschen schon. Und du hast gelacht.» So angestrengt es auch geklungen haben mochte.

Er setzte sich auf die Armlehne der Couch, mit hängenden Schultern und ausgestreckten Beinen. Er verschränkte die Hände vor dem Körper und starrte auf den Boden. Das war der wahre Grund, warum er sie hierhergebracht hatte, um ihr die genaue Stelle zu zeigen, an der sich für sie beide alles geändert hatte. Da war sie sich sicher.

«Du hast etwas vergessen.» Sie trat einen Schritt näher, dann noch einen. Er kniff warnend die Augen zusammen, doch sie ging weiter, bis sie direkt vor ihm stand und sich ihre Gesichter auf einer Höhe befanden. «Du hast diese Stelle nicht erwähnt, an der wir getanzt haben und ...»

«Gabby», knurrte er.

Und oh, die Hitze und Feuchte wurde intensiver. «Ich verstehe, warum du zögerst, warum du gegen das ankämpfst, was da zwischen uns ist. Was du heute gesagt hast, die Orte, die wir besucht haben ... das ergibt Sinn. Ich verstehe es. Aber ist dir je die Idee gekommen, dass das alles vielleicht nur in unserem Kopf existiert? Dass wir es viel dramatischer gemacht haben, als es wirklich ist? Was, wenn wir uns küssen und es uns überhaupt nicht gefällt? Was, wenn wir Sex haben, und es ist grauenhaft?»

Flynn starrte sie ausdruckslos an, doch seine schnelle Atmung strafte seine Miene Lügen. Seine Lider senkten sich halb, und Begehren glühte in seinen Augen auf. Dann schloss er sanft die Hände um ihre Taille. Drückte zu. Die Berührung war wie ein Stromschlag, der durch ihren Körper schoss. Flynn schnappte nach Luft, als hätte er es ebenfalls gespürt.

«Was, wenn es nicht grauenhaft ist?» Er starrte sie an, sein Blick fragend, beinahe als wäre sie seine letzte Hoffnung. Als könnte es ihre Lust ersticken, seine Stimme zu hören, obwohl die Worte selbst etwas anderes bewirken sollten.

Unsicher musterte sie ihn. Wenn sie sich küssten und da war nichts, dann wäre das Problem gelöst. Aber wenn es einen Funken gab, wenn die Chemie zwischen ihnen über ein Was-wäre-wenn hinausging, dann ...

Flynn spreizte seine Finger, ließ seine Hände zu ihrem Kreuz gleiten und zog sie näher an sich. Ihr Pulsschlag beschleunigte sich, bis er raste wie bei einem Kind im Zuckerschock. Ihre Nippel verhärteten sich unter ihrem BH, als seine feste Brust leicht ihren Pulli berührte.

Hitze. Solch. Unglaubliche. Hitze.

Der Duft nach erregtem Mann und Seife umhüllte sie, sodass sich ihr der Kopf drehte. Sie packte seine Schultern, seine ... festen ... Schultern, dann ließ sie ihre Hände an seinem Nacken hochgleiten, um ihre Finger in seinem Haar zu vergraben. Seine Hände auf ihrem Rücken zuckten, sanken tiefer, bis er beinahe ihren Po umfasste.

«Entscheide dich», sagte er, den Blick auf ihren Mund gerichtet, als hätte er seine Entscheidung schon getroffen. Er blinzelte langsam, dann hob er den Blick, sah ihr in die Augen. Ein Meer aus Grün und Braun, umrahmt von langen, hellen Wimpern. Ein Objekt des Neides für jede Frau. Schön, ausdrucksvoll, zogen sie sie in ihren Bann. «Ich verliere die Kontrolle, Gabby.» Seine Stimme, ein tiefes, heiseres Rumpeln, sorgte dafür, dass ein Zittern über ihren Körper lief. «Entscheide dich.»

Ein Wimmern – ihres –, und dann lösten sich die wenigen Zentimeter Abstand zwischen ihnen in Luft auf.

· 11 ·

Flynn vergrub seine Finger in Gabbys Pullover, als sie sich vorlehnte, bis ihre Lippen nur noch Millimeter voneinander entfernt waren. Er hatte ihr die Entscheidung überlassen, weil er nicht mehr wusste, was er sonst noch gegen das Verlangen tun konnte. Und anscheinend war sie nur zu bereit, es zu versuchen. Er hatte sie durch die Stadt gefahren, hatte ihr nicht nur gezeigt, sondern auch erklärt, was sie alles verlieren konnten.

Und doch stand sie hier in seinen Armen, duftete nach Honig und süßer Folter, und warf die letzten fünfundzwanzig Jahre ihrer Freundschaft über Bord.

Als ihre weichen, vollen Lippen schließlich über seine glitten, schloss sie mit einem Seufzen die Augen. Er fühlte ihren heißen Atem bis in seinen Unterleib. Sein Herz schlug wie wild, sein Körper war hin- und hergerissen zwischen ‹Zur Hölle, ja› und ‹Tu das nicht›.

Gabby berührte ihn kaum. Ihre Bewegungen wirkten zögernd und vorsichtig, während er – um Kontrolle ringend – auf einen Hinweis von ihr wartete, was sie wollte. Sie ließ ihre Lippen sanft über seine gleiten, dann erhöhte sie den Druck und öffnete den Mund.

Das war das Zeichen, auf das er gewartet hatte. Er neigte den Kopf, verstärkte den Druck, suchte nach mehr. Er ließ seine Zunge zwischen ihre Lippen gleiten, erkundete ihren Mund. Ihre Zungen berührten sich, und plötzlich … war jeder rationale Gedanke aus seinem Kopf gefegt.

Ihre Finger vergruben sich in dem kurzen Haar an seinem Nacken, und sie zog ihn so eng an sich, dass er jede ihrer Kurven spüren konnte. Sie stand zwischen seinen Schenkeln, drückte sich an ihn, sodass all sein Blut sich unterhalb seines Nabels sammelte. Er schob eine Hand unter ihren Pulli, um die weiche, warme Haut ihres Rückens zu berühren, die andere glitt höher in ihre Haare.

Es reichte nicht. Reines, animalisches Verlangen tobte in seinem Körper. Atemberaubend. Wild. So etwas hatte er noch nie in seinem Leben gespürt. Flynn umklammerte ihren Oberschenkel und hob ihr Bein an, um es sich um die Hüfte zu schlingen. Sie rieb sich an ihm. Als Antwort stieß er sich gegen sie, packte ihre Hüfte, um sie zu mehr zu ermuntern.

Der Kuss entwickelte sich von heiß zu brennend zu lebensbedrohlich. Gabby saugte seine Zunge in ihren Mund, biss ganz leicht hinein und liebkoste sie dann, um den leisen Schmerz wieder zu vertreiben. Heilige Hölle. Er neigte den Kopf zur Seite, um kurz nach Luft zu schnappen, nur um sich sofort wieder in ihr zu versenken.

Ihre Hände drückten gegen seine Schultern – und er fiel … Er landete auf der Couch in seinem Rücken, während sich gleichzeitig jede einzelne Kurve ihres Körpers perfekt an seinen schmiegte. Keinen einzigen Moment unterbrachen sie ihren Kuss, auch wenn er meinte, den Verstand zu verlieren. Ihr Gewicht lag auf seiner Brust, zwischen seinen Beinen. Strähnen ihres Haars liebkosten seine Wangen, als sie die Finger über seine Seiten gleiten ließ.

Seine Hände waren überall gleichzeitig. In ihrem Haar, an ihren Wangen, ihrer Taille. Schließlich packte er ihre Hüften, um sie festzuhalten, als er sich ihr entgegendrängte.

Ein Vibrieren durchzog seinen Brustkorb. Ob es sein Stöhnen war oder ihres, konnte er nicht sagen. Und sie hatte sich allen Ernstes Sorgen gemacht, dass sie sich nicht gern küssen würden? Dass es … wie hatte sie es genannt? Grauenhaft sein könnte? Er hätte fast gelacht, doch dazu hätte er sich von ihr lösen müssen.

Doch unwillkürlich stiegen Zweifel in ihm auf. Es war zu gut. Das Verlangen war zu intensiv. Himmel.

Er riss den Kopf zurück, löste sich von ihr, sog keuchend Luft in seine Lunge. Verdammt. Sie hatte ihn beinahe besinnungslos geküsst. Moment. Er öffnete die Augen und starrte an die Decke.

Er hatte die Augen geschlossen. Hatte sich in ihr verloren, die Augen geschlossen und sich dem Verlangen ergeben. Das war ihm noch nie passiert. Er sah seine Partnerin immer, *immer* an, um auf jeden noch so kleinen Hinweis zu achten. Aber … er lag auf dem Rücken auf der Couch, Gabby über sich, ihr Haar wie ein Vorhang um sie herum. Seine Finger kneteten ihre Hüften, und ihre waren in seinem T-Shirt vergraben. Und er konnte sich nicht wirklich erinnern, wie es dazu gekommen war.

Panik stieg in ihm auf. Eilig richtete er den Blick auf Gabby. Er hoffte, dass er sie nicht zu sehr unter Druck gesetzt hatte. In diesem Moment konnte er aus seinen zerfahrenen Gedanken keine sinnvolle Frage formulieren, selbst wenn sein Leben davon abgehangen hätte.

Der Blick in ihren weit geöffneten Augen klärte sich langsam. Ihre Lippen waren gerötet, geschwollen von seinen Küssen, und ihre Wangen überzogen winzige Kratzer von seinem Bart. Sie atmete genauso schwer wie er.

Sie starrten einander einen Augenblick lang an, bis sich

zwischen ihren Augenbrauen eine kleine Falte bildete und sie den Blick auf ihre Hände senkte, die immer noch den Stoff seines T-Shirts umklammerten. Sie löste ihre Finger und setzte sich auf, wirkte dabei wie betäubt. Für einen Moment flackerte Bedauern in ihren Augen auf. Oder vielleicht war es Verlegenheit? Er erstarrte unter ihr, und allmählich stieg das Gefühl in ihm auf, dass seine Welt hier in seinem Wohnzimmer gerade gleichzeitig ihren Anfang genommen und ihr Ende gefunden hatte.

Langsam kletterte sie von seinem Schoß und drückte sich die Finger an die Lippen. Ihr Blick huschte durch den Raum und blieb schließlich am Boden hängen. «Kannst du mich nach Hause bringen?»

Sein Herz raste, aber nicht mehr aus Lust wie noch vor wenigen Augenblicken. *«Gabby ...»*

«Bitte?»

Er erhob sich, sodass er vor ihr stand. Er sehnte sich danach, sie an sich zu ziehen und das irgendwie in Ordnung zu bringen. Diesen verwirrten, gequälten Ausdruck aus ihrem Gesicht zu vertreiben. Sie hatte die Arme um den Bauch geschlungen, als versuchte sie, sich selbst zusammenzuhalten.

Ratlos nickte er und zog seinen Autoschlüssel aus der Hosentasche. Sie hatte das Haus schon verlassen, bevor er den Raum ganz durchquert hatte, und saß bereits auf dem Beifahrersitz, als er die Eingangstür hinter sich zuzog. Sorge zerriss ihm fast die Eingeweide, als er ebenfalls ins Auto stieg und den Motor anließ. Wie auf Autopilot fuhr er sie zu ihrem Haus und parkte dort.

Sie umfasste den Türgriff, doch er hielt sie zurück, indem er ihr eine Hand auf den Arm legte. Doch dann wusste er nicht, was er tun, was er sagen sollte. Sie drehte sich zu ihm um, ließ ihren Blick über sein Gesicht huschen. Er hatte keine Ahnung, was sie dort sah, denn er befand sich immer noch in einer Art Schockstarre.

Ihre Schultern sackten nach unten, als hätte er sie irgendwie enttäuscht. «Nur fürs Protokoll, ich bin nicht durcheinander, weil du Gefühle für mich entwickelt hast.» Sie atmete zitternd aus, während seine Brust eng wurde. «Aber es macht mir etwas aus, dass du diese Gefühle nicht willst.»

War das ihr Ernst? Kapierte sie es nicht? Nach allem, was er gesagt hatte, nach all den Orten, die sie heute besucht hatten? Wieso hatte sie nicht genauso viel Angst davor, ihn zu verlieren, wie er, sie zu verlieren? Wieso machte sie sich keine Gedanken darüber, dass sie die normale Ordnung ihrer *beider* Leben zerstörten?

«Das ist es, was uns zerstören kann, Flynn. Nicht das Verlangen oder die Entscheidung, ihm nachzugeben. Wir würden uns schon wieder davon erholen, wenn die Leidenschaft nicht hält oder die Beziehung nicht funktioniert. So ist es bei uns doch immer.» Er war sich da nicht so sicher, und ihre Miene ließ vermuten, dass es ihr trotz ihrer Worte genauso ging. Doch in ihren Augen glänzten Tränen, also sagte er nichts dazu. «Aber dass du diese Gefühle für mich nicht empfinden willst … Dass ausgerechnet *du* nicht mit mir zusammen sein willst, obwohl es so wunderbar sein könnte? Das ist etwas, das ich nicht verkraften kann.»

Himmel. So hatte er das noch nie betrachtet. Sah sie es wirklich so?

«Du kommst mir nahe, tust fast den ersten Schritt und dann …»

Er wollte nicht, dass sie diesen Satz beendete. Er hatte sich für einen Idioten gehalten, weil er die unsichtbare Grenze überschritten hatte, aber irgendwie waren seine guten Absichten in ihrem Kopf zu etwas ganz anderem geworden und hatten sie verletzt.

Sie wischte sich die Tränen von den Wangen. «Jedes Mal ziehst du dich zurück, als würdest du es bereuen.» Sie biss sich auf die Unterlippe. «*Mich* bereuen.»

Zum Teufel, nein. «Gabby ...»

«Selbst nach diesem Kuss – und du weißt, dass es mir gefallen hat – hast du dich zurückgezogen.»

In seiner Erinnerung war das ganz anders. Er hatte sich von ihr gelöst, um Luft zu holen und nach ihr zu sehen ...

Sein Herz brach für sie. Er umfasste ihre Wangen, von dem verzweifelten Wunsch erfüllt, ihr alles zu erklären. Tränen liefen über ihre Wangen. Er fing sie mit seinen Daumen auf, und da er Gabby nicht loslassen wollte, sprach er laut. «Ich habe dich nicht zurückgewiesen. Ich bedauere dich nicht. Aber du weißt, was auf dem Spiel steht. Ich habe heute versucht, es dir zu zeigen, es dir zu sagen. Du bedeutest mir alles.» Ratlos hielt er inne. «Ich weiß einfach nicht, was ich tun soll.»

Sie schluckte und umfasste seine Handgelenke, löste sanft seine Hände von ihrem Gesicht. «Wenn du es herausgefunden hast, melde dich.» Sie holte tief Luft. «Du hast mich gebeten, mich zu entscheiden. Das habe ich getan. Also spiel nicht mit mir, bis du dir sicher bist, was du willst.» Sie wandte sich wieder zur Tür. «Ich werde Fletch zum Auto schicken.»

Und dann war sie verschwunden.

• • •

Gabby brauchte unendlich dringend Girlpower, also forderte sie Verstärkung an, sobald Flynn sie abgesetzt hatte. Zoe brachte Gayle, die Mutter der O'Grady-Jungs, dazu, auf ihre Mom aufzupassen, und tauchte mit einer Margarita-Fertigmischung auf. Hailey war bei Cade, also war Avery mit Brownies erschienen. Gott sei Dank.

Nach zwei Drinks ließ Gabby sich in die Couch sinken. «Männer sind scheiße.»

Neben ihr hob Zoe ihr Glas in einem spöttischen Toast. «Wie recht du hast.»

Gabby versuchte, Zoe anzusehen, wobei sich der Raum einen Moment um sie drehte. Sie war ziemlich beschwipst, aber noch nicht komplett betrunken. Und da Zoe und Avery noch nach Hause fahren mussten, hielten die beiden sich zurück. «Ich dachte, du gehst gerade mit niemandem aus.»

Zoe schnaubte und fuhr sich mit der Hand durch ihr leuchtend orangefarbenes Haar. Sie hatte die Farbe diese Woche erneut gewechselt. «Deswegen sind sie ja scheiße.»

Avery seufzte, schüttelte den Kopf und zog auf ihrem Sessel die Füße unter den Körper. «Wisst ihr, nicht alle Männer sind scheiße.»

«Ha.» Gabby nahm einen tiefen Schluck von dem halb gefrorenen Gebräu und drückte sich dann eine kalte Hand an ihre schmerzende Schläfe. «Sagt die glücklich verlobte Frau, die jede Nacht Action hat.»

Ein zufriedener, verträumter Ausdruck huschte über Averys Gesicht. «Ja.» Dann wurde sie wieder ernst. «Ich verstehe das nicht. Du und Flynn, ihr habt geredet, richtig?»

«Vielleicht liegt da das Problem.» Zoe grinste. «Zu viel Gerede, zu wenig Action.»

Gabby stimmte ihr grundsätzlich zu. Aber ... «Wir sind nicht wie andere Leute. Wir können keinen One-Night-Stand haben. Eine Beziehung könnte alles zerstören. Wir reden immer über alles. Es war richtig, die ... Sache zu diskutieren.»

«Stimmt schon.» Zoe stellte ihr Glas ab. «Aber trotzdem kapiere ich es nicht. Ich meine, sicher, Flynn ist nicht so ein Alphatier wie Drake und auch nicht so locker wie Cade. Aber es ist ja nicht so, als wäre er ein Langweiler. Wieso hält er sich zurück? Du bist süß. Er ist heiß. Wieso nicht ein wenig Stress abbauen? Es einfach rauslassen?»

Gabby dachte an den heutigen Ausflug mit Flynn zurück. Alles, was er gesagt hatte, ergab Sinn. Sie konnte seinen Zweifeln kaum gute Argumente entgegensetzen. Bei vielen der Ereignisse, von denen er ihr heute erzählt hatte, hatte sie nicht einmal geahnt, wie viel sie ihm bedeuteten. Er hatte sie erst mit der Nase darauf stoßen müssen. Es stand eine Menge auf dem Spiel.

Aber sie hatte auch ernst gemeint, was sie gesagt hatte. Wenn sie es ausprobierten und es nicht klappte, dann konnten sie darüber hinwegkommen. Hoffte sie zumindest. Aber sie konnte nicht in dieser ständigen Ungewissheit leben. Falls er sich entschied, den Schritt nicht zu wagen, würden sie zu ihrer alten Freundschaft zurückkehren. Vielleicht würden sie sich eine Weile unwohl fühlen, aber egal.

Das Problem lag eher darin, dass sie fürchtete, Flynn würde ihnen beiden etwas versagen, was sich als wirklich phantastisch herausstellen könnte, nur um ihre Freundschaft zu retten – das, was immer schon da gewesen war. Er sah nicht die Möglichkeiten, sondern nur den einen tragischen Ausgang, den eine Beziehung nehmen könnte.

Auf jeden Fall hatte sie ihm versprochen, dass er sie nicht verlieren würde. Sie wusste nicht, was sie sonst tun sollte. Jetzt war er am Zug. Wenn er der Verlockung folgen wollte, hurra. Wenn nicht, dann würde sie alles in ihrer Macht Stehende tun, um zu ihrer normalen Routine zurückzukehren.

Avery räusperte sich. «Was glaubst du, wie lange er in Bezug auf dich schon so empfindet? Ich habe nie irgendwelche Schwingungen bei euch aufgefangen ... erst in letzter Zeit.»

«Ich auch nicht», meinte Zoe. «Aber irgendwie schockiert es mich, dass ihr beide so lang gebraucht habt, um euch auf diese Weise wahrzunehmen. Ihr benehmt euch doch schon, als wärt ihr zusammen, nur der Sex und die Streitereien fehlen.» Sie beugte sich vor, als wäre ihr eine Erkenntnis gekommen. «Das ist echt das Seltsamste an euch beiden. Ihr streitet nie.»

Zumindest selten. Vielleicht war es das, was so an ihr nagte. Die Tatsache, dass es fast das erste Mal in ihrem Leben eine ernste Unstimmigkeit zwischen ihnen gab. Gabby rieb sich die Stirn. «Wollt ihr die Wahrheit wissen? Ein Teil von mir denkt, wenn er so lange gebraucht hat, um ein Gefühl jenseits von Freundschaft für mich zu entwickeln, ist es vermutlich wirklich nur eine körperliche Sache. Etwas, das spontan aufflackert und dann wieder erlischt. Vielleicht soll es einfach nicht sein.»

Averys Augen wurden schmal.

«Was?»

«Es ist ja nicht so, als hättest du ihn vorher schon mal angesprungen.» Avery zuckte mit den Achseln. «Ich meine ja nur. Schieb nicht alles ihm in die Schuhe. Das ist nicht einfach für Flynn.»

Gabbys Schultern sackten nach unten. «Ich weiß. Du hast ja recht.»

Zoe griff nach ihrem Glas und starrte in den Drink. «Ich glaube, ich brauche die Flabby-Brause.»

Gabby blinzelte, sah zu Avery, dann wieder zu Zoe. Okay, ähm ... nein. Sie war immer noch verwirrt. «Also, du kriegst keinen Drink mehr. Und was ist ein Flabby?»

Zoe grinste. «Flabby. Euer neuer Name. Die Kombination aus Flynn und Gabby.»

Avery warf den Kopf in den Nacken und lachte.

«Auf gar keinen Fall. Das war's jetzt wirklich für dich.» Gabby nahm Zoe das Glas ab und stellte es zur Seite. «Und was meinst du mit unserer Brause?»

Zoe zuckte mit den Achseln. «Es wäre wirklich nett, nicht ständig mit dem ältesten O'Grady zu streiten. Das meine ich. Dafür sollte ich eure Brause trinken. Um in Harmonie zu leben.»

Gabby öffnete den Mund, dann klappte sie ihn wieder zu. Sie sah Avery hilfesuchend an, ohne Unterstützung zu finden. Avery zuckte nur leicht besorgt mit den Achseln.

«Du und Drake, ihr streitet doch gar nicht.» Okay, vielleicht kabbelten sie sich, doch überwiegend ... tolerierten sie sich. Sie gingen sich nicht gegenseitig an die Kehle. Gabby hatte das Gefühl, dass die beiden seit Heathers Tod einfach in der Luft hingen, weil sie nicht wussten, wie sie jetzt ins Leben des anderen passten.

Zoe schloss die Augen und lachte freudlos. «Klar.» Sie schüttelte den Kopf. «Wo ist eigentlich Brent? Wenn wir schon eine Wir-hassen-Männer-Party veranstalten, dann sollte er hier sein.»

Gabby wechselte einen vielsagenden Blick mit Avery, entschied sich aber, Zoes Kommentar zu ihr und Drake so stehen zu lassen. «Ich bin wütend auf Brent.»

«Erzähl.» Zoe rieb sich die Hände. «Was hat unser schwuler Batman getan?»

Weil sie sauer und bei weitem noch nicht betrunken genug war, nahm Gabby einen tiefen Schluck von ihrer Margarita. «Ich glaube, er steckt mit dem Drachentrio unter einer Decke. Die haben mich und Flynn ins Visier genommen.»

«Oh», sagte Zoe so langgezogen, dass das kurze Wort plötzlich fünf Silben hatte. «Du zu sein, ist im Moment wirklich ätzend.» Sie tätschelte Gabby das Knie, um ihre Finger dann schnell zurückzuziehen, als könnte sie sich durch die Berührung die Aufmerksamkeit der Drachen einfangen.

Avery hatte dem Wortwechsel ungewöhnlich still gelauscht. Gabby kaute auf ihrer Unterlippe. «Irgendwelche Anmerkungen dazu, Avery?»

Avery musterte ihre Freundinnen, dann stemmte sie den Ellbogen auf die Knie und ließ ihr Kinn in die Hand sinken. «Es wird dir nicht gefallen, aber ich glaube nicht, dass das schlecht ist. Gib es doch zu: Wenn sie unrecht hätten, würdest du dich nicht so aufregen. Da ist offensichtlich etwas zwischen dir und Flynn. Die Drachen haben euch nur einen Schubs verpasst. Der Kuss war doch gut, oder?»

«Nein, er war nicht gut.» Gabby ließ sich tiefer in die Couch sinken. Ihr Mund, ihr gesamter Körper, kribbelte immer noch. «Er war zum Dahinschmelzen, Laut-Stöhnen und Dem-Allmächtigen-Gott-Danken großartig.» Sie zog einen Schmollmund. «Und das ist vielleicht noch untertrieben.»

Zoe lachte. «Ich würde dafür töten, dass bei mir mal was schmilzt.»

Gabby drehte den Kopf. «Du bist doch so was wie die Femme fatale der Stadt. Jede Frau will so sein wie du und jeder

Mann will es mit dir treiben.» So war es schon seit der Highschool. Zoe war immer selbstbewusst und furchtlos gewesen. Obwohl ihre positive Ausstrahlung in den letzten Jahren verständlicherweise ein wenig nachgelassen hatte, wollte Gabby immer noch so sein wie sie. «Zieh los und finde jemanden, der dich zum Dahinschmelzen bringt. Sollte dich höchstens fünf Sekunden kosten.»

«Pfft. Wer hat dafür schon Zeit?» Zoe warf einen Blick auf ihr Handy. «Und wo wir gerade davon reden, ich muss los. Gayle hat gesagt, sie könnte nur ein paar Stunden auf Mama aufpassen.»

Gabby hatte keine Ahnung, wie Zoe es schaffte, Vollzeit zu arbeiten, sich um ihre schwer demente Mutter zu kümmern und nebendran noch an ihrer Kunst zu arbeiten. «Danke, dass du da warst und danke für den Drink.»

«Happy Birthday, Babe.» Zoe umarmte sie und verschwand.

Sobald die Tür sich geschlossen hatte, musterte Gabby Avery kritisch. «Du wirst mich auch sitzenlassen, oder?»

«Jep. Ich werde nach Hause fahren und Sex mit meinem zukünftigen Ehemann haben.» Avery schlug sich auf die Schenkel und stand auf.

«Angeberin.»

Avery lachte. «Du weißt, dass das Drachentrio auch mich und Cade zusammengebracht hat.» Eine Aussage, keine Frage. Jeder wusste das. Es gab eine Redwood-Pinterest-Pinnwand, die nur den beiden gewidmet war. «Könnte eventuell gar nicht so dumm sein, sie, na ja, die Sache ein wenig vorantreiben zu lassen.»

Gabby legte den Kopf schief. «Soll ich sie anrufen? Ihnen

sagen, dass ihr noch Hilfe bei den Hochzeitsvorbereitungen braucht?»

Avery kniff die Augen zusammen, kämpfte aber gleichzeitig gegen ein Lächeln an. «Ich werde dich von der Liste der Brautjungfern streichen.»

«Brent wäre für die Rolle sowieso besser geeignet.»

Avery beugte sich vor, zog Gabby in eine Umarmung und drückte sie fest. «Halt durch. Das wird schon.»

«Ich hab dich lieb. Und jetzt geh und hab tollen Sex, von dem du mir hinterher erzählen kannst.»

Nachdem Avery weg war, ließ Gabby sich wieder auf die Couch fallen und streckte die Arme über den Kopf. Popsicle sprang neben sie und stieß mit dem Kopf gegen Gabbys Busen. Sie beäugte ihre Katze. «Zumindest haben meine Brüste so ein wenig Action. Du bist mir allerdings ein wenig zu behaart. Und gehörst zur falschen Spezies.»

Miau.

«Du hast absolut recht. Wir sind auch nicht lesbisch.» Sie zog die Katze näher an sich heran und vergrub ihr Gesicht in ihrem orangefarbenen Fell. «Übrigens warst du heute ein bisschen dreist. Hast dich an Fletch rangeschmissen, bist danach Flynn um die Beine gestrichen. Du solltest schwer zu kriegen spielen.»

Miau. Schnurr.

«Okay, ja, ich kriege das auch nicht hin. Am liebsten hätte ich ihn heute angefallen wie du deinen Kratzbaum.» Gabby seufzte. «Wie wäre es, wenn wir stattdessen alle Brownies aufessen und Wiederholungen von *Sex and the City* schauen?»

Miau.

· 12 ·

Am Freitag war Gabby beinahe so weit zu glauben, dass zwischen ihr und Flynn nie etwas vorgefallen war. Anscheinend hatte er die Entscheidung getroffen, es bei Freundschaft zu belassen, denn er verhielt sich wieder völlig normal. Was sie nicht nur ein wenig enttäuschte, sondern total frustrierte.

Sie hatten diese Woche zwei Tage in der Klinik gearbeitet und an drei Tagen Hausbesuche absolviert. Alles lief so glatt wie immer. Bis auf die Tatsache, dass sie ihn ab und zu dabei ertappte, wie er sie beobachtete, hatten sie sich normal unterhalten und gut zusammengearbeitet. Alles war beim Alten. Gabby hatte Flynn versprochen, dass sich nichts zwischen ihnen ändern würde, egal, was auch geschah. Sie hatte ihm die Wahl gelassen, und aus seinem Verhalten konnte sie nur schließen, dass er seine Entscheidung getroffen hatte.

Wieso also war ihr Magen ein einziger harter Knoten, und wieso spürte sie diese seltsame Leere in ihrem Brustkorb? Sie hatte bekommen, worum sie ihn gebeten hatte. Sie konnte nicht beides haben.

Sie konzentrierte sich wieder auf die anstehende Aufgabe. Wartete darauf, dass Flynn mit dem braunen Wallach fertig war, damit sie ihren Teil der Untersuchung durchführen konnte. Flynn ging in die Hocke und ließ seine Hand über den Bauch des Tieres gleiten, wobei er sorgfältig darauf achtete, den Wallach nicht zu erschrecken. Flynns dunkelblaue Arbeitskleidung dehnte sich über seinem breiten Rücken, und sein Bizeps spannte sich an, als er den Arm austreckte. Und heilige Hitze, sein Hintern war wirklich ein Traum. Besonders wenn er sich vorbeugte, sodass der Stoff noch enger an seinem Körper anlag und wirklich nichts der Phantasie überließ.

Gabby schüttelte den Kopf. Flynn war immer schon attraktiv gewesen. Selbst als Junge hatte sie ihn süß gefunden, doch erst in letzter Zeit bemerkte sie ihn als ... Mann. Nicht nur als Freund. Seit ihrem Kuss fiel es ihr schwer, diese beiden Dinge voneinander zu trennen. Wann immer sie ihm zu nahe kam, konnte sie den Flynn einfach nicht mehr sehen, den sie als Freund gekannt hatte.

Stattdessen war es, als sähe sie eine ganz neue Person, die ständig ihre Sinne mit neuen Eindrücken bombardierte. Breite Schultern. Schmale Hüfte. Harte Muskeln. Warme, gebräunte Haut. Der Duft nach Natur und Seife. Volle Lippen. Der leichte Bartschatten auf seinen Wangen. Intensive, aufmerksame haselnussbraune Augen. Große Hände. Sexy zerzaustes Haar.

Gott. Ihr Gesicht brannte.

Sie atmete tief durch, als er die Hand nach hinten streckte, in der stummen Bitte um ein Instrument. Nur gut, dass sie ihn so gut kannte – schon so lange mit ihm zusammenarbeitete –, sonst hätte sie keine Ahnung gehabt, was er wollte. Sie gab ihm die Hufuntersuchungszange. Flynn ließ die Hand über das Bein des Wallachs gleiten, klemmte sich den Huf zwischen die Knie und setzte die Edelstahlzange ein, um herauszufinden, ob der Huf irgendwo druckempfindlich war.

Flynn schüttelte den Kopf und sah über die Schulter zurück. Seine Stirn war gerunzelt, sein Mund hart. Er wirkte angespannt. Sie verstand ihn, ohne dass er ein Wort sprach oder gebärdete. Dieses Pferd war – genau wie die anderen – nicht so gepflegt worden, wie es eigentlich nötig war. Sie waren noch nicht wirklich verwahrlost, aber alle ein wenig unterernährt.

Mit einem Seufzen richtete Flynn sich auf. *«Lass uns Kotproben von allen einsammeln. Und Blut abnehmen.»* Er rieb sich den Nacken. *«Mit den Impfungen sollten wir warten, bis wir die Ergebnisse haben.»*

Sie nickte und holte ihre Tasche. Sobald sie die Proben eingesammelt und Blut abgenommen hatte, beschriftete sie alles und packte die Tasche wieder. Sie gab Flynn das Desinfektionsmittel, wartete, bis er sich die Hände damit eingerieben hatte, und benutzte es selbst.

«Bereit, mit den Besitzern zu sprechen?»

Er sah kurz zum Himmel, dann straffte er die Schultern. *«Ja.»*

Sie waren bei einem neuen Kunden am Fuß der Coast-Range-Gebirgskette. Seine Farm lag ein gutes Stück nördlich von Redwood und ziemlich abgelegen. Viele ihrer Kunden hatten Farmen wie diese. Die Einsamkeit war nichts Neues für sie, aber das seltsame Gefühl, das sie hier erfasste, schon. Den Großteil ihrer Kunden kannten sie seit Jahren. Vielleicht war sie einfach nur paranoid.

Quasi seit dem Moment, in dem sie den SUV verlassen hatten, spürte sie eine seltsame Unruhe und das Bedürfnis, so schnell wie möglich wieder zu verschwinden. Das Haupthaus war ein kleines, einstöckiges Gebäude. Zusätzlich gab es zwei Scheunen. Beide waren reparaturbedürftig, doch das war so nahe an der Küste nicht ungewöhnlich. Salzwasser, Feuchtigkeit und harte Winter, gepaart mit dem hier üblichen feuchten Frühling, führten bei Außengebäuden schnell zu Abnutzung.

In einer der Scheunen lebten sechs Pferde, in der anderen

vier Ziegen und zwei Kühe. Außerdem gab es zwei Border Collies und vier Katzen. Sie hatten Kunden mit mehr Tieren, doch sie würden hier viel Zeit verbringen müssen, da dieser Kunde neu war. Heute hatten sie und Flynn die Tiere in einer der Scheunen und die Katzen untersucht. Am Montag würden sie zurückkommen, um sich um den Rest des Viehs und die Hunde zu kümmern.

Weiter hinten auf dem Grundstück gab es noch ein Gebäude, viel kleiner als die übrigen. Wahrscheinlich war es irgendwann einmal ein großer Hühnerstall gewesen. Zumindest vermutete Gabby das. Die Besitzer hatten ihnen keinen Zugang gewährt, und das war auch nicht nötig, da es dort keine Tiere gab.

Jose kam zu ihrem Auto. Er war Ende zwanzig und gebaut wie ein Schrank, mit Armen voller Tätowierungen und einem unangenehmen Körpergeruch, der an alten Tabakrauch erinnerte. Sie hatten zwar noch andere Männer gesehen, aber Jose war der Einzige, mit dem sie gesprochen hatten.

Gabby öffnete die Ladeklappe des SUV und stellte ihre Tasche in den Kofferraum. Bevor sie das Auto wieder schloss, schnappte sie sich das Satellitentelefon, nur für alle Fälle. In dieser Gegend gab es keinen Handyempfang, und sie wusste nicht, wie Jose auf Flynns Kritik reagieren würde, also ging sie lieber auf Nummer sicher.

Sie gesellte sich zu Jose und Flynn, die neben der Motorhaube standen. Als Flynn einen Schritt vortrat, sodass sie leicht hinter ihm stand, verstärkte sich ihre Nervosität um ein Vielfaches, denn es verriet ihr, dass auch Flynn sich nicht ganz wohl fühlte.

Vielleicht konnte sie die Stimmung entspannen, indem sie

höfliche Konversation machte. Sie zwang sich zu einem Lächeln. «Wie lange gehört Ihnen die Farm schon? Die Lage ist wunderschön.»

Was durchaus stimmte. Der Hof lag zwischen der felsigen Küste und den Ausläufern des Gebirges, die Luft duftete nach Salz und Kiefer. Grün und Blau und Grau verbanden sich in der Ferne zu einem pittoresken Anblick. Das Land in dieser Gegend war nicht besonders fruchtbar, und so waren die meisten Farmen hier in erster Linie Pferdehöfe. Manche Leute züchteten auch Ziegen wegen der Milch. Eine der Boutiquen in Redwood kaufte Ziegenmilch ein, um daraus Seifen und Cremes zu machen.

«Ich habe sie vor ein paar Monaten von meinem Großvater geerbt.» Jose rieb sich mit einer Hand über das kurzgeschorene Haar. «War seit Jahren nicht mehr hier. Ich werde die Tiere verkaufen und die Scheunen abreißen. Deswegen habe ich Sie gerufen. Damit ich einschätzen kann, was die Tiere wert sind.»

Gabby nickte und wechselte einen Können-wir-diesem-Kerl-trauen-Blick mit Flynn. Wenn seine Aussage stimmte, erklärte es den Zustand der Tiere. Jose wusste einfach nicht, wie man sich um sie kümmern musste.

Flynn verschwendete keine Zeit, sondern wies sofort auf die Vernachlässigung der Tiere hin und erklärte, welche Laboruntersuchungen er gerne durchführen wollte. Gabby übersetzte, damit Jose folgen konnte. Auch wenn der Mann die Zähne zusammenbiss und seine Augen schmal wurden, nickte er nur, als Flynn fertig war.

Gabby schluckte. «Wir werden am Montag wegen der restlichen Tiere zurückkommen. Dann können wir uns über Ihre Optionen unterhalten.»

Flynn nahm ihren Ellbogen und führte sie zur Fahrertür. Er wartete, bis sie eingestiegen war, bevor er um den SUV herumging und selbst ebenfalls ins Auto stieg. Jose blieb stehen, wo er war, mit breiten Beinen und verschränkten Armen, während Gabby rückwärts aus der Einfahrt setzte und auf die Straße fuhr.

Nach ein paar Kilometern sagte Flynn: *«Ich will nicht, dass du auf diesem Grundstück irgendwo allein hingehst, wenn wir wiederkommen. Bleib immer in meiner Nähe.»*

Sie nickte nur, da die gewundene Bergstraße ihre gesamte Aufmerksamkeit erforderte. Flynn war kein herrschsüchtiger Typ. Er bat sie nur darum, weil er sich Sorgen machte, nicht, weil er sie kontrollieren wollte. Außerdem bekam sie in Joses Nähe Gänsehaut. In Flynns Sichtweite zu bleiben, hielt sie für eine ziemlich gute Idee.

Als sie wieder in der Klinik waren, brachte sie die Blut- und Kotproben ins Labor und sah nach den Tieren in den Zwingern, bevor sie zu Flynns Büro ging, um sich zu verabschieden. Alle anderen waren schon nach Hause gegangen.

Flynn saß an seinem Schreibtisch und sah vom Laptop auf. *«Was hast du heute noch vor? Sollen wir uns eine Pizza bestellen?»*

Sie kaute zögernd auf der Unterlippe, dann entschied sie, dass sie ehrlich antworten musste, wenn wieder Normalität einkehren sollte. «Ich habe ein Date mit Mike Miller.» Er war einer der Männer, der sie am Kuss-Stand um eine Verabredung gebeten hatte. Er war vier Jahre älter als sie, daher kannte sie ihn nicht besonders gut.

Flynn starrte sie mit ausdrucksloser Miene an, dann blinzelte er. Seine Augen wurden schmal und sein Blick geistesabwesend, als versuchte er, ein Gesicht zu Mikes Namen aufzurufen. *«Der Kerl aus der Spielhalle?»*

Sie nickte. «Wir gehen in das Fischrestaurant am Steilufer.»

Er runzelte die Stirn, als wollte er sagen, *Du hasst Fisch.* Was stimmte. Aber sie würde sicherlich irgendetwas auf der Karte finden, was sie essen konnte. Mike hatte das Restaurant ausgesucht.

Flynn rieb sich das Kinn. *«Dann morgen?»*

Morgen hatte ihre Schwester ein Blind Date für sie organisiert. Normalerweise hasste Gabby Blind Dates, aber Rachel hatte so etwas noch nie für sie getan, also hatte Gabby zugestimmt. Sie war immer noch ein wenig misstrauisch, weil Rachel das Treffen arrangiert hatte, und fragte sich, wer der Typ wohl sein mochte. Aber dann fühlte sie sich bei diesem Gedanken schuldig. Vielleicht wollte ihre Schwester wirklich nur nett sein.

«Morgen habe ich auch schon etwas vor.» Flynn wirkte fast verletzt. Und nachdem sie immer noch darum kämpften, sich normal zu benehmen, lächelte Gabby, um ihm zu zeigen, dass sie ihn nicht abwimmeln wollte. «Wie wäre es mit einer Wanderung am Sonntag? Du und ich, Cyprus Trail?» Diesen Wanderweg mochten sie beide am liebsten. Nur wenige Touristen kannten ihn, und von dort aus hatte man einen tollen Blick über den Pazifik und die Klamath Mountains.

Ein Muskel an seinem Kinn zuckte, als er auf den Schreibtisch starrte. Gabby fragte sich, was er gerade dachte. Sein Körper wirkte angespannt, als wollte er jeden Moment aufspringen. Gleichzeitig sah sie die Unschlüssigkeit in Flynns Augen. Er stemmte die Ellbogen auf den Tisch und presste die Handballen auf die Augen.

Und da wusste sie es. Es ging ihm offensichtlich nicht so

gut, wie er sie hatte glauben lassen. Sorge breitete sich in ihr aus, doch gleichzeitig wäre sie am liebsten über den Tisch auf seinen Schoß geklettert. Die Freundin in ihr wollte, dass er sich entspannte, wollte alles in Ordnung bringen. Die Frau in ihr wollte ihn. Nackt. Auf sich. Unter sich. In sich.

Mit zitternder Hand rückte Gabby ihren Pferdeschwanz zurecht und schloss die Augen. Sosehr sie sich auch bemühte, sie konnte sich nicht erinnern, jemals jemanden so sehr begehrt zu haben. Das Gefühl war allumfassend und fast wild. Verunsichert öffnete sie die Augen und suchte den Blick der einzigen Person, die ihr immer Ruhe schenkte, nur um festzustellen, dass er sie bereits ansah und genauso angespannt wirkte.

Flynn ballte die Hände auf dem Tisch zu Fäusten, als versuchte er, sich davon abzuhalten, etwas zu sagen. Oder sie zu berühren. Er schien nicht einmal zu atmen. Und mit jeder Sekunde, die verging, wurde sein Blick intensiver, brennender, bis er eher einem Raubtier glich als einem Mann.

Heilige Hitze.

Langsam erhob er sich von seinem Stuhl. *«Es funktioniert nicht.»*

Wem sagte er das. Aber um auf Nummer sicher zu gehen, fragte sie: «Was? Der großartige Plan, das Offensichtliche zu ignorieren? Da stimme ich dir zu.»

Er schluckte, wobei er wirkte, als koste ihn das eine Menge Kraft. Er ließ sich wieder in seinen Stuhl sinken, jedoch ohne ihren Blick freizugeben, und umklammerte die Armlehnen so fest, dass seine Knöchel weiß hervortraten.

Okay, einen letzten Strohhalm gab es noch. Sie war nicht von Natur aus forsch, und sie hatte sich selber immer für ziemlich altmodisch gehalten, aber traditionelle Zurückhaltung brachte sie hier einfach nicht weiter. Aus irgendeiner seltsamen Moralvorstellung heraus war Flynn davon überzeugt, dass er sie und ihre Freundschaft beschützte, indem er nichts unternahm. Doch damit quälte er sich nur, eine kalte Dusche nach der anderen. Sein Schmerz war ihr Schmerz. Und sie konnte einfach nicht mehr ertragen, wie er sich das antat.

Ganz langsam ging Gabby um den Schreibtisch herum. Flynn beobachtete jeden ihrer Schritte. Sie legte die Hände auf seine Unterarme, um ihn auf seinem Stuhl festzuhalten, dann setzte sie sich rittlings auf seinen Schoß. Er atmete scharf ein. Hoffnung und Neugier und das Gefühl ‹Oh Scheiße› ließen seine Augen groß werden. Die Muskeln seiner Unterarme spannten sich unter ihren Fingern an. Ihre Brüste wurden schwer vor Verlangen, und die Stelle zwischen ihren Beinen brannte. Sein Duft nach Natur und Seife umhüllte sie, und die Erregung wurde beinahe unerträglich.

Jede Zelle in ihr schrie danach, sich vorzulehnen und ihn zu küssen, doch sie hielt ihr Gesicht so weit von seinem entfernt, dass er ihre Lippen lesen konnte. Was sie zu sagen hatte, war wichtig. «Spürst du das, Flynn? Wie dein Herz rast und dein Magen sich zusammenzieht? Ich spüre es auch. Das ist Verlangen. Die Natur, die versucht, uns etwas zu sagen.»

Sein Blick huschte von ihren Lippen zu ihren Augen und zurück. Er öffnete den Mund, als wollte er etwas sagen, doch stattdessen keuchte er nur. Sein Hinterkopf stieß gegen die Lehne des Stuhls.

«Ich werde heute Abend dieses Date durchziehen und auch das morgen Abend, weil es unhöflich wäre, so kurzfristig abzusagen.» Er verspannte sich unter ihr, und Gabby lächelte.

O ja, das gefiel ihm nicht. «Und ich werde währenddessen die ganze Zeit an dich denken. Am Sonntag werden wir beide auf dem Cyprus Trail wandern. Es wird unser erstes Date.»

Sein rauer Atem liebkoste ihre Wange. Seine haselnussbraunen Augen wurden weicher. Sein Blick huschte über ihr Gesicht, als wollte er ihre Miene genau analysieren und so einzuschätzen versuchen, wie ernst sie es meinte. Oder er suchte nach einem versteckten Motiv.

«Wir werden es langsam angehen lassen, uns behutsam an diese Veränderung gewöhnen. Ohne Druck. Nur wir beide, wie immer, aber ohne es zu leugnen.» Flynns Brust hob und senkte sich heftig, als bekäme er nicht genug Sauerstoff. Seine Augenbrauen senkten sich, und sein Blick wurde flehend, als hätte sie ihm gleichzeitig die Welt geschenkt und ihm alles genommen. «Wir haben die Chance verdient, zusammen zu sein, herauszufinden, wohin das führen kann. Du wirst mich nicht verlieren.»

Flynn schloss die Augen und schüttelte leicht den Kopf, als könnte er sich einfach nicht mehr wehren. Als er die Lider nach einem langen Moment wieder öffnete, sah er sie forschend an. Sie wusste, dass er nach Zweifeln Ausschau hielt. Ein letzter Versuch, ihr Leben nicht ins Chaos zu stürzen.

«Du wirst mich nicht verlieren», wiederholte sie, wobei sie inständig hoffte, dass sie recht behalten würde.

Er löste seine Arme aus ihrem Griff und hob die Hände, um sanft ihre Wangen zu umfassen. Seine Daumen glitten über ihre Wangen, dann seufzte er. Sanft zog er ihren Kopf herunter, um ihr einen Kuss auf die Stirn zu drücken, bevor er sich wieder zurückzog. Er nickte und ließ die Hände auf ihre Schenkel sinken.

«Ich will nicht gleich allen davon erzählen. Mir wäre es lieber, wenn wir das für uns behalten, bis wir wirklich wissen, was wir wollen.»

Seine Miene verriet, dass er genau wusste, was er wollte – und dass es dabei um sie und ihn und deutlich weniger Kleidung als jetzt ging. *«In dieser Stadt ist es unmöglich, ein Geheimnis zu haben. Das weißt du so gut wie ich.»*

Wie wahr. «Wenn wir zusammen unterwegs sind, werden sich die wenigsten Leute etwas dabei denken. Wir sind oft zusammen. Aber ich würde am Anfang gerne darauf verzichten, in der Öffentlichkeit Händchen zu halten oder so was.»

Er hob die Hand an ihre Haare und spielte mit einer Strähne, bevor er antwortete. *«Warum?»*

«Sonst wird es für uns schwerer, zur Normalität zurückzukehren, falls es nicht funktioniert. Und es würde uns zu sehr unter Druck setzen.»

Ein tiefer Atemzug, dann: *«Okay. Was auch immer du willst.»*

Sie grinste.

Er kniff die Augen zusammen. *«In angemessenem Rahmen.»*

«Da wäre noch eine Sache.» Sie biss sich auf die Unterlippe, und er stöhnte. «Kein Sex. Zumindest nicht sofort. Warte, lass mich erst erklären», sagte sie, als seine Miene ein deutliches ‹Zur Hölle, nein› verkündete. «Wenn wir direkt in die Kiste springen, können wir uns nicht richtig an den Übergang von Freundschaft zu mehr gewöhnen. Ich will alles richtig machen, damit wir wirklich eine Chance haben.»

Sie hatte in der letzten Woche viel über dieses Thema nachgedacht, und dieser Punkt war nicht verhandelbar. Sie und Flynn kannten einander so lange, dass es wenig gab, was sie nicht über den anderen wussten. Außer, wie man miteinander ausging. Sie brauchten eine Übergangszeit, egal, wie dringend sie ihn nackt sehen wollte.

Er zeichnete mit dem Finger eine ihrer Augenbrauen nach, bevor er seine Fingerspitze über ihre Schläfe und Wange nach unten gleiten ließ. Mit nachdenklicher Miene folgte er dem Pfad. *«Bist du dir wirklich sicher, Gabby? Denn wir stehen kurz davor, unsere Freundschaft in den Sand zu setzen.»*

Ihr Herzschlag stockte. Flynn sah immer noch nicht das Potenzial, sondern nur die möglichen negativen Konsequenzen. Aber irgendwann würde sich das ändern. Sie würde ihm zeigen, dass sie das hinkriegen konnten. Und dass sie es versuchen sollten. Seine Unsicherheit war vermutlich ein Resultat aus Jahren schlechter Erfahrungen wegen seines Handicaps. Seine früheren Versuche mit Frauen hatten in diesem Punkt auch nicht weitergeholfen. Sie hatte ihr Scheitern oft mit angesehen, bis Flynn anscheinend resigniert hatte. Es ließ sich nur noch auf körperliche Begegnungen ein, die Hoffnung auf mehr hatte er aufgegeben.

Sie wusste nicht, ob sie zusammenpassten, ob die Beziehung mit ihm funktionieren konnte, aber sie schuldeten es sich, wenigstens einen Versuch zu wagen.

«Ich bin mir sicher.»

· 13 ·

Am Sonntagmorgen öffnete Flynn seine Tür und entdeckte Drake auf seiner Veranda. Er hielt zwei Pappbecher mit Kaffee in den Händen. Sein großer Bruder zog eine Augenbraue hoch, als Flynn zögerte.

«*Sorry.*» Er öffnete die Fliegengittertür, um Drake reinzulassen. «*Ist alles okay?*» Drake hatte nicht mehr spontan bei ihm vorbeigeschaut, seit ... Himmel. Seit Heather gestorben war. Cades Verlobte, Avery, hatte es in letzter Zeit geschafft, ihn öfter einmal aus dem Haus zu locken, doch Drake bevorzugte immer noch seine eigene Gesellschaft.

Drake drückte ihm einen der Becher in die Hand. «Sag du es mir.»

Verdammt. Wenn sein großer Bruder vermutete, dass etwas nicht stimmte, steckte Flynn in Schwierigkeiten. Seufzend deutete er mit dem Kinn Richtung Küche. Sie gingen auf die hintere Veranda und ließen sich in die Liegestühle sinken.

Flynn nippte an seinem Kaffee und starrte in den Garten. Ein schmaler Bach schlängelte sich durch die dichtstehenden Bäume und glitzerte im Sonnenlicht. Der Duft von Kiefern und feuchtem Gras verband sich mit der Feuchtigkeit des Frühlingsregens, der gestern Nacht gefallen war. Die Temperaturen waren mild – perfekt, um gleich mit Gabby wandern zu gehen.

Bei diesem Gedanken schloss Flynn die Augen und fuhr sich mit einer Hand durchs Haar.

Drake tippte ihn auf den Arm, um seine Aufmerksamkeit

zu erregen. «Was ist los? Du warst die ganze Woche über seltsam.»

Gabby hatte gesagt, sie wollte noch nichts öffentlich machen, aber Flynn ging davon aus, dass Drake nicht zählte. Er hatte immer schon mit seinen Brüdern über so gut wie alles reden können, und es war ja nicht so, als würde Drake dieses Gespräch auf Facebook posten. Flynn musste mit jemandem reden. Während er das Ganze mit sich selbst ausmachte, hatte sich sein Gewissen nicht im Geringsten beruhigt.

Er stellte den Becher zur Seite und richtete den Blick wieder auf den Garten. *«Ich habe Gabby geküsst.»* Nach ein paar Augenblicken sah er seinen Bruder an und runzelte die Stirn, weil Drake nur breit grinste. *«Wieso zur Hölle grinst du so?»*

Drake zuckte mit den Achseln. «Wurde auch langsam Zeit, Mann.»

Flynns Herz begann zu rasen, doch er hatte keine Ahnung, ob es Aufregung oder Wut war. *«Was soll das heißen?»* Drake gehörte ein Drittel der Klinik. Er sollte sich zumindest Sorgen über die mögliche Störung des Arbeitsalltags machen.

Drake stellte die Tasse vor seine Füße, um gleichzeitig mit Stimme und in Gebärdensprache zu sprechen, als käme das, was er sagen wollte, direkt aus dem Obi-Wan-Kenobi-Handbuch. «Das soll heißen, dass ihr seit der Vorschule quasi an der Hüfte zusammengewachsen seid und du gegen deine Gefühle für sie ankämpfst, seitdem Gabby Brüste entwickelt hat.»

Zum Teufel. Flynn schnappte nach Luft. War er so einfach zu durchschauen? Er schüttelte den Kopf, weil ihm keine andere Antwort einfiel.

Drake zog nur die Augenbrauen hoch und grinste immer noch breit. Es war vier Jahre her, seit Heather gestorben war, und Flynn hatte das Lächeln seines Bruders vermisst. Und so lenkte er ein. Ein wenig zumindest.

«Benutz bitte die Worte ‹Gabby› und ‹Brüste› nicht in einem Satz.»

Drake lachte. «Okay. Sollen wir lieber über ihre tiefblauen Augen sprechen oder ihre langen Beine oder ihre …?»

Flynn knurrte.

«Okay. Zurück zu den Brüsten. Sie hat welche.»

Flynn warf ihm den besten Halt-die-Klappe-oder-stirb-Blick zu, den er hinbekam, während in seinem Kopf Bilder von Gabbys Kurven entstanden. Das. War. Nicht. Hilfreich.

«Was hat Gabby von dem Kuss gehalten?»

Flynn rieb sich das Gesicht. *«Sie will, dass wir … miteinander ausgehen.»*

«Und du nicht?» Als Flynn nicht antwortete, senkte Drake leicht den Kopf. «Warum? Weil ihr beste Freunde seid und es diese Freundschaft vielleicht zerstören würde, wenn du sie nackt siehst?»

Zur Hölle im Quadrat. Er schloss die Augen, aber … nein. Visionen von Gabby, die nackt unter ihm lag, folterten sein Hirn. Sein Atem stockte. Als er die Lider wieder öffnete, wirkte Drakes Miene leicht spöttisch.

«Ist dir je in den Kopf gekommen, dass sie die perfekte Frau für dich ist? Keine Spielchen, keine Zweifel, ob sie damit zurechtkommt, mit einem Gehörlosen zusammen zu sein?»

Flynn erstarrte, zum Teil, weil Drake den Finger in die Wunde gelegt, ihn mit seiner lebenslangen Unsicherheit konfrontiert hatte, und zum Teil, weil … Nein. Daran hatte er nicht gedacht. Er hatte sich so sehr auf alles konzentriert, was schieflaufen konnte, dass er alles andere ausgeblendet hatte. Er griff nach seinem Kaffeebecher, damit seine Hände nicht zitterten, dann nahm er einen Schluck.

Drake stand auf. «Ich gehe dann mal wieder. Gib der Sache mit dem Ausgehen eine Chance.» Er ging zur Küchentür, dann drehte er sich noch einmal um. «Brüste.» Er grinste vielsagend und verschwand.

Flynn sackte auf dem Stuhl zusammen und sah auf die Uhr. Seine Knie wippten vor rastloser Energie. Gabby hatte mit der Wanderung etwas Gutes für ihr ‹erstes Date› ausgesucht. Sie würden sich nicht gegenübersitzen müssen und sich fragen, was zur Hölle sie tun sollten. Und er würde nicht darüber nachdenken müssen, wie nah er neben ihr sitzen durfte oder ob es okay war, ihre Hand zu halten. Sie würden ständig in Bewegung sein.

Er legte den Kopf in den Nacken. Gabby mochte seine beste Freundin sein, und er mochte sie seit Jahren kennen, aber er verstand nicht viel von Dates. Er hatte in der Highschool und im College ein paar Freundinnen gehabt, aber nichts davon hatte lang gehalten. In den letzten paar Jahren hatte es nur noch zwanglosen Sex gegeben. Wie sollte das funktionieren, mit jemandem auszugehen, über den er schon alles wusste?

Mit einem Kopfschütteln ging Flynn ins Haus. Er schnappte sich einen Rucksack, füllte ihn mit ein paar Wasserflaschen, Müsliriegeln und Leckerlis für Fletch, dann pfiff er nach seinem Hund. Gabby würde das Satellitentelefon und das Betäubungsgewehr aus ihrer Veterinärausrüstung einstecken, für den Fall, dass sie Wildtieren begegneten. Er kontrollierte gerade, ob das Erste-Hilfe-Set in der Seitentasche des Rucksacks steckte, als der Hund aus dem Schlafzimmer auftauchte.

«Wandern?»

Der Hund legte scheinbar gelangweilt den Kopf schräg.

«Gabby?»

Fletch drehte sich begeistert im Kreis.

«Du bist so leicht zu durchschauen.»

Gabby wollte sich am Wanderweg mit ihm treffen, also fuhr er direkt hin. Der kleine Parkplatz war leer, als er ankam. So früh am Sonntag waren die meisten Leute noch im Bett oder in der Kirche. Zumindest wären er und Gabby eine Weile allein. Er stieg aus und lehnte sich gegen den Kofferraum, um zu warten. Fletch legte sich vor seine Füße.

Sollte er sie zur Begrüßung küssen? Sie umarmen? Er überlegte, was sie normalerweise machten, doch das war keine Hilfe. Jetzt, nachdem sie der ganzen Sache ein Etikett verpasst hatten, fühlte sich nichts mehr normal an. Sondern eher, als würden sie zwanzig Jahre Freundschaft und jede Normalität einfach über Bord werfen.

Kurz darauf fuhr Gabby auf den Parkplatz und stieg aus. Er lächelte, als er ihre Leggins und ihr zu großes Oregon-State-Sweatshirt sah, das sie ihm letztes Jahr gestohlen hatte. Es fiel ihr bis über die Knie. Sie hatte ihr Haar zu einem hohen Pferdeschwanz gebunden und trug keinerlei Make-up. *Das* war seine Gabby, nicht das aufgetakelte Püppchen vom Spring Fling.

Er kratzte sich am Kinn. *«Erklär mir noch mal, warum ich dich nicht abholen durfte.»* Das erschien ihm immer noch dämlich, da sie kaum zwei Kilometer voneinander entfernt lebten.

«Weil ich immer selbst zum ersten Date fahre. Nur für den Fall, dass die Sache nicht funktioniert und ich schnell verschwinden muss.» Ihr verschmitztes Lächeln traf ihn wie ein Schlag in den Solarplexus. Durch sie bekam das Wort *bezaubernd* eine ganz neue Bedeutung.

Er seufzte, gespielt desinteressiert. *«Und du glaubst, du musst vor mir fliehen?»*

Sie gab sich geheimnisvoll und zuckte nur mit den Achseln, dann richtete sie ihre Aufmerksamkeit auf den Hund. Sie führte Fletch zu einem Fleckchen Gras in der Nähe, kniete sich hin und kraulte ihm die Ohren. Sekunden später rollten die beiden über das Gras. Das Sonnenlicht brachte ihr Haar zum Leuchten, badete ihr Gesicht in Wärme, sodass ihre Augen himmelblau strahlten. Fletch warf sich auf sie, und Gabby lachte.

Flynn rieb sich die schmerzende Brust, er war unfähig, den Blick abzuwenden.

Als sie schließlich wieder zu ihm kam, rang er verzweifelt um Worte. Aber ihm kam nur in den Sinn, dass sie ihm den Boden unter den Füßen wegzog. Mal wieder. *«Wie sind deine Dates dieses Wochenende gelaufen?»* Verdammt noch mal. Das hatte er nicht fragen wollen.

Gabby verzog das Gesicht. «Mike spricht nur in der dritten Person. Ja», sagte sie, als sie Flynns schockierte Miene sah. «Er hat mich dazu eingeladen, mit ihm bis zur dritten Base zu gehen und das Date mit einem Homerun in seiner Wohnung abzuschließen. Die übrigens über der Garage seiner Eltern liegt.»

War Flynn ein Idiot, weil er nichts als Erleichterung empfand? Er presste die Lippen aufeinander, um nicht zu lachen, versagte aber kläglich. *«Und der andere Kerl? Samstagabend?»*

Ihr Lächeln verblasste abrupt. «Das war ein Blind Date, das meine Schwester für mich arrangiert hatte. Der Mann war siebzig Jahre alt.»

Flynn richtete sich kerzengerade auf und verschränkte die Arme. Was zum Teufel stimmte nicht mit Rachel?

Gabby schüttelte den Kopf. «Der Arme war unglaublich

verlegen, bis ich ihm gesagt habe, dass ich mich mit ihm treffen wollte, weil ich viele Freundinnen in seinem Alter habe. Ich habe ihm ein paar Treffen mit einigen Damen aus dem Seniorenheim vermittelt. Gott, Flynn. Es war mir so peinlich, dass Rachel das getan hat. Wir haben zusammen zu Abend gegessen und uns nett unterhalten. Ich wollte nicht einfach wieder gehen, verstehst du?»

Flynn knirschte mit den Zähnen. *«Ich hoffe, du hast ihr die Hölle heißgemacht.»*

«Oh, das habe ich. Und dann habe ich die ganze Sache Mom erzählt.»

Er lachte. *«Braves Mädchen. Darf ich ehrlich sein und sagen, dass es mich freut, dass keines der Dates allzu toll war?»*

Ihre Miene wurde weich. «Aber klar darfst du das sagen.»

Sie mussten unbedingt aufbrechen, sonst würde er sie auf den Rücksitz zerren und besinnungslos küssen. Er sah sich um, dann nickte er in Richtung des Wanderpfads. *«Bist du bereit?»*

Sie streckte die Hand aus. Er starrte sie an.

Ihre Augen lächelten, lange bevor sich ihre Lippen verzogen. «Es ist okay, beim ersten Date Händchen zu halten.»

Verdammt, sie würde ihn noch umbringen. Er zog das Satellitentelefon und das Betäubungsgewehr aus ihrem Rucksack, steckte beides in seinen, schulterte das Ganze und schmiss ihren Rucksack in den Kofferraum. Dann ergriff er ihre Hand und verschränkte seine Finger mit ihren. Sie drückte seine Hand leicht, dann gingen sie los.

Fast sofort erhoben sich über ihnen die Zypressen, die dem Wanderweg seinen Namen gaben. Ein Stück weiter, unter dem Blätterdach der Redwood-Bäume, wurde es ein paar Grad kühler. Die Stämme der Redwoods waren dicker als sie beide zusammengenommen, sodass Flynn sich Gabby als winzige Elfe in einem riesigen Wald vorstellte. Der Duft des Torfmooses verband sich mit dem der Kiefernnadeln zu einem frischen Duft, der ihn endlich beruhigte.

Entspannt wanderte er neben Gabby dahin und hielt ihre Hand, als hätten sie das schon tausendmal getan. Fletch folgte ihnen. Sie waren vielleicht zwei Kilometer weit gekommen, als der Weg schmaler wurde. Er ließ Gabby vorgehen – für den Fall, dass sie ausrutschte – und kletterte hinter ihr den felsigen Abhang hinauf zu dem Aussichtspunkt, den Gabby so mochte. Auch er liebte diese Stelle, jedoch gefiel ihm dieser eine Felsvorsprung mit Blick über den Pazifik noch besser.

Oben trat Gabby zwischen den Bäumen neben einer Ansammlung von Findlingen hervor, sodass sie im vollen Sonnenlicht stand. Er folgte einer Eingebung, zog sein Handy aus der Tasche und schoss ein Foto von ihr, während sie noch mit dem Rücken zu ihm stand, dann trat er neben sie.

«Gott, ich liebe diese Stelle.»

«Ich auch», gebärdete er, obwohl er nur Augen für Gabby hatte.

Eine von Gabbys besten Eigenschaften war ihre Fähigkeit, sich an fast allem zu erfreuen. Was es auch sein mochte, klein oder groß, sie sah immer die Schönheit der Welt. Selbst wenn es um etwas ging, was er schon tausendmal gesehen und für selbstverständlich gehalten hatte, konnte sie ihm ein Gefühl geben, als würde er zum ersten Mal die Augen öffnen. In einer Welt, in der die Leute selten lange genug innehielten, um sich mit ihrer Umgebung zu beschäftigen, sah Gabby die Details.

Sie warf ihm einen kurzen Blick zu, ein amüsiertes Lächeln auf den Lippen. «Dann genieß die Aussicht.»

«Das tue ich.» Doch er tat ihr den Gefallen, riss den Blick von ihr los und wandte sich zum Rand der Klippe um.

Die Landschaft erstreckte sich vor ihm, eingehüllt in einen leichten Nebel. Links von ihm konnte er das Meer gerade noch in der Ferne erkennen, und zu seiner Rechten zog sich das Küstengebirge dahin, ein Gewirr aus Felsen unter einer Decke aus Fichten und Fuchsschwanz-Kiefern.

«Es ist so still.» Sie warf ihm einen Blick zu, dann wurden ihre Augen schmal. «Schau mich nicht so an. Es ist still hier. Du magst ja nichts hören, aber gewisse Geräusche kannst du doch fühlen. Spürst du die Stille nicht?»

Sie hatte recht, absolut recht, doch er konnte nicht aufhören zu lächeln, selbst wenn sein Leben davon abgehangen hätte. Sie kannte ihn. Wusste fast, wie es war, taub zu sein, nachdem sie sich schon vor Jahren unendlich intensiv mit seiner Behinderung auseinandergesetzt hatte. Sie war vollkommen auf ihn eingestimmt. Und so wohl er sich auch mit ihr fühlte, in solchen Momenten gelang es Gabby immer wieder, ihn bis ins Mark zu erschüttern.

Sie seufzte. «Keine Geräusche außer denen der Natur. Ich wünschte, du könntest es hören und mit dem Stadtlärm vergleichen. Es ist vollkommen anders.» Sie kletterte auf einen flachen Felsen und wandte ihm das Gesicht zu, die Beine streckte sie vor sich aus.

Flynn holte ein Leckerli für Fletch aus dem Rucksack, bevor er den Hund mit einer Handbewegung anwies zu bleiben, wo er war. Dann kletterte er zu Gabby auf den Findling. Sobald er sich gesetzt hatte, strich er ihr eine lose Strähne aus dem Gesicht. *«Beschreib es mir.»*

Sie blinzelte. «Die Geräusche der Natur?»

Mit einem Nicken drückte er eine Hand auf ihr Herz und schlug einen langsamen Takt an. *«So fühlt sich der Bass von Musik an. Und jetzt erzähl mir von ... der Stille.»*

Sie richtete sich höher auf und setzte sich in den Schneidersitz, dann rutschte sie näher an ihn heran, bis ihre Knie sich berührten. «Also, wenn man die Stadt verlässt, ist es wie ein Vakuum.» Sie drückte die Handflächen auf seine Ohren, um Druck zu erzeugen. «Es dauert eine Weile, bis man sich an die Abwesenheit von Lärm gewöhnt hat.»

Er nickte.

«Dann, wenn man eine Weile unterwegs ist, hört man kleine Geräusche, wie huschende Tiere.» Sie ließ ihre Fingerspitzen über seinen Nacken gleiten, sodass er Gänsehaut bekam. «Darunter ist das leise Geräusch von Wasser, das über Steine fließt.» Sie zog einen Finger im schnellen Zickzack über seine Brust.

Er grinste. *«Mach weiter.»* Er mochte dieses Spiel. Er bekam nicht nur eine Ahnung davon, wie sie diese Geräusche wahrnahm, es gefiel ihm auch, dass sie ihn berührte.

«Das Meer ist ein Dröhnen, wenn man ihm nahe ist, aber in der Ferne ist es eher ein leises Rauschen.» Sie ließ ihre Finger sanft über seinen Schultern hin- und hergleiten. «Dann ist da das knisternde Geräusch des Windes in den Blättern, ein Schwirren.» Ihre Fingerspitzen huschten über seine Ohrmuscheln.

Sein Herz geriet ins Stocken, um dann umso schneller und heftiger zu schlagen. Am Hals und den Ohren war er unglaublich empfindlich. Eine Berührung, ein Kuss dort, und sofort wurde er steif. Jedes Molekül in seinem Körper war sich ihrer Nähe, ihrer Liebkosungen bewusst. Seine Haut erhitzte sich, und seine Hände verzehrten sich danach, sie ebenfalls zu berühren, ihr zu zeigen, wie es sich anfühlte, wenn der Tastsinn das Wichtigste wurde.

«Wind auf Felsen oder in der Nähe der Berge klingt etwas anders.» Sie schob ihre Finger in sein Haar und zog leicht daran. Ein Stromschlag fuhr durch seinen Körper.

Er sah nicht, was sie als Nächstes sagte, weil er die Augen schloss, nur für einen Moment, um ihre Berührung zu genießen. Als er die schweren Lider wieder hob, waren ihre blauen Augen auf seine Lippen gerichtet, als fiele es auch ihr schwer, bei der Sache zu bleiben. Er musste sich intensiv auf seine Atmung konzentrieren, weil er aus irgendeinem Grund vergessen hatte, wie man Luft in die Lunge sog.

Jedes. Verdammte. Mal. Sie raubte ihm den Atem und konnte ihn mit einem einzigen Blick in die Knie zwingen.

«Donner ist das Beste.» Ihr Blick hob sich von seinem Mund zu seinen Augen. Ihre Pupillen waren geweitet vor Verlangen. Sie gab die kurzen Haare an seinem Nacken frei und legte die Hände auf seine Knie, ohne seinen Blick auch nur einen Moment freizugeben. Langsam ließ sie ihre Finger höher gleiten, immer näher zum Gelobten Land. In diesem Moment entschied er, dass Atmen überbewertet wurde. Ein Tropfen Schweiß rann ihm über den Rücken.

Doch sie stoppte kurz vor dem Ziel und zog die Hände zurück. «So klingt Donner. Laut, wie das Blut, das in deinen Ohren rauscht, wenn dein Herz rast, und dann plötzlich gar nichts mehr, wie das Echo des Schweigens.»

Noch nie in seinem Leben hatte er sich so sehr einen Sturm herbeigewünscht. Donner? Er würde ihr Donner zeigen. Und Blitze.

Flynn umfasste ihren Hinterkopf und drückte seinen Mund auf ihren. Brennende Hitze ergriff Besitz von ihm, kaum dass ihre Lippen sich berührten und sie den Mund öffnete. O ja. Sie zu küssen war, als würde man gleichzeitig ein neues Land erkunden und nach Hause kommen.

Ohne zu zögern, legte sie ihm eine Hand an die Wange und suchte seine Zunge mit ihrer. Weich, nachgiebig. Sie kam näher, kniete sich zwischen seine Beine, sodass sein Kopf nach hinten sank und sich ihre Brust gegen ihn drückte.

Um sich an irgendetwas festzuhalten, griff er mit einer Hand nach ihrem Pferdeschwanz und vergrub die andere in ihrem Sweatshirt. Doch dann änderte er seine Meinung und schob die Hand unter ihr Shirt, um seine Finger auf ihrer glatten Haut zu spreizen und sie noch näher an sich zu ziehen.

Diese Sache mit der Vernunft war einfach sinnlos. Er hatte sich wirklich bemüht. Doch jetzt gab der Boden unter seinen Füßen nach, und er fiel kopfüber ins Nirwana.

Sie hielt mit ihm Schritt, genoss seine wilden, fast verzweifelten Küsse und drängte sich an ihn. Er erkundete ihren Mund, bis nichts mehr ihm fremd war, dann fing er von vorne an. Ihr Honigduft verband sich mit dem Geruch von Kiefern und Meer, der in der Luft hing. Ihre heiße Haut stand in heftigem Kontrast zu der kühlen Brise, die vom Berg herabwehte. So weich. Und jede ihrer Kurven passte sich perfekt an seinen harten Körper an.

Sie knabberte an seiner Unterlippe, dann sagte sie etwas. Ihre Lippen formten ein Wort. Oder mehrere Worte.

Er erstarrte. Zum zweiten Mal hatte er sich so in Gabby verloren, dass er nicht auf ihre Signale geachtet hatte. Er hob den Kopf und sah sie an. Geschwollene Lippen, verträumter Blick.

Sie wirkte zufrieden. Doch er hätte schwören können, dass sie etwas gesagt hatte.

Er räusperte sich, aber nachdem er noch nicht bereit war, sie freizugeben, setzte er seine Stimme ein, um heiser zu fragen: «Was?»

Sie drückte ihre Nasenspitze an seine. Lächelte. Stahl ihm etwas, das sich wie ein großes Stück seines Herzens anfühlte. «Ich habe Wow gesagt.»

· 14 ·

Plötzlich wurde Gabby ein wenig nervös. Mit zitternden Fingern öffnete sie die Haustür und trat zurück, damit Fletch und Flynn eintreten konnten. Als sie am Cyprus Trail angekommen waren, hatte Flynn nervös gewirkt, was sie aus irgendeinem Grund beruhigt hatte. Doch jetzt wirkte er entspannt und selbstbewusst, während sie ein einziges Nervenbündel war.

Auf dem Wanderweg hatte ein Kuss ausgereicht, um in einer Sekunde von null auf Nimm-mich zu schalten. Sie wollte mehr. Ihr Körper summte immer noch, doch sie wusste auch, dass sie ein Gleichgewicht finden mussten, wenn die Beziehung funktionieren sollte. Alles wäre wunderbar, wenn sie nur einen Weg finden könnte, ihre Reaktion auf ihn ein wenig zu dämpfen.

Fletch entdeckte Popsicle vor dem Kamin. Die beiden Tiere beschnüffelten sich einen Moment, dann rollten sie sich gemeinsam auf dem Boden zusammen und schliefen ein, die Katze unter der Pfote des Hundes.

Gabby sah Flynn an und rieb mit den feuchten Handflächen über ihre Oberschenkel. «Was jetzt?»

Seine Mundwinkel zuckten vor Erheiterung, und seine Augen leuchteten. Er zuckte mit den Achseln. *«Soll ich jetzt nach Hause gehen? Dir einen Abschiedskuss geben? Du bist die Dating-Expertin.»*

Ha. Sie rang die Hände. Sie wollte nicht, dass er ging, war sich aber nicht sicher, ob das richtig war.

«Wie wäre es mit Pizza?» Er zog fragend die Augenbrauen hoch.

Pizza. Ja. Das wäre eine Möglichkeit. Sie lächelte und zog ihr Handy aus der Handtasche. Sobald sie bestellt hatte, stellte sie die Tasche zur Seite und sah ihn an. «Eine halbe Stunde.»

Flynn stand immer noch neben der Tür, hatte aber während ihres Telefonats die Hände in die Hosentaschen geschoben. Nachdem er sich in den letzten Wochen so seltsam benommen hatte, irritierte es Gabby, dass sie jetzt so unsicher war. Sie war schließlich diejenige, die dieses Date angestoßen hatte. Und … es war doch einfach Flynn. Sie atmete tief durch und sah kurz zu den schlafenden Tieren auf dem Boden, während sie sich bemühte, ihr Hirn dazu zu bringen, ihren Körper in Bewegung zu setzen – irgendetwas zu tun. Aber ihre Schaltkreise verweigerten schlicht die Arbeit.

Flynn trat näher. *«Du bist nervös.»*

Sie biss sich auf die Unterlippe und nickte. Ihre Wangen brannten vor lächerlicher Verlegenheit. Sosehr sie sich auch bemühte, es abzutun, in diesem Moment wurden ihr die möglichen Folgen ihres Handelns so unglaublich bewusst. *Das hier war Flynn.* Bester Freund. Chef. Liebhaber?

Und diese Begriffe kratzten nur an der Oberfläche. Wenn sie tief genug grub, würde sie zugegeben müssen, dass er vielleicht der Grund dafür war, dass sie kaum Kontakt zu anderen Männern hatte. Vielleicht hatte ein Teil von ihr unbewusst immer schon auf ihn gewartet. Das würde diese seltsame Anziehungskraft erklären. Die Art, wie sie auf ihn reagierte. Und plötzlich machten all die Dinge, die ihn zurückgehalten hatten, von denen er glaubte, dass sie schiefgehen konnten, viel mehr Sinn.

Er nickte, als hätte sie ihre Gedanken laut ausgesprochen. *«Jetzt verstehst du es.»*

Sie seufzte, und ihre Schultern sackten nach unten. Die Wahrheit war, dass er der einzige Mann war, der ihr das Herz brechen konnte, der einzige, der je wirklich einen Platz in ihrem Herzen gefunden hatte.

Ohne ein Wort zu sagen – als wüsste er instinktiv, was sie brauchte –, überbrückte er den Abstand zwischen ihnen und zog sie an sich. Ein Arm schlang sich um ihre Taille und drückte sie an seinen harten, starken Körper. Mit der freien Hand umfasste er ihren Hinterkopf und drückte ihre Wange an seine Brust. Sie fügten sich perfekt aneinander, sodass kein Zentimeter Luft zwischen ihnen blieb.

Gabby schloss die Augen, atmete seinen vertrauten Duft und schlang die Arme um seinen Rücken, sodass ihre Hände auf seinen Schultern lagen. Nach und nach verschwand die Anspannung. Ihr nervöser Magen beruhigte sich, und am liebsten wäre sie in ihn hineingekrochen. Flynn bedeutete Sicherheit und Ruhe.

Er ließ sein Kinn auf ihren Kopf sinken und bewegte sich leicht nach rechts, ohne sie freizugeben. Als er danach in die andere Richtung schwankte, lächelte sie, weil ihr klarwurde, dass er tanzen wollte. Ohne sich aus seiner Umarmung zu befreien, schüttelte sie ihre Schuhe ab und stellte sich auf seine Füße, damit er ihre Bewegungen ganz kontrollieren konnte.

So tanzten sie ein paar Augenblicke, drehten sich langsam im Kreis, bis sein Adamsapfel sich bewegte und sie den Kopf nach hinten legte, um ihn anzusehen. Seine Lippen öffneten sich, als wolle er etwas sagen, doch dann presste er sie aufeinander. Er schien zu zögern, als er ihr Gesicht musterte.

«Was ist?»

Er schüttelte leicht den Kopf, dann seufzte er, als würde er sich gerade für etwas entscheiden, das er eigentlich nicht tun wollte. «Manchmal will ich etwas sagen, aber gleichzeitig will ich dich nicht loslassen, um Gebärdensprache zu sprechen.»

Er sah sie so intensiv an, dass es ihr schien, als würde ihre Antwort über sein Glück oder Unglück entscheiden. Sein Blick wirkte verwundbar, sein Körper angespannt, als stände er kurz davor zu zerbrechen.

Sie hielt seinen Blick, wobei sie sich fragte, wieso das so wichtig für ihn war. Er hatte schon früher mit ihr gesprochen. Nicht oft und meistens bei der Arbeit, wenn seine Hände anderweitig beschäftigt waren. Aber nie vor anderen. Sie wusste, dass er in Bezug auf seine Stimme unsicher war. Seit ein paar Kinder in ihrer Schulzeit seltsam reagiert hatten, sprach er eigentlich nur noch Gebärdensprache.

Aber ... sie war nicht einfach irgendwer. Er hatte selbst erklärt, dass sie zu den wenigen Leuten gehörte, mit denen er laut sprach, also sah sie das Problem nicht.

Sie umfasste seine Wange, genoss es, seine Bartstoppeln unter ihren Fingern zu spüren. «Wenn du mit mir reden willst, tu es einfach.»

Eigentlich war es sehr süß, dass er sie nicht loslassen wollte. Seine Sprachmelodie und Aussprache waren manchmal ungewöhnlich, und er sprach langsamer als die meisten Menschen – zum Teil, weil er taub war, und zum Teil, weil er ungeübt war. Aber ... wow. Das tiefe Rumpeln seiner Stimme, das sie quasi als einziger Mensch zu hören bekam, ließ ihr das Herz aufgehen ... und Hitze in ihren Unterleib schießen.

Er starrte sie an, als hätte sie ihm nicht gerade geantwortet, dann öffnete er den Mund … und wartete kurz, bevor er Worte formte. «Stört es dich?» Wieder musterte er sie intensiv, als könnte sie ihn anlügen.

Meinte er das ernst? «Nein.» Um das absolut klarzumachen, umfasste sie sein Gesicht mit den Händen. «Nein. Ich liebe deine Stimme.» Er blinzelte ungläubig und versuchte, das Gesicht abzuwenden, doch sie hielt seinen Kopf fest. «Wie kommst du auf so etwas? Habe ich dir je den Eindruck vermittelt, es würde mich stören, wenn du laut sprichst?»

Er schüttelte den Kopf.

«Warum dann das Zögern? Ich bin es, Flynn.» Als seine Brust sich in schweren Atemzügen hob und senkte und seine Arme sich auf ihrem Rücken verspannten, wurde ihr mulmig zumute. «Hat es andere Frauen gestört, mit denen du zusammen warst?» Das ergab Sinn. Es war unpraktisch, Gebärdensprache zu benutzen, wenn man gerade jemanden berühren wollte.

Sein Schweigen war Antwort genug. Wut stieg in ihr auf. Sie wollte jeden in der Luft zerreißen, der ihm das Gefühl gegeben hatte, er dürfte nicht er selbst sein. Irgendeine Frau, irgendwann in seiner Vergangenheit, hatte es zu verantworten, dass er sich weniger wert als andere Männer fühlte. Vielleicht war es sogar mehr als eine Frau gewesen. Gabby wurde schlecht.

Dieses Gespräch belastete ihn sehr. Das merkte sie an seiner starren Haltung und der Unsicherheit in seinen Augen. Und dass er mit ihr darüber sprechen musste, verletzte wahrscheinlich seinen Stolz, zeigte aber gleichzeitig, wie sehr er ihr vertraute. Und dieses Vertrauen wollte sie auf keinen Fall enttäuschen.

Er richtete den Blick an die Decke und atmete tief durch, bevor er erneut ihren Blick suchte. «Eigentlich spreche ich gar nicht laut. So gut wie nie. Ist es … verdirbt es dir die Lust?»

Sie würde jede einzelne Frau jagen und fertigmachen, mit der er je ausgegangen war. Das schwor sie bei Gott. «Sag meinen Namen.»

Er runzelte verwirrt die Stirn und schüttelte den Kopf.

Sie nahm seine Hand und drückte sie auf ihr Herz. «Sag meinen Namen. Spür, was das mit mir macht.»

Er nahm den Kopf zurück, um sie genauer beobachten zu können. «Gabby.»

Das tiefe, heisere Wort überbrückte den Abstand zwischen ihnen. Hitze erfasste ihren Körper, und ihr Herz begann zu rasen.

Er schnappte nach Luft, seine Augen waren weit aufgerissen und voller Hoffnung. «Gabby …»

Sie hob sich auf die Zehenspitzen und presste ihren Mund auf seinen. Er zögerte schockiert, dann erwiderte er den Kuss, übernahm die Führung, wie sie es erwartet hatte. Seine empfindsame Seite war das, was ihn zu einem so großartigen Mann machte, zu einem so guten Tierarzt, zu einem noch besseren Freund. Aber wenn er sich kaum zurückhalten konnte? Sich nahm, was er wollte?

Lieber Himmel.

Vielleicht war ihre Freundschaft dafür verantwortlich, dass er eine Weile brauchte, um sich auf körperliche Nähe einzulassen, doch wenn er es tat, war das Resultat explosiv. Genau wie bei ihren letzten Begegnungen übernahm er das Kommando, und sie konnte nichts anderes tun, als sich hinwegreißen zu lassen. Obwohl sie kaum mehr getan hatten, als sich zu küssen, war er doch der erste Mann, bei dem sie keinen klaren Gedanken mehr fassen konnte.

Sein Kuss stand in heftigem Kontrast zu seinem Körper. Sein Mund verzehrte, verschlang, erkundete, während seine Hände sanft blieben und seine Bewegungen fast ehrfürchtig. Das Geschick seiner Zunge sorgte dafür, dass sie in ihm versank. Ihre Knie zitterten. Als hätte er das gespürt, schob Flynn einen Oberschenkel zwischen ihre Beine und schlang die Arme fester um ihren Rücken.

Sie umklammerte seine Schultern. Die Muskeln bewegten sich unter ihren Handflächen. Und da sie ihn erkunden wollte, ließ sie eine Hand nach vorne gleiten, über seine Brustmuskulatur, bevor sie die Fingernägel über dem T-Shirt über seine Brustwarzen gleiten ließ.

Er stöhnte und drängte sich fester gegen sie, sodass sie die beachtliche Wölbung hinter seinem Reißverschluss spüren konnte. Er zog sanft an ihrem Pferdeschwanz, sodass sie den Kopf anders hielt und er den Kuss vertiefen konnte. Seine andere Hand glitt an ihren Hintern, knetete ihn und zog sie höher an sich, bis ihre Fußspitzen kaum noch den Fußboden berührten.

Feuer brannte unter ihrer Haut. Ihr Atem stockte. Das Blut dröhnte in ihren Ohren. Wie berauscht schlang sie ein Bein um seine Hüfte und …

Die Türglocke schellte.

Widerwillig zog Gabby den Kopf zurück und schnappte nach Luft. Flynns Lider hoben sich langsam, und sie sah seine geweiteten Pupillen. «Die Pizza ist da.»

Flynn sah zur Tür und nickte, bevor er sie freigab und einen Schritt zurücktrat.

Mit weichen Knien ging sie zur Tür und bezahlte. Anschließend holte sie in der Küche zwei Teller und zwei Flaschen Wasser und kam damit zurück ins Wohnzimmer. Flynn stand immer noch an derselben Stelle, die Hände in den hinteren Hosentaschen, sodass sich sein Hemd über den Muskeln von Brust und Armen dehnte.

Wer brauchte schon Pizza? Lieber hätte sie Flynn in einem Stück verschlungen.

Sie krümmte den Finger, um ihm zu sagen, dass er sich bewegen sollte. Mit einem Stöhnen ließ er sich auf die Couch sinken. Nachdem jeder ein Stück auf dem Teller und er die Tomaten entfernt hatte – um sie ihr zu geben, während sie dasselbe mit den schwarzen Oliven machte –, aßen sie schweigend. Gabby griff nach einem weiteren Stück und stellte fest, dass er seine Pizza anstarrte wie in Trance.

Sie tippte Flynn auf den Arm, um seine Aufmerksamkeit zu erregen. «Was ist los?»

Er stellte den Teller auf dem Schoß ab. *«Erinnerst du dich an diese Party bei Katie Marsh im ersten Jahr an der Highschool?»*

Sie überlegte. Sie erinnerte sich vage an ungefähr fünfzehn Leute, die sich im Keller von Katies Eltern getroffen hatten. Es war ihr Geburtstag oder irgendwas. Gabby hatte ihr nie besonders nahegestanden und sie seit dem Schulabschluss nur noch selten gesehen. «Ja. Ich glaube schon.»

Er sprach mit den Händen, während er kaute. *«Ich habe Luke Reint ein Stück Pizza ins Gesicht geklatscht.»*

Sie lachte, dann trank sie einen Schluck. Sie erinnerte sich an den Vorfall, aber nicht mehr an den Auslöser. «Seitdem haben wir unzählige Male Pizza auf meiner oder deiner Couch gegessen. Wieso denkst du jetzt daran?»

Sein Lächeln verblasste ein wenig, dann zuckte er mit den

Achseln. *«Wir haben Flaschendrehen gespielt, und als ich dran war, hat die Flasche auf dich gezeigt. Wir haben uns im Schrank geküsst.»*

«Stimmt. Das hatte ich ganz vergessen.» Er war ziemlich nervös gewesen und der Kuss eher kurz. Keusch. Keiner von ihnen war damals besonders erfahren, und sie hatte die gesamte Sache unter ‹peinlich› verbucht.

Flynn starrte auf seinen Teller. Ihr Magen verkrampfte sich, als seine Miene ihr verriet, dass er nichts davon vergessen hatte. *«Später musstest du Luke küssen. Und bist mit einer blutigen Lippe aus dem Schrank gekommen.»*

Sie legte den Kopf schräg und starrte mit leerem Blick vor sich hin. Bis ... «Ach ja. Er hatte eine Zahnspange, und wir sind zusammengestoßen.» Sie lachte. «Dabei ist meine Lippe aufgeplatzt.»

Er nickte, dann senkte er den Blick wieder von ihren Händen auf seinen Teller. *«Ich habe ihm die Pizza ins Gesicht geklatscht, weil er dich verletzt hat.»*

«Es war ein Unfall. Er hatte nicht vor, mir weh zu tun.»

Langsam suchte er ihren Blick. Tausend Emotionen blitzten in seinen Augen auf, zu schnell, um sie zu deuten. *«Deine aufgeplatzte Lippe war auch nur eine Ausrede. Eigentlich habe ich es aus Eifersucht getan.»*

Sie konnte ihn nur anstarren. Ihr Herzschlag stockte, und ihr blieb die Luft weg. Da waren sie ... wie alt gewesen? Fünfzehn? Wenn er damals schon eifersüchtig gewesen war, bedeutete das ...

«Du warst mein erster Kuss.» Er musterte ihr Gesicht, dann schluckte er schwer. *«Es hat mich ziemlich mitgenommen, dass jemand anderes dich so kurz nach mir küssen durfte.»*

O Gott. Wow, wow, wow. Und sie hatte sich kaum daran erinnern können. Sie hatte vorher schon ein paar Jungs geküsst ... aber sie war tatsächlich sein erster Kuss gewesen? Und das bei einem so bedeutungslosen Anlass?

Sie spürte einen Kloß im Hals, und ihr Hirn schaltete sich ab. «Du warst ... in mich verliebt? Damals?»

Er antwortete nicht, hielt nur unverwandt, entschlossen ihren Blick. An seinem Kinn zuckte ein Muskel.

Gabby drückte sich die Hand an die Stirn, stand auf und sah sich geistesabwesend um, ohne wirklich etwas zu sehen. Sie hatte nie etwas geahnt. Hatte nichts bemerkt. Erst vor kurzem, als ihre normale Welt schier explodiert war. Daher war sie davon ausgegangen, dass diese Gefühle etwas Neues waren.

«Meine Gefühle waren immer da, Gabby. Ich habe sie verdrängt, um ... uns ... nicht zu verlieren.»

Beim Klang seiner Stimme überlief sie ein Zittern. Sie schloss die Augen und versank darin. Als sie die Lider schließlich wieder öffnete, stand er vor ihr, wenige Zentimeter entfernt. Er berührte sie nicht, und doch spürte sie ihn. Seine Augen waren weit geöffnet, sodass sie jedes einzelne Gefühl in ihnen lesen konnte.

Und was sie in seinem Blick erkannte, traf sie bis ins Mark. Zuneigung. Nervosität. Anspannung. Er hatte sich ihr vollkommen geöffnet, hatte sich vor ihr entblößt. Sie konnte damit anfangen, was sie wollte. Dabei war sie nicht besser als jede andere Frau in seiner Vergangenheit. Er mochte seine Gefühle verdrängt haben ... sie vor ihr versteckt haben ... doch sie hätte es merken müssen. Noch schlimmer, sie hatte keine Ahnung, wie sie damals reagiert hätte, wenn sie es gewusst hätte. Sie konnte selbst jetzt kaum damit umgehen.

Wie lange verletzte sie ihn schon, ohne es zu wissen?

Sie atmete tief durch. Sie wusste, dass die Antwort auf diese Frage ihre Schuldgefühle nicht dämpfen würde. Diese Sache lief wahrscheinlich seit dieser dämlichen Party, auf der sie sich geküsst hatten. *Du warst mein erster Kuss.* Das Echo seiner Worte traf sie erneut wie ein Schlag. Er war wirklich der letzte Mensch auf Erden, den sie je hatte verletzen wollen.

Verzweifelt sah sie sich im Raum um, bis ihr Blick an einer Wasserflasche hängen blieb. Sie trat zur Seite, brachte den Tisch zwischen sich und ihn. Dann legte sie die Flasche auf die Seite und drehte sie.

Er sah sie an, den Tisch, dann wieder sie. Und er verstand. Ohne den Blick von ihr abzuwenden, streckte er die Hand aus und hielt die Flasche an, sodass der Deckel auf ihn zeigte.

Mit klopfendem Herzen kam Gabby um den Tisch herum, vergrub ihre Finger in seinem Hemd und zerrte ihn zum Schrank im Flur. Sie öffnete die Tür, schubste ihn hinein und schloss die Tür hinter ihnen. In der Dunkelheit trat sie zurück, bis die Mäntel sie fast verschlangen, dann griff sie nach seinem Kopf.

Er schüttelte den Kopf, packte ihre Hüften und drehte sich mit ihr zur Seite, bis sie zwischen der Wand und seiner harten Brust gefangen war. *Ja.*

Seine Lippen glitten über ihre, kaum ein Flüstern. Ihre Nasen berührten sich. Sein Atem glitt über ihre Wange, als er an ihrer Unterlippe knabberte. Dann ließ er seine Zunge über dieselbe Stelle gleiten. Sie stöhnte. Hitze kochte in ihren Adern, ließ ihre Brüste schwer werden und ihre Mitte brennen. Seine Schenkel drückten sich gegen ihre, als er noch näher trat. Sie spürte seine harte Erektion durch seine Jeans hindurch an ihrem Bauch.

Er neigte den Kopf, zögerte einen Moment, dann öffnete er sich für sie. Anders als ihre bisherigen Küsse war dieser hier süß statt heiß – als versuchte er, jede Liebkosung mit Gefühl aufzuladen. Ein Gespräch zu führen. Ohne Eile. Dankbarkeit und Zuneigung und Verlangen strahlten von ihm aus, manifestierten sich in seinen Händen, die sanft von ihren Hüften zu ihrer Taille glitten. Seine Daumen liebkosten ihre Rippen, streichelten sie, verdeutlichten, dass er sie genoss statt bedrängte.

Fünfzehn Jahre zu spät, aber sie hatten das Flaschendrehen wiederaufgenommen, diesmal mit dem Ergebnis, das er sich offensichtlich so sehr gewünscht hatte.

Gefühle schnürten ihr die Kehle zu und trieben Tränen in ihre Augen. In diesem Moment ging es nicht um Verlangen, nicht einmal um die Chemie zwischen ihnen. Er ließ sie wissen, wie viel sie ihm bedeutete. Das wusste sie so sicher, wie der Himmel blau war.

Er hob plötzlich keuchend den Kopf, dann schlug er mit einer Hand gegen die Wand. Seine Finger fanden den Lichtschalter. Sie blinzelte, als achtzig Watt die Dunkelheit vertrieben. Er musterte sie kurz, dann wurde seine Miene hart, seine Lippen schmal. Er umfasste ihr Gesicht und fing mit den Daumen die Tränen auf.

Sie hatte gar nicht gemerkt, dass sie weinte. «Es tut mir leid.»

Er zuckte zusammen. «Was?» Als sie nicht antwortete, wirkte er plötzlich zerknirscht. «Sprich mit mir.»

Sie holte zitternd Luft. «Ich wünschte, du hättest früher etwas gesagt. Darüber, wie du empfindest. Es ...» *Es tut mir leid, dass ich die Erste in einer langen Reihe von Frauen war, die dich ver-*

letzt haben. Dass ich nicht erkannt habe, was du durchgemacht hast. «Es tut mir einfach leid.»

Er musterte sie einen langen Moment, dann richtete er sich auf. *«Also habe ich dich nicht zu sehr bedrängt? Du hast nicht geweint, weil du wolltest, dass ich aufhöre?»*

O Gott. «Natürlich nicht.» Hatte er sich wirklich deswegen Sorgen gemacht? Übelkeit stieg in ihr auf, und ein Schmerz fraß sich wie Säure in ihre Brust.

«Es war dunkel. Ich konnte nichts sehen.» Er fuhr sich mit einer Hand durchs Haar. *«Du bist in Ordnung?»*

«Ja.» Aber er offensichtlich nicht.

· 15 ·

Während Flynn die Untersuchung einer der Katzen auf der Farm des neuen Klienten beendete, schob sich Gabby in die dunklen Ecken und Winkel der Scheune, um nach der letzten fehlenden Katze zu suchen. Die zwei Kühe und vier Ziegen waren bereits durchgecheckt, danach hatten sie sich den Katzen gewidmet. Gabbys Arme waren von oben bis unten zerkratzt, und Kopfweh kündigte sich an. Jetzt war nur noch ein Pelzball übrig, dann konnten sie von diesem Berg herunter und zurück in die Klinik fahren.

Dieser Ort und Jose verursachten Gabby Gänsehaut. Zumindest hatte er sie ihre Arbeit machen lassen. Er hatte sie zwar am Auto begrüßt, als sie gekommen waren, aber sonst hatte er sie in Ruhe gelassen. Glücklicherweise waren die anderen Tiere in besserem Zustand als die Pferde, die sie letzte Woche untersucht hatten. Sie war vorhin bei den Tieren vorbeigeschlichen und hatte sie mit ein paar Äpfeln gefüttert. Dass Jose vorhatte, die Pferde zu verkaufen, war immerhin ein Lichtblick.

Der süße Hütehund, der ihr überallhin gefolgt war, erschien wieder am Eingang zur Scheune. Er wedelte mit dem Schwanz und verschwand kurz, nur um sofort wieder aufzutauchen, so als wollte er sagen: *Folge mir.*

Sie drehte sich zu Flynn um. «Ich werde nach der letzten Katze suchen, während du dich um die hier kümmerst.»

Er runzelte die Stirn. «*Geh nicht zu weit weg.*»

Mit einem Nicken verließ sie die Scheune und folgte dem Hund. «Wo ist das Kätzchen? Zeig mir das Kätzchen.»

Der Hund sprang in Richtung des Gebäudes davon, das sie für einen alten Hühnerstall hielt. Es stand etliche Meter von den Scheunen entfernt, hinter dem Haus. Als Flynn und sie das letzte Mal hier gewesen waren, hatte Jose sie aufgefordert, sich nicht von den Scheunen zu entfernen.

Gabby folgte dem Hund trotzdem, weil sie davon ausging, dass er zum Haus wollte – vielleicht versteckte die Katze sich ja unter den Stufen zum Eingang. Trockenes Gras, Stroh und Kies knirschten unter ihren Schuhen. Die salzige Luft, die von der Küste herüberwehte, verband sich hier mit der kühlen Brise aus den Bergen. Die feuchte Erde erinnerte sie daran, dass der Frühling angebrochen war, sich aber noch Zeit ließ. Gabby konnte den Sommer kaum erwarten.

Ihre Schritte verlangsamten sich, und sie biss sich auf die Unterlippe. Der Hund war nach rechts gelaufen, hatte sich vom Haus entfernt, dann wartete er und bellte. Er wollte offensichtlich, dass sie ihm folgte, aber gleichzeitig stellten sich Gabbys Nackenhaare auf. Der Hühnerstall war ein ganzes Stück von Flynn entfernt, und er konnte sie nicht hören, falls sie um Hilfe rief. Ihr Handy und ihre Tasche lagen noch bei ihm. Sie war unruhig, und ihr Magen verkrampfte sich.

Der Hund bellte wieder.

Gabby sah sich kurz um. Sie konnte niemanden entdecken, also seufzte sie. «Okay. Aber wir sollten schnell machen.» Die ganze Sache gefiel ihr gar nicht.

Sie folgte dem Hund zur Ecke des Hühnerstalls, der eher ein Schuppen war – vielleicht so hoch wie sie und nur knappe zwei Meter breit. Die Fenster waren mit Sperrholzplatten vernagelt, und das Dach hatte mehrere Löcher. An der halbverrotteten Tür hing ein Vorhängeschloss, doch der Bügel war offen.

Ihre Hand lag bereits auf dem Türhebel, doch sie hielt inne. Sofort bellte der Hund wieder. «Shhh. Du wirst uns noch in Schwierigkeiten bringen.»

Irgendetwas stimmte hier nicht. Wieder beäugte Gabby die Tür, während alles in ihr danach schrie, einfach wegzulaufen. Nein, hier stimmte etwas ganz und gar nicht. Kälte breitete sich in ihr aus, fraß sich in ihre Knochen, obwohl die Temperaturen mild waren und nur eine leichte Brise wehte. Der klare Himmel und das Sonnenlicht konnten das eisige Gefühl nicht vertreiben. Anders als bei den anderen Scheunen hing auf dieser Seite des Grundstücks der Gestank von Kot und Verwesung in der Luft.

Und als sie einen Schritt zurücktrat, hörte sie ein Wimmern aus dem Schuppen. Leise, aber doch wahrnehmbar. Zitternd zog sie die Tür auf. Die verrosteten Angeln quietschten laut, sodass sie zusammenzuckte.

Als Erstes traf sie der Gestank. Verfaulendes Fleisch. Krankheit. Urin. Mit tränenden Augen spähte sie in den dunklen Innenraum.

O Gott. Nein. Sie schlug die Hände vor den Mund, stand mehrere Sekunden lang vor Schock wie erstarrt da.

Improvisierte Abteile aus Sperrholzplatten zogen sich an drei Wänden entlang, jeweils fünf rechts und links, vier ganz hinten. Jedes der Abteile war mit Maschendrahtzaun abgesperrt. Und darin ... darin lagen Hunde. Pitbulls. Ein paar von ihnen richteten ihre verzweifelten, verängstigten Augen auf sie. Andere hatten nicht einmal die Kraft, die Köpfe zu heben. Ein paar bewegten sich gar nicht mehr. Sie bestanden nur aus Haut und Knochen. Tiefe Wunden verunstalteten ihr Fell. Maden und Fliegen waren über die Verletzungen hergefallen.

Gabby wurde übel, und sie stolperte zurück, verzweifelt

nach Luft schnappend. Würgend fiel sie auf die Knie, während Tränen über ihre Wangen liefen. O Gott. Wer tat so etwas? Ihre Kehle war wie zugeschnürt, sodass sie keine Luft bekam. Ihr Kopf dröhnte, und ihr Blickfeld verengte sich, wurde grau an den Rändern.

Der Hütehund schob sich neben sie, jaulte und stieß sie mit der Nase an. «Guter Junge. Du bist ... ein guter Junge.» Ihre Stimme brach.

Sie musste hier verschwinden. Musste zu Flynn und Hilfe holen. Panik erfüllte sie, als sie vorsichtig den Stall wieder schloss, wobei sie den Hunden das stumme Versprechen gab, ihnen zu helfen. Doch jetzt musste sie hier weg, bevor Jose sie entdeckte.

Gabby rieb sich mit dem Ärmel über das Gesicht, sah sich kurz um und ging mit schnellen Schritten Richtung Scheune. Drinnen packte Flynn gerade seine Tasche. Und er war allein.

Obwohl die Panik sie fest im Griff hatte, zwang sie sich, nicht zu rennen. In Gebärdensprache erklärte sie Flynn, was sie gefunden hatte. Sie wollte nicht laut sprechen, für den Fall, dass jemand in der Nähe war. Flynn verspannte sich und warf ihr einen Meinst-du-das-ernst-Blick zu. Sie nickte, wieder stiegen ihr Tränen in den Augen.

Er fuhr sich mit der Hand durch die Haare, entfernte sich ein paar Schritte, um sofort zu ihr zurückzukehren. *«Ruf die Polizei. Ich werde Cade und Drake eine SMS schreiben, dass sie kommen sollen, um uns zu helfen. Sobald die Polizei es erlaubt, bringen wir die Hunde in die Stadt.»*

Sie nickte. «Was ist mit den anderen Tieren?» Es gab vier Pferde, ganz zu schweigen von den Katzen, Ziegen und Kühen. Sie konnten sie nicht einfach zurücklassen.

Er stieß den Atem aus. *«Wenn die Polizei da ist, ruf ein paar unserer anderen Kunden an. Schau, ob sie ein paar davon haben wollen oder sie zumindest vorübergehend aufnehmen können. Sag ihnen, dass sie keine Tierarztkosten bezahlen müssen.»* Er schluckte schwer. *«Geht es dir gut?»*

Sie schüttelte den Kopf, zog aber gleichzeitig ihr Handy aus der Tasche. Kein Empfang. «Ich muss das Satellitentelefon holen.»

«Ich bin direkt hinter dir.»

Sobald sie die Scheune verlassen hatte, setzte sie sich in den SUV. Sie meldete den Vorfall. Als die Polizei ihr versichert hatte, dass sie unterwegs war, sackte Gabby auf dem Sitz zusammen.

Flynn kam zu ihr, packte die Taschen und blieb neben der offenen Autotür stehen. Er ließ sanft eine Hand über ihren Rücken gleiten, um sie zu beruhigen, obwohl er selber vor Schock und Wut ganz angespannt war.

Gabby zitterte am ganzen Körper und konnte nichts dagegen tun. So wie diese armen Tiere ausgesehen hatten, ging es hier um Hundekämpfe. Vor Jahren waren sie und Flynn einmal über einen Massenzuchtbetrieb gestolpert. Das war schon schrecklich gewesen. Doch so furchtbar es dort auch ausgesehen hatte, der Anblick war bei weitem nicht so verstörend gewesen wie das, was sie gerade gesehen hatte.

Flynn hob den Kopf. *«Die Polizei ist da.»*

Gabby stieg aus dem Auto und atmete tief durch. Sie hatten noch einiges vor sich, mussten sich um die Tiere und alles kümmern, bevor sie zusammenbrechen konnte. Sie wollte keine Schwäche zeigen, solange diese Hunde litten. Gott. Sie und Flynn waren am Freitag schon hier gewesen. Hätte sie da schon in den Hühnerstall geschaut, wären ein paar der Hunde vielleicht nicht ganz so schlecht dran.

Als zwei Streifenwagen aus Redwood und ein weiterer von der Bundespolizei aufs Gelände fuhren, knallte die Fliegengittertür am Haus, und der ein Meter achtzig große, wütende Jose sprang die Stufen hinunter.

«Was zum Teufel ist hier los?»

Flynn richtete sich hoch auf und schob Gabby hinter sich, doch die Beamten traten bereits zwischen Jose und sie. Jose holte aus und versuchte, über die Schulter eines Polizisten Flynns Gesicht zu erwischen. Vergeblich. Nur Sekunden später hatten die Polizisten Jose Handschellen verpasst und ihn auf den Rücksitz eines Streifenwagens verfrachtet.

Die nächsten drei Stunden waren der reinste Albtraum. Die Beamten hatten ihre Aussage aufgenommen, Fotos vom Stall gemacht und Jose weggeschafft. Einer der Officers aus Redwood blieb sicherheitshalber zurück. Cade und Drake waren aufgetaucht, hatten die Hunde untersucht, so gut es eben möglich war, und sich danach mit ihnen besprochen.

Alle Hunde bis auf zwei mussten eingeschläfert werden. Die Verletzungen waren zu schwerwiegend. Und da sie die armen Tiere nicht noch mehr traumatisieren wollten, hatten sie die Spritze direkt vor Ort gesetzt. Anschließend hatte Drake die Leichen zur Einäscherung mit in die Klinik genommen.

Obwohl Flynn protestierte, hatte Gabby sich neben jeden einzelnen Hund gekniet, während er eingeschläfert wurde, damit die Tiere nicht allein sein mussten. Sie hatte beruhigende Worte geflüstert, die zitternden Körper gestreichelt und geweint, bis ihre Kehle wund war.

Cade hatte sich um die anderen Tiere gekümmert. Und

Avery hatte auf seine Bitte hin die benachbarten Farmen informiert, sodass jede Ziege, jedes Pferd und jede Kuh ein neues Zuhause gefunden hatte.

Als sie schließlich mit allem fertig waren, dämmerte es bereits, und die Luft hatte sich deutlich abgekühlt. Gabby war vollkommen fertig. Sie würde sich nie wieder sauber fühlen. Die Schuldgefühle und der Schmutz hatten sie eingehüllt, hatten sich in einer dicken Schicht auf ihre Kleidung und die Haut daruntergelegt. Sie konnte es nicht mehr ertragen.

Unruhig saß sie während der Heimfahrt auf dem Beifahrersitz, nahm kaum mehr etwas wahr. Flynn spürte ihre Erschütterung und legte eine Hand auf ihre, während er den Blick auf die Straße gerichtet hielt. Er hatte nicht viel gesprochen, aber sie wusste, dass auch er an Albträumen leiden würde. Sie versuchte, seine Wärme in sich aufzunehmen und Trost im Gewicht seiner Hand zu finden. Doch es gelang ihr nicht.

• • •

Sanft nahm Flynn Gabby ihre Schlüssel ab und schloss die Haustür auf. Drake versorgte die zwei Pitbulls, die sie hatten retten können, und Cade war zu Flynns Haus unterwegs, um sich um Fletch zu kümmern. Gabby brauchte ihn jetzt, und, verdammt, er brauchte sie. Also würde er heute Nacht bei ihr bleiben, ob sie nun wollte oder nicht.

Es würde ihm nie gelingen, diese Bilder zu vergessen. Und so wie er Gabby und ihr großes Herz kannte, war sie wahrscheinlich vollkommen fertig. Jede Träne, die sie heute vergossen hatte, hatte ein Stück aus seinem Herz gerissen. Und dieser abwesende Zustand, in den sie verfallen war, jagte Flynn eine Heidenangst ein. Sie hatte seit Stunden kein Wort mehr gesprochen und zitterte immer noch.

Er machte die Tür hinter ihnen zu, dann legte er Schlüssel und Tasche auf den Tisch im Flur. Popsicle rieb sich an seinen Beinen. Ohne den Blick von Gabby abzuwenden, hob er die Katze hoch und spürte sofort ihr genüssliches Schnurren unter seiner Hand.

Gabby stand in der Mitte des Wohnzimmers, als wüsste sie nicht, was sie tun sollte. Ihr leerer Blick war auf die Wand gerichtet, sie zitterte.

Wut und Trauer kämpften in seiner Brust – wegen Jose, wegen dem, was er diesen hilflosen Hunden angetan hatte, und wegen dem, was der Anblick bei Gabby angerichtet hatte. Solange er lebte, würde er nicht vergessen, wie sie auf dem dreckigen Boden dieses Schuppens gekauert hatte, während ihre Lippen tröstende Worte formten und sie mit zitternden Händen versuchte, die verängstigten Hunde zu beruhigen. Tränen liefen über ihr Gesicht, als Drake die erlösende Spritze setzte. Flynn würde nie vergessen, wie sie sich auf die Unterlippe gebissen und die Arme schützend vor dem Bauch verschränkt hatte, als er den zwei überlebenden Hunden Maulkörbe anlegen musste, weil sie sich aus reiner, panischer Angst heraus gewehrt hatten.

Zur Hölle, im Moment war es wichtiger, Gabby im Arm zu halten, als zu atmen.

Er setzte die Katze auf den Boden und trat vor sie, doch in diesem Moment schaltete sie auf hektische Aktivität um. Tränen rannen aus ihren geröteten Augen, während sie an ihrer Praxiskleidung zerrte. Bevor er verstand, was sie vorhatte, hatte sie sich bis auf die Haut ausgezogen, als stünde der Stoff in Flammen. Dann stand sie da, nackt, zitternd.

Verdammt. Er eilte in ihr Schlafzimmer, um ihr einen Bademantel oder irgendetwas zu besorgen. Er kehrte mit einem T-Shirt zurück, das sie tragen konnte, bis sie sich genug erholt hatte, um sich richtig anzuziehen. Doch als er wieder ins Wohnzimmer trat, war Gabby nicht mehr da. Er ging zurück in den Flur und stellte fest, dass die Badezimmertür geschlossen war. Sein Herz raste so heftig, dass sein Körper überall schmerzte, wo sein Puls schlug.

Er legte eine Hand auf den Türknauf und schluckte schwer, als er überlegte, ob er den Raum betreten konnte. Er empfand nichts als Sorge, also steckte er den Kopf ins Bad. Eine Dampfwolke waberte ihm entgegen.

Okay. Sie duschte. Das konnte er gut verstehen. Er zog sich zurück und ging wieder in ihr Schlafzimmer, um bessere Kleidung für sie zu suchen, jetzt, wo es nicht mehr nur darum ging, ihre Blöße zu bedecken.

Auf ihrer Tagesdecke lag eine kurze Pyjamahose und ein Top, beides mit einem Muster aus pinkfarbenen Herzen. Er schnappte sich die Kleidungsstücke und eine Unterhose aus der obersten Schublade – nicht hinschauen, nicht hinschauen –, dann öffnete er vorsichtig die Badezimmertür, legte alles auf den Toilettendeckel und zog sich wieder zurück.

Er fragte sich, ob ihm wohl genug Zeit blieb, um sich selber auch vom Dreck des Tages zu befreien. Er ging zum Auto und holte den zusätzlichen Satz Praxiskleidung, den Gabby immer dort aufbewahrte. Auf dem Weg durchs Haus sammelte er ihre Kleidung vom Wohnzimmerboden auf und leerte die Tasche auf den Couchtisch. Handdesinfektionsmittel, Stifte, Handschuhe, Hunde-Leckerli, zerknülltes Papier – Himmel. Wo war der Mülleimer?

Da sie immer noch im Bad war, ging er in das zweite Badezimmer, das zum Schlafzimmer gehörte. Er warf ihre Kleidung zusammen mit seiner in den Müll, dann duschte er.

Als er wiederauftauchte, war die Badezimmertür immer noch geschlossen. Seufzend hob er die Hand, um zu klopfen, doch im selben Moment schwang die Tür auf. Gabby stand auf der Türschwelle, eingehüllt von Dampfschwaden.

Die Shorts und das Tanktop mit den Herzen – bezaubernd – bedeckten kaum die wichtigsten Körperstellen. Ihre Haut war leuchtend pink, als hätte sie sich die oberste Hautschicht unter kochend heißem Wasser abgeschrubbt. Die Kratzwunden von den Scheunenkatzen zogen sich über ihre Arme. Sie waren zwar gerötet, wirkten aber weder besonders tief noch infiziert.

Mit hängenden Schultern suchte sie seinen Blick und ... Zur Hölle. Ihre Unterlippe zitterte. «Es tut mir leid.»

Er schüttelte den Kopf und schlang die Arme um sie, ohne zu verstehen, wofür sie sich entschuldigte. Wofür auch immer, es war sicher nichts, woran sie die Schuld trug. Sie versank in seiner Umarmung, vergrub das Gesicht an seiner Brust. Ihre Schultern zuckten. Ihre Finger krallten sich in sein Hemd, und sie schwankte.

Bevor sie umfallen konnte, fing Flynn sie auf, drückte sie fester an sich und brachte sie ins Schlafzimmer. Sobald sie ins Bett geklettert war, schaltete er die Nachttischlampe ein und folgte ihr. Er legte sich so, dass er sie ansehen konnte. Ihre verdammten Tränen zerrissen ihm fast das Herz, doch er streichelte Gabby übers Haar, bis das Schluchzen endlich verklang. Ihr Honigduft hing in den Laken, und bei diesem vertrauten Geruch löste sich langsam der Knoten in seinem Magen.

Mit roter Nase und noch röteren Augen musterte Gabby sein Gesicht. «Es tut mir leid.»

Er flehte innerlich um Geduld, dann schüttelte er den Kopf. «Hör endlich auf damit.»

Sie blinzelte, als er sprach, statt zu gebärden, doch seine Stimme schien sie nicht abzustoßen. Es würde ihn eine Weile kosten, sich daran zu gewöhnen, aber er bemühte sich. Hin und wieder war Gebärdensprache einfach nicht die optimale Lösung, und Gabby hatte noch nie über ihn geurteilt.

Das gedämpfte Licht der Lampe ließ ihr Gesicht sanfter wirken. Flynn saugte ihren Anblick auf. Sie war wirklich sehr hübsch, auf eine echte Art, wie man sie heute nur noch selten fand. Eine Mischung aus Sinnlichkeit und verführerischer Unbekümmertheit.

«Glaubst du, du kannst etwas essen?» Er hatte absolut keinen Appetit, aber sie hatten seit dem Mittagessen nichts mehr zu sich genommen.

Sie schüttelte den Kopf. Ein leises Lächeln umspielte ihre Lippen. «Ich wette, genau so hattest du es dir vorgestellt, wenn ich mich das erste Mal vor dir ausziehe, richtig?»

Er konnte einfach nicht anders, er musste grinsen. Sie war wirklich einzigartig. «Ja, genau so. Das Schluchzen, als du dir die Klamotten vom Körper gerissen hast, hat mir besonders gefallen.»

Sie schlug ihm auf den Arm.

«Nein, wirklich. Es ist so scharf, wenn Frauen weinen, während sie ihre Kleidung durch die Gegend schmeißen. An deiner Technik lässt sich allerdings noch einiges verbessern. Ich glaube, du hast deine BH-Träger zerrissen.»

Sie schlug die Hände vors Gesicht und lachte so heftig, dass das Bett wackelte. Als sie die Hände wieder senkte, war etwas von dem Licht, das sie zu jeder Zeit erfüllte, zurück in ihren Augen. Flynn atmete zum ersten Mal seit Stunden tief durch. «Nächstes Mal gebe ich mir mehr Mühe.» Ihr Lächeln verrutschte etwas, als sie ihn anstarrte. «Danke. Für alles. Vor allem dafür, dass du mich nicht in eine Gummizelle verfrachtet hast.»

Himmel. Manchmal brachte sie ihn fast um. «Keine Sorge. Die Männer mit den weißen Kitteln kommen später.» Er ließ seine Knöchel über ihre Wange gleiten, weil er sie einfach berühren musste. «Ich konnte so deine Unterhosenschublade durchwühlen, also sollte ich dir danken.»

Wieder schlug sie sich die Hand vor die Augen und lachte. «O Gott.»

«Die rote hat mir am besten gefallen. Sie bringt sicher deine Augen toll zur Geltung.»

Gabby vergrub ihr Gesicht kopfschüttelnd im Kissen. Als sie wiederauftauchte, hatte sie die Lippen zusammengepresst, doch ihre Augen lächelten immer noch. Ah, da war sein Mädchen wieder. Viel besser.

Sie lehnte sich nach vorne und ließ ihre Lippen über seine gleiten. Ihre Lider senkten sich. Ihr warmer Atem glitt über seinen Mund, und er musste sich zurückhalten, um den Kuss nicht zu vertiefen.

Stattdessen erlaubte er sich, einen Moment lang in ihr zu versinken und die Augen zu schließen. Gabby war die einzige Frau, bei der er sich entspannen konnte – selbst wenn es um so etwas scheinbar Unbedeutendes ging, wie sie nicht ansehen zu müssen. Hitze breitete sich in seinem Körper aus, als er erst ihre Ober-, dann ihre Unterlippe liebkoste. Sie legte den Kopf schräg, bat um mehr.

Flynn umfasste ihre Wange und erhöhte den Druck. Ihre Lippen öffneten sich, ihre Zunge umspielte seinen Mund, und er stöhnte. Sie nutzte die Gelegenheit, seine Zunge mit ihrer zu streicheln. Vorsichtige, neckende, tastende Berührungen, sodass die Welt sich um ihn drehte und sein Schaft hart wurde. Sie legte eine Hand auf seine Brust und ließ den Daumen um seine Brustwarze kreisen. Flynn hob den Kopf.

«Gabby ...», sagte er und konnte sich dann nicht mehr daran erinnern, was er sagen wollte. Dass sie langsam machen sollten oder etwas in dieser Art. Er musste sie daran erinnern, dass sie mit dem Sex hatten warten wollen.

Ihre schweren Lieder hoben sich, und er sah das Verlangen in ihren blauen Augen. «Flynn.»

Er hätte alles dafür gegeben, nur ein einziges Mal zu hören, wie sein Name klang, wenn er über ihre Lippen drang. Ihre Stimme zu hören. Ihre halbgeschlossenen, vor Leidenschaft verhangenen Augen und ihr feuchter Mund machten ihn unglaublich an, doch er hätte dafür getötet, in diesem Moment auch ihre Stimme zu hören.

«Ich könnte es dir stattdessen zeigen.»

Sein Blick flog zu ihrem, und ihm wurde klar, dass er seine Gedanken laut ausgesprochen haben musste. Verdammt, sie machte ihn vollkommen fertig. Er benutzte seine Stimme nicht oft, ganz zu schweigen davon, dass er es tat, ohne sich dessen bewusst zu sein. Dann drangen ihre Worte zu ihm durch.

Wie immer las sie seine Miene. Oder seine Gedanken. «Ich werde dir zeigen, wie meine Stimme klingt. Schließ die Augen.»

Zögernd folgte er ihrer Aufforderung. Ihre weichen, vollen Lippen glitten über seinen Kiefer. Ihr Mund bewegte sich ...

und ohne hinzuschauen wusste er, dass sie seinen Namen aussprach. Sie tat es erneut, diesmal an seinem Mund, eine. federleichte Berührung. Sein Herzschlag setzte für einen Moment aus.

Seine Haut ging in Flammen auf. Begierde durchfuhr ihn. Er spreizte die Finger auf ihrem Rücken und zog sie näher an sich heran. Sie senkte den Kopf, bewegte die Lippen und sprach weiter an seiner Haut. An seinem Hals nach unten. Über seine Kehle. Hinter seinem Ohr.

An. Seinem. Ohr.

Himmel, das war seine erogene Zone. Er begehrte sie so heftig, dass er zitterte. Er atmete keuchend. Und sie ... sie lächelte an seiner Wange. Das kleine Biest.

Er schob einen Schenkel zwischen ihre Beine und umfasste ihren Hintern, zog sie noch näher an sich. Ihr Kopf fiel in den Nacken, sodass karamellfarbenes Haar über seine Hand glitt. Ihr Herz raste an seiner Brust, und das Pochen verstärkte sich noch, als sie die Hüften bewegte, um sich an seinem Schenkel zu reiben.

Er senkte den Kopf, um seine Zunge über ihren Hals gleiten zu lassen, und traf auf ... Fell.

Er öffnete ein Auge und warf der Katze einen bösen Blick zu. Popsicle saß hinter Gabbys Schulter und starrte mit einem Streichle-mich-gefälligst-Blick zurück. Als Gabby anfing zu zittern, betrachtete er sie genauer. Sie lachte mit zusammengepressten Lippen.

Okay. Ja. Ihr Lachen erinnerte ihn daran, dass Gabby die Beziehung langsam angehen wollte.

Er hob ihre Katze hoch und setzte sie ans Fußende. Dann drehte er Gabby in seinen Armen, sodass sie beide in dieselbe

Richtung sahen, zog sie an seine Brust – was seine heftige Erektion nicht gerade beruhigte – und befahl ihr zu schlafen.

Dann vergrub er sein Gesicht in ihrem weichen, duftenden Haar und versuchte, seinem eigenen Befehl Folge zu leisten.

· 16 ·

Gabby betrat die Klinik und entdeckte Avery hinter dem Schreibtisch. Brent saß neben ihr auf dem Tresen. «Hey, ihr seid früh dran. Ich dachte, um diese Uhrzeit wäre ich die Erste.»

Sie war heute früher in die Klinik gekommen, um nach den Hunden zu sehen, die sie gerettet hatten. Sie hatte die Nacht durchgeschlafen und seitdem noch nichts Neues gehört. Und auch wenn sie einen Stich des Bedauerns gefühlt hatte, als sie allein aufgewacht war, nun ... sie war ein großes Mädchen. Flynn hatte ihr eine Nachricht neben der Kaffeemaschine hinterlassen, dass er nach Hause gefahren war, um sich für die Arbeit fertig zu machen und sie nicht hatte wecken wollen. Aber sie fühlte sich trotzdem ein wenig im Stich gelassen. Was dämlich war. Er hatte die Nacht bei ihr verbracht und hatte sich um sie gekümmert.

Avery lehnte sich in ihrem Stuhl zurück. «Nach dem Chaos von gestern gibt es eine Menge zu tun. Ich muss alle Farmen anrufen, die Tiere aufgenommen haben, herausfinden, wie es läuft, und sie in die Liste der Hausbesuche aufnehmen. Die Polizei verlangt einen detaillierteren Bericht für den Staatsanwalt. Der Papierkram allein wird mich umbringen.»

Gabby lächelte schwach. «Du lebst für Papierkram.»

«Nicht von dieser Art.» Avery ließ den Kopf kreisen, um ihren Nacken zu dehnen. «Wie geht es dir? Der Anblick muss wirklich schlimm gewesen sein.»

Gabby nippte kurz an ihrem Einwegbecher mit Kaffee, um

sich einen Moment Zeit zu erkaufen. «Ja, war er. Ich bin okay.» Sie warf einen Blick auf Brent. «Wie geht es den Hunden?»

«Besser als erwartet.» Er sprang vom Tresen und zog die Abdeckung von Gossips Käfig.

Der Kakadu sträubte die Federn.

«Krächz. *Good morning, Sunshine.*»

«Morgen», murmelten sie zurück.

«Ich habe mir Drakes Notizen durchgelesen. Keine gebrochenen Knochen. Beiden fehlt ein Ohr. Die Fleischwunden sind ziemlich übel. Er musste die Wunden großzügig ausschneiden, um das tote Gewebe zu entfernen.» Brent seufzte, dann drehte er sich mit schmerzerfülltem Blick zu ihr um. «Himmel, Zuckerpopo. Ich frage mich wirklich, wie du damit zurechtkommst.»

Wäre Flynn nicht da gewesen, hätte sie es wahrscheinlich nicht geschafft. «Es war schrecklich.» Sie verdrängte die Bilder aus ihrem Kopf. «Wie sind sie charakterlich?» In solchen Fällen war es immer schwierig vorherzusagen, ob die Hunde ein normales Leben führen konnten. Sie waren für den Kampf trainiert worden und so vielleicht nicht zu vermitteln.

Er zuckte mit den Achseln. «Schwer zu sagen. Drake musste sie betäuben, um sie zu behandeln. Sie bekommen heftige Antibiotika. Im Moment ist er hinten bei ihnen.»

Mit einem Nicken legte sie die Rechnungsformulare von gestern auf Averys Schreibtisch und wandte sich dem Flur zu.

«Das gehört nicht da hin.»

Mit zusammengekniffenen Augen drehte sie sich zu Avery um. «Du bist eine Diktatorin, weißt du das?» Doch bei allen Heiligen, Gabby wusste nicht mehr, wie die Klinik funktioniert hatte, bevor Avery aufgetaucht war. Mit einem Grinsen griff sie nach den Formularen, legte sie in den richtigen Korb und zog eine Augenbraue hoch. «Zufrieden?»

«Sehr.» Avery verschränkte die Arme. «Ein Schauder des Glücks ist mir über den Rücken gelaufen.»

«Wo wir gerade von glücklichen Schaudern reden ...» Brent stemmte die Hände in die Hüften. «Wie läuft es so mit Mr. Stark und Still?»

Apropos ... Gabby deutete auf Brent. «Glaub nicht, ich hätte dir verziehen, dass du dich mit den Drachen gegen mich verbündet hast.» Sie schenkte ihm ein hinterhältiges Lächeln, ohne sich zu seiner eigentlichen Frage zu äußern. Flynn bereitete ihr nicht nur glückliche Schauder, ihre gesamten Schaltkreise brachen in seiner Gegenwart zusammen. Aber Brent konnte von ihr aus vor Neugier platzen. Geschah ihm recht.

Gabby beugte sich über den Tresen und kippte den Stiftbehälter aus, um Avery zu nerven. «Ätschi, bätschi. Das wird dich in den Wahnsinn treiben. Schau, Avery, sie zeigen nicht mal alle in dieselbe Richtung.»

Genervt musterte Avery die Stifte und ballte die Hände zu Fäusten. «Das ist gemein.»

Brent tätschelte ihr den Rücken. «Schon okay, Püppchen. Wir können sie zusammen nach Farben sortieren. Dann ist alles wieder gut.»

Immer noch schmollend, stieß Avery den Atem aus. «Rache ist süß.»

Gabby lachte und ging den Flur entlang. «Ich habe keine Angst vor dir.»

Sie stellte ihre Tasche in Flynns Büro ab, dann ging sie nach hinten, wo die Käfige ihrer Übernachtungsgäste untergebracht waren. Diese Woche war nicht viel los. Nur ein paar Käfige waren besetzt, glücklicherweise mit Katzen. Momentan schienen sie auf ihrer Seite des riesigen Raums zufrieden zu schlafen.

Gabby ließ den Blick durch den fröhlich gestalteten Raum schweifen, den Zoe vor ein paar Jahren mit einem Gemälde versehen hatte. Das große Wandbild, das blauen Himmel und grünes Gras zeigte, sollte den Tieren das Gefühl geben, willkommen zu sein. Im Hintergrund standen Hydranten und Bäume. Gabby lächelte, als ihr der Geruch von Desinfektionsmittel und Fell in die Nase stieg.

Als sie die Tür mit einem Klicken schloss, erschreckte sich ihr Klinikhund Thor. Die feige Dogge sprang auf die Beine, stieß mit einem Schnaufen gegen sie und eilte zu Drake, um sich vor seinen Füßen zusammenzukauern.

Drake, der vor den Zwingern im hinteren Teil des Raums stand, sah auf den Hund herunter. «Ja. Gabby jagt mir auch eine Heidenangst ein.» Sein amüsierter Tonfall brachte sie zum Lachen.

Gabby trat neben ihn und musterte die Pitbulls. Sie lagen schlafend in benachbarten Zwingern. Einer hatte grau-weißes Fell, der andere war braun mit schwarzen Flecken. Beide trugen Halskrausen, die sie davon abhalten sollten, ihre Verbände aufzubeißen. Und sie hatten eine Menge Verbände – um ihre Köpfe, an ihren Flanken, um ihre Pfoten.

«Geht es dir gut, Kleine?»

Sie seufzte, wegen des Spitznamens und wegen der Frage. Drake war nur ein Jahr älter als sie, doch er nannte sie schon seit dem Ende der Grundschule so. «Besser als gestern. Tut mir leid, dass ich so zusammengebrochen bin.»

Ihr Gesicht brannte, als sie sich daran erinnerte, wie sie geschluchzt hatte, während Drake die Hunde eingeschläfert hatte. Vierzehn Hunde, und nur zwei hatten überlebt. Das war mehr als traurig. Und zwei Tiere waren bereits tot gewesen, als sie sie im Schuppen gefunden hatte.

«Entschuldige dich nie für Gefühle.» Drake verschränkte die Arme und drehte sich zu ihr um. Seine Schuhe quietschten auf dem glatten Boden. Wie so oft bei Drake konnte sie seine Miene nicht deuten. «Flynn hat mir die gesamte Geschichte erzählt. Du hast das gut gemacht.»

«Danke. Ich wünschte nur, ich hätte mehr retten können.» Wieder musterte sie die Hunde. Der graue begann sich zu bewegen. «Wir werden sie nicht einschläfern müssen, oder?»

«Ich hoffe nicht. Der graue hatte besonders heftige Verletzungen. Und bisher kann ich ihr Verhalten nicht beurteilen. Sie hatten Schmerzen und haben, wie zu erwarten, eine Kampf-oder-Flucht-Reaktion gezeigt.» Er rieb sich das Kinn. «Ich habe sie unter Schmerz- und Beruhigungsmittel gesetzt.»

Die Futter- und Wasserschüsseln waren voll, was darauf hinwies, dass die Hunde in der Nacht nicht aufgewacht waren. Oder zu viel Angst hatten, um zu fressen. «Wie alt sind sie?»

«Soweit ich das einschätzen kann? Kaum zwei Jahre.»

Diese armen Tiere hatten wirklich keinen guten Start ins Leben gehabt. «Hast du ihnen schon Namen gegeben?»

«Das wollte ich dir überlassen.»

Oooh. Gabby musterte die beiden Hunde mit schräg gelegtem Kopf. Beides waren Rüden, aber sie fand, sie mussten sanfte Namen bekommen, die nichts mit dem Leben zu tun hatten, das sie bisher geführt hatten. Aber gleichzeitig sollten die Namen auf Charakterstärke hindeuten, auf Durchhaltevermögen.

Sie deutete auf den braunen Rüden. «Cedar.» Dann auf den

grauen. «Cyprus.» Zeder und Zypresse. Immergrüne Bäume, denen nicht mal der Winter etwas anhaben konnte.

Drake löste mit den Zähnen den Deckel von dem Edding, den er aus der Tasche gezogen hatte, und schrieb die Namen auf die Schilder an den Türen. Thor wanderte ans andere Ende des Raums und ließ sich neben der Tür nieder.

Der graue Pitbull, Cyprus, öffnete die Augen. Verwirrung und mehr als nur ein wenig Schmerz sprachen aus seinem zögernden Blick. Ohne den Kopf zu heben, blickte er blinzelnd zu ihr auf. Ihr Herz verkrampfte sich, dann ging sie in die Hocke und griff nach dem Türriegel.

«Vorsichtig, Kleine. Mach langsam. Wir haben keine Ahnung, wie sie reagieren.»

Gabby nickte. Drake trat einen Schritt zurück, um ihr Raum zu geben. Die Wahrscheinlichkeit war groß, dass die Hunde Angst vor Männern hatten, da ihr Besitzer ein Mann gewesen war. Drake strahlte Anspannung aus, doch Gabby blieb ganz ruhig. Tiere konnten die Stimmungen von Menschen lesen, und sie wollte den Hund nicht nervös machen.

Sie öffnete den Riegel und nahm sich eine kleine Handvoll Trockenfutter. Sie ließ die Käfigtür offen, bewegte sich rückwärts und legte eine Spur aus Essen aus. Anschließend setzte sie sich breitbeinig auf den Boden, die Hände friedvoll im Schoß verschränkt.

Cyprus hob den Kopf und beäugte die Spur aus Futter, die von seinem Käfig zu ihr führte. Er wirkte noch etwas benommen, aber grundsätzlich wach. Dann leckte er sich die Lefzen.

«Shhh, ist okay. Komm her.»

Hinter ihr öffnete und schloss sich die Tür zur Praxis, doch sie hielt ihren Blick auf den Hund gerichtet. Plötzliche Bewegungen oder fehlender Blickkontakt könnten ihm Angst einjagen. Im Augenwinkel sah sie, dass Flynn neben Drake trat. Cyprus beäugte die beiden Brüder.

«Vielleicht könntet ihr euch an die Wand setzen?»

Drake übersetzte für Flynn. Beide traten zögernd einen Schritt zurück, entfernten sich aber für alle Fälle nicht weiter. Dann setzten sie sich im Schneidersitz auf den Boden. Alle drei O'Grady-Brüder waren wunderbare Tierärzte, mitfühlend und fürsorglich. Sie waren den Umgang mit Tieren gewohnt, auch mit schwierigen. Doch im Moment benahmen sie sich mehr wie besorgte Freunde als wie Tierärzte.

Cyprus beobachtete jede Bewegung der Männer, ihr selber schenkte er kaum noch Beachtung. Gabby blickte kurz zu Flynn hinüber. Er biss die Zähne zusammen und beobachtete sie besorgt. Ihre Blicke trafen sich. Er runzelte die Stirn, aber er blieb, wo er war, weil er ihr vertraute.

Sie wandte sich wieder dem Hund zu. «Hey, Junge», flötete sie. «Wer ist ein guter Junge?»

Cyprus legte den Kopf schief und kämpfte sich auf die Beine.

Im Augenwinkel sah sie, wie Flynn zusammenzuckte und sich verkrampfte.

Ihr Herz raste, doch sie zwang sich, entspannt sitzen zu bleiben, als Cyprus das erste Stück Trockenfutter vor dem Käfig beschnüffelte. Dann sah er sie an, als wollte er fragen: *Darf ich?*

Oh Mann. Sie lächelte mit feuchten Augen. «Mach nur. Es ist okay. Guter Junge.» Ohne den Blick von ihr abzuwenden, fraß der Hund den kleinen Happen, dann leckte er sich wieder das Maul.

Als er den Blick gerade auf das nächste Stück richtete, öffnete sich die Tür zum Raum. Der Hund erstarrte – genau wie Cade.

Drake räusperte sich. «Gabby zieht ihre Hundeflüsterer-Nummer ab.»

Cade kam langsam in den Raum und setzte sich wortlos neben Flynn.

Es dauerte seine Zeit, aber irgendwann fraß Cyprus das nächste Stück Futter und dann das nächste, bis er vor Gabbys Füßen angekommen war. Flynns Atmung wurde mit jedem Schritt des Hundes lauter, bis er quasi keuchte.

Als kein Futter mehr übrig war, hielt Gabby Cyprus vorsichtig die Hand vor die Schnauze, damit er daran riechen konnte. Flynn stieß ein gequältes Geräusch aus, inzwischen hyperventilierte er fast. Cade legte eine beruhigende Hand auf Flynns Arm.

«Drake», sagte Gabby leise, wobei sie den Blick nicht von Cyprus abwandte. «Sag Flynn, dass es mir gut geht. Erinnere ihn daran, normal zu atmen.» Für einen Moment machte sie sich fast mehr Sorgen um ihren Freund als um den Hund. Als Drake ihrer Bitte gefolgt war, lächelte sie und sprach Cyprus beruhigend zu. «Shhh. Komm her. Guter Junge.»

Aus ungefähr dreißig Zentimeter Abstand beobachtete der Hund ihre Hand. Sein Stummelschwanz war erhoben, sein eines Ohr gespitzt, was ihr zeigte, dass er sich nicht bedroht fühlte. Nichts an seinem gesamten Auftreten verriet Aggression. Auch sein Nackenfell war nicht aufgestellt.

Ein Moment verging, dann leckte Cyprus ihr die Hand. Sie lachte leise, während ihr gleichzeitig Tränen in die Augen stiegen. «Guter Junge. Braver Cyprus.» Er leckte sie erneut. Sie wiederholte seinen Namen, damit er sich daran gewöhnte.

Sein Stummelschwanz begann zu wedeln. Vorsichtig hob sie die Hand, um dem Hund deutlich zu machen, dass sie ihn streicheln wollte. Flynn keuchte, doch Gabby ignorierte ihn und legte ihre Finger auf das kurze, stachelige Fell an Cyprus' Hals. Er wedelte weiter und lehnte sich – nach einem kurzen Moment – in ihre Berührung.

Sie lachte und kraulte ihn. «Drake, nimm dir ein wenig Trockenfutter und komm her. Flynn ist zu angespannt. Er könnte Cyprus Angst machen. Cade, sag Flynn, dass es mir gut geht, bevor er einen Herzschlag erleidet.»

Während Drake ihrer Aufforderung folgte und Cade leise lachte, lobte Gabby den Hund weiter. Und Flynn hyperventilierte. Cade legte eine Hand auf die Schulter seines Bruders, auch wenn das nichts half. Cyprus beobachtete Drake aus dem Augenwinkel, zeigte aber keine Unruhe.

Als er neben ihr saß, streckte Drake die Hand aus und bot dem Hund das Futter an. Anders als bei Gabby nahm Cyprus das Futter sofort. Nachdem er Drake ordentlich die Finger gewaschen hatte, kletterte der Rüde förmlich auf Drakes Schoß und leckte ihm das Gesicht. Drake kraulte ihm das Fell, wo es zwischen den Verbänden sichtbar war, ein entspanntes Grinsen auf dem Gesicht, das Gabby viel zu lange nicht mehr gesehen hatte.

«Ich glaube, er erinnert sich daran, dass du derjenige warst, der ihn aus diesem schrecklichen Ort befreit hat.» Gabby wischte sich die Augen. «Sieht aus, als hättest du einen neuen Freund. Oder ein neues Haustier?»

Drake brummte, lächelte aber immer noch. «Vielleicht. Wir werden sehen, wie er sich macht. Ich muss ihn erst mal mit Moses zusammenbringen, sobald er wieder ganz gesund ist.»

Moses war Drakes Deutscher Schäferhund, ein ruhiges Tier mit einem gutmütigen, nachsichtigen Temperament. Wahrscheinlich würden sich die beiden toll verstehen.

Dem armen Cyprus war anzumerken, wie sehr ihn die letzten Minuten erschöpft hatten, und er kehrte in seinen Käfig zurück. Cedar bewegte sich nicht, also ließ Gabby ihn schlafen. Vielleicht könnte sie sich in der Mittagspause mit ihm beschäftigen.

Als Gabby den Riegel des Käfigs wieder schloss, schlug ihr Cade mit der Hand auf den Rücken. Ziemlich fest. «Gut gemacht.»

Flynn stiefelte aus dem Raum und knallte die Tür hinter sich zu. Gabby starrte besorgt hinter ihm her. Er wusste doch hoffentlich, dass sie nie etwas tun würde, was sie nicht für sicher hielt, oder? Wäre Drake nicht mit im Raum gewesen, hätte sie nie versucht, sich dem Hund zu nähern. Und sie hatte es schon mit Hunden zu tun gehabt, die größer waren als Cyprus.

Cade grinste. «Du hast Flynn eine Heidenangst eingejagt. Könnte sein, dass er erst mal einen Whiskey braucht.»

Drake fuhr sich mit der Hand durch das dunkle Haar. «Himmel. Könnte sein, dass ich zwei Whiskeys brauche. Für einen Moment habe sogar ich mir Sorgen gemacht.»

Cade warf einen Blick auf die Uhr. «Die Klinik hat jetzt geöffnet. Zeit, sich unseren Patienten zu widmen. Gut gemacht, Gabs.»

Drake nickte zustimmend, dann verließen sie zu dritt den Raum.

Gabby und Flynn arbeiteten heute in der Klinik, und ihr erster Termin war erst in einer Stunde. Gabby blieb im Flur stehen. Sie fragte sich, ob sie Flynn noch ein wenig Zeit geben oder ob sie nach ihm schauen sollte. Er hatte sich offensichtlich große Sorgen gemacht. Nach einer kurzen Diskussion mit sich selbst ging sie Richtung Büro.

Flynn stand mit verschränkten Armen und gesenktem Kopf vor seinem Schreibtisch. Sein rotblondes Haar stand in alle Richtungen ab, er wirkte verspannt, und zuerst schien er sie gar nicht zu bemerken.

Er trug dunkelblaue Klinikkleidung, die seinen schlanken, muskulösen Körper betonte. Die Hose mit dem Zugband hing tief auf seiner Hüfte, und sein Bizeps dehnte die Ärmel des Hemdes. Gabby musste daran denken, wie er sie gestern gehalten hatte. Sanft, trotz der Härte seines Körpers. Und seine Berührung war so beruhigend gewesen.

Bis sie ihn geküsst hatte. In diesem Moment hatte es so sehr zwischen ihnen geknistert, dass sie sofort feucht geworden war. Sie fragte sich, wieso sie seine stille Sinnlichkeit vorher nie bemerkt hatte. Flynn war die perfekte Kombination aus selbstbewusst und bescheiden, aus Alpha und dem Jungen von nebenan.

Er riss den Kopf hoch, als hätte er ihre Gedanken gelesen. Ihre Blicke trafen sich. Bevor sie auch nur blinzeln konnte, hatte er schon den Raum durchquert. Er schlug die Tür hinter ihrem Rücken zu und drängte sie dagegen. Jäger und Beute. Und der Blick in seinen Augen verriet ihr unmissverständlich, dass er die Option erwog, sie bei lebendigem Leib zu verschlingen. Neunzig Kilo angespannter, harter Mann drückten sich an sie. Und sofort erfasste sie heftiges Verlangen. Er stemmte seine Hände rechts und links neben ihrem Kopf an die Tür und presste seinen Mund auf ihren.

Heiliges Wow.

Flynn verschlang sie, ließ keinen Zentimeter ihres Mundes unerforscht. Fordernd suchte seine Zunge die ihre, angespannt und ausgehungert. Absolute, vollkommene Dominanz. Er presste sie mit dem Körper gegen die Tür. Ihre Brustwarzen verhärteten sich unter ihrem BH, als seine Erektion sich an ihren Bauch drückte. Ihre Körper berührten sich, wo auch immer es möglich war.

Sie vergrub die Hände in seinem Haar, drängte sich ihm entgegen und stöhnte. Er musste die Vibrationen gespürt haben, denn er antwortete mit einem Knurren und küsste sie härter, tiefer, bis sie das Gefühl hatte, er würde jeden Moment mit ihr verschmelzen.

Ein schneller Stoß seiner Hüfte, dann zog er sich abrupt zurück und starrte aus schmalen Augen und keuchend auf sie herunter. «Ich bin so verdammt stolz auf dich. Die Angst hat mich in diesem Zimmer mindestens zehn Jahre meines Lebens gekostet, aber zur Hölle damit. Nach gestern war es wirklich schön, das zu sehen.»

Seine Stimme war tiefer, klang heiserer als bisher. Ihre Knie wurden weich, weil sie sich noch immer nicht an den Klang gewöhnt hatte. Aber wahrscheinlich würde das immer so bleiben. Sie war verloren. Und wenn er ihr dann auch noch in diesem Tonfall Komplimente machte? Hmmmm. Jetzt gerade wünschte sie sich, sie könnte ihn reiten wie ein Pferd.

Seine Anspannung ließ nach, und er sank gegen sie. Seine haselnussbraunen Augen glitten über ihre Miene, ein leises Lächeln zeigte sich auf seinem Gesicht. Er schob die Arme hinter ihren Rücken und hob sie an seinem Körper auf die Zehenspitzen hoch. «Wie lange wollen wir dieses Kein-Sex-Ding noch durchziehen?»

Sie öffnete den Mund, dann schloss sie ihn wieder. «Ich, ähm … ich weiß es nicht», sagte sie schließlich.

«Ich will dich, Gabby. Bald.» Ein zufriedenes Seufzen drang über ihre Lippen, als er das Gesicht an ihrem Hals vergrub. «So habe ich mich noch nie gefühlt», flüsterte er an ihrer Haut.

Und dann küsste er sie wieder, diesmal sanfter. So sanft, dass sie es noch im letzten Winkel ihres Herzens fühlte.

· 17 ·

Flynn sehnte sich danach, dass der Arbeitstag endete, als er die Geschwulst am Bauch eines West Highland Terriers auf eine Größenveränderung untersuchte. Das war der letzte Patient für heute, dann konnte er Gabby endlich überreden, bei ihm zu Abend zu essen. Die Geschichte mit den Kampfhunden und Gabbys Versuch heute Morgen, die geretteten Pitbulls an Menschen zu gewöhnen, hatten ihn mehr als nur ein wenig aufgewühlt. Und Gabby war für ihn besser als jede verdammte Therapie.

Er ließ seine Hand über den Brustbereich des Hundes gleiten und tastete sanft die Ränder des Fetttumors ab. Die Geschwulst schien sich seit der letzten Untersuchung vor ein paar Monaten nicht verändert zu haben, aber die Besitzerin war ziemlich paranoid, also zog er ein kleines Lineal heraus.

Er sah Gabby an. *«Keine Größenveränderung. Sieht gut aus. Stört ihn die Verdickung?»* Falls das der Fall sein sollte, konnten sie den Tumor auch operativ entfernen, aber gewöhnlich waren solche Geschwulste harmlos und verursachten keine Probleme.

Gabby übersetzte für die Hundebesitzerin, die früher Cades Kundin gewesen war und es kaum verkraftet hatte, als sie erfuhr, dass Cade nicht mehr auf dem Markt war. Schließlich wandte Gabby sich wieder Flynn zu. «Sie sagt, er scheint die Geschwulst nicht zu bemerken.»

Flynn nickte, dann kraulte er dem Hund mit einem Lächeln die Ohren. Snowden tanzte freudig im Kreis. Flynn setzte den kleinen Fellball auf den Boden und wandte sich an Gabby, um ihr zu sagen, dass die Klientin mit ihrem Hund in ein paar Monaten wieder zur Kontrolle kommen sollte. Doch plötzlich stand die Hundebesitzerin direkt vor ihm.

Sie klimperte mit den Wimpern, dann ließ sie einen Fingernagel aufreizend über sein Praxishemd gleiten. Ihr braunes Haar glänzte im Licht, als sie die Locken über die Schulter nach hinten warf, sodass ihm ein überwältigender Schwall Parfüm in die Nase stieg.

Er schluckte schwer. Wie war Cade tagein, tagaus mit so etwas klargekommen? Bevor er Avery einen Antrag gemacht hatte, hatten Single-Frauen aller Altersgruppen aus den unmöglichsten Gründen Termine in der Praxis gemacht, um sich als neueste Eroberung anzubieten. Er hatte sie quasi mit Gewalt abwehren müssen. Seitdem er verlobt war, hatte sich die Lage beruhigt, aber hin und wieder gab es immer noch zweifelhafte Termine. Und einige der übrigen Klientinnen hatten plötzlich zu Flynn gewechselt.

Wirklich toll für das männliche Ego, die zweite Wahl zu sein. Und aus keinem dieser potenziellen Dates würde je mehr werden, selbst wenn es Gabby nicht gäbe. Bereits nach einem Abend würden die Frauen an der Kommunikationsbarriere verzweifeln. Die Geschichte seines Lebens.

Er trat zurück, doch Ms. Keller folgte ihm. «Haben Sie Freitagabend schon was vor? Ich mache eine wirklich gute Lasagne.»

Flynns Blick huschte zu Gabby, deren Augenbrauen ein gutes Stück nach oben gewandert waren. Aber gleichzeitig lächelte sie. Wunderbar. Seine Freundin amüsierte sich darüber, dass er angebaggert wurde. Direkt vor ihren Augen.

Er gebärdete eilig: *«Sag ihr, dass ich mit jemandem ausgehe. Und ich schwöre dir, wir sagen noch vor Cades Hochzeit allen, dass wir ein Paar sind.»*

Ihr Grinsen wurde breiter, als sie die Frau ansah. «Er sagt, er fühlt sich geschmeichelt, aber er geht im Moment mit jemandem aus.»

Ganz genau. Wenn auch sehr diplomatisch.

Ms. Keller schmollte. «Sind Sie sicher?»

Er nickte heftig und atmete auf, als sie zurücktrat. Himmel, im Moment wünschte er sich nur ein Achtel von Cades Charme, um solche Avancen abzuwehren …

Die Kundin befestigte die Leine am Halsband ihres Hundes und ging Richtung Empfang.

Kaum war die Frau außer Sichtweite, lachte Gabby. «Du hast ausgesehen wie ein Reh im Scheinwerferlicht. So süß.»

Er kniff die Augen zusammen. Die meisten Frauen wären eifersüchtig gewesen. Aber nein. Gabby fand es … süß, dass er von Tierbesitzern belästigt wurde.

«Das war kein Scherz. Wir erzählen allen von uns. Bald.» Nicht nur, um die weiblichen Singles abzuschrecken, sondern weil er wollte, dass alle wussten, dass er mit ihr zusammen war. Es mochte eine Weile gedauert haben, bis er sich an die Situation gewöhnt hatte und nicht mehr nur die potenziellen Probleme einer romantischen Beziehung sah, aber er war noch nie zuvor so froh darüber gewesen, sich geirrt zu haben. Diese Sache zwischen ihnen war verdammt noch mal fast perfekt.

Ihre Schultern bewegten sich in einem Seufzen. Immer noch lächelnd, drückte sie ihm einen viel zu schnellen Kuss auf die Lippen, bevor sie zurücktrat. «Ist okay für mich.»

«Wie wäre es, wenn du heute zum Abendessen zu mir kommst?»

Sie legte den Kopf schräg. «Wirklich?»

«Ja.» Wieso überraschte es sie, dass er Zeit mit ihr verbringen wollte. Besonders nach den letzten Tagen brauchte er ihre Gegenwart auch nach der Arbeit. Sie hatten die Abende als Freunde miteinander verbracht, warum also nicht auch als Paar?

Sie zuckte mit den Achseln. «Okay. Ich muss nur kurz zu Hause vorbeischauen und duschen.»

Mit diesem wunderbaren Bild im Kopf – danke, Gabby – ging er in sein Büro, um vor dem Feierabend noch ein paar Akten auf den neuesten Stand zu bringen.

Auf der Heimfahrt holte er Essen vom Chinesen. Kaum hatte er Fletch rausgelassen und selbst geduscht, trat Gabby durch die Tür. Sie sah wunderbar aus in ihrer Jeans und dem pinkfarbenen T-Shirt. Und noch besser, sie gab ihm einen Begrüßungskuss.

Er beäugte die Kartons mit dem Essen, während er darüber nachdachte, ob er den Tisch im Esszimmer oder lieber vor dem Fernseher decken sollte. Aber eigentlich war es ein schöner Abend. Seine Terrasse war den ganzen Winter über nicht benutzt worden.

Also deutete er fragend mit dem Kinn Richtung Terrassentür, doch Gabby trat vor und drückte ihre weichen Kurven an ihn. Sie schlang die Arme um seine Hüften und legte den Kopf in den Nacken, um ihn anzusehen. «Ich weiß, dass du dir heute Morgen Sorgen gemacht hast, als ich mit dem Hund beschäftigt war, deswegen wollte ich dir danken, dass du dich nicht eingemischt hast.»

Er musterte ihr Gesicht, erinnerte sich an die Panik, die er heute Morgen empfunden hatte. Er hatte sich ungefähr tausendmal daran erinnern müssen, dass Gabby wusste, was sie tat. Sonst wäre er ausgetickt. Anscheinend war die Furcht noch nicht ganz verklungen, weil sein Puls schon wieder raste.

Er konzentrierte sich stattdessen darauf, wie sich ihr Körper gegen ihn presste, umfasste ihr Gesicht mit den Händen und gab ihr einen kurzen Kuss. «Besorgt ist nicht das Wort, das ich verwenden würde. Du hast mich fast in den Herzstillstand getrieben.»

Ein Gedanke traf ihn mit der Macht eines Tornados. Als ihr Freund hatte er immer einen gewissen Beschützerinstinkt empfunden, aber die Veränderung in ihrer Beziehung hatte diesen Impuls ins Unermessliche gesteigert. Hatte eigentlich alles aus dem Gleichgewicht gebracht. Sie waren immer noch sie, nur dass da jetzt noch etwas war, das die Luft um sie herum knistern und seine Haut kribbeln ließ.

Aber wenn man ehrlich war, sollten Beziehungen nicht so einfach sein, oder? Er hatte andere Geliebte gehabt. Sie war mit anderen Männern ausgegangen. Doch nichts kam dem Zusammensein mit Gabby gleich. Angesichts der Sprachbarriere hatte er das Gefühl, dass seine früheren Erfahrungen nicht mal in derselben Liga stattgefunden hatten.

Doch Gabby und er hatten die Grenze zwischen Freundschaft und Beziehung hinter sich gelassen, als wäre das unvermeidlich gewesen. Ihre Körper schienen sich gegenseitig zu erkennen, ihre Hirne auf dieselbe Weise zu arbeiten. Er fragte sich, wann diese rosa Brille Risse bekommen würde. Denn … verdammt. Irgendwo musste es einen Haken geben. Tolle Chemie, ähnliche Interessen, gegenseitiger Respekt. Nichts war so perfekt.

Sie hatten noch nicht miteinander geschlafen. Vielleicht

würde es in diesem Bereich knirschen. Sex war für ihn immer anstrengend gewesen und viel weniger vergnüglich, als er wahrscheinlich sein sollte. Das lag zu einem großen Teil an ihm und seiner Paranoia, auf jeden Fall dafür sorgen zu wollen, dass seine Partnerinnen Vergnügen hatten. Also durfte er die Augen nicht schließen, um keine Regung im Gesicht seiner Partnerin zu verpassen. Ständig machte er sich Sorgen, ob seine Liebkosungen zu sanft oder zu hart waren. Es war anstrengend.

Gabby war die erste Frau, die er mit geschlossenen Augen geküsst hatte. Die erste Frau, bei der er sich hatte fallenlassen. Er sagte sich, dass das damit zusammenhing, dass er sie so gut kannte. Er würde sicher bemerken, wenn etwas nicht stimmte. Aber er fragte sich eben auch, ob der Sex mit Gabby das Ende ebendieser perfekten Beziehung bedeuten würde.

Gabby drückte ihre kühlen Finger auf seine Stirn, als wollte sie die Sorgenfalten dort glätten. Wie immer war ihre Berührung Balsam für seine Seele. Er strich ihr mit den Fingerknöcheln über die Wange, um ihr genau das zu sagen.

«Wohin bist du gerade abgedriftet?»

Er schüttelte den Kopf. «Ist egal.» Außerdem wurde ihr Essen kalt. «Willst du hinten auf der Terrasse essen?»

Ihr Lächeln hätte Kriege beenden können, so verdammt ehrlich war es. Es machte abhängig. «Klar.»

Während er das Essen nach draußen trug, warf sie in der Dämmerung einen Ball für Fletch. Flynn setzte sich auf einen der Stühle, die Kartons mit dem Essen standen vor ihm auf dem Tisch. Sein Hund hatte – genau wie er – eine Schwäche für Gabby. Der Retriever erkannte ihren Namen genauso wie andere Signalwörter, ‹Spaziergang› zum Beispiel oder ‹Leckerli›.

Sie kehrte zur Terrasse zurück, als die letzten Strahlen des purpurnen Lichts am Horizont verblassten. Sterne funkelten am dunkelblauen Himmel, während der Vollmond den Garten beschien. In ein paar Monaten wäre der Sommer da, und sie hätten mehr Tageslicht, doch Flynn wollte sich nicht beschweren. Die Frühlingsnacht war mild, der Wind sanft. Kiefernduft wehte vom dichten Wald hinter dem Haus heran und verband sich mit dem Geruch von feuchtem Gras und Moos. Keine schlechte Art, den Tag zu beenden.

Als er sich Gabby wieder zuwandte, saß sie auf dem Stuhl neben ihm, hatte das Essen bereits auf die Teller verteilt und pickte die Broccoli-Röschen aus ihrer Portion, um sie ihm zu geben, bevor sie die Karotten aus seiner Portion auf ihren Teller überführte. Flynn schüttelte grinsend den Kopf.

Sie sah auf. «Was?»

«Nichts.» Sie war bezaubernd, sonst nichts. Ihre Abneigung gegen Broccoli und seine gegen Karotten und die Art, wie sie das Gemüse automatisch zwischen ihnen aufteilte war ... ja. Einfach bezaubernd.

Sie verdrehte die blauen Augen und gab ihm seinen Teller.

Sie aßen schweigend und vertieften sich dabei ganz in die Betrachtung ihrer Umgebung. Und obwohl sie das schon Tausende Male getan hatten, wollte Flynn es noch tausend weitere Male tun. Er stellte sich vor, wie es wäre, jeden Abend mit ihr zu verbringen, mit ihr zu essen und sich nach der Arbeit zu entspannen. Sie zu lieben und jeden Morgen neben ihr aufzuwachen. Irgendwann würden vielleicht ein paar blonde Kinder herumlaufen und den Hund jagen. Kinder, mit ihrem ansteckenden Lächeln und ihren großen blauen Augen.

Sein Herz raste, als er Gabby anstarrte. Kecke Nase, runde Wangen, lange Wimpern. Ein Zopf aus karamellfarbenem

Haar. Ihre Haut, die im Mondlicht leuchtete. Sie hatte den Teller zur Seite gestellt und führte irgendein Gespräch mit seinem Hund. Und verdammt. Er war bereits mehr als einfach nur in sie verliebt. Und das war wahrscheinlich schon seit der Vorschule so.

«Was? Stimmt etwas nicht?»

Er schüttelte den Kopf. Eher war alles so verdammt richtig. Sein Hirn kappte die Verbindung zu seinem Mund, sodass er einfach seine Gedanken aussprach. «Nur als Vorwarnung, ich verliebe mich in dich. Und ich habe keine Ahnung, wie ich damit umgehen soll.» Er hatte noch nie so stark für jemanden empfunden, hatte nie eine Frau so geliebt, war sich nicht mal sicher, ob er das Gefühl erkannt hätte, wäre es nicht um Gabby gegangen.

Ihre Lippen öffneten sich, und ihre Augen wurden feucht. Der Schock, das Staunen und das ‹Oh verdammt›, die sich auf ihrem Gesicht abzeichneten, machten eine Sache für ihn klar: Er musste sie schnellstens von seiner dämlichen Fast-Liebeserklärung ablenken.

Flynn stand auf, schlang einen Arm um sie und hob sie von ihrem Stuhl. Dann trug er sie zu einem der Liegestühle auf dem Gras und ließ sich dort nieder, um Gabby mit dem Rücken zu sich zwischen seine Beine zu setzen. Er schlang die Arme um sie und ließ das Kinn auf ihren Scheitel sinken. Ihr Honigduft verband sich mit den Düften der Natur und beruhigte etwas in ihm.

Es dauerte einen Moment, bevor sie sich entspannte. Er schloss die Augen. Er spürte Vibrationen in der Brust, was darauf hinwies, dass sie sprach, doch er hielt die Augen geschlossen. Er wollte gar nicht wissen, ob sie gefühlsmäßig genauso weit war wie er oder – was noch schlimmer wäre – ob sie grade versuchte, ihm eine sanfte Abfuhr zu erteilen, um weitere Peinlichkeiten zu vermeiden.

Unbeirrt drehte sie sich in seinen Armen, also gab er nach. Ihre dunkelblauen Augen musterten ihn forschend. Sie starrte ihn so lange an, dass er den Drang spürte, unruhig hin und her zu rutschen.

Schließlich hob sie den Blick zum Himmel. «Wunderschöne Nacht.»

Er lächelte.

«Ich habe als Kind immer zu den Sternen aufgeschaut und mir etwas gewünscht.»

Das überraschte ihn überhaupt nicht. «Was hast du dir gewünscht?» Zweifellos Einhörner und andere märchenhafte Dinge. Gabby war Optimistin und liebte Happy Ends.

Sie seufzte. «Spielt keine Rolle.» In Gabby-Code bedeutete das, dass ihre Wünsche sich nicht erfüllt hatten, weswegen sie vorgab, sie wären unwichtig. Er wollte ihr gerade erklären, dass alles an ihr wichtig war, als sie ihn erneut ansah. «Was ist mit dir? Hast du dir jemals etwas beim Anblick der Sterne gewünscht?»

Sein Grinsen wurde breiter. Himmel, wie sollte sich ein Mann nicht in sie verlieben? «Nein. Da ich mich im Besitz eines Penis und eines Y-Chromosoms befinde, ist das in meiner DNA nicht verankert.»

Wieder ein Augenrollen. «Okay. Was ist mit Sternenbeobachtung? Hast du das je gemacht?»

Hatte er, ein- oder zweimal. Allerdings seit Jahren nicht mehr. Bevor sein Vater in Flynns Jugend gestorben war, hatte er ihn und seine Brüder mit zum Campen genommen, und

Flynn hatte in den Himmel gestarrt. Aber es waren nur selten die Sternbilder gewesen, die ihn angesprochen hatten. «Wenn man all die Sterne zählt, verliert man den Mond aus dem Blick.» Er sah nach oben, musterte den klaren Himmel. Keine Wolke in Sicht. «Alles andere ist nebensächlich.»

«Moment mal. Hast du die Sterne gerade als nebensächlich bezeichnet?» Ihr ungläubiger Blick brachte ihn zum Lachen. «Heißt das, ich werde keine romantischen Sprüche von dir zu hören bekommen? Dass ich der hellste Stern an deinem Himmel bin oder etwas in dieser Art?»

Du närrische Frau. «Du bist kein Stern, Gabby. Du bist der Himmel. Der Rest von uns bewegt sich in deiner Umlaufbahn.» Es war die schlichte Wahrheit.

Langsam richtete sie sich auf, ihre Augen waren weit aufgerissen. Oh ja. Das war seine Gabby, ihre Seele sprach aus diesen Augen. «Gott, Flynn. Allein für diesen Kommentar wirst du vielleicht flachgelegt. Wow.»

Lachend rieb er sich die Augen. Und ihre entgeisterte Miene sorgte nur dafür, dass er noch heftiger lachen musste.

Dann drückte sie ihre Lippen auf seine, und plötzlich war das Lachen nur noch eine entfernte Erinnerung. Sie setzte sich rittlings auf seinen Schoß und presste ihren Busen gegen seine Brust, sodass alle wichtigen Teile sich berührten. Ihre Zunge bat um Einlass. Er öffnete den Mund und ließ zu, dass sie alle Gedanken aus seinem Kopf vertrieb.

Sie drängte sich fester an ihn, sodass Flynn zitternd nach Luft schnappte und ihren runden Hintern umfasste. Er war sich nicht hundertprozentig sicher, ob er sie anstacheln oder bremsen wollte. Doch dann küsste sie seinen Hals, und er erschauerte.

Verdammt, ihr Mund war eine Waffe. Schon immer war er empfindlich an Hals und Ohren gewesen, es war wie ein Knopf, den man umlegen konnte, und er war sofort erregt. Und Gabby drückte diesen Knopf nicht nur, sie hämmerte auf ihn ein. Ihre Finger glitten unter sein Hemd. Sanft zog sie die Fingernägel über seine Bauchmuskeln, die bei dieser Berührung zusammenzuckten. Ihre Hände glitten höher, bis sie mit den Daumen seine Brustwarzen umkreiste, während sie mit ihrem Mund dafür sorgte, dass seine Selbstkontrolle ins Wanken geriet.

Lecken. Saugen. Knabbern.

Himmel. Wenn er nicht bald in sie eindrang, würde er in Flammen aufgehen.

Eine kurze Bewegung, und sie ließ sich zurücksinken, bis sie mit dem Rücken auf dem Liegestuhl lag, ihr T-Shirt hatte er in derselben Bewegung bis ans Kinn hochgeschoben. Flynn kniete zwischen ihren Beinen und zog einen Pfad aus Küssen von ihrem Bauch zu ihren Brüsten, bevor er den blauen Spitzen-BH zur Seite schob, um ihren Busen zu bewundern. Sein Atem stockte, als er sie im Mondlicht anstarrte. Wunderschön.

Er schloss seine Lippen um eine Brustwarze, wobei er seinen Blick nicht von ihrem Gesicht abwandte, weil er ihre Reaktion sehen sollte. Ihre Wangen erröteten. Ihre Lider senkten sich, als sie sich ihm entgegenhob. Und er war härter als jemals zuvor in seinem Leben. Er saugte heftiger, während er mit der Hand die andere Brust umfasste. Ihre Finger vergruben sich in seinem Haar. Er wandte sich ihrer anderen Brust zu, und in der kühlen Luft verhärtete sich der feuchte Nippel, den seine Zunge eben noch umspielt hatte.

Ein Schauder überlief ihren Körper, und er erstarrte.

Sie waren in seinem Garten, wo jeder aus seiner Familie vorbeischauen und sie überraschen konnte. Moms Haus lag nicht weit entfernt, direkt hinter Cades. Durch die Bäume waren die Häuser nicht zu sehen, aber trotzdem nah. Drakes Haus lag in der anderen Richtung, ebenso nahe. Privatgarten oder nicht, Gabby hatte etwas Besseres verdient als Exhibitionismus. Ganz zu schweigen davon, dass sie sich dem Punkt näherten, an dem es kein Zurück mehr gab. Und er wollte sie das erste Mal ganz sicher nicht auf einer Gartenliege lieben.

Die Realität hatte ihn zurück. Sanft zog er den BH wieder über Gabbys Brüste. Sie hob den Kopf, und in ihren Augen las er ein ‹Was-zur-Hölle›. Langsam zog er ihr Shirt nach unten und drängte sie, sich aufzusetzen.

«Nicht hier.» Er strich ihr sanft über das Haar, in dem Versuch, sein rasendes Herz zu beruhigen. Er wollte sich beim ersten Mal Zeit lassen, wollte ihren Körper kennenlernen und sich keine Sorgen machen müssen, weil er Rufbereitschaft hatte. Am Freitag übernahm Drake den Pager für das Wochenende. «Willst du das Wochenende mit mir verbringen?»

Sie musterte ihn, während sie über sein Angebot nachdachte. Die Bedeutung seiner Frage war eindeutig. Er wollte mit ihr ins Bett gehen. Und wenn er in dieser Angelegenheit irgendetwas zu sagen hatte, würden sie besagtes Bett bis Sonntagabend nicht wieder verlassen ... und wahrscheinlich auch danach nie wieder. Sie war es gewesen, die es auf der körperlichen Ebene erst einmal langsam angehen lassen wollte, die einen Übergang wollte und keinen Bruch. Der Gedanke an Sex mit ihm schien sie allerdings nicht nervös zu machen, und er war das Warten leid.

Er wollte sie. Punkt.

Sie schloss die Augen und lächelte leise, bevor ihre Lippen

schmal wurden. Er hatte keine Ahnung, was ihr durch den Kopf ging, aber wenn sie ihm nicht bald eine Antwort gab, würde er …

«Ja.» Ein schweres Seufzen hob ihre Schultern, und warmer Atem glitt über sein Kinn. «Ich werde das Wochenende bei dir verbringen.» Dann stand sie auf und beugte sich über den Liegestuhl, um ihm einen Kuss auf den Mund zu drücken.

· 18 ·

Endlich Freitag. Bei allen Heiligen, dieser Tag konnte nicht schnell genug vorübergehen. In der letzten Box in Carsons Stall wischte Gabby sich mit dem Ärmel den Schweiß von der Stirn.

Der Rest der Woche war grauenhaft gewesen. Zweimal hatten sie auf dem Polizeirevier erscheinen müssen, um Aussagen zu den Hunden zu machen. Dem Bezirksstaatsanwalt zufolge erwarteten Jose nicht mehr als fünf Jahre Gefängnisstrafe – sodass er wahrscheinlich nach zwei Jahren entlassen werden würde – und eine Geldstrafe von zweihundertfünfzigtausend Dollar. Und das nur, wenn der Richter beim Strafmaß die Vernachlässigung der Tiere und Tierquälerei mit berücksichtigte.

Gabbys Meinung nach war diese Strafe bei weitem nicht hart genug. Flynn war stinksauer gewesen, aber Gesetz war Gesetz. Trotzdem musste sich da etwas ändern.

Am Mittwoch waren sie in der Praxis, und Avery hatte besonders viele Patienten für Flynn und Gabby eingeplant, damit sie einen Tag für Hausbesuche gewannen, bei denen sie nach den geretteten Tieren sehen konnten. Glücklicherweise ging es allen gut, auch den Pferden, nach denen sie heute gesehen hatten. Sie brauchten neue Eisen, einige Wunden an den Hufen mussten behandelt werden, und sie waren noch unterernährt, aber aus dem Gröbsten heraus.

Cedar hatte nicht so viel Glück gehabt. Drake war gezwungen gewesen, den zweiten Pitbull einzuschläfern. Anders als Cyprus hatte sich Cedar nicht an den Umgang mit Menschen gewöhnt und war sehr aggressiv gewesen. Obwohl Gabby sich in jeder Mittagspause und nach Feierabend mit ihm beschäftigt hatte, konnte sie sich kaum dem Käfig nähern, ohne dass der Hund bellte und die Zähne fletschte. Drake hatte nicht zugelassen, dass sie die Futter- und Wasserschüssel wechselte. Das hatte er selbst gemacht.

Und dann hatte der Hund schließlich doch noch eine schwere Blutvergiftung bekommen. Gabby hatte geheult wie ein Schlosshund, als Drake das Tier hatte einschläfern müssen. Flynn war in dieser Nacht bei ihr geblieben und hatte sie im Arm gehalten, bis sie eingeschlafen war.

Zumindest erholte sich Cyprus gut. Er trug keine Halskrause mehr, und die meisten Verbände waren bereits entfernt worden. Gabby hatte im Hof der Klinik mit ihm gearbeitet, und er war sehr verspielt. Sanft. Drake wollte ihn an diesem Wochenende mit nach Hause zu seinem Deutschen Schäferhund Moses mitnehmen.

Gabby seufzte, als sie die letzte Box verließ, und blickte zum offenen Scheunentor am Ende des Ganges. Es regnete in Strömen, sodass der Boden matschig wurde. Die Luft war schwül, weil es viel wärmer war als im Frühling üblich. Aber das war ihr immer noch lieber als Schnee.

In der Box neben ihr schlug Flynn den letzten Nagel in das letzte Hufeisen. Gott sei Dank. In ein paar Minuten konnten sie die Farm verlassen, ihre Sachen in der Klinik abstellen und nach Hause fahren. Noch nie in ihrem Leben hatte Gabby sich so sehr auf ein Wochenende gefreut. Besonders weil sie es mit Flynn verbringen würde.

Die Vorfreude ließ sie erschaudern. Flynns anfängliche Vorbehalte gegen die Veränderung in ihrer Beziehung schienen sich verflüchtigt zu haben. Er war ihr gegenüber offen, bekannte sich zu seinem Verlangen. Und es war offensichtlich, wie sehr er sie begehrte. Und Himmel, wie sehr sie ihn wollte. Er rief einige unglaubliche Reaktionen in ihr hervor, vom Flattern im Bauch, wann immer er sie küsste, bis zur Hitze in ihren Adern, wenn er sie berührte. Niemand hatte je solche Leidenschaft in ihr wachgerufen wie Flynn.

Sie würden phantastisch zusammenpassen. Ihr Inneres zog sich aus Vorfreude zusammen.

Heute trug er dunkelgrüne Praxiskleidung, sodass die grünen Flecken in seinen haselnussbraunen Augen betont wurden. Sein rötlich blondes Haar war etwas zu lang und lockte sich leicht über seinen Ohren. Ein leichter Bartschatten lag auf seinem Kinn, was seinen unterschwelligen Sexappeal noch betonte. Harte Schenkel, schmale Hüfte, definierte Bauchmuskeln, sehnige Unterarme …

Ja, bitte.

Langsam entwickelte es sich zu ihrer Lieblingsbeschäftigung, seinen breiten Rücken und das Spiel der Muskeln dort zu beobachten. Und sein knackiger Hintern war auch nicht gerade eine Beleidigung fürs Auge. Doch so wunderbar sein Körper auch war, er war nicht das Einzige, was sie zu Flynn hinzog. Es hatte auch viel damit zu tun, wie er sie festhielt oder lächelte oder sie zum Lachen brachte. Und die Dinge, die er manchmal sagte? Lieber Gott.

Du bist der Himmel. Der Rest von uns bewegt sich in deiner Umlaufbahn.

Allein bei der Erinnerung daran wurde ihr heiß. Würde dieser Tag je ein Ende finden? Sie war mehr als bereit, endlich mit Flynn allein zu sein.

Sie schätzte mit einem Blick ab, wie lange Flynn noch brauchen würde, dann beugte sie sich vor, um nach ihrer Tasche zu greifen. Sie hatte die Pferde geimpft und mit Karotten belohnt. Jetzt wartete sie nur noch darauf, dass Flynn fertig wurde. Die meisten Farmer beschlugen ihre Tiere selbst, aber Flynn hatte die neuen Besitzer der geretteten Tiere angewiesen, nichts zu unternehmen, bis er sie noch einmal untersucht hatte. Und das war gut so, denn zwei der Tiere litten aufgrund von eingetretenen Steinen an Hufentzündungen.

Mit gepackter Tasche richtete Gabby sich auf, dann dehnte sie ihre Schultern. Zu Hause würde sie nur kurz unter die Dusche springen und dann sofort zu Flynn fahren. Vielleicht würde sie das neue Parfüm auflegen, das er ihr zu Weihnachten geschenkt hatte. Es war ein leichter Duft, der sexy war, aber nicht aufdringlich. Subtil. Im Kopf ging sie bereits ihre Unterwäscheschublade durch, getrieben von der Frage, was ihm wohl lieber wäre: die grüne oder die schwarze Spitze.

Fragen über Fragen.

Gabby lächelte. Mit ein wenig Glück würde sie die Unterwäsche sowieso nicht lange anbehalten. Ihr letzter Sex war so lange her, dass Nervosität ihr den Mangen verkrampfte, doch sie vertrieb das Gefühl durch reine Willenskraft.

Ein paar der Pferde am Scheuneneingang schnaubten unruhig. Ein seltsames Kribbeln glitt über Gabbys Wirbelsäule. Unsicher hielt sie inne, um zu lauschen. Die Carsons besaßen zusätzlich zu den vier geretteten noch fünf weitere Pferde. Und im Moment wirkten bis auf das Tier, mit dem sich Flynn gerade beschäftigte, alle … aufgeregt. Hufe kratzten über den Boden. Wiehern hallte durch den Stall.

Als sich Gänsehaut auf ihren Armen bildete, richtete sie

den Blick erneut auf das Scheunentor. Und erstarrte. Ihr Herz hörte auf zu schlagen. Es waren vielleicht zwanzig Meter bis zum Tor, wo ein ... Berglöwe stand. Mit hocherhobenem Kopf witterte er.

«O scheiße.» Sie warf einen Blick zu Flynn, doch er stand mit dem Rücken zu ihr in der Box und war immer noch mit dem Pferd beschäftigt.

Die Tasche mit den Medikamenten hielt sie in der Hand, aber die Notfallausrüstung lag ein paar Meter entfernt neben der Sattelkammer. Das Satellitentelefon und – noch wichtiger – das Betäubungsgewehr befanden sich in dieser Tasche.

Dreck, Dreck, Dreck.

Diese Gefahr bestand immer bei Besuchen auf abgelegenen Bergfarmen. Auch wenn sich die Wildtiere gewöhnlich vom Menschen fernhielten, jagten sie doch hin und wieder in der Nähe der Häuser. Einmal, vor ein paar Jahren, hatte ein Schwarzbär einen Klienten beim Füttern der Hühner überrascht. Der arme Mann hatte fast einen Herzinfarkt erlitten, bevor er sich ins Haus rettete. Allerdings eine gute Stunde, bevor sie und Flynn dort aufgetaucht waren. Letztes Jahr hatte sie mit dem Wagen der Klinik fast einen Luchs überfahren, und im Winter vor vier Jahren hatte eine Herde Wapitis eine halbe Stunde lang die Straße blockiert, aber ...

Heilige Scheiße. Das da war ein Puma, und er ... sah ... sie ... an. Helles Fell bedeckte mächtige, starke Muskeln, die sich bewegten, als er den Kopf drehte und einen Schritt zur Seite trat. Riesige Pfoten senkten sich auf den Boden, dann legte er mit gespitzten Ohren den Kopf schräg. Und richtete seine gelben Augen ... wieder auf sie.

Ihr rutschte das Herz in die Hose, und sie stand wie zur

Salzsäule erstarrt. Ihre Gliedmaßen wollten sich nicht bewegen lassen, als sie den Blick erwiderte, während ihr Tausende Gedanken durch den Kopf schossen. Würde genug von ihr übrig bleiben, um sie im offenen Sarg aufzubahren? Würde es schrecklich weh tun, oder würde sie schnell sterben? Würde sie blass aussehen, wenn sie heute Abend die rote Unterwäsche trug? Konnte sie schnell genug laufen, um es in eine Box zu schaffen und die Tür zu verriegeln? Würden die Besitzer der Farm sie rechtzeitig hören, wenn sie schrie, und eine Schrotflinte mitbringen? Hatte sie heute Morgen die Kaffeemaschine ausgeschaltet?

Okay. Sie zwang sich, tief Luft zu holen. Bis auf ein kleines Guckfenster in den Türen waren die Boxentüren massiv und hoch. Die Tiere waren in Sicherheit. Der Puma müsste eine der Türen zerstören, um an die Pferde zu kommen, was viel Zeit kosten würde. Das Tier hatte Flynn noch nicht gesehen, also war alles in Ordnung, solange sie darauf achtete, keine schnellen Bewegungen zu machen.

Es war an ihr, etwas zu unternehmen. Sie ging im Kopf den Inhalt der Notfalltasche durch und versuchte, sich daran zu erinnern, wo genau das Betäubungsgewehr lag. Mittleres Fach links, in einem schwarzen Koffer. Dreck. Sie musste nicht nur an die Tasche herankommen, sie musste sie auch öffnen, den Koffer herausnehmen und auch diesen öffnen, um das Gewehr herausnehmen zu können. Zu viele einzelne Schritte.

Und verdammt. Sie hatte bisher nur ein Mal mit dem Ding geschossen. Um zu üben.

Die Augen unverwandt auf den Puma gerichtet, machte sie einen steifen Schritt nach rechts. Das Raubtier folgte ihrer Bewegung mit den Augen, dann witterte es erneut. Keuchend machte sie den nächsten Schritt. Der Puma riss den Kopf zu ihr herum und grollte leise. Gabby wimmerte.

Flynns Schuhe schlurften über den Boden. Am liebsten hätte sie vor Angst die Augen geschlossen. *Bitte, bitte, bitte. Bleib, wo du bist, Flynn.*

Seine Schritte verklangen plötzlich. So wie es sich anhörte, war er knapp hinter der Boxentür stehen geblieben, doch sie wagte es nicht, zu ihm herüberzusehen.

Verdammt. Der Puma schaute in Flynns Richtung.

Sie presste die Lippen aufeinander, um ein weiteres Wimmern zu unterdrücken, dann hob sie die Hand, in der Hoffnung, dass Flynn die Botschaft verstand und blieb, wo er war. Dann zeigte sie auf die Notfalltasche, um ihren Plan zu verdeutlichen. Glücklicherweise rührte er sich nicht.

Gabbys Knie waren weich, und ihre Beine zitterten, doch sie schob sich immer näher an die Tasche heran, ohne den Blick auch nur einen Moment von dem Puma abzuwenden. Zwei Meter. Ein Meter. Sie war fast da. Ein halber Meter.

Langsam ging sie vor der Tasche in die Hocke.

Wiehern hallte durch den Stall. Hufe trafen auf Holz.

Ein weiteres tiefes Grollen von der Wildkatze. Und sie ... kam ... näher.

Nein, nein, nein. Sie wollte nicht sterben. Zumindest nicht, bevor sie die Chance bekommen hatte, mit Flynn zu schlafen. Und vielleicht auch zu heiraten und ein paar Kinder zu bekommen und ... Zum Teufel damit. Sie wollte gar nicht sterben. Und auf keinen Fall wollte sie bei lebendigem Leib aufgefressen werden.

Flynn atmete schwer. Stoßweise. Er stieß leise Geräusche aus, was ihre Panik ins Unermessliche steigerte. Ihr Herz hämmerte gegen ihre Rippen, und ihr Atem stockte, als die Bestie Flynn ins Visier nahm.

Gabby fummelte an der Tasche herum, dann zog sie den Reißverschluss auf. In ihren Ohren klang es so laut wie ein Nebelhorn. Sie schob die Hand in die Tasche und tastete nach dem schwarzen Kasten. Ihre Fingerspitzen fanden das kühle Metall. Ungeschickt öffnete sie den Verschluss und zog das Betäubungsgewehr heraus.

Die Waffe fühlte sich seltsam in ihren Händen an. Schwer. Fremdartig.

Heftig atmend stand sie auf und richtete den Lauf auf den Puma. Die Bewegung sorgte dafür, dass das Tier wieder zu ihr sah. Flynn zuckte zusammen. Als Reaktion fauchte das Raubtier und fletschte die Zähne. Dann schlenderte es vorwärts, einen Schritt, zwei ... dann betätigte Gabby den Abzug.

Der Knall hallte in ihren Ohren wider, der Rückstoß ließ ihre Zähne klappern. Der Puma brüllte voller Wut und riss den Kopf zu dem Beruhigungspfeil herum, der in seiner Flanke steckte.

Verdammt. Sie hatte ihn getroffen. Und das beim ersten Schuss.

Das Nackenfell des Pumas stellte sich auf. Er legte die Ohren an, verengte die gelben Augen zu Schlitzen. Klassische Anzeichen der Aggression ... ihr Blut gefror förmlich in ihren Adern.

Um auf Nummer sicher zu gehen, hatte sie das Gewehr mit einer heftigen Dosis geladen, damit das Medikament in genau solch einer Situation schnell seine Wirkung entfaltete. Zu viel, und das Tier würde sterben. Zu wenig, und es würde nichts geschehen. Gabby konnte nur raten, wie lange es dauern würde, bis das Beruhigungsmittel seine Wirkung tat. Doch wenn sie sich richtig erinnerte, dann konnte es Sekunden, aber auch einige Minuten dauern.

Aber so viel Zeit hatten sie nicht, denn der Puma riss den Kopf erneut herum. Sein Hinterteil senkte sich, als setzte er zum Sprung an. Scheiße, scheiße, scheiße. Erneut hob sie die Waffe und zielte.

Rechts von ihr erklangen schnelle Schritte. Flynn rammte sie in die Seite und riss sie mit sich in eine offene, leere Box. Sie bekam nur vage mit, wie er nach der Tür griff und sie mitriss, bevor Gabby hart auf einem Heuballen landete und sein Körper auf ihrem. Alle Luft entwich aus ihrer Lunge.

Angeln quietschten, als die Tür ins Schloss fiel, gefolgt von einem tiefen Grollen auf der anderen Seite. Kratzen. Einem Aufprall. Und dann … Stille.

Schwer atmend riss Flynn den Kopf zur Boxentür herum. Er musterte sie einige Sekunden lang, dann sah er Gabby an. Sein panischer Blick glitt über ihr Gesicht, über ihren Körper. «Geht es dir gut?»

Sie nickte mehrmals, wobei sie wahrscheinlich aussah wie ein Wackeldackel. Sie zitterte so heftig, dass sie meinte, ihre Knochen klappern zu hören. Sie konnte einfach nicht atmen … weder ein noch aus.

Himmelherrgott.

Flynn sackte auf ihr zusammen, vergrub das Gesicht an ihrer Brust. Sein Körper zitterte ebenfalls, wahrscheinlich eine Nachwirkung des Adrenalins. Kurz darauf stöhnte er. «Ich hätte Buchhalter werden sollen.» Er hob den Kopf. Angst, Frustration und Wut brannten in seinen Augen und verzerrten seinen Mund. «Ein beschissener Buchhalter.»

Sie erstarrte. Ihr Hirn bemühte sich, seine Worte zu verarbeiten. Sie starrte ihn an, dann stieg ein Lachen in ihrer Kehle auf ... und entkam. Ein überdrehtes, hysterisches Kichern, das sich einfach nicht unterdrücken ließ. Und dann traten ihr Tränen in die Augen, und das Lachen verwandelte sich in ein Schluchzen.

Sein Blick wurde weich, und er umfasste ihre Wange. «Gabby, Liebling.» Er küsste ihre Augen, ihre feuchten Wangen, ihren Mund. «Es tut mir leid.»

Sie tat seine Entschuldigung mit einer Handbewegung ab, doch er sah es nicht, weil er sich auf ihr Gesicht konzentrierte. «Ich hätte deine Sekretärin werden können», rief sie schluchzend. Die Anspannung und der Stress der letzten Woche brachen sich Bahn, und sie ließ es zu. Heiße, brennende Tränen rannen über ihre Schläfen in ihr Haar.

Flynn drückte seine Stirn an ihre und wartete einfach ab.

Nach einer Weile – es konnte nicht lange gedauert haben – endete der Anfall so schnell, wie er begonnen hatte, und die letzten Tränen versiegten. Gott. Sie brauchte einen Drink.

«Dr. Flynn? Gabby?» Vor der Box erklangen Schritte.

Sie tippte Flynn auf die Schulter. Er rollte sich von ihr herunter auf den Rücken, ein Arm lag über seinem Gesicht.

Sie hörten Mrs. Carson vor der Box leise fluchen, dann schwang die Tür auf und gab den Blick auf die Besitzerin der Farm frei. Sie stand dort in der vollen Pracht ihrer eins fünfzig, und ihr graues Haar stand in alle Richtungen ab. «Verfluchte Hölle. Geht es euch gut da drin?»

Gabby blickte vor die Füße der Frau, wo ein bewusstloser Puma schnarchte. Dann ließ sie ihren Hinterkopf wieder ins Stroh sinken. «Ja. Es geht uns prima. Ich muss nur kurz mein Herz einsammeln, das irgendwo da drüben liegt.» Sie deutete in die ungefähre Richtung der Sattelkammer. Das Adrenalin ebbte langsam ab, und sie fühlte sich schwach.

Flynn setzte sich auf. *«Das Beruhigungsmittel wird nicht lange wirken. Sorg dafür, dass sie den Ranger-Service anruft, damit die das Tier abholen.»*

Sie nickte und übersetzte seine Bitte. Sobald Mrs. Carson verschwunden war, stand Gabby unsicher auf und strich sich das Heu von der Kleidung, wobei sie immer noch die Wildkatze betrachtete.

Hätte Flynn sie nicht in die Box gestoßen – und es geschafft, im Sprung die Tür zu schließen – wäre sie jetzt … Abendessen. Das Tier hatte noch ein paar Sekunden an der Tür gekratzt, nachdem es die Box erreicht hatte. Und war genau dort zusammengebrochen, wo sie vorhin gestanden hatte.

Zum Teufel damit. Sie brauchte mehr als einen Drink. Sie würde sich die ganze Flasche gönnen.

Flynn stand auf. Sein Gesichtsausdruck sagte ihr, dass er etwas ganz Ähnliches dachte. Er beugte sich vor, die Hände auf den Schenkeln, und schüttelte den Kopf. Dann richtete er sich mit einem tiefen Atemzug auf, sprang über den Puma und schnappte sich das Betäubungsgewehr, das ein paar Schritte entfernt lag. Er kontrollierte das Magazin, nickte zufrieden und winkte Gabby zu sich.

Er hielt die Waffe auf den Boden gerichtet, als er ihr die Hand entgegenstreckte und ihr aus der Box half. «Pack alles zusammen. Ich werde auf ihn aufpassen, nur für alle Fälle.»

Sie warf einen Blick zum Tor am Ende des langen Ganges. Oh, hey. Es hatte aufgehört zu regnen.

Mit einem Seufzen schnappte sie sich die Tasche und verstaute sie im Auto, bevor sie über das Satellitentelefon Avery anrief, um ihr zu berichten, was geschehen war. Die Luft war feucht und roch nach Salzwasser, Regen, Kiefer und feuchter Erde.

«Verflixter Scheibenkleister. Ihr beide seid wirklich entschlossen, mich in Papierkram zu begraben, damit ich am nächsten Wochenende nicht heiraten kann.» Sie hielt inne. «Bist du sicher, dass es euch gut geht? Cade ist für heute fertig. Ich kann ihn …»

«Alles okay. Wir sind nur ein wenig durch den Wind.» Sie hörte das Knirschen von Kies und sah auf. Ein weißer Pick-up-Truck, der den Rangern gehörte, fuhr in die Einfahrt, gefolgt von einem gelben Lieferwagen der Wildtierauffangstation. «Ich muss aufhören. Wir sind bald zurück.»

Sie ging zur Scheune und schüttelte Grant Carver von der Auffangstation die Hand. Sie ließ einen kurzen Blick über seine braune Uniform gleiten und stellte fest, dass er sich gut entwickelt hatte. Sie waren zusammen auf der Highschool gewesen, doch sie hatte ihn eine Weile lang nicht mehr gesehen. «Danke, dass ihr so schnell gekommen seid.»

Er kratzte sich am Kopf, fuhr sich durch die kastanienbraunen Locken. «Kein Problem. Wir waren sowieso ganz in der Nähe. Neues Haustier?»

«Ha.» Sie bedeutete ihm, ihr in die Scheune zu folgen, wo der Ranger bereits neben Flynn und Mrs. Carson stand. Gabby übersetzte für Flynn, der den beiden erzählte, was passiert war.

Der Ranger verschränkte die Arme. An seinen Namen konnte sie sich gerade nicht erinnern, er lebte erst seit kurzem in Redwood. «Das Nahrungsangebot muss schlecht sein. Der Kerl hier ist ziemlich dürr, und Pumas nähern sich dem Menschen nur, wenn sie wirklich verzweifelt sind.»

Dürr? Gabby warf einen Blick auf den Puma, der aussah, als wöge er mindestens fünfundfünfzig Kilo. Sie schüttelte sich, und sofort rieb Flynn ihr beruhigend über den Rücken.

Bevor das Wildtier aufwachen konnte, packten die Männer es in einen großen Stahlkäfig und stellten diesen auf die Ladefläche des Pick-ups. Dann sah Gabby ein letztes Mal nach den Pferden und ging zum SUV.

Flynn wartete auf dem Beifahrersitz, er hatte die Hände im Schoß zu Fäusten geballt und blickte stur geradeaus. Ein Muskel an seinem Kinn zuckte heftig. Und da er offenbar kurz davorstand, die Beherrschung zu verlieren, startete Gabby sofort den Wagen und fuhr los. Flynn bewegte sich auf der ganzen Heimfahrt nicht ein einziges Mal. Sie warf ständig kurze Blicke zu ihm herüber, und ihre Sorge wurde größer, je näher sie der Klinik kamen. Als er sich auch dann noch nicht bewegte, als sie geparkt hatte, wandte sie sich zu ihm um.

Dann winkte sie mit der Hand, um seine Aufmerksamkeit zu erregen.

Er sah sie aus dem Augenwinkel an, ohne den Kopf zu drehen.

War er ... wütend auf sie? «Steht das Wochenende noch?»

Ein steifes Nicken war seine einzige Antwort.

Sie hob die Hände, um noch etwas zu sagen, doch da hatte er das Auto bereits verlassen. Er stampfte zurück zur Klinik und ließ sie verwirrt zurück.

· 19 ·

Flynn hatte keine Ahnung, wie er es geschafft hatte. Irgendwie war er von der Klinik nach Hause gefahren, hatte geduscht und sich ein Bier aufgemacht. Er sehnte sich nach Whiskey, nach einer Menge Whiskey, aber er gab sich mit einem Bier zufrieden, weil Gabby bald kommen würde. Ihn betrunken auf dem Boden vorzufinden, würde sie wohl kaum anmachen.

Das Bild von Gabby, wie sie in der Scheune stand, zitternd und mit weit aufgerissenen Augen, stieg erneut in seinem Kopf auf. Er stellte die Bierflasche auf die Arbeitsplatte in der Küche, drückte sich die Handballen auf die Augen und fluchte. Doch die Erinnerungen schossen ihm weiter durch den Kopf, eine nach der anderen.

Wie sie ihm vermittelt hatte, dass er bleiben sollte, wo er war, weil sie sich um den Puma kümmern würde. Wie sie sich langsam Richtung Notfalltasche geschoben hatte, während der Puma sie nicht aus den Augen ließ. Wie bleich sie geworden war, nachdem sie das Betäubungsgewehr abgefeuert hatte. Und scheiße. Die eineinhalb Sekunden, die ihm blieben, als dieses Vieh beschlossen hatte anzugreifen.

Gabby, in Stücke gerissen. Gabby mit starren Augen, weil das Leben ihren Körper verlassen hatte. Gabby, die ihren letzten Atemzug tat. Gabby … tot. All diese Was-wäre-Wenns …

Verdammte Scheiße. Er fühlte sich so starr vor lauter Anspannung, dass er meinte, die leiseste Berührung könnte ihn in tausend Stücke zerspringen lassen. Alle Muskeln und Knochen schmerzten. Seine Schläfen pulsierten. Himmel. Er würde jeden Moment austicken.

Fletch stupste mit seiner Nase Flynns Schenkel an. Der arme Hund spürte Flynns Stimmung und war ihm nicht von der Seite gewichen, seit er das Haus betreten hatte. Mit verständnisvollen, großen Augen flehte der Hund ihn an, sich zu beruhigen.

Seufzend kraulte er dem Retriever die Ohren, vergrub seine Finger in dem weichen, blonden Fell. «Tut mir leid, Junge.» Er sah aus dem Fenster, an dem Tropfen von dem Regenschauer vorhin hingen. Vielleicht würde es ihm helfen, ein paar Bälle für Fletch zu werfen, bis Gabby kam. Er sah den Hund an. «Ball?»

Fletch wedelte so heftig mit dem Schwanz, dass sein gesamtes Hinterteil schwankte. *Ja, ja. Jetzt!*

Draußen atmete Flynn tief die feuchte Luft ein und warf Fletch seinen Lieblingsball. Er war früher einmal pink und mädchenhaft gewesen – ein Geschenk von Gabby –, was auch erklärte, warum der Hund dieses Spielzeug so liebte. Nach längerer Benutzung war er aber zu einem schmutzigen, von Sabber überzogenen Weiß verblasst.

Flynn schloss die Augen und hielt sein Gesicht in die kühle Brise vom Pazifik. Der salzige Wind beruhigte ihn ein wenig. Er roch auch das Torfmoos und die anderen Düfte des Waldes, was ihn daran erinnerte, warum er diese Gegend so liebte. Die allgegenwärtige Natur, gepaart mit der Privatsphäre, die diese Gegend von Redwood bot, passte perfekt zu seiner Persönlichkeit. Die Farben der Natur, der Wechsel der Jahreszeiten ... ja. Er hatte diese Auszeit hier draußen gebraucht.

Fletch kehrte aus dem Wald auf die Wiese zurück und

spuckte Flynn den Ball vor die Füße. *Ich habe den Ball gefunden! Ich habe den Ball gefunden!*

«Noch einmal?»

Nach einem letzten Wurf gingen sie ins Haus, wo Flynn sich die Hände wusch und an die Arbeitsfläche lehnte. Die kurze Verschnaufpause hatte seine Nerven beruhigt, aber noch besser wäre es, Gabby jetzt an seiner Seite zu haben. Auf der Heimfahrt hatte er sich dazu zwingen müssen, sie nicht anzusehen, weil er sie sonst auf seinen Schoß gezogen, ihr die Kleidung vom Körper gerissen und sie direkt dort auf dem Beifahrersitz genommen hätte.

Diese Woche war die reinste Hölle gewesen. Und der heutige Tag ein Albtraum.

Er ließ seinen Hinterkopf gegen einen Hängeschrank sinken und blickte quer durchs Wohnzimmer zur Haustür. Er liebte den offenen Grundriss seines Hauses. So angespannt, wie er immer noch war, würde es helfen, sie erst aus einem Stück Entfernung zu sehen. Es würde hoffentlich verhindern, dass er sie ansprang, sobald sie durch die Tür trat.

Das Universum schien auf ihn herabzulächeln, weil er nicht lange warten musste. Mit einer Übernachtungstasche in der Hand, gekleidet in Jeans und ein gelbes T-Shirt, betrat Gabby das Haus. Sie schüttelte ihre Flip-Flops von den Füßen, als Fletch auf sie zurannte, dann stellte sie grinsend ihre Tasche ab, um den Hund zu begrüßen.

Ihr Haar war noch feucht vom Duschen, und sie trug es offen, sodass es in sanften, karamellfarbenen Locken über ihre Schultern fiel. Ihre Lippen bewegten sich lächelnd, als sie mit Fletch sprach. Er wusste nicht, was sie sagte, doch der Hund war vollkommen gefesselt. Während er die beiden beobachtete, sammelte sich Hitze in Flynns Bauch und breitete sich in seinem Körper aus, bis seine Nerven brannten. So verdammt schön. Und aus irgendeinem Grund gehörte sie ihm, so unglaublich das auch sein mochte.

Er hatte in seiner Teenager-Zeit beobachtet, wie sein Bruder Drake sich in Heather verliebt und sie später geheiratet hatte. Und er hatte gegrinst, als sein Bruder Cade vor ein paar Monaten Avery verfallen war. Die ganze Zeit über hatte er am Rand gestanden und – obwohl er sich natürlich für seine Brüder freute – seine Eifersucht unterdrücken müssen. Er hatte sich gefragt, ob er wohl je so eine Chance bekommen würde. Und dann hatte sich herausgestellt, dass er nur die Augen aufmachen musste, denn Gabby war die ganze Zeit über bereits an seiner Seite gewesen.

Seine milde Stimmung hielt nicht lange. Als Gabby den Kopf hob und ihn mit ihren blauen Augen ansah, drängten erneut die Erinnerungen vom heutigen Tag an die Oberfläche. Überwältigten ihn fast. Ohne Vorwarnung. Sein Herz raste, und sein Atem stockte. Jeder seiner Muskeln verkrampfte sich.

Er stieß sich von der Arbeitsfläche ab und ging mit großen Schritten zu ihr. Mit weit geöffneten Augen erhob sie sich aus der Hocke, ihre vollen Lippen waren leicht geöffnet. Sobald er vor ihr stand, packte er ihre Schultern, drückte sie mit dem Rücken gegen die Tür und presste seinen Mund auf ihren.

Endlich. *Das.* Genau *das* brauchte er jetzt.

Sie versteifte sich für einen Moment, dann erwiderte sie den Kuss. Er verlor sich in der Süße ihrer Lippen, im warmen Gefühl ihres Mundes. Sie schmeckte nach Pfefferminz und Zucker. Stöhnend drückte er sich an sie, damit er seine Härte an ihrem Bauch spüren konnte. Ihre Kurven passten sich perfekt an ihn an. Fast hätte er geweint, weil das Gefühl so wunderbar war.

Gabbys Finger vergruben sich in seinem Haar, und ihre Zunge duellierte sich mit seiner. Es war, als jage sie Strom durch seinen Körper. Aus Leidenschaft wurde Verzweiflung. Sie leckte und knabberte an seinem Mund wie eine Verhungernde, drängte ihm die Hüften entgegen.

Zitternd vor Verlangen, schob er die Hände unter ihr Shirt, fand die weiche, warme Haut darunter und spreizte die Finger. Ihre Brust vibrierte, ohne dass er sagen konnte, ob es ein Stöhnen oder ein Widerspruch war. Mühsam löste er den Mund von ihrem und starrte atemlos auf sie herunter.

Ihre Lippen waren von seinem Kuss geschwollen, ihre Wangen von seinen Bartstoppeln gerötet. Langsam hoben sich die Lider mit den hellen, dichten Wimpern, sodass sie ihm einen erregten Blick schenken konnte. Ihr Atem vermischte sich mit seinem.

Also ein Stöhnen, kein Protest. Doch weil er sich nicht sicher gewesen war, rammte er seine Hände gegen die Tür hinter ihr und ließ die Stirn auf ihre Schultern sinken. Er schien keine Luft zu bekommen. Aber der wenige Sauerstoff, der in seine Lunge drang, war durchtränkt mit ihrem Honigduft. Sein Herz wollte nicht aufhören zu rasen.

Er konnte das gerade nicht tun. Nicht, wenn seine Gefühle so durcheinander waren und er sich nicht unter Kontrolle hatte. Er musste sich fangen, sonst tat er vielleicht das Unvorstellbare und verletzte sie. Er machte Anstalten, sich von ihr zurückzuziehen, doch sie packte sein Hemd, ballte die Hand zur Faust und hielt ihn fest.

«Was ist gerade passiert?»

Er versuchte zu schlucken, doch es gelang ihm nicht. *«Ich bin im Moment zu angespannt.»*

Sie kniff die Augen zusammen. «Ich bin mir sicher, ich kenne das Heilmittel.»

Oh ja, bitte. *«Im Moment kann ich nicht auf deine Bedürfnisse achten. Ich bin nicht ganz da und könnte übersehen, dass du dich nicht wohl fühlst. Und ...»*

«Stopp.» Sie musterte sein Gesicht, und ihre Verärgerung ging in Verständnis über. Ihr Blick wurde zärtlich. «Wenn du dir selbst schon nicht vertraust, dann vertrau mir. Ich fühle mich nicht unwohl, und das wird sich auch nicht ändern, es sei denn, du ziehst dich zurück, um mich erregt und unbefriedigt zurückzulassen.»

Sein Schaft wurde noch härter, doch die Zweifel blieben. «Gabby ...»

Sie löste die Hand aus dem Stoff seines Hemdes und griff nach dem Saum ihres T-Shirts. Gelbe Baumwolle glitt über ihren Kopf und segelte über seine Schulter, sodass er mit offenem Mund den grünen Spitzen-BH anstarrte, der ihre perfekten Brüste bedeckte.

Seine Erektion wurde fast schmerzhaft.

Ihre Finger legten sich auf die Knöpfe ihrer Jeans. Flynn wünschte gleichzeitig, sie würde aufhören und weitermachen. Der Knopf öffnete sich. Der Reißverschluss glitt nach unten. Mit den Daumen schob sie die Jeans nach unten. Dann flog auch die Hose über seine Schulter.

Und, Erbarmen, das Höschen passte zum BH.

Er war nicht nur bereit. Sein Schaft pulsierte und war härter als der nördliche Gipfel der Klamath Mountains. Er ballte die Hände zu Fäusten, weil er sie berühren wollte.

Langsam glitt sein Blick über ihren Körper. Angefangen mit ihren winzigen Füßen und den rot lackierten Fußnägeln über ihre wohlgeformten Beine, die Sanduhrkurve ihrer Taille, den glatten Bauch, die vollen Brüste, dann zu ihrem Hals.

Himmel. Sie war atemberaubend. Helle, glatte Haut, die leicht errötete, weil er sie musterte. Eine kurvige Gestalt, nicht zu dünn. Und diese grüne Spitze? Er stöhnte.

Gabby trat vor, hob ihm ihr Gesicht entgegen, und der Raum drehte sich um ihn. Ihre Finger taten irgendetwas, doch er war in Gedanken zu sehr mit der grünen Spitze beschäftigt, um groß darauf zu achten. Bis er für einen Moment nur Grau sah, weil sie ihm das T-Shirt über den Kopf zog ... dann konzentrierte sich seine gesamte Aufmerksamkeit auf ihre Hände.

Seine Lunge verweigerte den Dienst, als Gabby die Hände auf seine Brust legte. Ihre Daumen glitten über seine Brustwarzen, bis sie sich versteiften. Heilige Maria, ihre Berührung war elektrisierend. Als ihre Hände tiefer sanken, wurde er sich zweier Dinge unglaublich bewusst. Zum einen würde seine Erektion gleich seine Lieblingsjeans sprengen. Und zum zweiten ... Hölle. Er konnte sich nicht erinnern. Weil sie ihn durch seine Hose hindurch streichelte.

Alles Blut sammelte sich unter der Gürtellinie.

Gabby umfasste sein Kinn und drehte seinen Kopf, bis er ihr auf den Mund sehen musste. «Wenn du mich nicht sofort um den Verstand vögelst, werde ich dir das nie vergeben.»

Er keuchte.

Sie zog die Augenbrauen hoch. «Ist das klar, Flynn?»

Er umfasste ihre Taille und zog sie an sich. «Kristallklar.»

• • •

Flynns Mund presste sich auf ihren, und Gabbys Rücken traf ein weiteres Mal auf die Tür, als sein harter Körper sie gegen das Holz drückte. Sie hatte keine Ahnung, woher seine Bedenken gekommen waren, doch sie würde dafür sorgen, dass er sie vergaß.

Ihre Brüste wurden schwer, und die Stelle zwischen ihren Beinen brannte, als Flynn sie förmlich verschlang. Sie eroberte. Sie verführte. Sie ließ die Hände über seine Arme gleiten, und er zuckte bei ihrer Berührung zusammen, als hätte sie ihm einen Stromschlag versetzt. Der Kuss wurde wild, als ihre Finger die Knöpfe seiner Jeans erreichten.

Er nahm ihre Handgelenke, riss sie hinter ihren Rücken und sah sie an, um zu sehen, ob es ihr gutging. Nach einem kurzen Blick senkte er erneut den Kopf und ließ seine Zunge über ihren Hals gleiten. Zitternd drängte sie sich ihm entgegen, heiße Haut auf heißer Haut. Das Gefühl seines Brusthaars, das leicht über ihren Oberkörper strich, jagte Schauder durch ihren Körper.

Flynn trat von der Tür zurück und drängte sie in den Flur, gab ihre Hände frei, um seine Finger in ihrem Haar zu vergraben. Wieder küsste er sie, als müsste er sterben, während eine seiner rauen Hände ihren Rücken fand und sie noch näher an sich heranholte. Er zog einen Pfad aus heißen Küssen über ihren Kiefer zu ihrer Kehle, sodass sie den Kopf in den Nacken legte.

So hatte sie ihn noch nie erlebt. Wild und am Rande des Wahnsinns. Seine Stimmung im Wagen, die Art, wie er sich ihr genähert hatte, als sie angekommen war, all das ergab jetzt Sinn. Seine Geduld war zum Zerreißen gespannt gewesen. Er brauchte ein Ventil.

Heiliger Himmel. Sie war so erregt. Ihre bisherigen Liebhaber hatten sie beim Sex behandelt, wie sie sie sahen – als das brave Mädchen. Keusche Küsse und Zärtlichkeit in der Missionarsstellung. Oh, wie sehr sie sich danach gesehnt hatte, dass ein Mann sie einfach nahm. Es war schön, Liebe zu machen, aber manchmal wollte ein Mädchen einfach ... ungezügelte Leidenschaft.

Harte Arme drückten sie an seinen Körper. Er senkte den Kopf, um eine ihrer Brustwarzen durch den Stoff des BHs in seinen Mund zu saugen. Wieder huschte sein Blick zu ihrem Gesicht, als wäre er sich nicht sicher, ob es ihr gefiel. Dann biss er leicht zu, und sie keuchte. Ein Kribbeln schoss direkt zwischen ihre Beine. Ohne ihren Blick freizugeben, wiederholte Flynn die Liebkosung, und sie umfasste seinen Kopf, um ihn zu ermuntern.

Plötzlich beugte er sich vor und öffnete eine Schublade. Sie hatte nicht einmal bemerkt, dass sie schon im Schlafzimmer waren. Er ließ Gabby keine Zeit, sich umzusehen, sondern zog mehrere Kondome heraus, legte sie auf den Nachttisch und schob sie sanft zur Bettkante. Ihre Schenkel stießen gegen die Matratze, doch statt sich hinzulegen, setzte sie sich, sodass ihr Gesicht auf einer Höhe mit seinem Hosenschlitz war. Die Umrisse seiner Erektion dehnten den Stoff. Der Anblick ließ sie augenblicklich noch feuchter werden.

Sie hatte bisher nicht viel Gelegenheit gehabt, Flynns Körper zu erkunden, dabei sehnte sie sich so sehr danach. Doch er war unendlich angespannt, sah unter schweren Lidern auf sie herunter, als stünde er kurz davor, verrückt zu werden. Bei dem Gedanken, dass sie der Grund dafür war, fühlte sie Stolz und Erregung.

Sie zog die Fingernägel über die nackte Haut oberhalb seines Hosenbunds, um ihn zu necken, bevor sie den Knopf öffnete. Er schnappte nach Luft und schob ihr die Haare aus dem Gesicht. Obwohl seine Berührung sanft war, strahlte er pures Verlangen aus. Als sie den Reißverschluss nach unten zog, schien etwas in ihm zu brechen, und er griff nach ihren Handgelenken.

«Gabby, ich ...» Er stöhnte, schüttelte den Kopf und versteifte sich.

Erneut sah sie diese Verzweiflung in seinen Augen. Und sie verstand. Er war heute vor Angst fast gestorben. Vor Angst um sie, vor Angst um sie beide. Daher musste er die Kontrolle haben. Brauchte die Erlösung. Sie konnte ihn später erkunden. In den letzten Wochen hatte sich unendlich viel Leidenschaft aufgestaut – und dann der Stress des heutigen Tages. Sie konnte sich gut vorstellen, wie es ihm ging.

Sie drängte ihn, ihre Handgelenke freizugeben, dann griff sie hinter sich, um den BH zu öffnen. Der Stoff glitt über ihre Arme nach unten. Sein heißer Blick fand ihre Brüste, und seine Nasenflügel weiteten sich. Sie ließ sich nach hinten sinken, schob das Höschen nach unten und schüttelte es von den Beinen.

Flynn atmete stoßweise, während er sie mit den Augen verschlang. Nervosität sammelte sich in ihrem Bauch, und heiße Verlegenheit rötete ihre Wangen. Sie waren gute Freunde und würden jetzt eine Grenze überschreiten. Und plötzlich wurde ihr wieder bewusst, dass es dann kein Zurück mehr gab. Gefiel ihm, was er sah? Oder war er enttäuscht? Denn er bewegte sich nicht und ...

Seine Hose fiel nach unten. Ohne den Blick auch nur einen

Moment von ihrem Körper abzuwenden, entledigte er sich auch seiner restlichen Kleidung. Und wow. Sie hatte diesen tollen Körper und harten Schaft schon gespürt, aber der Anblick war atemberaubend. Breite Schultern, muskulöse Arme, Sixpack und eine dünne Spur aus sandblondem Haar, die direkt zum Hauptpreis führte.

Lang und dick, mit breiter Spitze, wirkte seine Erektion wie harter Stahl unter samtiger Haut. Er richtete den Blick auf ihr Gesicht, während er sich selber streichelte, als wäre er sich plötzlich ebenfalls unsicher, wie sie reagieren würde. Er griff nach einem Kondom, riss die Verpackung auf und zog es sich über.

«Ich bin kurz davor, die Kontrolle zu verlieren. Ich war … noch nie mit jemandem zusammen, wenn ich mich so gefühlt habe.» Er beugte sich vor, hielt unverwandt ihren Blick, als er sie mit einem Arm unter ihrem Rücken in die Mitte des Bettes hob. Er schob sich über sie, die Beine rechts und links von ihrem Körper, dann schluckte er schwer, und sein Blick wurde hart. «Ich vertraue darauf, dass du …» Ein Muskel an seinem Kinn zuckte. «Mich aufhältst, falls …»

«Shhh.» Sie umfasste sein Gesicht. «Ich bin's, Flynn. Sieh mich an. Sehe ich aus, als wollte ich nicht hier sein?»

«Gabby.» Er schloss die Augen und ließ seine Stirn auf ihre sinken.

Gabby ließ die Hände über seinen Rücken gleiten und genoss das Spiel seiner Muskeln unter ihren Fingern, bevor sie seinen festen Hintern umfasste. Er schnappte keuchend nach Luft. Weil sie sich daran erinnerte, wie sehr es ihm gefallen hatte, als sie neulich seinen Hals geküsst hatte, forderte sie seine Selbstbeherrschung heraus, indem sie ihre Zunge von seinem

Schlüsselbein bis zu seinem Kiefer gleiten ließ. Er keuchte, und die Arme neben ihrem Körper verspannten sich. Gabby ließ die Lippen sanft über die Sehne an seinem Hals gleiten, kostete seine salzige, warme Haut.

Er fluchte und fing ihren Mund ein ... forderte Zugang. Er liebkoste ihre Zunge mit festen Berührungen. Dann verlagerte er sein Gewicht, und sie fühlte ihn zwischen ihren Beinen. Sein Gewicht drückte sie in die Matratze, und sie konnte nicht länger warten.

Gabby griff zwischen ihre Körper und führte ihn an ihre Mitte. Er unterbrach den leidenschaftlichen Kuss, um auf sie herabzusehen. Sein keuchender Atem verriet ihr, dass er sie genauso heftig begehrte wie sie ihn. Sie hob ihre Hüfte an, um seine ersten Zentimeter in sich aufzunehmen, dann legte sie die Hände auf seine Schultern und wartete darauf, dass er die Kontrolle an sich riss. Sie einfach nahm.

Flynn musterte sie mit wildem, fast brutalem Blick. Seine Augen wurden groß, als er über ihr schwebte, die Spannung verlängerte. So etwas wie Ehrfurcht leuchtete in seinem Blick, aber seine Brauen waren unzufrieden gesenkt.

«Gabby», stöhnte er. «Ich verspreche, beim zweiten Mal mache ich die Ungeduld wieder gut.»

Sie brauchte keine Geduld, wollte sie gar nicht. Sie wollte nur ihn, genau so, roh und wild. Doch sie bekam keine Chance, ihm das zu sagen. Mit einer schnellen Bewegung seiner Hüften drang er in sie ein. Sie warf den Kopf in den Nacken, als sie diese wunderbare Dehnung spürte. Dann hielt er inne, während sein Schaft in ihr pulsierte.

«Schau mich an.» Er stieß sie mit der Nase an. «Ich muss deine Augen sehen, Gabby.»

Mit Mühe gelang es ihr, die Lider zu öffnen. Seine Pupillen waren riesig, verdrängten fast diese faszinierende Mischung aus Braun und Grün und Grau in seiner Iris. Seine Stirn war konzentriert gerunzelt.

Ohne sie aus den Augen zu lassen, zog Flynn sich zurück und drang wieder in sie ein, so hart, dass ihre Hüften aneinanderklatschten und sie ein Stück näher ans Kopfende rutschte. Es war so wunderbar, ihn in sich zu spüren.

Keuchend sah er noch einen Moment auf sie herunter, dann wirkte er zufrieden. Er hob den Arm, löste ihre Hände von seinen Schultern, verschränkte ihre Finger und drückte sie rechts und links neben ihrem Kopf aufs Bett. Er bewegte sich, um mehr Gewicht auf seine Knie zu verlagern, dann hob er die Hüften, um tiefer in sie einzudringen. Sein Schambein berührte ihre Klitoris, und flüssiges Feuer glitt durch ihre Adern.

Ihre Gesichter schwebten direkt voreinander, als er sich zurückzog und wieder in sie eindrang. Und noch einmal, härter, schneller. Er ließ die Hüften rotieren und drängte mit jedem Stoß gegen ihre Klitoris.

Seine Stöße wurden schneller, bis sie kurz vor dem Höhepunkt stand und sich verzweifelt Erlösung wünschte. Reibung. Widerstand. Das Gefühl war unglaublich.

Sein Blick brannte sich in ihren, als er härter in sie stieß, angetrieben von Verzweiflung und unendlicher Leidenschaft. Flynn gab ihre Hände frei, um sich neben ihren Schultern abzustützen. Seine Muskeln wölbten sich. Stöhnend beschleunigte er seine Bewegungen, und die wilden Stöße trieben sie über die Kante.

Als ihr Orgasmus sie überwältigte, zog sie sein Gesicht, seinen Kopf zu sich herunter. Stirn an Stirn ertranken sie förmlich in den Blicken des anderen, als die Welt in einem Kaleidoskop von Farben und Licht explodierte. Gabbys Innerstes verkrampfte sich um ihn, und sie drückte den Rücken durch, als ihr Höhepunkt sie mit sich riss.

Er schüttelte den Kopf, als müsste er seine Gedanken ordnen, ohne in seinem wilden Rhythmus innezuhalten. Dann öffnete er den Mund, als er ihr über die Kante folgte und sein Körper sich versteifte. Er stieß ein heiseres Stöhnen aus und bäumte sich über ihr auf. Dann zitterte er noch einmal und brach auf ihr zusammen.

· 20 ·

Sobald er wieder zu Atem gekommen war, rollte sich Flynn von Gabby herunter, tapste ins angrenzende Bad, um das Kondom zu entsorgen, und kehrte zu ihr zurück, noch bevor das befriedigte Grinsen auf ihrem Gesicht verblassen konnte. Er breitete die Decke über sie beide, zog Gabby auf sich und hielt sie fest, wobei er die Beine leicht spreizte, damit sie sich noch enger berühren konnten. Er zitterte immer noch von den Nachwirkungen seines Höhepunktes.

Gabby kuschelte die Wange an seine Brust. Er seufzte. Vollkommene Zufriedenheit. Ihre Finger zeichneten träge Muster auf seine Brust, und selbst das war wundervoll. Er streichelte ihren Rücken, atmete tief ihren Honigduft ein und lächelte.

Über die Jahre hatte er sich immer mal wieder gefragt, wie es wohl zwischen ihnen sein würde. Aber er hatte sich nicht allzu oft mit diesen Überlegungen aufgehalten, hatte nicht zu viel Zeit mit solchen Gedanken verbracht, weil das die reine Folter gewesen wäre. Aber, na ja. Hin und wieder war diese Frage in ihm aufgestiegen. Er war absolut nicht auf sie vorbereitet gewesen. Nicht darauf, dass sie ihn einfach besser verstand als jeder andere Mensch, und auch nicht darauf, wie ihre Freundschaft mühelos zu mehr geworden war. Das hatte die Verbindung – die Erfahrung – ins Unermessliche gesteigert.

Nein, er war absolut nicht darauf vorbereitet gewesen.

Bei Gabby ging es um mehr als nur um den Höhepunkt, um mehr als nur das Ergebnis. Bei ihr war der Sex … schön. Nicht nur ein Vorgang, sondern ein Zusammenkommen, ein Friedenfinden. Vielleicht übertrieb er ein wenig, aber … nein. Nicht für ihn. So hatte sich Sex für ihn noch nie angefühlt. Hatte sie es ebenso genossen, oder war er ein Trottel?

«Habe ich dir weh getan?» Er ging nicht davon aus. Sie war gekommen, da war er sich sicher. Wäre es nicht Gabby gewesen, der er bedingungslos vertraute, hätte er in dieser Stimmung niemals Sex gehabt. Er hatte es kaum geschafft, währenddessen ihr Gesicht zu beobachten, weil er so in ihr und dem Ansturm der Gefühle versunken war. Er zog leicht an ihren Haaren, um sie noch mal auf sich aufmerksam zu machen. «Habe ich?»

Sie hob den Kopf, auf ihren Lippen lag ein zufriedenes Lächeln, und ihr Blick war träge. «Nein, du hast mir nicht weh getan. Es war vielmehr ziemlich erstaunlich.»

Dem konnte er nur zustimmen. Es war fast schon biblisch. Jahrelang hatte er sein Verlangen nach ihr unterdrückt, um die Einheit zu erhalten, die sie gemeinsam darstellten. Doch es gab kein Adjektiv, das beschreiben konnte, was sie gerade erlebt hatten. Gefühle und Empfindungen, die er nicht benennen konnte, füllten seine Brust und sorgten dafür, dass seine Kehle eng wurde.

Gabby ließ einen Finger über seinen Kiefer gleiten. «Ist das … seltsam? Ich meine, dass wir Freunde waren und jetzt …» Sie wandte den Blick ab. «Fühlst du dich seltsam?»

Gerührt von ihrer Unsicherheit, schob er einen Finger unter ihr Kinn, sodass sie ihn ansehen musste. «Fühlst du dich seltsam?» Sie schüttelte den Kopf. «Ich auch nicht.» Er empfand eine Menge Dinge, aber seltsam beschrieb keines davon.

«Und was tun wir jetzt?»

Er ging davon aus, dass sie die Frage im übertragenen Sinne meinte, doch er entschied sich, sie wörtlich zu deuten, um sie erneut zum Lächeln zu bringen. «Gib mir zwanzig Minuten, dann können wir das noch mal machen. Wahrscheinlich sollte ich dich erst füttern, aber du müsstest dich beeilen. Und dann kommen wir hierher zurück und holen die verlorene Zeit auf.» Er wollte ihren Körper erkunden, jeden Zentimeter ihrer Haut küssen und beobachten, wie sie erneut kam. Er wollte sich bei Runde zwei Zeit lassen.

«Verlorene Zeit, hm?» Ihre vollen Lippen, geschwollen von seinen Küssen, wurden schmal, als sie versuchte, ein Grinsen zu unterdrücken. Es gelang ihr nicht. Er hätte ihren Mund den ganzen Tag lang anstarren können.

Mit einem Nicken schob er ihr eine Strähne hinters Ohr. Das war ebenfalls ganz neu für ihn. Kuscheln und Gespräche nach dem Sex hatte es bisher für ihn nicht gegeben. Zur Hölle, sie war die erste Frau, mit der er tatsächlich sprach. Nach den letzten Wochen hatte er einfach beschlossen, in ihrer Nähe den Mund aufzumachen.

Gabby musterte ihn. «Stimmt. Aber was war das vorhin in deinem Wohnzimmer? Deine Frage, ob ich mich unwohl fühlen könnte?»

Und ... Stimmungskiller. Er rieb sich die Augen, während er nach einer Antwort suchte. Er war ihr gegenüber immer ehrlich gewesen, hatte ihr alles erzählen können. Aber Ehrlichkeit war eine Sache, seine Männlichkeit zu verabschieden eine ganz andere.

Mit einem Seufzen sah er sie wieder an. «Ich bin taub, sodass ich nicht immer weiß, ob das Vibrieren leidenschaftliches Stöhnen ist oder die Bitte aufzuhören. Wenn ich mich nicht vollkommen auf meine Partnerin konzentriere, kann ich nicht erkennen, was sie will.»

Ihr Blick war scharf, sezierte ihn förmlich. «Aber bei anderen Gelegenheiten setzt du doch auch deine anderen Sinne ein, verlässt dich auf deine Intuition. Du kannst doch an der Körpersprache erkennen, ob es ihnen gefällt oder ob sie wollen, dass du aufhörst.»

Er kämpfte darum, ihr eine Erklärung zu geben. «Beim Sex ist es anders. Wenn ich körperlich mit jemand zusammen bin und mich dabei gehen lasse, könnte ich Zeichen übersehen.»

«Weil du dich in den Empfindungen verlierst?»

Er nickte. Gabby verstand ihn.

Sie runzelte die Stirn. «Ist dir das schon mal passiert? Dass du Anzeichen übersehen hast?»

Flynn wünschte sich so dringend, sie könnten über etwas anderes sprechen. Aber wenn diese Beziehung eine Chance haben sollte, musste sie seinen Tick akzeptieren, weil er ihn nie aufgeben würde. Selbst vor ein paar Minuten, als er Gabby geliebt hatte und seine Gefühle ein einziges Chaos gewesen waren, hatte er es irgendwie geschafft.

Er schloss kurz die Augen und suchte nach den richtigen Worten, bevor er sie wieder öffnete. «Mein erstes Mal war auch das erste Mal für das Mädchen. Teenager-Hormone.» Er schüttelte den Kopf. «Ich habe ihr weh getan.»

Gabby umfasste seine Wange. «Der Verlust der Jungfräulichkeit ist für ein Mädchen oft unangenehm.»

«Ich weiß, aber damals hat es mich geschockt, es hat mir gezeigt, dass ich mich nie wieder verlieren darf.» Er schluckte. «Irgendwie habe ich eine Paranoia entwickelt. Frauen werden nicht gerne so genau beobachtet. Ich habe gelernt, es zu verstecken, aber ...»

«Aber du lässt dich niemals richtig fallen.» Es war keine Frage, also antwortete er nicht. Sie schüttelte leicht den Kopf, ihr Blick war voller Mitgefühl. «Ich gehöre nicht zu diesen Frauen. Du kennst mich. Bei mir kannst du deinem Gefühl folgen ... darauf vertrauen, dass du die Signale nicht falsch deutest.»

Himmel. Sie hatte recht, aber das bedeutete nicht, dass er diese jahrelange Angewohnheit einfach hinter sich lassen konnte ... oder dass das überhaupt richtig wäre. Wenn er aus Versehen etwas tat, womit er sie verletzte, würde er sich das nie verzeihen. Er fuhr mit den Fingern durch ihr Haar. «Gabby, bitte, versteh das. Es gibt gewisse Dinge, die ich einfach nicht tun kann.»

Für einen kurzen Moment wirkte sie verärgert. «Glaub keine Sekunde, dass du weniger Mann bist als andere. Ist das klar?» Und dann verebbte ihre Wut wieder, so plötzlich, wie sie gekommen war. «Was meinst du mit: Es gibt Dinge, die du nicht tun kannst?»

Dieses ganze Gespräch ging sowieso gerade zum Teufel, also konnte er es ebenso gut noch schlimmer machen. «Ich muss das Gesicht meiner Partnerin sehen. Ich habe Frauen in der Missionarsstellung geliebt, im Sitzen, die Frau über mir und ein paarmal an einer Wand. Aber zum Beispiel habe ich noch nie eine Frau von hinten genommen.» Er hatte es sich oft gewünscht, aber so war das Leben nun einmal.

Ihre Miene verriet ihm, dass sie nicht wusste, wie sie darauf antworten sollte. Als sie den Blick abwandte, spürte Flynn den Drang, auf etwas einzuschlagen. Sie waren jetzt seit ein paar Wochen zusammen, aber er wusste nicht, ob sie langfristig

Befriedigung in dieser Beziehung finden konnte. Sicher, sie konnten es in vielen Stellungen tun, und er würde nur zu gerne jede einzelne davon mit ihr ausprobieren, aber es gab eben auch Einschränkungen. Außerdem hatte er noch nie eine echte Beziehung geführt. Zumindest keine, die wirklich Potenzial hatte.

Gabby beugte sich vor und küsste ihn. Jede Berührung ihrer Lippen, ihrer Zunge, sprach von Zärtlichkeit und Verständnis. Sie ließ ihre Hände auf seine Brust sinken und fuhr mit den Fingerspitzen seine Muskeln nach. Ihr Haar fiel um ihr Gesicht wie ein Vorhang. Und da sie über ihm war, da es um Gabby ging, schloss Flynn die Augen, um sie zu genießen, die Wärme ihrer Haut aufzusaugen.

Ihre Finger glitten tiefer, und sein Schaft verhärtete sich. Sein Herz raste, als ihre Finger über seine Seiten strichen, um dann wieder zu seiner Brust zurückzukehren. Er umfasste ihren Hinterkopf, um den Kuss zu vertiefen, und sie drängte ihre Hüfte zwischen seine Beine. Er riss die Augen auf und stieß ein Zischen aus.

Sie rieb ihre Nasenspitze kurz an seiner und hob den Kopf. «Vertraust du mir?»

«Ja.» Die traurige Wahrheit lautete, dass sie wahrscheinlich die einzige Person war, der er vollkommen vertraute. Seine Arme schlossen sich fester um sie. «Natürlich tue ich das.»

Ihr Blick glitt über sein Gesicht. Er konnte förmlich sehen, wie die Zahnräder sich in ihrem Kopf drehten. Sie hob einen Finger, um ihm zu sagen, dass er warten sollte, dann stieg sie aus dem Bett. Er stöhnte, weil er ihr Gewicht sofort vermisste. Sie ging zu seinem Schrank und verschwand darin. Was zur Hölle tat sie da? Als sie mit einer seiner Krawatten in der Hand zurückkehrte, setzte sein Herzschlag aus.

«Nein», sagte er, weil er ahnte, wo das hinführen würde und ... nein.

Sie kletterte wieder ins Bett, setzte sich rittlings über ihn und legte die Krawatte neben sich. «Es hat sich noch nie jemand ausschließlich auf dein Vergnügen konzentriert, oder?»

Spielte keine Rolle. Er würde ihr nicht erlauben, die Erste zu sein. «Das wird nicht passieren.»

Sie umfasste sein Gesicht mit den Händen und beugte sich vor, um einen Teil seiner Nervosität durch Küsse zu vertreiben. Doch dann hob sie den Kopf, Entschlossenheit in ihrem Blick. «Lass mich dir die Augen verbinden.»

«Nein.» Sein Schaft wurde bei dem Gedanken noch härter, doch gleichzeitig raste sein Herz wie verrückt.

«Ich würde niemals etwas tun, was du nicht willst, und ich wünsche mir das wirklich, Flynn. Sieh es als eine meiner Phantasien.»

Das glaubte er ihr sogar. Doch auch wenn sie das Herz am richtigen Fleck hatte – und wann war das je anders gewesen? –, konnte er seinen wichtigsten Sinn nicht aufgeben, auf den er sich all diese Jahre so sehr verlassen hatte. Er schluckte schwer, dann schüttelte er den Kopf.

Einer ihrer Mundwinkel zuckte, als wüsste sie, dass sie seinen Widerstand brechen konnte. Sie bewegte die Hüften, befeuchtete seine Erektion mit ihrer Hitze, was ihm ein weiteres Zischen entlockte. «Du willst es auch.»

Zur Hölle, irgendwie schon. Der selbstsüchtige Teil von ihm wollte diese Chance ergreifen. Sie hatte recht. Er hatte so etwas noch nie getan. Es war noch nie nur um ihn gegangen.

Sein Hirn verarbeitete in Lichtgeschwindigkeit alle Informationen. Sie saß auf ihm, daher konnte er sie nicht verletzen.

Ihm blieben immer noch seine Hände, um sie zu berühren, ihre Reaktionen einzuschätzen. Und ... es ging um Gabby. Sie würde die Situation niemals ausnutzen.

«Vertrau mir.» Sie ließ ihren Daumen über seine Unterlippe gleiten.

Er nickte mit angehaltenem Atem.

Flynn zitterte wie ein verletztes Tier, als sie die Krawatte um seine Stirn band und ihn ansah. «Empfinde einfach, Flynn. Ich werde mich um dich kümmern.» Dann – Himmel – dann schob sie die Krawatte über seine Augen, und die Welt versank in Dunkelheit.

Keuchend, voller Panik, tastete er nach ihr und schloss seine Hände um ihre Taille. Dann senkten sich ihre Lippen auf seine, sodass er überrascht zusammenzuckte.

Mit dem Mund auf seinem wartete Gabby geduldig, bis er reagierte. Er umfasste ihre Taille fester, erdete sich durch die vertraute Weichheit ihrer Haut und das Gewicht ihres Körpers. Er nahm ihren Honigduft in sich auf und fand ein gewisses Maß an Ruhe.

«Gabby», sagte er an ihren Lippen.

Ihre Hand umfing seine Wange ein, und er schmiegte den Kopf in ihre Berührung. Es war unglaublich, wie intensiv er ihre Liebkosung fühlte, wenn er nicht sehen konnte, was vor sich ging. Egal was er bis jetzt auch empfunden hatte, das hier stellte alles in den Schatten. Sein Atem beschleunigte sich, weil er den Eindruck hatte, er könnte jedes rote Blutkörperchen in seinen Adern, jedes Nervenende in seinem Körper spüren.

Ihre heiße Zunge glitt über seine Lippen. Er öffnete den Mund, akzeptierte, was sie ihm anbot. Sie konnte ihm mit einem einzigen Kuss fast den Verstand rauben. Sie küsste genauso, wie ihre Persönlichkeit war. Aufmerksam und clever. Ausgelassen und süß. Ein wenig anzüglich und immer entschlossen. Seine Haut begann zu brennen, und Verlangen erfüllte ihn.

Gabby zog eine Spur aus Küssen über seinen Hals, dann legte sie ihre Hände über seine. Sie leckte die Sehne an seinem Hals, und er legte den Kopf in den Nacken. Wenn sie so weitermachte, würde er gleich kommen. Ihr warmer Atem liebkoste seine Haut, als sie ihren unglaublichen Mund zu seinem Ohr gleiten ließ. Sie knabberte am Ohrläppchen. Zog mit der Zungenspitze die Rundung nach.

Er rang um Luft, weil sein Körper auf Hochtouren lief. «Verdammt, Gabby. Das ist mein Schwachpunkt.» Er fühlte, wie sie an seiner Haut lächelte, als wüsste sie das nur zu gut, denn sie widmete sich der anderen Seite seines Halses und spiegelte die süße Folter so. Sie brachte ihn um. Brachte. Ihn. Um. «Ich will dich.»

Sie drückte aufmunternd seine Hände, ein stilles Zeichen, dass sie ihn hörte, nun, da er nichts sah. Die letzten Zweifel lösten sich in Luft auf. Zurück blieb nur die Lust. Heißglühendes Verlangen, wie er es noch nie empfunden hatte. Seine Erektion wurde fast schmerzhaft hart.

Ein leiser, scharfer Schmerz schoss durch seine rechte Brustwarze. Ihm wurde klar, dass Gabby ihn gebissen hatte. Sie vertrieb den Stich mit einem sanften Lecken, bevor sie dasselbe auf der anderen Seite wiederholte. Er bäumte sich unter ihr auf, drängte seinen Schaft an ihre feuchten Falten, um die Erregung zu lindern. Sie war unglaublich feucht, genauso erregt wie er, was ihm ein Stöhnen entlockte.

Sie verschränkte ihre Finger mit seinen, dann glitt sie tiefer, sodass er seinen Anker an ihrer Taille verlor. Sie drückte seine Hände, um ihm mitzuteilen, dass sie da war, bevor sie ihm einen Kuss auf die Bauchmuskeln drückte. Ihre Nippel glitten über seine Haut, als sie sich bewegte, was die Gefühle, die sie in ihm auslöste, nur noch verstärkte. Sie sank tiefer. Gespannte Erwartung ergriff ihn, jagte Gänsehaut über seine Haut. Der Himmel möge ihm helfen, wenn sie ...

Sie schloss die Lippen um ihn.

Ein kurzer Schrei entfloh seinem Mund, gefolgt von ihrem Namen. «Gabby.» Seine Kehle war rau, doch das war ihm vollkommen egal, als sie ihn tief in den Mund saugte. So, so tief. Druck. Hitze. Seine Spitze berührte ihren Rachen, und Flynn knirschte mit den Zähnen.

Dann setzte sie Zunge und Zähne ein, bis seine Hoden sich warnend zusammenzogen. «Gabby. Ich komme gleich.» Er spürte Vibrationen an seinem Schaft, die er als ein Stöhnen von ihr deutete. So unfassbar das auch sein mochte, er wollte mit ihr zusammen kommen. «Ich will in dir sein, Liebling.»

Sie gab ihn frei, sodass kühle Luft über seine Erektion glitt, und schob sich an seinem Körper nach oben. Die Matratze bewegte sich, dann schlossen sich ihre Finger um ihn und rollten ein Kondom über seine Länge. Sie griff nach seinen Händen und legte sie an ihre Taille, als sie sich aufrichtete. Seine Spitze berührte ihre Mitte. Als sie innehielt, schien jeglicher Sauerstoff aus der Luft zu verschwinden.

Ihre Knie drückten sich gegen seine Rippen, als sie sich langsam auf ihn niedersinken ließ. Himmel. Nichts fühlte sich besser an, als in ihr zu sein. Die samtige Hitze ihres Inneren umschmeichelte ihn. Unglaublich, wie gut sie zusammenpassten. Als wäre sie für ihn gemacht. Als sie ihn vollkommen in sich aufgenommen hatte, hob sie seine Hände an ihre Brüste, sodass er ihre harten Nippel unter den Handflächen spürte.

Sie schob sich nach vorne, und bei dieser Bewegung kam er dem Höhepunkt noch näher. Flynn ließ eine Hand an ihrem Oberkörper herab zu der Stelle gleiten, wo sie verbunden waren. Er umkreiste ihre Klitoris mit seinem Daumen, packte mit der anderen Hand ihre Hüfte. Dann zog er sich aus ihr zurück und stieß nach oben, zog sie gleichzeitig auf sich herab.

Ihre Hand fand seine Finger an ihrer Hüfte, dann drückte sie sie, um ihn wissen zu lassen, dass ihr das gefiel, umfasste seinen Unterarm und ermunterte so seine Finger, sie weiter zu liebkosen.

Er hielt kurz inne, um diesen unglaublichen Moment auszukosten, den er nie für möglich gehalten hätte. Seine Partnerin als treibende Kraft und er – im wahrsten Wortsinn – blind gegenüber ihren Bedürfnissen. Doch ... ihm mochten zwei Sinne fehlen, aber er wusste trotzdem, was Gabby, *seine Gabby*, brauchte. Nicht durch Beobachtung, sondern weil er sie kannte. Er konnte sich endlich fallenlassen und einfach nur ... dem Vergnügen entgegenstreben.

Seine Kehle wurde eng, sein Herz warm. Die Reizüberflutung sorgte dafür, dass er nur noch instinktiv handelte. Er zog sich erneut aus ihr zurück, um sich dann wieder in ihr zu versenken, zog sie gleichzeitig nach unten und liebkoste das empfindliche Nervenbündel. Fingernägel bohrten sich in seinen Unterarm. Es gefiel ihr.

Als Einheit strebten sie der Erlösung entgegen, so wie sie auch außerhalb des Schlafzimmers eine Einheit waren. Er war sich dessen bewusst, obwohl seine Gedanken in Lust ertranken. Ihr Inneres umklammerte ihn fester, was ihm verriet, dass sie kurz vor dem Höhepunkt stand. Er ließ seine Hüften kreisen, stieß härter zu. Ein Kribbeln rann ihm über den Rücken, und er musste darum kämpfen, sich zurückzuhalten, bis sie ebenfalls Vergnügen fand.

Und ... *ja.*

Sie explodierte. Ihr Körper spannte sich an, während gleichzeitig ein Zittern von ihr Besitz ergriff. Ihr Inneres umklammerte ihn mit aller Kraft, katapultierte ihn in den Orgasmus. Er kam. Lichtblitzte tanzten hinter seinen geschlossenen Lidern. Sein Höhepunkt war so heftig, dass sein Rücken den Kontakt zur Matratze verlor. Gabby brach auf ihm zusammen, und er schloss die Hände um ihren Hintern, als die letzten wunderbaren Schauder ihn überliefen.

Er atmete schwer, spürte auch ihr Keuchen an seinem Hals. Verdammt, das war wirklich passiert. Flynn riss sich die Krawatte vom Kopf und warf sie zur Seite, dann umfasste er Gabbys Wangen, um ihr in die Augen zu sehen. Er musste blinzeln, um sich an das Licht zu gewöhnen.

Ihre Pupillen waren immer noch riesig, sodass sie das Blau fast verdrängten. Mit geröteten Wangen und Schweiß auf der Stirn lächelte sie ihn an. Und traf ihn damit genau ins Herz.

Sie war ... er hatte ... ihm fehlten einfach die Worte.

Er schüttelte den Kopf, in dem Versuch, sich zusammenzureißen. Doch er konnte es nicht. Er ließ Küsse auf ihre Brauen, ihre Lider, ihre Wangen herabregnen, dann nahm er ihren Mund. Er versuchte, seine gesamte Dankbarkeit in diesen Kuss zu legen, versuchte, ihr mitzuteilen, wie sehr sie ihn berührt hatte, bevor er sich von ihr löste.

Sie vergrub den Kopf an seinem Hals und schloss die Augen. «Und jetzt darfst du mich füttern.»

Sein Kopf fiel ins Kissen, und er lachte.

· 21 ·

Nur in die Bettdecke gewickelt, trat Gabby auf die hintere Terrasse, um Fletch nach draußen zu lassen. Die Tür ließ sie offen, während Flynn nach etwas Essbarem für sie suchte. Die Luft war kühler geworden, doch trotzdem noch angenehm. Sterne funkelten am Himmel. Sie lächelte, als sie an neulich Abend zurückdachte. Die Dinge, die Flynn gesagt hatte. Die Art, wie er sie geküsst hatte.

Da sie keine nassen Füße bekommen wollte, trat sie nicht ins taubedeckte Gras, sondern blieb auf den Stufen stehen, während Fletch tat, was eben zu tun war.

Flynn hatte einen tollen Garten. Anders als die handtuchgroße Fläche vor ihrem Haus, wo sie mühevoll ein paar hübsche Beete angelegt hatte, bot Flynns Garten echte Wildnis. Ein Stück entfernt verbarg ein kleines Gehölz den Bach, der durch den Wald floss. Das Plätschern war nur schwach zu hören, vom klagenden Ruf einer Eule wurde es fast übertönt. Flynn hatte einen Großteil des weitläufigen Gartens der Natur überlassen, abgesehen von den Bereichen mit Wildblumen, die sie gepflanzt hatte. Dann waren da noch eine kleine Rasenfläche und ein paar Vogelhäuschen, mehr nicht. Vielleicht sollte sie versuchen, ihn zu überreden, einen Außenkamin zu bauen, vor dem man sich in kühlen Nächten aneinanderkuscheln konnte.

Fletch kam zurück und rannte in Kreisen um sie herum. Sie ging in die Hocke, um ihn zu streicheln, wobei sie die Decke mit einer Hand vor der Brust festhielt. Das Laken roch nach

Flynn, also vergrub sie ihr Gesicht in der weißen Baumwolle, um den Duft in sich aufzunehmen. Fletch bellte.

«Ich weiß. Ich benehme mich wie ein Mädchen. Ich kann nichts dagegen tun.»

Der Hund legte den Kopf schräg und wedelte mit dem Schwanz.

«Er ist nur so ... perfekt. Er ist toll im Bett, nett, witzig und kann gut mit Tieren umgehen. Ich kann einfach keinen Fehler an ihm entdecken.» Sie kraulte dem Retriever die Ohren. «Du lebst mit ihm zusammen. Erzähl mir etwas Schlechtes. Er lässt seine dreckige Unterwäsche auf dem Boden liegen, oder?»

Fletch bellte.

Gabby lachte. «Ich wusste es. Erzähl mir alles. Ich weiß, dass er schnarcht, aber nur, wenn er auf dem Rücken liegt und auch dann nicht mal besonders laut. Lässt er die Klobrille oben?»

Fletch bellte. Zweimal.

Sie seufzte. «Ich nehme an, ich muss hinschauen, bevor ich mich setze, hm?»

Sie hörte Schritte hinter sich und stand auf, um über die Schulter zu Flynn zu sehen. Er hatte sein Handy auf sie gerichtet, um ein Foto zu schießen. Gabby drehte sich ganz um und zog eine Grimasse. Er grinste, dann legte er das Handy auf die Arbeitsfläche direkt neben der Tür und lehnte sich mit verschränkten Armen in den Türrahmen.

Sie hatte sich nicht die Mühe gemacht, sich etwas anzuziehen, weil sie wusste, dass sie nach dem Essen wieder ins Bett gehen würden. Er hatte sich rote Boxershorts anzogen, die den rötlichen Schimmer in seinem Haar noch besser zur Geltung brachten. Wow. Ihr bester Freund hatte wirklich einen phantastischen Körper. Ihr Blick senkte sich auf seine Füße, dann wurde sie rot. Warum fand sie die nackten Füße eines Mannes nur so sexy?

Amüsiert beobachtete er sie, als wollte er den ganzen Abend nichts anderes mehr tun. Das Licht aus der Küche in seinem Rücken erzeugte Schatten auf seinen definierten Muskeln. Verdammt, sie hätte ihn auch die ganze Nacht über anstarren können.

Sie sah kurz zu Fletch hinab, bevor sie wieder Flynn ansah. «Dein Hund hat mir deine Geheimnisse verraten.»

Er grinste breit und ... Seufz. Wenn er das tat, strahlten seine Augen erst richtig. *«Ach wirklich? Und was hat mein Hund gesagt?»*

Sie verdrehte die Augen, als müsste sie intensiv nachdenken, dann ging sie auf ihn zu und schlang die Arme – und die Decke – um ihn. «Er hat gesagt, du hättest schreckliche Wäsche-Gewohnheiten.»

Er lachte leise, während er mit einer Strähne ihres Haares spielte. «Ich wasche jede Woche meine eigene Kleidung, vielen Dank auch.»

«Und du lässt die Klobrille oben.» Sie drückte ihm einen Kuss aufs Kinn, genoss das Kitzeln seiner Bartstoppeln.

Er starrte nachdenklich über ihre Schulter ins Leere. «Da bin ich mir nicht sicher. Mom hat mir und meinen Brüdern eingebläut, sie immer nach unten zu klappen. Außerdem bist du ziemlich oft hier. Ich glaube, diese schlechte Angewohnheit habe ich nicht.»

«Verdammt», sagte sie neckend. «Fletch hat mich angelogen. Aber irgendeinen Fehler musst du doch haben. Ich werde ihn schon noch finden.»

Falten erschienen auf seiner Stirn, und sein Lächeln verrutschte, als wäre er sich nicht sicher, ob er sie ernst nehmen sollte. Er schob ihr die Strähne hinter das Ohr und strich ihr mit den Fingerknöcheln über die Wange. Tiefe Zuneigung sprach aus seinem Blick. Er musterte ihr Gesicht, ließ seine Augen über jedes Detail gleiten, als versuche er, es sich ins Gedächtnis einzubrennen. Flynn öffnete den Mund, als wollte er etwas sagen, doch dann entschied er sich anders.

Gabby ließ ihren Daumen über seine Unterlippe gleiten. Sie liebte seinen Mund. Voll, weich, warm. Wenn er wütend war, wurden diese Lippen schmal, wann immer er nervös war, verzog er sie, und mit seinem Lächeln konnte er die Zeit anhalten. Sein Mund war sehr ausdrucksstark, auch wenn er ihn nur in ihrer Gegenwart zum Reden benutzte. Und wenn er sie küsste, sagte er damit viel mehr als mit Worten.

Flynn räusperte sich. «Ich habe jede Menge Fehler, Gabby.»

Ah. Ihr Scherz hatte ihn aufgeregt. «Ist mir egal.»

Flynn stieß zitternd den Atem aus, dann schüttelte er fast entgeistert den Kopf. «Wirklich? Ich glaube, du bist die einzige Person, die zuerst mich sieht und erst danach meine Behinderung.»

Gott. Einfach … Gott. Was alles in ihm tobte. Sie schluckte gegen die aufsteigenden Gefühle an. «Du hast recht. Ein Mann zu sein, ist eine schreckliche Behinderung. Männer sind den Frauen einfach unterlegen. Aber du kannst sicher sein, wenn ich dich ansehe, fällt mir zuallererst auf, dass du ein Mann bist.»

Er senkte den Kopf, blinzelte mit diesen unglaublich langen Wimpern und schenkte ihr einen ungläubigen Blick. Dann schloss er die Augen und lachte, starrte einen Moment an die Decke, als bete er zu einer höheren Macht um Kraft, und schüttelte den Kopf, bevor er sie wieder anschaute.

Je länger er sie ansah, desto ernster wurde er. Ihr Herz verkrampfte sich. «Du machst mich fertig, Liebling. Tust du wirklich. Zwei Jahrzehnte Freundschaft, und du verstehst es immer noch, mich zu überraschen.»

Sie zuckte mit den Achseln. «Wie ich schon sagte, Frauen sind das überlegene Geschlecht. Wir sind einfach cleverer.»

Sein leises Lachen glitt unter ihre Haut und füllte ihr Herz. «Ich glaube, das gilt nur für dich, Gabby», sagte er an ihren Lippen, bevor er sie küsste. Dann löste er sich von ihr. «Hast du Hunger?»

«Logo.» Fletch zerrte an der Bettdecke. Sie senkte den Blick, und der Hund wedelte mit dem Schwanz. «Ich glaube, mein anderer Freund ist eifersüchtig.»

Flynn verdrehte die Augen und trat zur Seite. «Gott bewahre.»

Gabby folgte Flynn ins Haus und griff nach seinem Handy, das auf der Arbeitsfläche lag. Sie entsperrte den Bildschirm, fand den Ordner mit den Bildern und grinste. Er hatte mehrere Fotos von ihr geschossen. Das mit der Grimasse. Ein weiteres, als sie gerade über die Schulter zu ihm zurückgeschaut hatte. Das weiße Laken vor dem Nachthimmel und dem dunklen Wald ließen das Bild sexy und mysteriös wirken. Sie schickte es an sich selbst. Auf dem ersten Foto des heutigen Abends kauerte sie lächelnd vor Fletch.

Sie scrollte noch ein wenig weiter und entdeckte einige Bilder von seinen Brüdern und Fletch. Dann betrachtete sie ein Bild von sich selbst aus dem letzten Sommer. Es war in dem Park geschossen worden, wo sie im Sommer in der Freizeit-Liga von Redwood Softball spielten. Eine Nahaufnahme ihres Gesichts, als sie gerade den Kopf in den Nacken geworfen hatte. Sonnenlicht brachte ihr Haar zum Glühen, während sie aus vollem Herzen lachte.

Flynn trat neben sie. «Das ist mein Lieblingsfoto.» Er drückte ihr einen Kuss auf die Wange. «Das Essen ist fertig.»

Er hätte Fotograf werden sollen. Er hatte das Auge dafür.

Sie setzte sich an den Tisch, auf den er zwei Teller mit Rührei und Toast gestellt hatte. Ein angenehmes Schweigen breitete sich aus, sodass ihre Gedanken zu den Dingen wanderten, die er vorhin gesagt hatte. Über all das, was er nie erlebt hatte. Ihre bisherigen Liebhaber hatten sie wie das brave Mädchen behandelt. Daher war der Sex auch immer ziemlich brav gewesen. Es war also nicht so, dass sie viel Erfahrung hatte, wenn es um verschiedene Stellungen ging.

Flynn hatte zuerst gezögert, doch letztendlich hatte er sich von ihr die Augen verbinden und sie die Kontrolle übernehmen lassen. Nachdem er zugegeben hatte, wie es mit anderen Frauen für ihn gewesen war, wollte sie, dass er zur Abwechslung auch einmal derjenige war, dem jemand Vergnügen bereitete. Sie konnte sich vorstellen, wie schwer ihm das gefallen war, doch er hatte ihr vertraut. Jetzt fragte sie sich, wie weit dieses Vertrauen wohl reichte.

Die Wahrheit lautete, dass sie sich noch bei niemandem so lebendig, so leidenschaftlich gefühlt hatte. Flynn behandelte sie nicht, als bestünde sie aus Glas oder wäre unfähig, ein wenig Härte zu ertragen. Nicht, dass sie auf Handschellen und Peitschen stand, aber warum nicht experimentieren? Bisher hatte sich gezeigt, dass sie auch beim Liebesspiel sie selbst blieben. Flynn war ein sehr aufmerksamer Liebhaber, der genau wusste, wie er sie in unbekannte Höhen der Leidenschaft treiben konnte.

Sie nippte an ihrem Saft, nur um festzustellen, dass sowohl Flynn als auch Fletch sie anstarrten. Flynns Teller war bereits leer, er hatte die Ellbogen auf den Tisch gestemmt und wischte sich über die Lippen, während er jede ihrer Bewegungen beobachtete. Fletch schien sich dagegen nur für die Reste ihres Essens zu interessieren.

Gabby warf dem Hund ein kleines Stück Toast zu, dann starrte sie ihm tief in die Augen. «Sag ihm nicht, dass ich dich gerade vom Tisch gefüttert habe.»

Fletch legte den Kopf schräg und leckte sich die Lefzen.

«Guter Junge. Einen Mann, der ein Geheimnis bewahren kann, findet man sehr selten. Mach so weiter, und die Pudeldame, die du im Park kennengelernt hast, wird dir bald ihre Gunst erweisen.»

Fletch bellte. Sie lachte und kraulte ihm den Nacken.

«Hast du schon wieder um die Pfote meines Hundes angehalten? Langsam kriege ich Komplexe.»

Sie schlug sich die Hände vor den Mund und lachte, bis ihr der Bauch weh tat. Kopfschüttelnd warf sie einen kurzen Blick zu Fletch, bevor sie Flynn ansah. «Nur damit du es weißt, er hält um meine Hand an.»

Die grünen Wände in der Küche betonten den Farbton in Flynns Augen, der an Moos erinnerte. Oder es war die Erheiterung, die darin leuchtete. *«Weil du ihn mit Toast bestichst.»*

Sie keuchte und gab vor, beleidigt zu sein. «Er mag mich auch, weil ich so klug bin.»

Seine Augenbrauen schossen nach oben. *«Zur Kenntnis genommen.»* Sein Blick glitt langsam über ihren Körper, sodass gewisse Teile ihres Körpers aufmerksam wurden. *«Es ist spät, und wir hatten einen aufregenden Tag.»*

Sie stemmte die Ellbogen auf den Tisch und ließ das Kinn in die Hände sinken. «Ein ziemlich heißer Tierarzt hat mich mit ein paar Runden tollem Sex vollkommen fertiggemacht.» Sein Blick wurde noch leidenschaftlicher. «Und davor gab es eine kleine Begegnung mit einem Puma.» Sie schüttelte sich. Sofort wurden seine Augen schmal. «Ich hoffe, du hast dich inzwischen ein wenig beruhigt, was das angeht?» Er war so angespannt gewesen ...

«Lass uns nicht darüber sprechen.» Er atmete tief ein und musterte sie fragend. «Bist du müde, Gabby?»

Oh. Seine Stimme. Gefährlich, wunderbar tief. Es war, als würde dieses Timbre ihre Haut liebkosen und jeden Nerv zum Leben erwecken. Und offensichtlich wusste er das. Um seine Frage zu beantworten, schüttelte sie den Kopf.

Er schluckte schwer, sodass sein Adamsapfel hüpfte. «Willst du einen Film schauen?»

Oh Mann. Die neckende Frage und sein Tonfall ließen sie sofort wieder feucht werden. Erneut schüttelte sie den Kopf.

Er beugte sich vor und spießte sie förmlich mit einem leidenschaftlichen Blick auf. «Was würdest du denn stattdessen gerne tun?»

Los ging's. Sie erhob sich vom Stuhl und ging rückwärts Richtung Flur, während sie mit den Wimpern klimperte. Dann hielt sie einen Moment dramatisch inne und ließ die Decke fallen.

Flynn katapultierte sich so schnell aus seinem Stuhl, dass sie quietschte und Richtung Schlafzimmer rannte. Er fing sie direkt hinter der Türschwelle ein, schlang von hinten die Arme um sie. Er drückte sie gegen seinen harten Körper, ließ seine Lippen über ihren Hals gleiten, drängte seine Erektion an ihren

Po. Sie neigte den Kopf, um ihm besseren Zugang zu verschaffen, doch sofort drehte er sie um und küsste sie. Verzweifelt. Entschlossen.

Ich habe noch nie eine Frau von hinten genommen.

Seine Worte kamen ihr in den Sinn, und sie brach den Kuss ab. Flynns Blick huschte über ihre Schulter zum Nachttisch. Zu den Kondomen. Als er sie wieder ansah, lächelte Gabby.

«Ich nehme die Pille und bin sauber.» Und sie hatte vor ihm zwei Jahre lang mit niemandem geschlafen.

Sein Atem stockte. «Ich bin auch gesund.» Flynn zitterte förmlich vor Interesse, vor Verlangen. Seine Augen verrieten ihr alles, was sie wissen musste. «Bist du dir sicher?»

Sie war sich nicht nur sicher, sie hatte da eine Idee. Sie drückte ihm eine Hand auf die Brust und schob ihn rückwärts. Verwirrt ließ er es zu. Seine Schenkel stießen gegen den Sessel in der Ecke, dann ließ er sich darauf nieder, ohne den Blick einen Moment von ihr abzuwenden.

Sie kniete sich vor ihn, schob die Finger in den Bund seiner Boxershorts und zog den Stoff nach unten. Seine wunderschöne Erektion erhob sich, dann lüpfte Flynn die Hüften, damit sie die Unterhose ganz herunterziehen konnte.

Gabby stand wieder auf, lehnte sich über den Sessel. Flynns heißer Blick brannte auf ihrem Körper. Als er ihr in die Augen sah, lächelte sie. «Atme.» Er runzelte die Stirn, als hätte er sie nicht verstanden. «In fünf Sekunden musst du daran denken zu atmen.»

Er öffnete die Lippen, um zu sprechen, doch sie drückte ihm einen sanften Kuss auf den Mund und wirbelte herum, um sich rückwärts und mit gespreizten Beinen auf seinen Schoß zu setzen. Seine Erektion glitt zwischen ihre Pobacken. Instinktiv schloss er die Arme um ihre Taille, doch ansonsten war er erstarrt. Er hielt sogar die Luft an.

Sie drehte den Kopf, bis sie ihm ins Gesicht sehen konnte. «Atme.»

Er atmete aus. Heftig. «Gabby, ich kann nicht. Wir ...»

«Schau mich an. Du kannst.» Diese Stellung war nicht ganz von hinten, wie er gesagt hatte, aber es war ein Anfang. In dieser Position konnte er ihr Gesicht sehen, wenn es nötig war. Sie ließ ihre Hüften kreisen, was ihm ein Zischen entlockte. Seine Lider senkten sich.

Flynn packte ihren Hinterkopf und zog ihren Mund zu sich. Obwohl er immer noch angespannt war, liebkoste er ihre Zunge mit seiner, als wollte er sich vollkommen in ihr verlieren. Eine Hand glitt über ihren Bauch zu ihrer Brust, während die andere ihre Scham umfasste. Sie atmete schwer durch die Nase, um ihre Verbindung nicht aufzugeben, und presste den Po an ihn, um mehr zu verlangen.

Er ließ seine Finger zwischen ihre Falten gleiten und stöhnte. Sie fing das raue Geräusch mit dem Mund auf, bevor sie ihre Hüften verlagerte, bis sein Schaft vor ihrer Öffnung schwebte. Er erstarrte, hatte den Mund noch auf ihren gedrückt. Dann öffnete er die Augen. Sie führte ihn in sich und sank langsam auf ihn. Bei jedem Zentimeter verdunkelte sich sein Blick. Als sie ihn so tief in sich aufgenommen hatte, wie die Stellung es erlaubte, hielt sie inne und ließ den Hinterkopf auf seine Schulter sinken, womit sie den Kuss und den Blickkontakt abbrach.

Mehrere Sekunden lang bewegte Flynn sich nicht, doch dann stieß er prüfend mit den Hüften nach oben. «Himmel, du fühlst dich so gut an.»

Seine Worte jagten einen Schauder des Glücks über ihre

Haut. Sie bewegte die Hüften. Sofort zog Flynn sie mit dem Arm um ihre Taille fester an sich. Er pulsierte tief in ihr. Dann, als sie es wieder tat, ließ er seinen Mund an ihren Hals sinken. Keuchend streichelte er ihre Klitoris mit dem Daumen.

Sie drückte den Rücken durch, drängte sich an ihn. Wieder stieß er nach oben. Und wieder. Sie warf sich ihm entgegen, um ihn tiefer zu spüren. Seine harten Schenkel bewegten sich unter ihr, seine Bauchmuskeln spannten sich bei jeder Bewegung an. Sie war dem Höhepunkt schon so nahe. Sie schloss die Augen, genoss das Gefühl seiner Härte in ihr und die Art, wie seine Finger sie liebkosten.

Wieder und wieder flüsterte er ihren Namen an der Haut unter ihrem Ohr. Gabby explodierte. Funken tanzten hinter ihren geschlossenen Lidern, und ihr gesamter Körper kribbelte. Er bewegte sich schneller, dann stieß er ein heiseres Stöhnen aus, spannte sich an und ergoss sich in sie.

Wenige Sekunden später zog er sich aus ihr zurück und drehte sie in seinen Armen, sodass sie seitwärts auf seinem Schoß saß. Er umfasste ihre Wange, ließ den Daumen über ihren Kiefer gleiten und starrte auf sie hinunter. In seinen Augen tobte ein Aufruhr der Gefühle. Der Muskel an seinem Kiefer zuckte so heftig, dass sie sich Sorgen machte.

Sie drückte eine Hand auf seine Brust, genau über dem Herzen. «Geht es dir gut?» Hatte sie ihn zu sehr unter Druck gesetzt? Er war gekommen, aber das konnte auch einfach eine körperliche Reaktion sein.

Er schüttelte den Kopf, dann schloss er die Augen und nickte.

Sie wartete geduldig, bis er die Lider wieder öffnete. «Rede mit mir.»

Er wandte den Blick ab und schluckte. Gerade als sie dachte, er würde nicht antworten, sah er sie an und lächelte. «Ich bin nicht … es geht mir gut.»

«Ich glaube dir nicht. Irgendetwas macht dir zu schaffen.»

Er stieß frustriert den Atem aus. «Ich weiß nicht, wie ich das ausdrücken soll, sodass es Sinn ergibt.» Seine Augen wurden glasig, als er ihr Gesicht musterte. «Vor heute Abend war mir nie klar, wie sehr ich mich immer zurückgehalten habe. Bei anderen Frauen konnte ich nicht ich selbst sein. Ich habe mich entmannt gefühlt.»

Er sah ihr tief in die Augen. Mit hartem Blick. «Du hast keine Ahnung, wie verdammt peinlich es ist, das zuzugeben. Aber verdammt, Gabby. Du bist einfach … um ehrlich zu sein, ich bin geplättet.»

Guter Gott. In einer fließenden Bewegung setzte sie sich rittlings auf ihn, schlang die Arme um ihn und drückte seinen Kopf an ihre Schulter. So blieben sie einen Moment sitzen. Er umklammerte ihren Rücken, als würde ihm der Gedanke, sie freizugeben, Schmerzen bereiten. Sie kämpfte darum, Worte zu finden.

Flynn vergrub sein Gesicht an ihrem Hals und seufzte. «Ich liebe meine Familie. Ich liebe meine Freunde. Alle haben mich immer unterstützt. Aber ich weiß einfach nicht, was zur Hölle ich ohne dich tun soll. So dämlich das klingt … so jämmerlich ich auch sein mag … du sollst das wissen. Denn Himmelherrgott, du bist die einzige Person in meinem Leben, bei der ich mich nie schwach gefühlt habe, obwohl du mir alle Kraft raubst.»

Tränen brannten in ihren Augen, und ihre Lippen zitterten. Unfähig, ein Schluchzen zu unterdrücken, zitterte sie unter dem Gewicht seiner Aussage. Sie fühlte sich zerrissen. Tief getroffen. Sie hatte nie vermutet, dass er so empfand. Er war weder schwach noch jämmerlich. Er war mutig und witzig und lieb. Sie vermutete, dass er sich eine Menge dieser Probleme selbst aufgeladen hatte, indem er versuchte, unrealistischen Erwartungen zu entsprechen, oder Kritik in harmlose Äußerungen hineindeutete. Doch zu wissen, dass er Zweifel hatte, dass er sich selbst in Frage stellte, zerriss ihr fast das Herz.

Sie zog an seinem Haar, um ihn dazu zu bringen, sie anzusehen, doch er schüttelte den Kopf. «Könntest du bitte, wenn es dir nichts ausmacht, das nächste Mal den Antrag meines Hundes ausschlagen? Es würde mich sonst umbringen.»

Na bitte. Genau das meinte sie. Wie viele Männer konnten einen Scherz auf eigene Kosten machen, nachdem sie sich im Namen brutaler Ehrlichkeit quasi selbst aufgeschlitzt hatten? Und wenn sie schon dabei war, wie viele Männer konnten überhaupt so ehrlich sein? Sie konnte nicht anders: Sie lachte durch ihre Tränen und küsste ihn. Sie hatte sich so sehr in ihm verloren, dass sie nie wieder einen Weg herausfinden würde … und sie wollte es auch gar nicht versuchen.

· 22 ·

Flynn starrte auf Gabbys Hände, während sie die Mitarbeiterbesprechung für ihn übersetzte. Es gab bei Animal Instincts keine regelmäßigen Personalversammlungen, weil das bisher nie nötig gewesen war. Doch da ihm und Gabby in letzter Zeit auf den Hausbesuchen so viele scheußliche Dinge widerfahren waren und da der Termin der Hochzeit immer näher rückte, hatte Avery es für eine gute Idee gehalten, zur Abwechslung einmal alle zusammenzutrommeln.

Sie drängten sich um den Tisch im Pausenraum, um die Dienstbereitschaft für die nächste Woche zu besprechen, da Cade und Avery dann in den Flitterwochen sein würden. Na ja, nicht ganz Flitterwochen. Sie nahmen Averys achtjährige Tochter Hailey mit und nannten es ‹Familienwoche›.

Flynn spielte an einem Stift herum und blendete die Diskussion aus. Im Kopf ging er immer wieder das beste Wochenende seines Lebens durch, als wäre es ein Traum gewesen. Sie hatten am Samstag richtig ausgeschlafen, dann hatte er Gabby wieder geliebt, wobei er ihren Körper angebetet hatte, wie er es schon beim ersten Mal hätte tun sollen. Danach waren sie noch einmal über ihren Lieblingswanderpfad gegangen und hatten hinterher zusammen einen Film geschaut. Am Sonntagmorgen hatte er sie in der Küche entdeckt, wo sie Frühstück machte, und er hatte sich einfach nicht zurückhalten können, sie auf die Arbeitsplatte zu heben und sich tief in ihr zu versenken. Das Frühstück war ausgefallen. Schließlich waren sie auf die Terrasse gegangen, wo sie noch etwas gelesen und gedöst hatten.

Es wirkte fast ein wenig verrückt, aber zwischen ihnen hatte sich eigentlich nichts verändert, nur dass sie jetzt auch Sex hatten. Atemberaubenden, ich-sterbe-gleich-vor-Glück, wunderbaren Sex. Er mochte ja ein Pessimist sein, aber er fragte sich, wann etwas schiefgehen würde. Sie hatten sich noch nicht einmal gestritten.

Gabby schnippte mit den Fingern und wedelte mit der Hand vor seinem Gesicht herum, um seine Aufmerksamkeit zu erregen. Dann deutete sie mit dem Kinn auf Avery.

Er konzentrierte sich auf ihre Praxisverwalterin und hoffte, dass er nicht irgendetwas alphabetisch für sie ordnen musste. Diese Frau war eine Organisationsfanatikerin. Das war wunderbar, aber trotzdem hielt er sich in dieser Hinsicht lieber von ihr fern. Damit musste sein kleiner Bruder klarkommen. Schließlich war er derjenige, der sie heiratete.

«Könntest du heute Abend für ein paar Stunden auf Hailey aufpassen?» Avery biss sich auf die Unterlippe. «Wir müssen uns noch um ein paar dringende Hochzeitsangelegenheiten kümmern, und das würde sie bestimmt langweilen.»

Hailey war Autistin. Avery bat nur ausgewählte Personen, auf ihre Tochter aufzupassen, denn auch wenn Hailey hoch funktional war, sprach sie doch nicht. Zusätzlich hatte sie ein paar Eigenheiten, über die jeder an diesem Tisch Bescheid wusste. Bis auf wenige Ausnahmen hielten sich alle Personen, denen Avery ihre Tochter überhaupt anvertraute, gerade in diesem Raum auf. Flynn hatte sich sofort in das Kind verliebt, seitdem Avery letzten Winter zum ersten Mal die Klinik betreten hatte. Verwandte Seelen.

Avery sprach weiter, als rechne sie damit, dass er ablehnte. «Zoe und Gabby müssen zur letzten Anprobe. Mom hat …»

Er hob die Hand, um ihr ins Wort zu fallen. *«Mache ich gerne.»*

Avery blickte sich zu Brent um, aber Flynn hatte nicht mitbekommen, was der Tierarzthelfer gesagt hatte. «O nein. Das letzte Mal, als du auf meine Tochter aufgepasst hast, hast du …»

Den letzten Teil bekam Flynn nicht richtig mit – es ging irgendwie um Haileys Haare. Hilfesuchend sah er zu Gabby.

«B-E-D-A-Z-Z-L-E-D», buchstabierte sie, doch das half ihm auch nicht weiter.»

«Was ist das?»

Averys Schultern hoben sich in einem Seufzen. «Es ist so ein kleines Gerät, mit dem man Glitzersteine auf alle mögliche Sachen kleben kann. Eigentlich ist das für Kleidung gedacht.» Sie nickte schlecht gelaunt in Richtung Brent. «Aber jemand hat sich damit an Haileys Haar zu schaffen gemacht.»

Brent wedelte dramatisch mit den Händen. «Sie fand es toll, und das weißt du auch. Hör auf zu meckern, Püppchen.»

Avery sackte in ihrem Stuhl zusammen. «Ja, sie fand es toll.» Sie richtete sich wieder auf. «Trotzdem hat es mich zwei Stunden gekostet, dieses Zeug aus ihren Haaren zu bekommen. Du stehst nicht mehr auf der Babysitter-Liste, und bevor ich dir das nächste Mal erlaube, dich meiner Tochter zu nähern, wirst du einer Leibesvisitation unterzogen.»

Brent grinste. «Von wem?»

Zoe ließ ihren Kopf auf den Tisch sinken. Ihre Schultern zuckten vor Lachen, dann hob sie den Blick. Ihr Haar präsentierte sich in dieser Woche in einem interessanten Purpurton.

Zoe färbte sich die Haare schon so lange in den unmöglichsten Farben, dass Flynn sich nicht mehr erinnern konnte, welche Haarfarbe sie eigentlich von Natur aus hatte. «Vorsicht, Cade.»

Cade zuckte nur mit den Achseln. «Ich bin vergeben und führe keine Leibesvisitationen durch, es sei denn, es geht um diese Schönheit hier.» Er küsste Averys Hand.

Zoe verdrehte die Augen und deutete ein Würgen an.

Gabby grinste. «Oh, hör doch auf. Sie sind so süß.»

Zoe schüttelte den Kopf und bedachte Gabby mit einem todernsten Blick. «Eines Tages wird ein Kerl dich von den Füßen reißen und dir die Welt versprechen. Und dann solltest du diesen lügnerischen Mistkerl so hart schlagen, wie du kannst, bevor du wegläufst.»

Brent tanzte förmlich auf seinem Stuhl. «Schöne Predigt, Mädel.»

«Ich glaube, jetzt fühle ich mich beleidigt.» Cade rieb sich schief grinsend den Nacken.

Avery lachte zu sehr, um antworten zu können.

«In Ordnung.» Drake fuhr sich mit der Hand übers Haar. Seine Miene verriet deutlich, dass er nicht wusste, was er mit Zoe anfangen sollte. «Ich fasse noch mal zusammen. Alle Patientenakten sind jetzt im Computer. Die Sache mit den Kampfhunden ist erst einmal erledigt. Cyprus hat sich dieses Wochenende gut mit Moses verstanden, also sieht es so aus, als hätte ich ein neues Haustier. Flynn passt heute Abend auf Hailey auf und verspricht, ihr keine Glitzersteine ins Haar zu kleben. Das Probe-Abendessen vor der Hochzeit findet Freitagabend um sechs Uhr statt. Kommt am Samstag nicht zu spät zur Hochzeit, die um zwölf Uhr stattfindet, oder Avery wird euch das Leben zur Hölle machen. Und falls Brent eine Leibesvisitation braucht, wird Avery sich darum kümmern.» Er sah sich um. «Ich denke, das war's.» Er musterte Avery mit einem liebevollen Lächeln. «Oder fällt dir noch etwas ein?»

Huh. So viel hatte Flynn Drake seit Ewigkeiten nicht mehr sagen gesehen.

Avery ließ ihr Kinn in die Hand sinken und musterte Drake verträumt. «Du *hast* zugehört.»

Drake grinste. «Damit ist die Versammlung beendet.»

Alle standen auf, um den Pausenraum zu verlassen.

Flynn ließ sich Zeit, sein erster Termin war erst in einer halben Stunde. Er ließ seinen Kopf auf die Lehne des Stuhls sinken, schloss die Augen und rieb sich das Gesicht. Als er die Lider wieder öffnete, saß Drake ihm immer noch gegenüber und starrte ihn an. *«Musst du nicht in den OP?»*

«Das hat ein paar Minuten Zeit.» Drake musterte ihn prüfend. «Du wirkst heute irgendwie abgelenkt. Ist zwischen dir und Gabby alles okay?»

Flynn seufzte. *«Ja, alles ist perfekt. Genau das ist das Problem.»*

Drake runzelte die Stirn. «Das müsste sich für dich eigentlich genauso dämlich wie für mich anhören.»

Flynn rieb sich den Nasenrücken, weil er einfach nicht wusste, wie er es erklären sollte. *«Wir passen im Bett toll zusammen. Wir passen außerhalb des Bettes toll zusammen. Wir streiten uns nicht.»* Er zuckte mit den Achseln. *«Ich weiß nicht ... Ich frage mich einfach nur, wie lang das halten kann.»*

Drake lehnte sich in seinem Stuhl zurück und verschränkte die Hände hinter dem Kopf. «Ich möchte dich etwas fragen. Habt ihr euch in der Grundschule gestritten? Was ist mit der

Highschool? Nein», antwortete er sich selbst. «Mosert ihr euch an, während ihr zusammenarbeitet? Was ist mit der Freizeit, die ihr miteinander verbringt? Nein. Ihr wünscht euch beide dasselbe vom Leben, habt ähnliche Ziele. Wieso sollte das plötzlich alles aus dem Gleichgewicht geraten, nur weil ihr im selben Bett schlaft?»

Schön. Wenn man es so ausdrückte, klangen Flynns Bedenken tatsächlich ziemlich dumm. Und war der große Bruder heute nicht unglaublich gesprächig?

Drake stand auf. «Heather und ich haben uns auch selten gestritten. Und bis zu dem Tag, an dem sie gestorben ist, habe ich niemals an meiner Liebe für sie gezweifelt.» Sein Blick nagelte Flynn förmlich auf dem Stuhl fest. «Du suchst nach Ärger, wo keiner ist. Und du wirst damit das Beste zerstören, was dir je passiert ist.»

Na ja, okay. Aber Flynn fragte sich einfach immer wieder, was Gabby eigentlich von dieser Beziehung hatte. Wenn es nicht um Beziehungen ging, war Flynn ein selbstbewusster Mensch, wusste, was er konnte und wo er hingehörte. Vielleicht verwirrte es ihn einfach, wie intensiv Gabbys Leben mit seinem verwoben war.

Drake musterte ihn von oben bis unten, als hätte er seine Gedanken gelesen. «Ich habe keine Ahnung, warum das so ist, aber die meisten Leute übersehen Gabby. Ihr Blick gleitet über sie hinweg, als gäbe es sie gar nicht. Aber du siehst sie. Hast du sie dir in letzter Zeit mal angesehen? Dieses dämliche Grinsen und das Leuchten in ihren Augen? Das warst du. Ganz allein du. Du machst sie glücklich.»

Nachdem Drake den Raum verlassen hatte, schlug Flynn den Kopf ein paarmal auf den Tisch, bevor er es gut sein ließ.

Drake hatte natürlich recht. Und das ärgerte ihn irgendwie, aber so war es ja immer, wenn Drake recht hatte. Flynn musste sich zusammenreißen, also würde er das tun. Irgendwie.

Er stand ebenfalls auf und ging Richtung Empfang, um sich nach seinen Terminen zu erkundigen. Aber dann blieb er plötzlich wie angewurzelt stehen. Seine Mom und seine zwei Tanten waren da. Verdammt. Das komplette Drachentrio. Sie waren in ein Gespräch mit Gabby und Brent vertieft. Avery saß hinter ihrem Computer, als versuchte sie, sich aus der Sache rauszuhalten.

Tante Marie drehte sich um und grinste, als sie Flynn entdeckte. «Wir haben gerade über Gabbys Begleitung für die Hochzeit geredet.»

Er war ihre Begleitung für die Hochzeit. Und hatten die drei nicht vor wenigen Wochen noch Amor gespielt, um ihn und Gabby zusammenzubringen? Also, was sollte das? Und wieso wirkte Gabby wie ein in die Enge getriebenes Tier?

Tante Rosa stemmte die Hand in die Hüfte und verdrehte die Augen. «Wir finden es ja wirklich süß, dass du ihre Begleitung spielen willst. So war es ja schon immer, aber wir haben da eine neue Idee. In der Notfallpraxis gibt es einen neuen Arzt – frisch hierhergezogen. Wir denken, dass er und Gabby toll zusammenpassen würden.»

Auf keinen Fall. Ein Knurren stieg aus seiner Brust auf, als er Gabby ansah. Sie hatte darum gebeten, ihre Beziehung noch eine Weile nicht öffentlich zu machen, doch damit war es jetzt vorbei. *«Nein. Sie geht mit mir.»*

Gabbys Augen strahlten bereits, bevor sich ihr Mund zu einem breiten Lächeln verzog. «Das habe ich ihnen auch schon gesagt.»

Unbeeindruckt sah Tante Marie ihn an. «Aber er ist Arzt, Flynn.»

Seine Schläfen pulsierten. Jetzt reichte es ihm. *«Genau wie ich. Sie geht mit mir.»*

Bevor sie noch mal widersprechen konnten, stiefelte er zu Gabby, drängte sie mit dem Rücken gegen den Tresen und küsste sie leidenschaftlich. Vor allen. Schwer atmend löste er sich von ihr. Sie öffnete die Augen und grinste.

«Du bist *meine* Verabredung», flüsterte er.

Gabby warf einen Blick über seine Schulter. Flynn drehte sich um. Brent klatschte gerade Tante Rosa ab.

Avery schüttelte nur den Kopf. «Du bist voll drauf reingefallen.»

«Gut gemacht.» Tante Marie nickte anerkennend.

Flynn kniff die Augen zusammen. *«Ihr habt doch damit angefangen und Kupplerinnen gespielt. Das hier sollte euch nicht überraschen.»*

«Oh, tut es nicht.» Tante Marie in ihrem schicken Kostüm richtete sich auf und schaltete wieder in den Bürgermeisterinnen-Modus. «Und es war einfacher, als wir dachten.»

Ohne ein weiteres Wort drückte seine Mom ihm einen Kuss auf die Wange, dann verließen die drei die Klinik, um eine andere arme Seele zu foltern.

Später, am Abend, saß er neben Hailey auf der Couch in Cades Haus und schüttelte den Kopf. Das Mädchen hatte ihn dreimal hintereinander bei Tic-Tac-Toe geschlagen. Sie hatte ihr Erdnussbutter-Sandwich zum Abendessen bereits gegessen, und in zwanzig Minuten musste sie ins Bett. Fletch lag vor dem Kamin, zusammen mit Cades schwarzem Labrador Freeman und Averys gelbem Labrador Seraph.

Flynn warf einen Blick auf Hailey. Das Mädchen war das Ebenbild ihrer Mutter, mit lockigem braunem Haar und einer Stupsnase. «Super, Kleine. Du hast mich fertiggemacht.»

Sie rutschte auf dem Sofa hin und her. Statt mit den Händen zu wedeln und das Kompliment mit einem Grinsen zu kommentieren, wandte sie den Kopf ab und zitterte, als stünde ihre Haut in Flammen. Sofort legte er das Tablet zur Seite.

Hailey stand auf. Ihr Blick schoss durch den Raum, und sie wurde immer unruhiger.

Sie wurde nicht gerne berührt, also kniete Flynn sich vor sie. *«Was ist denn los, Lieblingsnichte?»*

Ihr Blick verweilte gerade lang genug auf seinen Händen, um seine Gesten zu lesen. Bevor Avery nach Redwood gezogen war, hatte einer von Haileys Therapeuten dem Mädchen Zeichensprache beigebracht, da sie nicht redete. Er war unglaublich dankbar dafür. Er war wirklich gerne mit dem Kind zusammen, und es wäre schlimm, nicht mit ihr kommunizieren zu können.

Ihre Anspannung ließ ein wenig nach, doch trotzdem zitterte sie, als wäre ihr etwas unangenehm.

Vollkommen verwirrt sah er sich um. *«Kannst du mir zeigen, was dich stört?»*

Sie rannte an ihm vorbei zur Treppe.

Er griff nach dem Tablet, auf dem eine Sprach-App installiert war, sodass sie mit Hilfe von Bildern zeigen konnte, was sie sagen wollte. Dann folgte er Hailey. Sie saß auf ihrem Bett in ihrem hübschen, pinkfarbenen Zimmer und wiegte sich vor und zurück. Und da er sie nicht noch mehr aufregen wollte, setzte er sich an die äußerste Bettkante, um sie nicht zu bedrängen.

«Bist du müde? Willst du jetzt schlafen gehen?»

Hailey nahm nicht oft Augenkontakt auf, doch jetzt sah sie ihm kurz in die Augen, dann senkte sie den Blick auf seine Lippen, bevor sie zusammenzuckte und an die Decke starrte.

Flynn verstand ihre Stimmung nicht, und langsam machte er sich Sorgen, also rief er die App auf dem Tablet auf. *«Zeig es mir, meine Kleine.»*

Statt das Gerät entgegenzunehmen, öffnete sie den Mund. Zuerst dachte er, sie müsste nur gähnen, doch dann beugte sie sich vor, als wäre ihr schlecht. Verdammt. Er hatte ihr keine Milchprodukte gegeben, denn er wusste, dass sie die nicht vertrug. Aber vielleicht hatte sie sich in der Schule einen Virus eingefangen.

Gerade als er Avery eine Nachricht schreiben wollte, eilte Cade ins Zimmer und ging vor dem Bett in die Hocke. Mit gerunzelter Stirn sah er Flynn an. «Was ist mit ihr los?»

«Ich weiß es nicht. Wir haben ein Spiel gespielt, dann hat sie angefangen, sich seltsam zu benehmen. Wir sind gerade erst nach oben gegangen.»

«Hey, Krümel. Hattest du Spaß mit Onkel Flynn?»

Haileys Blick huschte zu Flynns Mund, dann wieder zur Seite. Wieder begann das Zittern. Genau wie gerade schon öffnete sie den Mund und beugte sich vor.

Cade fuhr sich mit der Hand durchs Haar. «Sie macht seltsame Geräusche. So was habe ich noch nie von ihr gehört. Hat sie etwas Falsches gegessen? Hat sie sich übergeben?»

Flynn schüttelte den Kopf. Sein Herz raste, und Sorge verkrampfte ihm den Magen. Er hatte nicht gewusst, dass sie Geräusche von sich gab. Hatte er etwas falsch gemacht?

«Ich rufe Avery an.» Cade zog sein Handy aus der Tasche

und tigerte im Raum auf und ab, ohne den Blick von Hailey abzuwenden. Er sprach ein paar Worte, dann steckte er das Handy wieder weg. «Sie ist bereits auf dem Heimweg. Wir haben uns heute Abend aufgeteilt, damit sie zur letzten Anprobe konnte, während ich meinen Smoking abholen war. Ich musste auch noch bei der Bäckerei vorbei und den Kuchen bezahlen.» Cade senkte den Kopf, um Hailey in die Augen zu sehen. «Du machst mir Angst, Krümel. Mommy ist unterwegs.»

Hailey öffnete den Mund noch weiter. Und Cades panischer Miene entnahm er, dass die Geräusche lauter wurden.

«Ich werde jetzt kurz deinen Kopf berühren.» Cade drückte seine Hand an Haileys Stirn. Hailey schlug sie weg. Dann sah er Flynn an. «Sie fühlt sich nicht warm an. Gab es irgendwelche lauten Geräusche, die sie aufgeregt haben könnten?» Sofort schloss Cade die Augen und verzog das Gesicht. «Tut mir leid. Das weißt du natürlich nicht.»

Flynn beobachtete das Mädchen. Er fühlte sich so verdammt hilflos, dass er am liebsten geschrien hätte. *«Die Hunde haben sich nicht gerührt. Ich glaube nicht, dass es ein Geräusch war. Wir haben nur gespielt und …»*

In diesem Moment stürmte Avery in den Raum und warf ihre Handtasche zur Seite. Sie setzte sich ans andere Ende des Bettes und musterte Hailey, die inzwischen etwas ruhiger wirkte. «Was ist passiert?»

Flynn zuckte mit den Achseln und erzählte noch einmal, was er Cade bereits gesagt hatte. *«Was auch immer das Problem ist, es hat vor ungefähr zwanzig Minuten angefangen. Wir waren gerade mit einem Spiel fertig und …»*

Hailey öffnete den Mund weit, die Augen waren weit aufgerissen.

Avery starrte ihre Tochter an. Nach mehreren beängstigenden Augenblicken fing Averys Unterlippe an zu zittern.

Cade blieb stehen. «Was ist, Avery? Was ist mit ihr los?»

Tränen standen in Averys Augen, als sie ihn ansah. «Sie versucht zu sprechen. Damals in Kalifornien hat einer ihrer Therapeuten versucht, ihr verschiedene Laute beizubringen. Sie hat sich nie wirklich dafür interessiert. Ich frage mich, warum ...»

Hailey stemmte sich auf die Knie und tippte Flynn zu seiner großen Überraschung aufs Kinn. Das Bett zitterte, als sie sich wieder hinsetzte und dasselbe dann noch zwei weitere Male tat.

Oh. *Oh scheiße.*

Flynn versuchte, sich genau daran zu erinnern, was sie getan hatten, als diese Episode ihren Anfang genommen hatte. Er hatte das Tablet in den Händen gehalten und Hailey dafür gelobt, dass sie ihn besiegt hatte. Er ... hatte laut gesprochen. Verdammt. Er hatte es nicht einmal gemerkt.

Er hatte in den letzten paar Wochen oft mit Gabby gesprochen, daher fühlte sich diese Kommunikationsform für ihn nicht mehr so fremd an. Aber bisher war Gabby die Einzige gewesen, mit der er laut geredet hatte, einfach weil er sich mit ihr wohl fühlte.

Scheiße. Wahrscheinlich hatte er dem Kind eine Höllenangst eingejagt. Schuldgefühle verkrampften ihm den Magen. Seine Stimme klang ganz anders als die einer normalen Person. Daran zweifelte er nach den Reaktionen seiner Mitschüler damals keine Sekunde. Verdammt. Er war ein Arschloch.

«Ich habe laut gesprochen.»

Avery riss den Kopf zu ihm herum. Cade drehte sich ebenfalls um. Flynn erkannte Verwirrung und Überraschung in seiner Miene.

«Tut mir leid. Ich wollte ihr keine Angst einjagen.» Er sah Hailey an und schluckte schwer. Er konnte nur hoffen, dass sie ihn noch mochte, denn er mochte die Kleine wirklich sehr. Himmel. Er hatte das übel verbockt.

«Ich dachte, du wärst stumm.» Averys Blick huschte von ihm zu Hailey und zurück.

Er schüttelte den Kopf. *«Ich kann reden. Ich tue es nur nicht. Mit Gabby …»* Er seufzte. *«Spielt keine Rolle. Es wird nicht wieder passieren.»* Er senkte leicht den Kopf, damit Hailey wusste, dass er mit ihr sprach. *«Du weißt, dass Onkel Flynn taub ist. Ich klinge seltsam, wenn ich spreche. Deswegen benutze ich Gebärdensprache. Es tut mir wirklich sehr leid, dass ich dich aufgeregt habe.»*

Seine Kehle war eng, als er einen kurzen Moment die Augen schloss, bevor er sie wieder öffnete. Cade wirkte immer noch, als hätte man ihm etwas Schweres über den Schädel gezogen. Mit verschränkten Armen und offenstehendem Mund starrte er Flynn an.

«Tut mir leid. Ich … ich werde jetzt wohl besser gehen.»

Hailey erhob sich wieder auf die Knie und tippte auf sein Kinn, dann setzte sie sich, und ihr Blick wanderte erneut unruhig durch den Raum.

Bevor Flynn aufstehen konnte, nahm Avery seinen Arm. «Sie ist nicht wütend oder verängstigt. Sie ist durcheinander. Ich glaube, sie will, dass du redest.»

Hailey hüpfte im Sitzen auf dem Bett, sodass die braunen Locken um ihren Kopf wogten. Dann wedelte sie aufgeregt mit den Händen.

Anscheinend hatte Avery recht. Seine Haut kribbelte. Er

ballte die Hände zu Fäusten, weil er aus reiner Gewohnheit Gebärdensprache einsetzen wollte. Innerlich zerrissen, saß er völlig steif da und überlegte, was er tun sollte.

Cade winkte aufmunternd mit der Hand. «Es ist okay, Mann. Sag einfach etwas.»

Kopfschüttelnd richtete Flynn den Blick wieder auf seine Nichte. Seine Wangen brannten vor Verlegenheit. Abgesehen von Gabby hatten bisher nur die Mitglieder seiner Familie seine Stimme gehört, und auch das nicht sehr oft. Mühsam widerstand er dem Drang, einfach zu fliehen, und öffnete stattdessen den Mund. «Hi, Hailey.»

Mit wedelnden Händen schob sie ihr Gesicht vor seines. Ihr winziger Mund öffnete sich, und ihr warmer Atem glitt über seinen Mund. Sie roch nach Erdnussbutter. Er zwang sich, still sitzen zu bleiben, obwohl alles in ihm danach schrie, sie zu umarmen. Abgesehen von Händchenhalten konnte sie Berührungen kaum ertragen.

Avery schlug sich eine Hand vor den Mund, dann ließ sie sie in den Schoß sinken, während Tränen in ihren Augen glänzten. «Sie gibt *Hi*-Geräusche von sich. O mein Gott.» Sie verschränkte ihre Finger mit denen des Mädchens. «Du bist so klug, Hailey. Wir werden den Lehrern sagen, dass du eine Sprachtherapie beginnen willst. Willst du das?»

Ein paar Minuten später verließen Cade und Flynn das Zimmer, damit Avery das Mädchen ins Bett bringen konnte. Bis sie die Treppe erreicht hatten, hatte Cade mindestens fünfmal ‹Verdammt› gesagt.

Widersprüchliche Gefühle tobten in Flynn und verursachten ihm Kopfweh. Mit verschränkten Armen blieb er neben der Eingangstür stehen. Er fühlte sich nicht wohl in seiner

Haut und wollte gehen. Einerseits war das ein großer Schritt für Hailey, und Avery schien sich sehr darüber zu freuen. Auf der anderen Seite verwirrte es ihn, wieso Hailey gerade jetzt beschlossen hatte, sich für gesprochene Sprache zu interessieren. Er konnte das nagende Gefühl nicht abschütteln, dass er zu weit gegangen war. Ehrlich, er war kein geeignetes Rollenvorbild in dieser Frage.

Cade starrte ihn vom anderen Ende des Zimmers an, als wüsste er nicht, was er sagen sollte. Aber Flynn wollte verdammt sein, wenn seine Miene nicht von Stolz und Dankbarkeit sprach.

Avery kam die Treppe herunter. Bevor Flynn wusste, wie ihm geschah, warf sie sich in seine Arme. Er konnte sie gerade noch auffangen, musste allerdings einen Schritt nach hinten machen, um nicht zusammen mit ihr umzufallen. Sie schlang die Arme um seinen Hals. Fest. Als wollte sie ihm alle Luft aus der Lunge pressen.

Sie nahm den Kopf zurück. In ihren Augen glänzten Tränen. «Danke. Sie muss sich mit dir identifiziert haben, weil du auch nicht sprichst. Und jetzt will sie es versuchen. Wahrscheinlich wird sie nie normal reden können, aber vielleicht lernt sie ein paar Worte.»

Verdammt. Flynn nickte und zwang sich zu einem Lächeln.

· 23 ·

Gabby drehte sich auf dem Fahrersitz um und blinzelte, als sie in die Einfahrt zum Haus ihrer Eltern einbogen. Sie wirkte ungefähr so glücklich, hier zu sein, wie Flynn auch. «Wir müssen nicht reingehen.»

Er schenkte ihr ein schiefes Lächeln und betrachtete durch die Windschutzscheibe das einstöckige Farmhaus in Ziegelbauweise, in dem die Familie Cosette wohnte und das von ordentlich geschnittenen Hecken umgeben war. Er hatte das Haus ihrer Eltern schon unzählige Male besucht, doch diesmal war alles anders. Diesmal war er der Freund ihrer Tochter.

Sobald sich die Nachricht verbreitet hatte, dass sie offiziell ein Pärchen waren – in Drachen-Rekordzeit von ungefähr dreißig Sekunden –, hatte ihre Mutter darauf bestanden, dass sie zum Abendessen vorbeikamen. Erst die Geschichte mit Hailey, dann der Job, der in letzter Zeit stressiger gewesen war als gewöhnlich, und jetzt dieses Abendessen hier und morgen das Probeessen für Cades und Averys Hochzeit – das alles drohte, ihn in den Wahnsinn zu treiben.

Er seufzte und rutschte hinter dem Lenkrad hin und her.

Zum Teufel damit. Er war jetzt mit Gabby zusammen und wollte auch, dass es so blieb. Er musste sich zusammenreißen und diese Autotür öffnen. Ihre Eltern waren nette Menschen, hatten ihn immer anständig behandelt, aber andererseits … bei diesen Gelegenheiten war er auch nicht Gabbys Freund gewesen. Ganz zu schweigen davon, dass Gabbys bösartige Schwester sich wahrscheinlich auch dort aufhielt. Er hätte keine Träne vergossen, wenn er Rachel in seinem Leben nie wieder begegnen müsste. Er konnte die dummen Sprüche, die sie ihm oft reindrückte, jederzeit ertragen ... aber nicht, wie sie Gabby behandelte.

Sie wedelte mit der Hand, um seine Aufmerksamkeit zu erregen. «Sie lieben dich schon jetzt, das weißt du, oder?»

Jep. Als ihren besten Freund mochten sie ihn wahrscheinlich wirklich. Doch er hatte das nagende Gefühl, dass sich das schon bald ändern würde.

Er lächelte – obwohl er sich fühlte, als müsse er sich übergeben –, drückte ihr einen Kuss auf die Stirn und bemühte sich, seine dunklen Vorahnungen zu verdrängen. *«Lass uns reingehen.»*

Der Duft von Brathähnchen lag in der Luft, als sie durch die Tür traten. Ihr Vater löste gerade ein Kreuzworträtsel vor dem Fernseher, legte das Heft aber beiseite, um seine Tochter zu umarmen. Er lächelte Flynn an und schüttelte ihm die Hand. «Wie läuft es so bei dir?»

«Gut, danke.»

Gabby übersetzte, dann sah sie sich um. «Ist Mom in der Küche?»

Ihr Vater nickte, bevor er Flynn mit einer Geste aufforderte, sich zu setzen.

Gabby verließ den Raum. Flynn dagegen ließ sich zögernd in einen Sessel sinken, starrte zunächst den dunkelblauen Zottelteppich an, dann die Polstermöbel mit dem Blumenmuster. Bisher war ihm noch nie aufgefallen, dass die Bezüge zu den Vorhängen passten. Abgesehen von dem neutralen Beige der Wände war der Raum absolut feminin.

Das Haus der Cosettes hatte immer schon ausgesehen, als

wäre eine Häkelgruppe darin Amok gelaufen. Gabbys Mutter hatte nie gearbeitet, und seitdem ihre Kinder ausgezogen waren, hatte sie ihre Zeit mit Handarbeit verbracht. Zierdeckchen. Decken. Bilderrahmen. Stuhlhussen. Eine total unheimliche Puppe.

Eine Hölle aus Wolle.

Auf dem Kaminsims standen Bilder der Mädchen aufgereiht. Flynns Blick saugte sich an einem bestimmten Foto fest – er und Gabby beim Abschlussball. Als er das letzte Mal im Haus gewesen war, hatte sich in diesem Rahmen ein Bild von Gabby in ihrer Cheerleader-Uniform befunden. Er hatte keine Ahnung, was er davon halten sollte, und fragte sich, ob sie ihm damit ihre Unterstützung zeigen oder das Ganze als jugendliche Schwärmerei abtun wollten.

Da Gabby nicht mehr übersetzen konnte, hatte sich Gabbys Vater wieder seinem Kreuzworträtsel zugewandt. Anders als Flynns Familie und Freunde hatten die Cosettes nie irgendein Interesse daran gezeigt, Gebärdensprache zu erlernen. Vermutlich hatte Hailey neulich Abend die richtige Idee gehabt, es mit dem Sprechen zu versuchen. Er war ja kein ungeschickter Fünfjähriger mehr. Er mochte sich nicht ganz wohl dabei fühlen, aber auf keinen Fall konnte es unangenehmer sein, als einfach nur hier herumzusitzen und Däumchen zu drehen.

«Soll ich das Programm wechseln?»

Flynn hob die Hand und schüttelte den Kopf, begleitet von einem Lächeln, das sich unendlich künstlich anfühlte. Um höflich zu sein, richtete er den Blick auf den Fernseher und gab vor, sich für die Angelsendung zu interessieren. Es gab nur eins, was noch langweiliger war als Angeln, und zwar, dabei zusehen zu müssen. Unauffällig sah er auf die Uhr. Himmel. Sie waren erst vor fünf Minuten angekommen.

Gepriesen sei Gabby und ihr riesiges Herz. Sie kehrte mit einem Bier für ihn zurück und setzte sich auf die Armlehne seines Sessels.

«Kennst du ein Wort mit fünf Buchstaben für abgemagert?»

«Hager.»

Gabby übersetzte, und ihr Dad zeigte auf ihn. «Den musst du dir warmhalten.»

Hurra. Flynn trommelte mit den Fingern auf den Oberschenkel und versank in Gedanken. Er starrte Gabbys Profil an, während sie fernsah. Mit ihrer hellen Haut und dem blonden Haar war sie ihrer Mom wie aus dem Gesicht geschnitten, aber ihren Körperbau hatte sie eher von ihrem Dad geerbt. Flynn hatte keine Ahnung, wo die babyblauen Augen herkamen, denn ihre beiden Eltern hatten braune Augen. Außerdem hatte sie die Gastfreundlichkeit ihrer Mom geerbt und die ruhige, zurückhaltende Gegenwart ihres Dads.

Er konnte einfach nicht anders, als sich zu fragen, was bei Rachel schiefgelaufen war.

Tick-tack.

Nach gefühlt hundert Jahren legte Mr. Cosette sein Kreuzworträtsel zur Seite. «Also, ich habe gehört, ihr beide seid jetzt ein Paar.»

Flynn sah zu Gabby, die lächelte. «Ja, seit ein paar Wochen.»

«Überrascht mich, dass ihr so lange gebraucht habt. Ihr seid doch seit der Vorschule quasi an der Hüfte zusammengewachsen.»

«Flynn kapiert manche Sachen ein wenig langsam.» Sie

stieß Flynn an und zwinkerte ihm zu. Ihr Grinsen war einfach bezaubernd.

Er kniff gut gelaunt die Augen zusammen. *«Du bist eine echte Komikerin.»*

Sie sprachen über die bevorstehende Hochzeit seines Bruders und alltägliche Dinge wie das Wetter, bis ihre Mutter den Kopf durch die Tür steckte, um zu verkünden, dass das Essen fertig sei.

Flynn folgte Gabby in die Küche. Als er Rachel am Tisch entdeckte, erstarrte er. Bis jetzt hatte er sie nicht gesehen, und er hatte gehofft, sie hätte es heute Abend nicht geschafft. Sie grinste ihn höhnisch an, und er unterdrückte ein Seufzen.

Zumindest roch das Essen lecker. Mrs. Cosette war schon immer eine tolle Köchin gewesen. Gebratenes Hühnchen, Baby-Karotten, Brötchen und Kartoffelpüree standen auf dem Tisch. Flynn setzte sich neben Gabby, gegenüber von ihrer jämmerlichen Schwester.

Teller wurden gefüllt. Gespräche begannen. Rachel warf ihm böse Blicke zu.

Tolle Stimmung.

Mrs. Cosette wischte sich mit einer Serviette den Mund ab. «Flynn, wirst du bei Cades Hochzeit einen Toast ausbringen?»

Sie wollte wahrscheinlich nur höfliche Konversation betreiben, doch er konnte sich des Eindrucks nicht erwehren, dass sie ihn aufziehen wollte. *«Ich bin mir nicht sicher. Wahrscheinlich.»* Er warf einen Blick zu Gabby. Sie hatte ihm dabei geholfen, dass er sich bei dem Gedanken an den Tanz nicht mehr so unwohl fühlte, aber der Gedanke, dass er etwas sagen müsste, war ihm bis jetzt gar nicht gekommen. Falls er das tat, würde sie übersetzen müssen. Oder vielleicht auch Drake. Cade hatte nie erwähnt, dass er mit einer Rede rechnete.

Rachel verdrehte die Augen und warf Gabbys Mom einen *Habe ich dir doch gesagt*-Blick zu. Flynn konzentrierte sich auf seinen Teller, weil er sich ziemlich sicher war, dass er gar nicht wissen wollte, was vor sich ging.

Er hatte vielleicht ein Viertel seines Tellers geleert, als ihm auffiel, dass Gabby quasi noch nichts gegessen hatte. Sie war zu sehr damit beschäftigt gewesen, für ihn zu übersetzen, um nach ihrer Gabel zu greifen. Die Miene ihrer Mutter verriet, dass das auch ihr nicht entgangen war.

Flynn tippte Gabby auf den Oberschenkel. *«Iss einfach, Liebling. Es ist okay. Ich kann ganz gut folgen.»*

Ihr Blick fragte *Bist du sicher?*, was er mit einem Nicken beantwortete. Als sie anfing zu essen, konzentrierte auch er sich wieder auf seinen Teller.

Soweit er mitbekam, ging es bei den Gesprächen nicht um ihn. Allerdings sprachen alle so schnell, dass er nicht wirklich folgen konnte. Es ging irgendwie um Rachel und ihre Wohnung oder ihren Job oder was auch immer. Er blendete die Gespräche aus, richtete den Blick auf seinen Teller und zwang sich dazu, Essen zu schlucken, das er nicht schmeckte. Er hatte absolut keinen Appetit mehr.

Er fühlte sich wieder wie in der Grundschule. Er stand am Rand und wurde nur wegen der hübschen Blondine neben sich miteinbezogen.

Was zur Hölle? Wieso beschwerte er sich denn die ganze Zeit wie ein weinerlicher Blödmann? Gabby hatte das Recht, ihr Essen zu genießen und Zeit mit ihrer Familie zu verbringen.

Sobald Flynn fertig war, lehnte er sich zurück und legte

einen Arm über die Lehne von Gabbys Stuhl. Er ließ seine Finger träge durch die Enden ihrer offenen Haare gleiten, um sich zu beruhigen. Gleichzeitig sah er sich in der Küche um. Eichenholz-Schränke, weiße Arbeitsflächen, schwarze Geräte. Hier gab es nicht viel zu sehen. An den Wänden gab es eine Tapete mit Apfelmuster, auf der die Früchte verschwammen, wenn er sie lang genug anstarrte.

Plötzlich wurde ihm klar, dass ihn so etwas in der Zukunft noch oft erwartete, wenn er und Gabby zusammenblieben. Feiertage und Geburtstagspartys und Familien-Picknicks. Ein Bild stieg vor seinem inneren Augen auf: Sie saß auf dem Boden und übersetzte jedes Wort, um sicherzugehen, dass er sich nicht ausgeschlossen fühlte. Sah ständig in seine Richtung, um zu schauen, ob es ihm gutging.

Gabby legte ihre Gabel beiseite und lächelte Flynn an. Seine Gabby, die verdammt netteste Person auf dem Planeten. «Mom will wissen, ob du gerne ein Dessert hättest.»

Er zwang sich, den Blick von ihr abzuwenden und ihre Mom anzusehen. *«Nein, vielen Dank. Ich bin pappsatt. Das Essen war köstlich.»*

Mrs. Cosette stand auf und räumte die Teller ab. «Dann gebe ich dir etwas mit nach Hause. Für später?»

«Danke.»

Rachel musste einen fiesen Kommentar gemacht haben, weil Gabby ihr einen erbosten Blick zuwarf. Dann stand sie auf, um ihrer Mom beim Abräumen zu helfen.

Bevor sie weit kommen konnte, hielt Flynn, ebenfalls aufgestanden, sie kurz auf und drückte ihr einen Kuss auf die Wange. *«Ich bin mit deinem Dad im Wohnzimmer. Brauchst du etwas?»*

Sie schlang die Arme um seine Hüfte und gab ihm einen kurzen Kuss auf die Lippen. «Wir gehen gleich.»

Es gab einen Gott. Er nickte, dann beschäftigte er sich eine Weile damit, ihrem Dad bei einem weiteren Kreuzworträtsel zu helfen. Mr. Cosette deutete auf einen Hinweis, dessen Lösung er nicht kannte. Flynn füllte die Kästchen aus. Eine halbe Stunde verging, und Gabby kam nicht zurück. Flynn ging kurz auf die Toilette, dann suchte er sie in der Küche.

Dort war sie, zusammen mit Rachel und ihrer Mom. Sie stand mit dem Rücken zu ihm. Gabbys Schultern wirkten verspannt, und sie hatte die Fäuste in die Hüften gestemmt. Flynn blieb im Türrahmen stehen, weil er sich fragte, was hier vor sich ging. Sein Magen verkrampfte sich vor Sorge.

Rachel gestikulierte heftig, sodass er sie ansah. «Du willst also wirklich mit einem tauben Typen ausgehen?»

Er erstarrte, seine Muskeln verkrampften sich so sehr, dass es fast weh tat. Sprachen sie über ihn? Den Rest von Rachels Aussage bekam er nicht mit, weil sie zu schnell sprach, sodass er ihre Lippen nicht lesen konnte. Aber ihre Mutter schien das Thema vertiefen zu wollen.

«Bist du wirklich glücklich?»

Und in diesem Moment sah Rachel auf. Ein bösartiges Funkeln erschien in ihren harten Augen.

Gabby wirbelte herum, entdeckte ihn und schloss die Augen. Bedauern huschte über ihre Miene. Sie rieb sich die Stirn, bevor sie ihn entschuldigend ansah. «Hey. Können wir nach Hause fahren?»

Voller Panik, seine Kehle wie zugeschnürt, ließ er seinen Blick über die Gesichter gleiten, bevor er erneut Gabby ansah. Und er hatte gedacht, es liefe alles gut. Zu gut, hatte er zu

Drake gesagt. Er hätte wissen müssen, dass irgendetwas ihr Glück zerstören würde. Er war sogar fest davon ausgegangen. Ihre Beziehung war einfach zu schön, um wahr zu sein.

Aber es spielte keine Rolle, was Gabbys Familie von ihrer Beziehung hielt. Gabby war die Einzige, die etwas dazu zu sagen hatte – die Einzige, deren Meinung zählte.

Und so konfrontierte er sie, anstatt es ihnen einfach zu machen. *«Gibt es ein Problem?»*

Gabby verschränkte die Arme, weigerte sich, Gebärdensprache zu benutzen, und senkte den Kopf. Obwohl sie sonst so mutig war, starrte sie jetzt auf den Boden, als hoffe sie, er würde sie verschlingen. Verlegenheit rötete ihre Wangen.

Schön. Er wiederholte seine Frage laut.

Mrs. Cosette riss mit großen Augen den Kopf herum, weil sie offensichtlich nicht damit gerechnet hatte, dass er sprechen konnte. Sie sah kurz zu Gabby, dann wieder zu ihm. Dann sackte sie in sich zusammen. «Wir mögen dich, Flynn. Du warst unserem Mädchen immer ein guter Freund. Aber ...» Sie hob den Blick zur Decke, als müsste sie sich sammeln. «Sie hat dir damals geholfen, als ihr noch jung wart, sie hat ihr gesamtes Leben damit verschwendet, dir das Leben leichter zu machen. Und jetzt geht ihr auch noch miteinander aus. Das wird einfach zu viel.»

Gabby trat vor. Ihre Hände flogen förmlich durch die Luft, als sie in Gebärdensprache auf ihn einredete. Doch Flynn hielt den Blick auf ihre Mutter gerichtet. An den Rändern seines Blickfeldes wurde es grau, und kleine Punkte tanzten vor seinen Augen. Er war sich ziemlich sicher, dass er das Atmen eingestellt hatte, doch seine Gedanken rasten zu sehr, um sich darum zu kümmern.

Mrs. Cosette wandte sich an ihre Tochter. «Du hättest alles werden können, was du wolltest. Warum also Tierarzthelferin? War das wirklich dein Wunsch, oder bist du ihm einfach gefolgt?» Sie sah erneut Flynn an, tiefes Mitleid in ihren Augen. «Ich weiß, dass sie dir etwas bedeutet, aber wann darf sie endlich ihr eigenes Leben leben?»

Er fuhr sich mit der Hand übers Gesicht und wandte den Blick ab, weil er nicht mehr wissen wollte. Er verstand, was sie sagen wollte. Und das Schlimmste daran? Sie hatte nicht ganz unrecht. Ihre Worte trafen einen Nerv, weil ihn bereits dieselben Gedanken gequält hatten. Mehr als ein Mal.

Er ballte die zitternden Hände zu Fäusten, während er versuchte, die Tatsachen zu verarbeiten, doch es half nicht. Stechende Schmerzen breiteten sich in seiner Brust aus. Er konnte keinen klaren Gedanken fassen.

Gabby trat vor ihn und sprach so schnell mit den Händen, dass er den Luftzug spürte.

Er folgte ihren Worten nicht, sondern fing ihre Hände ein. Jetzt war nicht der richtige Zeitpunkt dafür. Und auch nicht der richtige Ort. Später, wenn sie allein waren, würden sie darüber reden und herausfinden, ob die Argumente ihrer Mutter stichhaltig waren. Auch er wollte eine Antwort auf diese Fragen haben.

Er zwang sich, gegen den Widerstand in seiner Kehle anzuschlucken und gab ihre Hände wieder frei. *«Ich glaube, es ist besser, wenn ich jetzt gehe.»*

«Ich komme mit ...»

Er schüttelte den Kopf, dann umfasste er sanft ihre Wangen. Mit rasendem Herzen drückte er ihr einen Kuss auf die Stirn und trat zurück. *«Wir sehen uns morgen.»* Dann ließ er sie in der Küche mit ihrer Mutter zurück, mit verletztem Blick und zitternder Unterlippe. Er fühlte sich wie ein Arschloch.

Als er sich schließlich auf seiner Terrasse wiederfand, wusste er kaum noch, wie er es nach Hause geschafft hatte. Sein Hund lag ihm zu Füßen, und die funkelnden Sterne standen am Nachthimmel über ihm. Der Schock lähmte ihn. Es war ihm unmöglich, mehr zu tun, als einfach hier zu sitzen. Er wollte all das verdrängen, doch das durfte er sich nicht erlauben.

Flynn atmete tief durch, spürte die leichte Brise auf seiner kalten Haut und fragte sich, ob ihm wohl jemals wieder warm werden würde. Er ließ den Kopf in die Hände sinken, kämpfte gegen die Tränen an, die hinter seinen Lidern brannten, und erklärte sich wieder und wieder, dass er es gewusst hatte.

Denn verdammt ... er *hatte* es gewusst. Er hatte es in der Highschool gewusst, als er seine Gefühle für Gabby verdrängt hatte. Und er hatte es vor einem Monat gewusst, als diese Empfindungen wieder zum Leben erwacht waren. Sicher, ihre Beziehung war großartig. Und ja, es ging um mehr als einfach nur Verlangen. Da waren Gefühle. Starke, tiefe Gefühle. Gefühle, die ewig anhalten würden.

Aber welcher Quelle entsprangen sie? Selbst nach all den Jahren, mit all dem Abstand, wusste er, wieso er so empfand. Aber bei Gabby war er sich nicht sicher. Und das war der schreckliche Teil. Er würde Gabby jederzeit sein Leben anvertrauen. Doch in diesem Punkt – wenn es um sein Herz ging – musste er sich einhundertprozentig sicher sein, dass ihre Gefühle nicht der falschen Quelle entsprangen, weil es sonst ein großer Fehler wäre zusammenzubleiben.

Die Bretter der Holzterrasse vibrierten. Ohne aufzusehen, wusste er, dass es Gabby war. Zum Teufel mit ihr. Fletch sprang auf und rannte zu ihr.

«Ich habe gesagt, wir sehen uns morgen», murmelte er, ohne sie anzusehen. Er versteckte sein Gesicht immer noch hinter den Händen und betete, dass sie einfach nach Hause gehen würde.

Kühle Finger schlossen sich um seine Handgelenke und zogen seine Arme nach unten.

Mit einem Seufzer schaute er sie an. Er sah seit so langer Zeit in diese blauen Augen, hatte das schon so oft getan, dass er sich nicht einmal mehr sicher war, ob sie noch zwei eigenständige Personen waren. Im Mondlicht glänzte ihre Haut, und ihre offenen Haare leuchteten, sodass sie wie ein Heiligenschein wirkten. Wie passend, wo sie doch tatsächlich ein Engel war. Engelsgleiches Gesicht, große Augen, lange Wimpern und ein kurvenreicher Körper. Jeder fühlte sich in ihrer Nähe wohl. Sie gab, ohne Bedingungen zu stellen. Und konnte sich in jedes Wesen einfühlen, das einen Herzschlag besaß. Für die Welt das nette Mädchen von nebenan, aber im Schlafzimmer eine leidenschaftliche Verführerin.

«Tut mir leid, dass du das Gespräch mitbekommen hast. Mom meint es gut, aber sie hat keine Ahnung, wovon sie spricht.» Gabby drückte seine Unterarme. «Sie liegt falsch.»

Was er gesagt hatte, ignorierte sie einfach.

Er wollte heute Abend nicht reden. Er fühlte sich zu verletzt und aufgewühlt, um dieses Gespräch heute Abend führen zu können. Aber sie hatten natürlich eine Menge zu besprechen. Und da sie nun schon einmal da war, begann er mit dem Harmlosesten. «Denk über die Worte deiner Mutter nach. Wenn es mich nicht gegeben hätte, wenn wir nicht befreundet gewesen wäre, hättest du Tierarzthelferin werden wollen?»

Sie hob in einer hilflosen Geste die Hände, dann musterte sie ihn mit einem verärgerten Blick. «Ich weiß es nicht, Flynn. Ich wollte Rock Star Barbie oder olympische Turnerin werden, aber ich kann nicht singen, und auf einem Schwebebalken würde ich mich umbringen.»

Er stieß ein Knurren aus, dann erhob er sich aus dem Stuhl und tigerte auf der Terrasse auf und ab, entnervt und angespannt.

Sie trat vor ihn, sodass er stehen bleiben musste. «Der Punkt ist: Es *gibt* dich, und wir *sind* befreundet. Der Rest spielt keine Rolle.»

«Natürlich spielt das eine Rolle!»

«Warum, Flynn? Die Menschen in unserem Leben prägen uns. Wir entwickeln uns gemeinsam mit ihnen weiter. Dich aus der Gleichung zu nehmen ist, als würde ich mir einen Arm abhacken. Unmöglich zu sagen, welche Konsequenzen das hätte. So, wie es ist, bin ich glücklich.»

Er rieb sich den Nacken. «Und was ist mit dem ganzen Rest? Die Jahre, die du darauf verschwendet hast, mir das Leben zu erleichtern?» Er hatte es nie so gesehen, hatte vielleicht nie darüber nachdenken wollen, aber wie sahen andere Leute das? Empfanden sie es genauso wie ihre Familie? Sicher, sie hatte ihm das Leben leichter gemacht, aber es war ja nicht so, als bekäme er alleine nichts auf die Reihe. Und Gabby hatte ein eigenes Leben, hatte Interessen, die sich nicht mit seinen überschnitten.

Ihre sonst so warmen blauen Augen wurden eiskalt. «Willst du mich verarschen? Keine einzige Minute, die ich mit dir verbracht habe, war verschwendet.» Tränen glitzerten in ihren Wimpern, dann schüttelte sie den Kopf, als verstünde sie das alles einfach nicht. «Ich liebe dich.»

Und ihm blieb die Luft weg. Himmel, das tat weh. Als zerrissen ihm die Schmerzen die Eingeweide. «Ich mag ja taub sein, aber dein großes Herz macht dich blind.»

Sie starrte ihn unverwandt an, während Tränen über ihre Wangen rannen. «Ich würde dich lieben, wenn du nicht taub wärst. Ich würde dich lieben, wenn du blind wärst. Ich würde dich lieben, wenn du im Besitz all deiner Sinne wärst oder keinen einzigen nutzen könntest.»

Wütend wischte sie sich die Tränen von den Wangen. Flynn musste die Hände zu Fäusten ballen, um es nicht selbst zu tun. «Du warst der erste Mensch, der mich gesehen hat – ein verängstigtes kleines Mädchen in einem Klassenzimmer voller Fremder. Und nach all diesen Jahren bist du immer noch der einzige Mann, der mich sieht. Du bist witzig und freundlich und mutig.»

Er glaubte ihr. Sie hätte ihm erzählen können, dass Elvis mit Rotkäppchen in Atlantis lebte, und er hätte ihr geglaubt. Vertrauen war nicht das Problem.

Sie war mit ihren Gefühlen nicht allein. Er hatte sich so rettungslos in sie verliebt, dass es keinen Weg zurück gab. Aber er liebte sie zu sehr, um sie nicht gehen zu lassen, zumindest für eine Weile. Lang genug, damit sie Zeit zum Nachdenken hatte. Sie würde nur wirklich in sich gehen können, wenn er nicht ständig an ihrer Seite war.

Flynn war nie ein unsicherer Mensch gewesen. Oft einsam, weil er nur zusehen konnte, oft frustriert, weil man ihn nicht beachtete, häufig traurig, weil er sich von seinen Mitmenschen unterschied, manchmal verletzt, weil man hinter seinem Rücken über ihn lachte … aber nicht unsicher. Seine Familie und seine Freunde liebten und unterstützten ihn. Er hatte ein tolles Sicherheitsnetz. Doch in letzter Zeit – seitdem er mit Gabby den letzten Schritt gegangen war und seinen Gefühlen freien Lauf gelassen hatte – tobte ein einziges Chaos aus Selbstzweifeln und Verunsicherung in ihm.

Das sah ihm nicht ähnlich, und er hasste es. Nicht, dass das ihre Schuld wäre. Denn das war es nicht. Vielleicht war er einfach nicht für Beziehungen geschaffen, obwohl er sich immer genau danach gesehnt hatte. Er verzehrte sich schon viel zu lang nach einer echten Beziehung. Das hatte er mit Gabby gehabt. Aber sie beide waren nicht die Einzigen, die in ihren Erwägungen eine Rolle spielten sollten. Ihre Familie bedeutete ihr eine Menge. Und auf keinen Fall wollte er, dass sie eines Tages aufwachte und ihn hasste. Weil sie sich zufriedengegeben hatte. Weil sie nichts gewagt hatte. Weil er sie in eine Falle gelockt hatte.

Er atmete tief durch, dann musterte er ihr Gesicht. Musterte seine wunderschöne Gabby, während er eine höhere Macht anflehte, dass sie auf ihn hörte. «Wir haben zu viele Jahre in zu engem Kontakt verbracht, um über den Tellerrand schauen zu können. Ich will damit nicht sagen, dass wir uns trennen sollten und unsere Beziehung keine Zukunft hat, sondern nur, dass wir ein wenig Abstand brauchen.»

Ihre Miene wurde ausdruckslos, ihre Augen leer. Als lege sie eine Rüstung an, um sich zu schützen. Wie verrückt, wo er doch die einzige Person war, von der sie niemals irgendetwas zu befürchten hatte. Ihr Atem ging keuchend, doch irgendwann nahm sie die Schultern zurück.

Gabby bedachte ihn mit einem harten Blick, der direkt in seine Seele vordrang. «Es gibt da etwas, was du nicht verstehst. Und ich fürchte, du wirst es nie verstehen. Wir haben alle irgendwelche Handicaps, Flynn. Aber du bist nicht meines.»

· 24 ·

Gabby beäugte ihre Reflexion im Badezimmerspiegel, während sie die Kaffeetasse zum Mund führte. Sie verzog das Gesicht. Sie hatte den Großteil der Nacht mit Weinen verbracht, nachdem sie Flynn gestern allein zurückgelassen hatte. Es war ihren verschwollenen, rot geränderten Augen nur allzu deutlich anzusehen. Die dunklen Augenringe, die dem Schlafmangel zu verdanken waren, machten alles nur noch schlimmer.

Zumindest war die Klinik an den nächsten drei Tagen geschlossen, weil Cades und Averys Hochzeit bevorstand. Heute würden sie und Zoe zum Pavillon des botanischen Gartens fahren, um alles für den großen Tag morgen vorzubereiten. Sie musste sich zusammenreißen, sonst würde sie auf den Hochzeitsbildern aussehen wie das Monster aus den Sümpfen des Selbstmitleids.

Aber verdammt. Es tat so weh. Flynn hatte gesagt, es sei nicht das Ende, aber auf sie hatten seine Blicke gestern Abend gewirkt, als könnte er die Beziehung nicht mehr ertragen. Und was sagte das über sie aus, wenn selbst Flynn nicht mit ihr zusammen sein wollte?

Und … er hatte ihre Liebeserklärung nicht erwidert.

Ihr Magen verkrampfte sich, und erneut traten Tränen in ihre Augen. Gabby zweifelte nicht daran, dass Flynn sie liebte. Als gute Freundin. Das hatte er ihr über die Jahre wieder und wieder bewiesen. Schmerzen pulsierten hinter ihren Schläfen, in ihrer Brust. Vielleicht ging es bei seinen Bedenken genau darum. Nicht um ihre Gefühle, sondern um seine. Sex bedeutete nicht Liebe. Vielleicht war ihm klargeworden, dass sein körperliches Verlangen und die Freundschaft die Grenzen verwischt hatten. Das das hier nicht halten konnte, dass es nur um ... Begierde ging.

Gabby atmete zitternd durch und schloss die Augen. Wenn Flynn sie nicht lieben konnte, dann wurde es Zeit, sich der Realität zu stellen. Zwölf Katzen würden doch wunderbar in ihr hübsches kleines Haus passen, oder? Allein die Kosten für Katzenstreu würden sie in den Ruin treiben, aber hey. Hauptsache, sie hatte Gesellschaft.

Gott. Ihr Kopf tat weh. Egal, wie er auch empfinden mochte, sie hatte sich in ihn verliebt. Ihr ganzes Leben über hatte sie sich genau das gewünscht. Dass jemand ihr tief in die Augen sah und sie wortlos wissen ließ, dass sie sein Ein und Alles war. Dämlich, dämlich.

Sie stellte ihre Kaffeetasse auf den Waschbeckenrand, schüttelte den Kopf und spritzte sich kaltes Wasser ins Gesicht. Zoe wollte sie in zwanzig Minuten abholen. Sie musste sich zusammenreißen. An diesem Wochenende ging es um Cade und Avery, nicht um ihre Probleme. Sie beschloss, erst zu duschen, nachdem sie den Pavillon dekoriert hatten, band ihr Haar zu einem hohen Pferdeschwanz und ließ es damit gut sein.

Popsicle sprang auf den Waschtisch, als Gabby gerade darüber nachdachte, ob sie die dunklen Augenringe mit Make-up abdecken sollte. Die Katze beäugte die Kaffeetasse, dann Gabby. Das Tier warf gerne Sachen herunter. Einfach, weil es Spaß machte.

«Denk nicht mal dran.»

Die Katze hob die Pfote und blinzelte träge. *Ich werde es tun.*

«Popsicle!», warnte sie.

Blinzel. *Klingt für mich nach einer Herausforderung.* Den Blick unverwandt auf Gabby gerichtet, senkte Popsicle die Pfote, bis sie kurz vor der Tasse schwebte. *Schau mal, gleich ist es so weit. Was willst du dagegen machen?*

Gabby seufzte. «Könntest du dich nur ein einziges Mal nicht wie eine Diva benehmen? Nur heute, ausnahmsweise? Ich hatte eine wirklich harte Nacht und ...»

Patsch. Die Katze schwang die Pfote, sodass die Tasse über den Waschtisch rutschte.

Gabby konnte sie gerade noch auffangen, bevor sie auf den Boden fiel. «Allein deswegen gibt es jetzt kein Leckerchen. Und ich wollte ein Dutzend Brüder und Schwestern für dich adoptieren.»

Popsicle machte einen Katzenbuckel, schüttelte ihr orangefarbenes Fell und sprang auf den Boden. *Deine Drohungen interessieren mich nicht, Lakai.* Mit dem hochmütigen Ausdruck einer Königin stiefelte sie aus dem Raum.

Gabby verdrehte die Augen und ging ins Schlafzimmer, um sich Jeans und ein T-Shirt anzuziehen. Sie ging gerade ins Wohnzimmer, als Zoe, die einen Schlüssel besaß, das Haus betrat. Ihr Haar leuchtete immer noch in grellem Purpur. Zumindest passte die Farbe zum Brautjungfernkleid.

Popsicle tänzelte in den Raum, stellte fest, dass Zoe nicht Flynn war, rümpfte die Nase und verschwand wieder in den Flur.

«Habe ich was Falsches gesagt?» Mit einem Schulterzucken sah Zoe der Katze nach, dann musterte sie Gabby. «Wow. Du siehst aus wie nach einem Zugunglück, und der Look ist momentan wirklich total in.»

Gabby sah an sich selbst herunter. Erst jetzt fiel ihr auf, dass sie das T-Shirt auf links und nicht zueinander passende Socken angezogen hatte. Aber immerhin waren es hübsche Socken. Einer leuchtend grün mit Kleeblattmuster und der andere pink mit Ostereiern ...

Sie seufzte. «Danke. Ich habe die ganze Nacht darüber nachgedacht, was ich anziehen soll. Eigentlich wollte ich verzweifelt und jämmerlich aussehen, aber Zugunglück tut es auch.» Sie ging in die Küche, um die Kaffeemaschine auszumachen und ihre Tasse in die Spüle zu stellen.

Zoe folgte ihr. «Was ist los, Gabs?» Sie lehnte sich mit verschränkten Armen gegen die Arbeitsfläche. Zoe war so klein, dass ihr Kopf gerade eben bis an die Hängeschränke reichte. Und aus irgendeinem Grund wirkte sie in Gabbys Küche noch zierlicher. Zoes forsche Persönlichkeit sorgte meist dafür, dass sie größer aussah.

Gabby zog sich das T-Shirt über den Kopf, drehte es um und zog sich wieder an. Dann rieb sie sich die Stirn. «Flynn hat sich von mir getrennt. Zumindest glaube ich das. Er hat gesagt, wir bräuchten» – sie zeichnete mit den Fingern Anführungszeichen in die Luft – «ein wenig Abstand.»

Zoe runzelte die Stirn und kratzte sich am Kopf. «Fünfundzwanzig Jahre Freundschaft, in der ihr ständig zusammengehangen habt, und jetzt will er Abstand? Was hast du getan? Seinen Hund getreten? Eine Bank überfallen? Vergessen, dass er lieber Ranch Dressing mag statt Thousand Islands?»

Flynn mochte am liebsten French Dressing auf seinem Salat. Ein Schluchzen bahnte sich seinen Weg. Wieder drohten Schmerzen sie zu überwältigen. Gott. Wenn das so weiterging, würde sie austrocknen.

«Verdammt.» Zoe kam zu ihr und schlang die Arme um sie. Ihr Kopf reichte kaum bis an Gabbys Nase, doch ihre Umarmung war fest. «Das war nur ein Witz. Du besitzt die Vagina in dieser Beziehung, also ist es auf jeden Fall er, der falschliegt.»

Gabby lachte gequält, dann trat sie zurück und wischte sich über die Augen. Sie sammelte sich einen Moment, dann erzählte sie Zoe, was passiert war. «Ich verstehe es einfach nicht. Ständig denke ich: Was, wenn er nicht dasselbe für mich empfindet?» Sie hatte gedacht, sie würde Flynn kennen und wüsste, was er wollte, aber jetzt war alles aus dem Gleichgewicht geraten.

Zoe starrte an die Decke. «Ich stehe Flynn nicht so nahe wie Drake oder Cade – hauptsächlich, weil ihr beide immer diese enge Verbindung hattet –, aber irgendwie wirkt das untypisch für ihn.»

«Ja. Vielleicht bringe ich einfach seine dunkle Seite zum Vorschein – oder unsere Beziehung tut das. Auf jeden Fall war nur ein blöder Kommentar von meiner Mutter nötig, damit er alles in Frage gestellt hat. Bisher hat es ihm nie an Selbstbewusstsein gemangelt. Und er hat auch nie an uns gezweifelt.»

Zoe dachte kurz darüber nach, dann nickte sie. «Zuerst einmal: Es ist vollkommen unmöglich, dass du die dunkle Seite von jemandem zum Vorschein bringst. Ehrlich. Schau dich doch an. Das brave Mädchen, ein toller Kumpel, der Liebling der Stadt. Eigentlich ziemlich nervig. Neben dir wirken wir anderen alle wie Bucklige mit Lepra.» Als Gabby etwas dazu sagen wollte, hielt Zoe sie mit einer Geste davon ab. «Ich meine das ernst. Dein Herz ist größer als der verdammte Bundesstaat, und wenn jemand das weiß, dann Flynn. Und ich glaube nicht, dass es etwas damit zu tun hat, dass er deine Gefühle nicht erwidern würde. Ich habe eher den Eindruck, dass er glaubt, er wäre nicht gut genug für dich.»

Darüber hatte Gabby noch nie nachgedacht, jedenfalls nicht lange genug, damit die Vorstellung Form annahm. Dann schüttelte sie den Kopf. Darüber musste sie in Ruhe nachdenken. «Wir sollten besser aufbrechen. Wir haben vor dem Probe-Abendessen noch eine Menge zu tun, und ich muss nach dem Dekorieren noch mal nach Hause, um zu duschen.»

«Jep. Ich habe dich schon vor der Tür gerochen.»

Lachend griff sie nach ihrer Handtasche. «Halt die Klappe.»

«Ich habe schon Hunde gewaschen, die sich in einem toten Stinktier gewälzt hatten, die besser gerochen haben als du.»

Gabby lachte heftiger, bis sie sich den Bauch halten musste. «Ich meine es ernst. Halt die Klappe. Ich bin heute sehr empfindlich.»

Als sie im botanischen Garten ankamen, stand Drake im Vorraum, mit dem Rücken zu der Glaswand des Veranstaltungssaals. Auf Zoes fragenden Blick hin zuckte er nur mit den Achseln. «Avery hat mich eingespannt.» Er sah Gabby forschend an. «Was ist mit dir passiert?»

Sie richtete den Blick an die Decke. Zog einen Schmollmund. «Lüg einfach und sag mir, dass ich hübsch bin.»

«Du bist hübsch. Da muss ich nicht lügen.»

Sie riss den Kopf zu ihm herum, dann musste sie gegen aufsteigende Tränen anschlucken. «Aha.» Als er sie einfach weiter unverwandt ansah, um schweigend eine Antwort auf seine ursprüngliche Frage einzufordern, zuckte sie mit den Schultern.

«Gabby ...»

Zoe schnaubte. «Dein Bruder ist passiert. Gabby ist ein weinerlicher, jämmerlicher, weiß glühender Haufen Dreck, weil er auch nicht besser ist als jeder andere Mann.»

Drake sah Zoe an. «Deinen BH kannst du da drüben verbrennen. Wir kommen dann gleich.»

Zoe verschränkte die Arme und stellte sich breitbeiniger hin. «Unglaublich witzig.»

«Ich bin kein weiß glühender Haufen Dreck. Eher lauwarm ...»

Drake richtete seinen Blick wieder auf Gabby. «Was hat Flynn getan?»

Verdammt. War es denn zu viel verlangt, dass sie einfach mal alle in Ruhe ließen? «Ich will nicht darüber reden.»

Drake blieb einfach vor ihr stehen, die Hände in den Hosentaschen, die Beine breit. Es war offensichtlich, dass er nicht vorhatte, sich zu wegzubewegen.

Aus dem Nichts heraus fiel ihr auf, wie unterschiedlich die O'Grady-Brüder aussahen. Drakes schwarzes Haar endete kurz über seinen Ohren, und seine Augen zeigten einen warmen Kakao-Ton, ganz anders als Flynns etwas zu langes, rötlich blondes Haar und seine haselnussbraunen Augen oder Cades hellblonder Wuschelkopf mit den blauen Augen. Aber sie waren alle groß, um die eins achtzig, und hatten die hohen Wangenknochen ihrer Mom und das ausdrucksstarke Kinn ihres Dads geerbt. Und sie hatten alle diesen schlanken, muskulösen Körperbau. Aber ihre Persönlichkeiten waren einzigartig. Cade schelmisch und charmant. Flynn hatte diesen trockenen, unterschwelligen Humor. Drake dagegen war eher nachdenklich und vorsichtig.

Doch sie alle hatten eins gemeinsam – und Gabby betrachtete das nicht als selbstverständlich: Sie liebten aus vollem

Herzen. Gabby würde die Eltern der drei immer dafür bewundern, wie sie ihnen das vermittelt hatten. Egal, ob es um die Familie, Freunde oder ihre Haustiere ging, die O'Grady-Jungs scheuten niemals vor ihren Gefühlen zurück oder betrachteten es als unter ihrer Würde, Zuneigung zu zeigen. Und wenn sie liebten, dann für ein Leben. Für immer.

Sie hatte Drake nie so nahegestanden wie Flynn, aber Gabby zweifelte keinen Moment daran, dass sie Drake etwas bedeutete. Und der Blick, den er ihr schenkte, verriet, dass er sich nicht wohl dabei fühlte, wenn es Spannungen zwischen zwei Personen gab, die er liebte.

Nach einem angespannten Moment nickte Drake einmal. «Sag mir einfach Bescheid, wenn ich ihn in den Arsch treten soll.» Als Antwort konnte sie nur kurz grinsen, dann ließ er den Blick durch den Raum gleiten. «Habt ihr eine Ahnung, was wir machen sollen?»

Mit einem trockenen Lächeln zog Zoe einen gefalteten Zettel aus der hinteren Hosentasche. «Avery hat mir einen genauen Plan gezeichnet. Mit farblichen Markierungen.»

Drake stieß ein bellendes Lachen aus und nahm Zoe den Zettel ab. «Das klingt ganz nach unserem Mädchen.» Er musterte das Papier. «Ich werde die Tische holen.» Zoe folgte ihm in den Lagerraum.

Gabby sah sich um. Sie war seit dem Valentinsball nicht mehr hier gewesen. Der Saal war luftig, offen und verband den Charme der Natur mit subtiler Klasse. Der Raum war groß und rechteckig, mit einer Glaswand, die den Blick auf den botanischen Garten freigab, auf der einen Seite und einer Ziegelmauer auf der anderen. Der öffentliche Zugang führte in ein kleines Foyer, von dem aus man direkt an die Bar gehen konnte.

Polierter Parkettboden und offene Holzbalken vollendeten das Bild.

Schon seit Drakes und Heathers Hochzeit vor all diesen Jahren hatte Gabby davon geträumt, einmal hier zu heiraten. Wie jedes Mädchen hatte sie sich ausgemalt, welches Kleid sie tragen und wie der Kuchen aussehen würde. Wie sie ihr Haar tragen und welche Farben dominieren sollten.

Sehnsucht verkrampfte ihr den Magen. Sie vermisste Flynn so heftig, dass sie für einen Moment die Augen schließen musste. Es war noch nicht mal einen Tag her, seit sie ihn das letzte Mal gesehen hatte, doch wegen der Spannungen zwischen ihnen fühlte es sich an wie eine Ewigkeit. Sie fragte sich, was er wohl dachte, wie es ihm ging.

Ehrlich: Alles zwischen ihnen – von ihrer Freundschaft bis zu ihrer romantischen Beziehung – war immer so glatt gelaufen. Hatte keinerlei Mühe erfordert. Sie wusste nicht, was sie tun sollte, ob sie überhaupt etwas tun sollte. Letzte Nacht hatte Flynn erklärt, sie solle nachdenken, aber es war nicht sie, die verunsichert war. Er war derjenige, der den Pause-Knopf gedrückt hatte.

Als Zoe und Drake wiederauftauchten, schüttelte Gabby den Kopf und konzentrierte sich auf die anstehenden Aufgaben.

Am Nachmittag hatten sie die Tische aufgebaut und mit weißen Tischdecken versehen. Stimmungsvolle Zierkerzen standen auf hübschen, lavendelfarbenen Tellern. Die Blumen würden morgen direkt geliefert. Sie hatten Lichterketten an den Deckenbalken befestigt und Averys Anweisungen buchstabengetreu befolgt.

Zoe fuhr Gabby nach Hause, wo sie duschte und sich ein

hellgelbes Sommerkleid anzog, um sich aufzumuntern. Es war schulterfrei und lag eng an, auf Kniehöhe fiel es zu einem weit schwingenden Rock auseinander. Sie zog weiße Ballerinas dazu an und kämmte sich noch einmal ihr Haar, das in lockeren Wellen über ihren Rücken fiel.

Während sie sich hübsch machte, dachte sie die ganze Zeit über an Flynn. Sie hatten seit gestern Abend nicht mehr miteinander gesprochen, und natürlich würde ihr Outfit nicht einfach dafür sorgen, dass er vernünftig wurde ... aber trotzdem wollte sie gut für ihn aussehen.

Sie griff nach der Kante ihrer Kommode, schnappte nach Luft und versuchte, sich zu beruhigen. Keine Chance. Es gab nur eins, was ihre Laune verbessern, ihre Panik und Unruhe lindern konnte, und das war Flynn.

Gabby kam als Letzte im Saal an. Avery und ihre Mom, Justine, standen zusammen mit Gayle beim Pastor. Die Mutter der O'Grady-Jungs strahlte so breit, dass sie fast selber als Lichtquelle dienen konnte. Gabby vermutete, dass Justine sich einfach nicht hatte vorstellen können, dass Cade je sesshaft werden würde. Und jetzt waren sie hier. Brent, Zoe und Drake saßen in der Nähe. Flynn kniete vor Hailey, doch er wandte ihr den Rücken zu, sodass sie nicht sehen konnte, was er gerade sagte.

Als hätte er ihre Anwesenheit gespürt, stand Flynn auf und drehte sich langsam um. Die Luft zwischen ihnen knisterte. Für eine Minute sah sie ihn nur an, die knisternde Spannung zwischen ihnen überraschte sie. Er trug eine graue Stoffhose und ein weißes Hemd, das die sehnigen Muskeln darunter kaum zu verbergen mochte. Sein Haar war nach hinten gekämmt, doch gleichzeitig verwuschelt, als hätte er es sich mit den Fingern aus der Stirn gestrichen.

Flynns Blick glitt über ihren Körper, und die Hitze in seinen Augen verbrannte sie fast. Sein Mund stand leicht offen, seine Stirn war gerunzelt. Der Muskel an seinem Kinn zuckte, als kämpfte er um Selbstbeherrschung, ohne sie zu finden. Ein Blick verriet ihr, dass er ihr Kleid lieber auf dem Boden gesehen hätte. Und dass er derjenige sein wollte, der es ihr auszog.

Sie begann, schwer zu atmen, als sein Blick den ihren einfing. Der Abstand zwischen ihnen schien zu schrumpfen, ohne dass einer von ihnen sich bewegte. Ihr Herz raste. Tiefe Sehnsucht und kaum gezügelte Lust brannten in seinen Augen. Hoffnungsvoll lächelte sie ihn an.

Doch ... er zuckte zusammen und wandte sich mit steifen Bewegungen ab.

Panik erfasste sie. Sie rang ihre zitternden Hände, und Schmerzen verkrampften ihr die Brust. Er ... hatte sie aufgegeben. Die einzige Person, die sie nie übersehen hatte. Der einzige Mann, der sich je die Mühe gemacht hatte, sie wirklich anzuschauen.

Und jetzt war sie für ihn nur noch ein weiteres Gesicht in der Menge.

Sie schwankte, weil sie einfach keine Luft mehr bekam. Mit zugeschnürter Kehle und brennenden Augen starrte sie zu Boden, bis sie sich gefangen hatte. Sie würde nicht weinen und ihren Freunden den Abend ruinieren. Ihre Unterlippe zitterte, doch sie fluchte und presste die Lippen aufeinander.

Flynn, der inzwischen wieder vor Hailey kniete, sagte etwas in Gebärdensprache. Das Mädchen tippte auf Flynns Mund, bevor ihr unruhiger Blick wieder durch den Raum huschte. Gabby beobachtete die Szene. Hailey wiederholte die Geste noch zweimal.

«Er hat neulich Abend mit ihr gesprochen.» Cade trat neben Gabby. Er nahm einen Schluck aus einer Wasserflasche, machte sie wieder zu und richtete die Aufmerksamkeit auf seinen Bruder und das Mädchen, das bald seine Tochter sein würde. «Im Sinne von: Er hat den Mund aufgemacht und laut mit ihr geredet.»

«Wirklich?», flüsterte Gabby und sah erneut zu Flynn. Hailey liebte ihn. Sie hatten eine ganz besondere Verbindung, die Gabby schon aufgefallen war, als sie die beiden das erste Mal miteinander gesehen hatte.

«Jep. Es war total verrückt. Er sagt, er hat es aus Versehen getan.» Das Plastik der Wasserflasche in Cades Hand knisterte. «Ich kann dir gar nicht sagen, wann ich das letzte Mal seine Stimme gehört habe. Seit diesem Abend versucht Hailey, ihn dazu zu bringen, es noch mal zu tun.»

Flynn hatte nichts davon gesagt. Und dabei klang das nach etwas, was er ihr auf jeden Fall erzählt hätte. Plötzlich fragte Gabby sich, welche Dinge er noch für sich behalten hatte und wieso er überhaupt das Bedürfnis verspürte, ihr Dinge zu verschweigen.

Je länger sie ihn anstarrte, desto schlimmer wurden die Schmerzen. Sie strich sich eine Strähne aus dem Gesicht und zwang sich, stattdessen Cade anzusehen. Er sah sehr gut aus in seiner schwarzen Stoffhose mit dem blauen Anzughemd. «Seine Stimme ist ihm peinlich. Aufgrund der Reaktionen anderer weiß er, dass seine Aussprache und Sprachmelodie ungewöhnlich sind.»

Cade sah sie an, und einer seiner Mundwinkel zuckte. «Aber mit dir redet er. Stell dir meine Überraschung vor, als er das erwähnt hat.»

Sie zuckte mit den Achseln. «Bei der Arbeit hat er oft die Hände nicht frei. Und wenn wir ... na ja ... dann ist Gebärdensprache auch oft nicht gerade ideal.»

Cade schüttelte schon den Kopf bereits, bevor sie zu Ende gesprochen hatte. «Nein, Gabs.» Er warf ihr einen harten Blick zu, dann musterte er seinen Bruder. «Als Flynn mit ihr gesprochen hat, fing Hailey an, Geräusche zu machen, als wollte sie auch reden.»

Gabby drückte sich eine Hand an die Brust. «Gott. Wirklich? Das ist unglaublich.»

«Ja, es ist unglaublich. Sobald wir von unserer Familienwoche zurück sind, werden ihre Lehrer mit einer Sprachtherapie beginnen.» Cade nickte und lachte atemlos. «Himmel, Gabby. Ich war so stolz, ich habe geheult wie ein Baby.»

Zum ersten Mal an diesem Tag grinste sie. Ihr wurde warm ums Herz. «Du wirst ein toller Dad.»

Er wandte sich ihr zu und verschränkte die Arme, wobei seine Augen verdächtig glänzten. «Mein Bruder hat eine Kettenreaktion ausgelöst, weil *du* ihm das Selbstvertrauen gegeben hast, er selbst zu sein. Wir werden nie erfahren, ob Hailey auch von allein auf diese Idee gekommen wäre, doch ich bezweifle es. Sie hat eine Schwäche für Flynn. Ich glaube, es hat etwas damit zu tun, dass er – genau wie sie – immer geschwiegen hat. Deswegen will sie es jetzt versuchen.»

Er schüttelte fast ehrfürchtig den Kopf. «Ich liebe dieses Kind, Gabs. Sie mag nicht meine Blutsverwandte sein, aber jeder ihrer Entwicklungsschritte wird von nun an auch etwas mit mir zu tun haben. Also vielen Dank.»

«Cade.» Sie presste die Lippen aufeinander, um nicht zu weinen. «Dieser Mascara ist nicht wasserfest, du Trottel.»

Er warf den Kopf in den Nacken und lachte, dann zog er sie in eine Umarmung. Sie spürte ein schweres Seufzen in ihrem Haar. «Flynn wird seinen Kopf wieder aus dem Sand ziehen, das verspreche ich dir. Das kommt in Ordnung. Wirst schon sehen.»

Und für einen Moment glaubte sie ihm tatsächlich.

· 25 ·

Sie konnte unmöglich noch mehr emotionalen Schmerz ertragen, dachte Gabby, als sie über den Parkplatz ging und sich hinter das Lenkrad sinken ließ.

Bei der Hochzeitsprobe im Festsaal, bei der durchgegangen und besprochen worden war, wer wann was tun sollte, hatte Gabby für Flynn übersetzt. Sie hatte sich Sorgen gemacht, dass er eine Anweisung nicht mitbekommen würde. Sie kannte ihn. Wenn morgen irgendetwas schieflief, würde er sich das zu Herzen nehmen.

Aber er hatte sie ... vollkommen ignoriert. Hatte sich einfach benommen, als gäbe es sie gar nicht. Ein paarmal hatte Avery ihn angelächelt und ihm zuliebe in Gebärdensprache gesprochen. Er hatte ihr Lächeln erwidert und bestätigend genickt. Aber für sie hatte er keinen Blick übriggehabt. Gabby hätte schwören können, dass es ihm weh tat, sie anzusehen, wenn sie es nicht besser gewusst hätte.

Danach waren sie zum Abendessen in einen privaten Nebenraum des Bella Italia weitergezogen, wo sie noch unsichtbarer geworden war. Die Gruppe hatte sich unterhalten und gelacht, während sie mit aller Macht darum gekämpft hatte, sich nicht zu übergeben.

Irgendwann hatte sie Flynn an der Bar gesehen und war zu ihm gegangen, um ihn zu fragen, ob er einen Drink wolle. Er hatte nur sein Bierglas gehoben, begleitet von einem Blick, den sie als *Ich kriege das allein hin. Ich bin kein Idiot* gedeutet hatte.

Und Gott. Hätte ein Lastwagen sie überfahren, hätte das wahrscheinlich weniger weh getan.

Gespräche. Abendessen. Dessert. Drinks. Lachen.

Sie hatte still danebengesessen und mit ihrem Besteck gespielt, in der Hoffnung, niemandem aufzufallen. Averys erster Ehemann war ein Volltrottel gewesen, der so getan hatte, als gäbe es Hailey gar nicht. Ihre Freundin hatte es verdient, dass ihr schönster Tag nicht ruiniert wurde. Und dasselbe galt für Cade. Allerdings war es Gabby schwergefallen, nicht zusammenzubrechen, und das wiederum hatte dazu geführt, dass sie auch noch an Schuldgefühlen litt.

Flynn hatte sie nicht angesehen. Kein einziges Mal.

Sie schloss die Augen und ließ den Kopf gegen die Kopfstütze sinken, um sich einen Augenblick des Friedens zu gönnen. Flynn wollte Abstand, wollte, dass sie nachdachte. Aber Abstand war eine Sache, der Grand Canyon, der sich zwischen ihnen aufgetan hatte, eine ganz andere. Und das hätte zu keinem schlimmeren Zeitpunkt passieren können. Auch wenn die Klinik geschlossen war, würden sie in den nächsten drei Tagen wegen der Hochzeit auf jeden Fall zusammen sein.

Was würde am Montag passieren, wenn sie wieder arbeiten gehen musste? Wollte er ihr weiter die kalte Schulter zeigen? Sie würden eine Menge zu tun haben, wenn Avery und Cade weg waren. Wenn Flynn und Gabby sich nicht verstanden, würde das die Klinik in den sechsten Höllenkreis katapultieren.

Sie konnte das nicht. Sie konnte keinen weiteren Tag in seiner Nähe ertragen, ohne in einer Gummizelle zu landen, einschließlich Korbflechtkurs immer dienstags.

Mit einem Seufzen startete sie den Wagen und machte sich auf den Heimweg. Obwohl die Sonne bereits untergegangen war, war es eigentlich noch nicht so spät. Sie könnte eine Schlaftablette nehmen, für acht wunderbare Stunden alles vergessen und hoffen, dass sie morgen nicht herumlief wie die irre Katzentante.

In einem Großteil der Stadt wurden nachts die Bürgersteige hochgeklappt. Nur die Restaurants und ein paar Bars hatten geöffnet. Die netten Läden waren alle geschlossen und dunkel. Laternenpfähle erzeugten Schatten auf den Bürgersteigen, wo ihr gelbes Licht sich in der Dunkelheit verlor.

Gabby stoppte an der einzigen Ampel auf der Hauptstraße und sah nach links, wo die Klinik lag. Als die Ampel grün wurde, fuhr sie auf den Parkplatz und machte den Wagen aus. Sie hatte keine Ahnung, wieso sie hierhergefahren war statt nach Hause, doch sie stieg aus und setzte sich auf die Motorhaube, um das Gebäude anzustarren.

Die Fassade bestand aus örtlichem Naturstein, und die Fenster hatten Fensterläden. Eigentlich wirkte das Gebäude eher wie ein Wohnhaus als wie eine Tierklinik. Innen war es um einiges geräumiger, als es von außen schien. Natürlich waren die Fenster dunkel, da die Praxis geschlossen hatte.

Gabby senkte die Lider und sog tief die Abendluft in die Lunge, die nach einer Mischung aus Kiefern, Seeluft und dem Regen von heute Morgen roch. Dann öffnete sie die Augen wieder und sah sich um. Die Nacht war warm, angenehm, und Nebel rollte heran. Nicht ungewöhnlich für Oregon und besonders für Redwood, denn der Ort lag zwischen dem Pazifik und den Klamath Mountains. Aber heute war dieser Nebel sehr dicht und verdeckte den Wald hinter den Läden auf dieser Straßenseite, sodass die Bäume aussahen wie Trugbilder.

Scheinwerfer huschten durch die Nacht, Reifen knirschten

auf Asphalt, und sie drehte den Kopf. Drake stoppte seinen Truck neben ihrem und stieg aus.

Sie lächelte, doch nur schwach. «Verfolgst du mich?»

«Habe im Vorbeifahren dein Auto erkannt.» Er musterte sie kurz von oben bis unten, dann setzte er sich mit wachsamer Miene neben sie auf die Motorhaube. «Und nur fürs Protokoll, das geht über normalen Arbeitseifer hinaus.»

Lachend schob sie sich eine Strähne hinters Ohr. «Ich weiß nicht, warum ich hergekommen bin. Ich nehme an, mich stört immer noch, was meine Mutter gesagt hat. Oder vielmehr ... wie das Flynn beeinflusst hat.»

Drake brummte, wobei er den Blick auf die Klinik vor ihnen richtete. «Cade hat mir erzählt, was passiert ist. Er musste Flynn die Geschichte förmlich aus der Nase ziehen.»

«Ich hasse diese Situation. Ich weiß einfach nicht, was ich tun soll.» Sie räusperte sich. «Glaubst du, ich ... habe ihn behandelt, als wäre er hilflos? Das wollte ich nicht. Ich ...»

«Stopp.» Er musterte intensiv ihr Gesicht. Seine schokoladenbraunen Augen wirkten in der Dunkelheit fast schwarz, und die Zärtlichkeit, die Gabby darin erkannte, überraschte sie.

Seine Mundwinkel hoben sich. «Deine Familie stellt deine Motive vielleicht in Frage, ich tue das nicht. Habe ich nie getan. Du hast diese Dinge nicht getan, weil du dachtest, Flynn sei hilflos. Du hast das alles nicht für ihn getan, sondern *mit ihm*. Du hast meinen Bruder in dein Leben integriert, weil du ihn mochtest, und bist geblieben, weil du ihn liebst.» Er zog die Augenbrauen hoch. «Wenn nur jedem Mann dieses Glück vergönnt wäre.»

«Drake.» Gott, von allen O'Grady-Brüdern war er der altmodischste, ein echter Romantiker. Wenn er liebte, dann mit seinem gesamten Selbst. Er schien gar nicht anders zu können. Sie hatte das bei Heather gesehen, bei seinen Brüdern und sogar bei Brent und Zoe. «Heather konnte sich wirklich glücklich schätzen. Du bist ein weiser Mann, Drake.»

Er brummte wieder, zweifelnd. «Und du bist so weit von einer weisen Frau entfernt, wie man nur sein kann.»

Sie lächelte. «Ich glaube, jetzt bin ich beleidigt.»

Seine Erheiterung vertiefte sich zu einem Grinsen. «Taufrisch und neu. Das bist du. Ein frisches Blatt. Ohne Geister der Vergangenheit und Vorurteile. Bleib so, Kleine.»

Gabby blinzelte ein weiteres Mal gegen Tränen an, sie schluckte schwer und richtete den Blick auf die Klinik, um sich zu sammeln.

Nachdem Mr. O'Grady gestorben war, als die Jungs Animal Instincts übernommen hatten, waren sowohl die Innenräume als auch ein Teil der Fassade der Klinik neu gestaltet worden. Eine Erinnerung stieg in ihr auf, ein wenig verschwommen an den Rändern.

Sie legte den Kopf schräg. «Weißt du, als ich noch klein war, haben mein Dad und ich diesen einsamen Welpen auf der Straße gefunden. Er wäre fast von einem Auto überfahren worden. Da muss ich neun oder zehn gewesen sein.» Sie erinnerte sich, wie sein Fell gerochen hatte – nach Erde und Abgasen –, als ihr Dad mit ihr zur Klinik gefahren war, um den kleinen Hund untersuchen zu lassen.

Sie spürte Drakes Blick und sah ihn an. «Dein Dad hat gesagt, es sei eine Promenadenmischung, und ich wurde richtig sauer. Ich dachte, er hätte den Welpen beleidigt.» Sie lachte. Drake grinste, um sie zum Weitersprechen aufzufordern. «Doch als er den Kleinen untersucht hat, waren seine Hände unendlich sanft. Und er hat die ganze Zeit mit dem Welpen geredet. Dein Dad war ein toller Mann und ein wunderbarer Tierarzt.»

Drake nickte zustimmend.

Ihr Blick wanderte zurück zu dem Gebäude. Sie fühlte sich, als wäre sie wieder zehn Jahre alt und mit seinem Vater dort. «Seine Tierarzthelferin hat den Welpen nach hinten gebracht, als dein Dad weg war. Sie hat ihn gebadet und ihm die Krallen geschnitten. Sie wusste nicht, dass ich ihr gefolgt war. Ich wäre fast ausgetickt, als sie ihn geimpft hat, aber der Kleine hat den Einstich gar nicht bemerkt. Sie hat gelächelt und ihn gelobt. Der Welpe war glücklich.»

Gabby kniff die Augen zusammen, als ihr ein Gedanke kam. «Ich erinnere mich daran, wie ich vom Türrahmen aus zugeschaut und gedacht habe, dass ich das auch machen will, wenn ich groß bin. Ich wollte mich um hilflose Welpen kümmern, um Tiere, die sonst niemand liebt.» Sie lachte kurz. «Bis gerade eben hatte ich das total vergessen. Mom ist allergisch auf die meisten Tierhaare, also konnten wir keine Haustiere haben. Wann immer Flynn und ich nach der Schule hier vorbeigeschaut haben, war das für mich der reinste Himmel.»

Seufzend schüttelte Gabby den Kopf. Sie warf einen Blick zu Drake, dann zuckte sie überrascht zusammen, als sie feststellte, dass er sie unverwandt ansah und leise lächelte. «Was?» Gott, sie hatte geschwafelt, oder?

Er zog die Augenbrauen hoch, um ihr zu sagen, dass sie selbst nachdenken sollte.

Oh. *Oooh.* «Ich nehme an, ich kann Flynn sagen, dass er sich nicht schuldig fühlen muss, weil aus der Rock Star Barbie nichts geworden ist.»

«Bitte erklär mir nicht, was das bedeutet. Ich will es gar nicht wissen.» Lachend schüttelte er den Kopf.

«Es ist nichts.» Aber sie nickte. Flynn hatte recht damit gehabt, ein wenig auf Abstand zu gehen. Das hatte sie dazu gezwungen, nachzudenken und herauszufinden, was sie wollte. Mit oder ohne ihn, sie hatte das Gefühl, dass sie auf jeden Fall dort gelandet wäre, wo sie jetzt war. Und sie liebte ihren Beruf, ihr Leben. «Drake, wärst du so lieb und würdest mir morgen einen Gefallen tun?»

«Und zwar?»

Sie biss sich auf die Unterlippe. «Falls Flynn bei der Hochzeit einen Toast aussprechen will, könntest du für ihn übersetzen?» Drake wurde ernst. «Ich bin mir sicher, dass er eine Rede geplant hat, und ich würde mich schrecklich fühlen, wenn er diese Idee aufgeben müsste, weil wir ... du weißt schon.»

Drake starrte sie mit ausdrucksloser Miene eine lange Minute an, bis sie sich am liebsten gewunden hätte. «Ich verstehe jetzt, wieso mein Bruder sich Hals über Kopf in dich verliebt hat.» Er grinste. «Sicher, Kleine. Ich werde aushelfen.»

• • •

Im Wohnzimmer von Cades Haus starrte Flynn sein Spiegelbild an und kämpfte mit seiner Krawatte. Die männlichen Trauzeugen sollten statt Smokings graue Dreiteiler tragen, aber es war Ewigkeiten her, dass er das letzte Mal eine Krawatte gebunden hatte. Flynn bekam den Knoten hin, aber irgendwie saß er nicht richtig. Er löste ihn wieder, seufzte und ließ die Krawatte offen um seinen Hals hängen. Drake würde bald auftauchen. Er konnte das besser.

Normalerweise hätte Gabby das für ihn gemacht, aber die Mädels waren im Haus von Averys Mutter und machten sich dort fertig, damit der Bräutigam die Braut vor der Hochzeit nicht sah. Seiner Meinung nach war das eine dämliche Tradition.

Als Flynn sich umdrehte, schrieb Cade gerade breit grinsend eine Nachricht auf seinem Handy.

«Du wirkst überhaupt nicht nervös.»

Cade schob sein Handy in die Tasche. «Weil ich das nicht bin. Ich kann es kaum erwarten, dass sie in einem weißen Kleid auf mich zukommt.» Er rümpfte die Nase, wobei er weiter grinste wie ein Idiot. «Mir ist egal, wie dämlich das klingt. In ein paar Stunden ist Avery meine Ehefrau.»

Flynns Kehle war wie zugeschnürt, als er den Kopf schüttelte, ohne ein Lächeln unterdrücken zu können. *«Absolut nicht dämlich. Ich freue mich sehr für dich.»* Und das stimmte, verdammt. Flynn hätte keine bessere Frau für seinen Bruder finden können, selbst wenn er den gesamten Planeten abgesucht hätte.

Und so wanderten seine Gedanken wieder zu Gabby. Dabei war er gerade so stolz auf sich gewesen, weil er ganze fünf Minuten durchgestanden hatte, ohne an sie zu denken. Er hatte kaum mehr als ein paar Stunden geschlafen, seitdem sie vorgestern Abend sein Haus verlassen hatte. Und sie bei der Probe zu sehen, hatte das seltsam losgelöste, quälende Gefühl in ihm nur verstärkt.

Wie eine riesige, klaffende Wunde in seiner Brust.

Sie hatte gestern Abend so verdammt schön ausgesehen, in diesem gelben Kleid mit ihrem karamellfarbenen Haar, das offen um ihre Schultern fiel. Es hatte ihm den Atem geraubt, und ein stechender Schmerz hatte ihn überwältigt. Also hatte er den Rest des Abends damit verbracht, so zu tun, als gäbe es sie gar nicht ... weil er sonst schwach geworden wäre, sie direkt dort im Pavillon an sich gerissen und sie angefleht hätte, alles zu vergessen, was er gesagt hatte.

Doch die Zeit, die sie voneinander getrennt verbracht hatten, war trotz dieser Einsicht nicht schlecht gewesen. Ohne diese Zeit hätte er vielleicht weiterhin gezweifelt. Und sie hatte etwas Besseres verdient. Genau wie er.

Trotzdem hatte er sie verletzt, und das war unverzeihlich. Seine süße Gabby, mit ihrem riesigen Herzen. Gestern Abend hatte er das Licht in ihren Augen das erste Mal nicht leuchten sehen. Er hatte die ganze Nacht wach gelegen, um darüber nachzudenken, wie er alles in Ordnung bringen konnte. Denn als sie das Restaurant verlassen hatte, hatte er gewusst, dass ihre Liebe nichts mit Schuldgefühlen oder Pflichtgefühl oder Vertrautheit zu tun hatte. Hätte er klarer denken können, er hätte es von Anfang an erkannt.

Stattdessen hatte er zugelassen, dass die Bedenken ihrer Familie und sein eigenes Misstrauen ihn von dem ablenkten, worauf er sich immer verlassen hatte – ihr Verhalten. Natürlich konnte er alles allein machen, aber er musste es nicht. Und sie war kein Opfer. Gabby mochte freundlich und immer großzügig sein, aber sie war kein Schwächling oder unfähig, nein zu sagen. Und sie war auch nicht naiv. Wenn sie nicht Teil seines Lebens hätte sein wollen, wenn sie ihn nicht geliebt hätte, wäre sie nicht all diese Jahre an seiner Seite geblieben.

Und Gabby war nicht die Einzige, die für ihn da gewesen war. Seine Familie und sein engster Freundeskreis hatten Gebärdensprache gelernt und sprachen in seiner Gegenwart oft gleichzeitig mit den Händen, um ihn nicht auszuschließen. Das war nur eines von mehreren Beispielen. Und schließlich bereicherte er ja auch das Leben der anderen. Irgendwie hatte er das vergessen. Er mochte ein wenig anders sein, aber er war kein Almosenempfänger.

Aus irgendwelchen Gründen hatte er Gabby einfach tieferen Zugang zu seinem Leben gewährt. Vielleicht hatte ein Teil von ihm immer geahnt, dass sie für ihn bestimmt war, hatte erkannt, dass sie die einzige Frau war, die er je lieben würde.

Aber er wusste immer noch nicht, wie er den Schaden beheben sollte, den er angerichtet hatte. Vor ihr auf die Knie zu fallen und sie anzuflehen, ihm seine Dummheit zu verzeihen, erschien ihm nicht ausreichend.

Drake trat durch die Haustür, er trug bereits seinen Anzug. Die Tür schloss er mit dem Fuß und kam direkt auf Flynn zu. Bevor Flynn wusste, wie ihm geschah, hatte Drake ihm eine Kopfnuss verpasst.

«Was zur Hölle?»

«Genau. Was zur Hölle?» Drakes wütender Blick musterte Flynn von Kopf bis Fuß. «Hast du gestern Abend zufällig mitbekommen, wie Gabby sich gefühlt hat? Du hast sie zerstört. Du hast sie zum Weinen gebracht. Gabby, die Sonnenschein rülpst und Regenbogen pupst. Sag mir, was zur Hölle das soll.»

Flynns Schultern sackten nach unten, dann warf er dem lachenden Cade einen bösen Blick zu, bevor er sich das Gesicht rieb. *«Ich weiß.»*

«Du weißt? Was genau weißt du?» Drake zog spöttisch die Augenbrauen hoch. «Dass ihr euch seit Ewigkeiten liebt, aber es immer Freundschaft genannt habt? Dass das irgendwas mit deinem Kopf angestellt hat? Dass sie Himmel und Hölle in

Bewegung setzen würde, um dich glücklich zu machen ... weil sie dich liebt und nicht, weil sie deine jämmerliche Existenz bemitleidet? Dass ...»

«Ich weiß!» Scheiße. Flynn schloss die Augen und schnappte nach Luft, doch irgendwie schien seine Lunge nicht zu funktionieren. Gabby hatte allen Sauerstoff mitgenommen, als sie vor zwei Tagen weinend seine Terrasse verlassen hatte. «Ich weiß», sagte er, wobei er hoffte, dass er jetzt ruhiger klang.

Cades Grinsen sorgte dafür, dass er seinem Bruder die Faust ins Gesicht rammen wollte, bis Cade ihm freundschaftlich gegen die Schulter boxte. «Willkommen im Land der verliebten Jämmerlinge. Es ist ein schöner Ort.»

Drake blitzte immer noch die Mordlust in den Augen. «Mom und Dad haben dich besser erzogen. Wir», er wedelte mit der Hand zwischen sich und Cade herum, «haben dich besser erzogen.»

Flynn stieß den Atem aus und richtete den Blick an die Decke. «Ich habe Scheiße gebaut. Das weiß ich. Es ist nur ... ich hatte das Gefühl, ich wäre nicht gut genug für sie.»

So. Damit hatte er den Kern des Problems benannt.

Cade zuckte mit den Achseln, als würde ihn das nicht überraschen. «Daran merkst du es. Ich bin auch nicht gut genug für Avery und Hailey, aber hier stehe ich in diesem lächerlichen Anzug, bereit, es zu versuchen.»

Diesmal verpasste Drake Cade eine Kopfnuss. «Du bist gut genug. Und dasselbe gilt für ihn.» Er deutete auf Flynn. «Avery hat dich ausgewählt.» Er sah Flynn an. «Und Gabby hat dich ausgewählt. Also seid ihr beide mehr als gut genug.»

Cade rieb sich den Kopf und schmollte. «Ich werde Avery sagen, dass du das getan hast.»

«Die kann mir später danken.» Drake richtete seinen forschenden Blick wieder auf Flynn. «Was willst du unternehmen, um sie zurückzubekommen?»

«Ich weiß es nicht.» Flynns Schultern sanken noch tiefer herab. «Du bist doch plötzlich zum verdammten Jedi-Meister geworden. Hast du irgendwelche klugen Ideen?»

«Du redest.»

«Und?»

«Du redest seit ungefähr fünf Minuten.»

«Und wie, verdammt, soll mir das helfen?» Flynn biss die Zähne zusammen. «Was hat ...» Plötzlich richtete er sich auf und ... so ein Hurensohn.

Sein Herz schlug so heftig, dass er schon fürchtete, es könnte ein Infarkt sein. Seine Handflächen wurden feucht, und der Raum drehte sich um ihn. Er wünschte sich, er könnte es auf den Whiskey schieben. Er würde wahrscheinlich eine ganze Flasche davon brauchen, wenn er den Plan durchziehen wollte, der gerade in seinem Kopf aufgetaucht war.

Drake lachte. Was für ein Arschloch. «Jetzt hast du es kapiert.» Er band Flynns Krawatte, rückte sie zurecht und tätschelte seinem Bruder die Schulter. «Vorwärts, Tiger.»

· 26 ·

Während Avery und Cade das erste Mal als Ehepaar tanzten, lehnte Gabby sich am Tisch der Brautjungfern im vorderen Teil des Pavillons auf dem Stuhl zurück und seufzte zufrieden.

Der Tag war perfekt. Einfach perfekt. Das Wetter hatte gehalten, und die Zeremonie hatte draußen stattgefunden, unter wolkenlosem Himmel. Das Einzige, was noch süßer gewesen war als Brent, der Hailey zum improvisierten Traualtar führte, war Hailey, die sich dort sofort in Cades Arme warf. Die Gäste hatten nicht verborgen, wie gerührt sie gewesen waren. Und auch Gabby hatte geheult wie ein Schlosshund und sich die Hand aufs Herz gepresst, als Avery von ihrer Mutter Cade zugeführt wurde.

Gott. Einfach ... Gott. Gab es etwas Romantischeres als das?

Sie hatten ihre Gelübde unter einem weißen Bogen gesprochen, der über und über mit blühendem Geißblatt überwuchert war. Hailey hatte den Großteil der Zeit in Cades Armen verbracht, doch irgendwann hatte sie sich absetzen lassen, um immer wieder durch den Bogen zu laufen. Die Gäste hatten auch das entzückend gefunden.

Mehr als ein Mal hatte Gabby zu Flynn hinübergesehen, um zu beobachten, wie er auf die Zeremonie reagierte. Jedes Mal hatte er sie angesehen, hatte ein schiefes Lächeln auf den Lippen, und tiefe Liebe sprach aus seinem Blick. Als ihr erneut Tränen in die Augen traten, hatte er unauffällig gebärdet: *«Schau in deinen Strauß.»*

Und was er getan hatte, war fast so süß wie all die Liebe um sie herum. Flynn hatte Taschentücher zwischen den Fliederblüten und der weißen Iris versteckt, weil er vorausgeahnt hatte, dass sie weinen würde. Seufz. Sie hatten noch keine Gelegenheit gefunden, sich zu unterhalten, doch er ließ sie nicht aus den Augen. Es war, als könnte er einfach nicht anders, als sie ständig anzusehen.

Sobald die Brautgesellschaft ihren Tanz hinter sich gebracht hatte, würde sie ihn zur Seite nehmen und alles in Ordnung bringen. Mit ihm reden, wie immer. Anders als letzte Nacht hatte er heute jede ihrer Bewegungen beobachtet. Sein Blick verriet ihr alles, weil seine Seele aus seinen Augen sprach. Offensichtlich hatte über Nacht etwas seine Einstellung zu ihrer Beziehung verändert – warum auch immer. Er wirkte nicht mehr sorgenvoll und voller Zweifel, sondern aufgeregt und optimistisch.

Alles würde in Ordnung kommen. Da war sie sich sicher. Sie kannten sich zu lange, und es gab zu viel Liebe zwischen ihnen, als dass ihre Beziehung zerbrechen konnte.

Ihr lavendelfarbenes Brautjungfernkleid war ziemlich bequem. Das schulterfreie Oberteil lag eng an, und der Rock fiel in weiten Falten bis zur Mitte ihrer Unterschenkel. Einfach und schick. Die weißen Pumps? Nicht ganz so bequem, aber sie hatte sie beim Abendessen unter dem Tisch abgeschüttelt, und ihre Füße hatten fast geweint vor Erleichterung.

Cade wirbelte Avery über die Tanzfläche, wobei er ihr tief in die Augen sah. Avery grinste. Sie trug ein elegantes Wickelkleid im Stil der Dreißigerjahre. Sie hatte sich gegen einen Schleier entschieden und sich stattdessen die braunen Locken zu einer hübschen Hochsteckfrisur gestylt. Buketts aus Lilien und Freesien standen in der Mitte der Tische und wurden von den lavendelfarbenen Zierkerzen beschienen. Funkelnde Lichterketten hingen von der Decke und verbreiteten ein weiches, romantisches Licht.

Zoe, die neben Gabby saß, stieß sie mit der Schulter an. «Wenn du und Flynn in den Hafen der Ehe einlaufen – und das werdet ihr auf jeden Fall tun –, bitte, brennt einfach durch.»

Gabby lachte. «Auf keinen Fall. Ich werde es richtig krachenlassen. Und hör auf, die Harte zu spielen, oder ich zwinge meine Brautjungfern, rosafarbenen Tüll zu tragen. Du findest doch diese ganze Sache genauso rührend wie ich.»

«Vielleicht. Ein wenig. Aber wenn du das jemandem verrätst, bringe ich dich um.»

Gabby legte ihrer Freundin einen Arm um die Schultern und lächelte. «Gib es zu. Du hast einen weichen Karamellkern unter dieser Rüstung aus harter Zartbitterschokolade.»

«Nimm das zurück.» Zoe zog einen Schmollmund. «Und jetzt habe ich wieder Hunger.»

Gabby hätte selbst noch ein Stück Kuchen vertragen können. Marmorkuchen mit dickem Zuckerguss. *So lecker.* «Übrigens gefallen mir deine Haare gut.»

Zoe hatte sich heute für ihre natürliche Haarfarbe entschieden – für die Hochzeitsbilder, hatte sie gesagt. Rötlich braune Strähnen glänzten in ihrem hellbraunen Haar, das – wie Gabbys – zu einem lockeren Dutt aufgesteckt war. Gerade an Zoe, die ihr Haar sonst in den verrücktesten Farben trug, fiel diese natürliche Färbung besonders auf.

Und Gabby war nicht die Einzige, der das aufgefallen war. Als Zoe vorhin durch den Mittelgang geschritten war, war

Drake auf seinem Platz neben Cade erstarrt. Er hatte gewirkt, als hätte es ihm den Atem verschlagen. Interessant.

Zoe zuckte mit den Achseln. «Gewöhn dich nicht dran. Morgen färbe ich sie wahrscheinlich violett.»

Die Gäste applaudierten, als der erste Tanz mit einem leidenschaftlichen Kuss von Avery und Cade zu Ende ging.

Vorne im Raum war auf der kleinen Bühne ein DJ-Pult aufgebaut. Drake und Flynn traten neben den DJ. Sie hatten ihre Krawatten gelockert und ihre Jacketts abgelegt. Die Ärmel ihrer weißen Hemden waren bis zu den Ellbogen aufgerollt. Beide sahen in der schicken Kleidung unglaublich gut aus.

Mit dem Mikrophon in der Hand wandte sich der DJ an die versammelten Gäste. «Wenn jetzt bitte die Hochzeitsgesellschaft auf die Tanzfläche kommen würde?»

Brent ging Hand in Hand mit Hailey auf die Tanzfläche, dann beobachtete er, wie Gabby und Zoe sich Cade und Avery anschlossen. Gabby beäugte Brent misstrauisch, weil sie sich fragte, was dieser hinterhältige Blick wohl bedeutete, mit dem er sie beobachtete.

«In Ordnung», sagte der DJ. «Die Trauzeugen möchten ihren Toast ausbringen, bevor die Hochzeitsgesellschaft tanzt. Applaus, bitte.»

Drake nahm dem DJ mit einem Grinsen das Mikrophon aus der Hand. Im Raum wurde es unheimlich still, alle warteten gespannt darauf, was Drake sagen würde. Drake hatte sich nicht vollkommen von der Welt zurückgezogen, aber er war auch nicht auf vielen Feiern aufgetaucht, seit Heather gestorben war. Oder zumindest war das bis vor kurzem so gewesen. Und selbst an seinen besten Tagen war er nicht gerade ein Mann vieler Worte.

Drake räusperte sich und richtete den Blick auf Avery. «Ich wusste, dass eine besondere Frau nötig sein würde, um Cades Aufmerksamkeit zu fesseln. Mir war nur nicht klar, wie besonders sie sein würde, bis du in unser Leben getreten bist, Avery. Wir alle haben uns ein wenig in dich verliebt.» Alle im Raum seufzten gerührt. «Obwohl du unsere gesamte Praxis unter das Diktat der alphabetischen Organisation gestellt hast und ich mein Lieblingsskalpell immer noch nicht wiedergefunden habe …»

«Oberste Schublade im Operationssaal», rief Avery, und die Menge lachte.

Drake hob die Hand in einer Das-sagst-du-mir-jetzt-erst-Geste, und wieder lachten die Gäste. «Du hast uns allen das Herz gestohlen, Avery.» Wieder gerührtes Seufzen. Dann wandte sich Drake an Cade. «Ich wünschte, Dad hätte das noch sehen können. Er wäre verdammt stolz auf dich. Alles Gute euch und … ich will mehr Nichten. Hailey und Avery, willkommen in der Familie.»

Zoe reichte Gabby ein Taschentuch, als ein Schluchzen in ihrer Kehle aufstieg. «Ehrlich, wieso bist du von all dieser Heulerei noch nicht ganz verschrumpelt?»

Drake sprang von der niedrigen Bühne, um Cade zu umarmen, Avery einen Kuss auf die Wange zu drücken und die Ghetto-Faust mit Hailey zu machen. Doch anstatt danach wieder auf die Bühne zu steigen, um Flynn zu helfen, ließ er ihn dort stehen, allein, mit dem Mikrophon in der Hand. Die Gäste schienen es zuerst gar nicht zu bemerken, weil sie noch ganz auf Drake konzentriert waren.

Gabbys Herz blieb stehen, als es im Raum wieder still wurde und Drake neben sie trat. Er wollte Flynn einfach dort oben stehen lassen? Ohne Übersetzer? Er würde sich gedemütigt fühlen. Das war sein schlimmster Albtraum. Auf ihren Armen bildete sich Gänsehaut. Flynns Blick war auf seine Füße gerichtet, und sein Hals rötete sich. Seine Hände zitterten.

Gabby trat vor, um ihm zu helfen, doch Drake hielt sie mit einer sanften Berührung zurück und schüttelte den Kopf. «Hör einfach zu, Kleine.»

Was? O Gott. Er würde … reden? Warum jetzt? Und warum ausgerechnet vor all diesen Leuten zum ersten Mal? Sie starrte Flynn an.

Er schenkte ihr ein kleines Lächeln, um sie wissen zu lassen, dass es ihm gutging, bevor er schwer schluckte und Cade ansah. «Ich weiß, dass das für viele sonderbar sein mag.»

Gabby hörte Keuchen hinter sich. *Sonderbar* war wohl kaum das richtige Wort. In ihrer Brust kämpfte viel eher Stolz mit Ehrfurcht, als die Gäste an ihren Tischen anfingen zu murmeln. Ihr blieb der Mund offen stehen. Sie drückte die Finger auf die Lippen, so überrascht war sie.

«Dabei ist es wohl viel eher sonderbar, dass Cade heiratet. Ich weiß, dass alle Single-Damen gerade leise in ihren Champagner weinen.» Die Menge lachte über seinen Witz, doch Flynn senkte den Blick, weil er es wahrscheinlich nicht gemerkt hatte. Er sammelte sich erneut, runzelte die Stirn.

Sein Tonfall war etwas höher als gewöhnlich, und er sprach noch langsamer, aber er tat es. Gabby war vollkommen egal, ob er für den Rest seines Lebens nie wieder mit irgendjemandem sprechen würde. Sie liebte ihn genauso, wie er war, mit all seinen Eigenheiten. Er war perfekt. Doch er biss die Zähne zusammen. Anscheinend war ihm das sehr wichtig. Und sie konnte nur mit ihm zittern, seine Nervosität teilen.

Hailey quietschte und wedelte begeistert mit den Händen. Sie ließ Brents Hand los und rannte zur Bühne. Flynn kniete sich hin, um sie hochzuheben. Sie tippte ihn aufs Kinn, wie Gabby es schon gestern Abend beobachtet hatte. Er hielt das Mikrophon an ihren Mund, und ihr nächstes Quietschen hallte laut durch den Raum.

Avery, die nur wenige Meter von Gabby entfernt stand, unterdrückte ein Schluchzen.

«Hailey sagt, sie freut sich, hier zu sein.» Flynn zwinkerte.

Die Gäste lachten gerührt. Gabby richtete den Blick auf Avery und Cade, die beide vollkommen hingerissen auf die Bühne starrten. «Anders als mein kleiner Bruder kenne ich die Liebe meines Lebens schon sehr lange Zeit.» Flynns Blick suchte Gabby und ließ sie nicht mehr los. «Gabby Cosette ist in meiner Vorschulklasse aufgetaucht, und ich war vom ersten Moment an verloren.»

«Heilige Scheiße.» Zoe atmete tief ein, dann wedelte sie mit der Hand vor ihrem Gesicht herum.

Gabby gab ihr ein unbenutztes Taschentuch, ohne den Blick von Flynn abzuwenden. Ihr Herz stand still.

«Aus Gründen, die ich nie verstehen werde, liebt sie mich ebenfalls. Und das macht mich zum glücklichsten Mann der Welt.»

Die gerührten Rufe der Gäste sorgten dafür, dass Gabby schluchzend lachte.

Flynn formte mit den Lippen «*Ich liebe dich*», als wären diese Worte nur für sie bestimmt.

O Gott, o Gott, o Gott. Er brachte sie um. Sie presste die Lippen aufeinander und erwiderte die Liebeserklärung in Gebärdensprache.

Flynn richtete seinen Blick auf Cade. «Es war ziemlich unterhaltsam, meinen Bruder dabei zu beobachten, wie er sich das erste Mal verliebt hat.» Er lächelte Avery an. «Du kannst kaum einen besseren Mann finden als ihn, auch wenn er ein größeres Kind ist als Hailey.» Wieder Lachen. «Ich wünsche euch all das Glück, das ich gefunden habe.»

Die Gäste jubelten, als Flynn dem DJ das Mikrophon zurückgab, der direkt im Anschluss das Lied für die Hochzeitsgesellschaft auflegte. Flynn sprang von der Bühne und übergab Hailey wieder an Brent, dann umarmte er Cade. Drake zog Zoe für den Tanz an sich, Cade umarmte Avery, und Brent tanzte mit Hailey.

Gabby zitterte, während sie auf Flynn wartete und erneut Tränen über ihre Wangen liefen. Dieser Mann, dieser phantastische Mann, gehörte ihr. Ihre Brust war so eng, dass sie kaum Luft bekam.

Als Flynn sie anblickte, begann der Raum, sich um sie zu drehen. Er runzelte die Stirn, tiefe Hingabe sprach aus seinem Blick. Für einen Moment stand er völlig regungslos da, als könnte er sein Glück nicht fassen, könnte nicht glauben, dass sie ihn liebte.

Dann kam er mit großen Schritten auf sie zu und schlang die Arme um sie, zog sie so heftig an seine Brust, dass ihre Füße in der Luft schwebten. Sofort senkte Flynn seinen Mund auf ihren, und endlich hörte sie auf zu zittern. Sie vergrub ihre Finger in seinem weichen, dichten Haar und stöhnte. Eine zarte Melodie wurde gespielt, aber sie nahm es kaum noch wahr.

Gott, sie hatte es nicht für möglich gehalten, dass man so glücklich sein konnte.

Flynn legte den Kopf schräg und vertiefte den Kuss, umfasste mit einer Hand ihren Hinterkopf, um sie festzuhalten, als könnte er seine Gefühle nicht länger zügeln. Ein tiefes Stöhnen stieg aus seiner Brust auf. Der Kuss wurde immer verzweifelter, als er seine Zunge über ihre gleiten ließ, um ihr ohne Worte tausend Dinge zu sagen. Er liebte sie ... hatte sie vermisst ... würde alles für sie tun ... würde sie niemals gehen lassen.

Als hätte der Kuss ihn beruhigt, entspannten sich seine Arme, und er ließ sie an seinem Körper nach unten gleiten. Er hob den Kopf, um sie anzuschauen, schwer atmend und voller Leidenschaft sah er auf sie herunter. «Ich liebe dich, Gabby. Ich liebe dich so sehr, dass ich nicht klar denken kann, wenn du in meiner Nähe bist.»

Gott. Seufz. Sie ließ ihren Daumen über seine Unterlippe gleiten. Es brachte ihr Herz zum Überlaufen. «Ich liebe dich auch.»

Vorsichtig machte er die ersten Tanzschritte, wobei er sie eigentlich nur langsam im Kreis drehte. «Ich stelle fest, du hast heute wasserfesten Mascara aufgetragen. Gute Wahl, mein rührseliger Liebling.» Er strich mit den Fingern über die Feuchtigkeit unter ihren Lidern, Erheiterung sprach aus seinem Blick.

«Ja, ich bin eine Heulsuse. Ich kann einfach nichts dagegen tun.»

«*Meine* Heulsuse. Und ich will es gar nicht anders. Du bist immer offen, versteckst nie, was du empfindest. Deine Gefühle sind tief, und das liebe ich an dir.» Er seufzte. «Es tut mir leid, dass ich an dir gezweifelt habe, an uns gezweifelt habe. Das war dämlich.» Er drückte sie enger an sich, als wollte er seinen Worten so Nachdruck verleihen.

Ihr Herz war so schwer, dass es fast weh tat. «Ich verstehe.

Du hattest nicht ganz unrecht damit, gewisse Dinge in Frage zu stellen. Seit der Zeit ohne dich bin ich mir absolut sicher, dass wir das Richtige tun.»

Er schüttelte leicht den Kopf. «Ich hätte es sofort wissen müssen. Du hast mir niemals einen Grund gegeben, an dir oder mir selbst zu zweifeln.»

Sie lächelte, dann ließ sie ihre Hand über seine glatte Wange gleiten. «Du kannst später alles wiedergutmachen. Und ich werde dir als Strafe nicht verraten, was für Unterwäsche ich trage.»

Sein Lachen verklang in einem Stöhnen. «Die rote, richtig? Bitte, oh bitte.» Schnell wurde er wieder ernst und sah sie mit gerunzelter Stirn an. «War meine Rede okay? Klang es akzeptabel?»

Sie umfasste sein Gesicht und sah ihm tief in die Augen, um so ihre Worte zu unterstreichen. «Es war perfekt. Du warst toll. Ich weiß, wie schwer dir das gefallen sein muss, aber es gab keinen Moment, der dir Sorgen hätte bereiten müssen. Und wahrscheinlich war ich nervöser als du.»

Grinsend drückte er ihr einen Kuss auf die Stirn. «Tu mir einen Gefallen. Sag mir, wenn der Song zu Ende geht.»

Sie lächelte verwirrt, nickte aber, bevor sie ihre Wange an seine Brust drückte, die Augen schloss und seinen vertrauten Duft in sich aufnahm. Sie fühlte sich unendlich wohl in seiner starken, liebenden Umarmung und hatte alles bekommen, was ihr romantisches Herz sich erträumte. Flynn küsste noch einmal kurz ihr Ohr, dann senkte er sein Kinn auf ihren Scheitel und gab sich dem Tanz hin.

Gabby musterte die Gäste, entdeckte ihre Eltern an einem Tisch relativ weit vorne und fing den Blick ihrer Mum ein. Dad grinste breit. Rachel wirkte gelangweilt oder schrecklich genervt, sie verdrehte die Augen und trommelte mit den Fingern auf den Tisch. Mom zeigte Gabby den Daumen nach oben, sodass ihr ganz warm ums Herz wurde – auch wenn sie die Zustimmung ihrer Mutter gar nicht brauchte.

Gabby hörte die letzten Zeilen des Songs und löste ihren Blick von ihrer Familie, um Flynn anzusehen. «Das Lied ist fast vorbei.»

«Wie lange noch?»

«Drei, zwei, eins ...»

Ein Quietschen drang über ihre Lippen, als Flynn sie über den Arm nach hinten beugte. So hielt er sie fest und beugte sich über sie. «Das wollte ich immer schon mal tun.»

Lachend starrte sie in diese atemberaubenden, haselnussbraunen Augen. «Diesen Move habe ich dir nicht beigebracht. Du hast Geheimnisse vor mir.»

«Du machst dir gar keine Vorstellung.» Er drückte kurz ihre Nasenspitzen aneinander, dann küsste er sie schnell und zog sie wieder in die Senkrechte. «Du siehst übrigens wunderschön aus.»

Oooh. «Danke.»

Der nächste Song begann, doch sie blieben, wo sie waren, als die restlichen Gäste auf die Tanzfläche drängten. Ein Lied ging in das nächste über, doch Flynn ließ sie nicht los, und sie wollte es nicht anders.

«Hey, Gabby?» Er schluckte schwer und sah auf sie herunter. «Wegen dieses Pakts, den du vor einer Weile mal erwähnt hast. Als du meintest, wir sollten heiraten, wenn wir beide in einem bestimmten Alter niemand anderen gefunden haben?»

Das hatte sie vollkommen vergessen. Außerdem war es nur ein Witz gewesen. «Was ist damit?»

«Wir müssen nichts überstürzen, wenn dir das lieber ist, aber ... wenn ich dich bitten würde, mich eines Tages zu heiraten – und mit eines Tages meine ich bald –, und ich dir verspreche, mein Gelübde laut zu sprechen, sodass die Welt es hören kann, würdest du ja sagen?»

Ihre Brust wurde eng. Gott, dieser Mann. «Nein.»

Er runzelte die Stirn und sah sie voller Enttäuschung an.

«Ich würde dich nicht wegen dieses Paktes heiraten. Ich würde es tun, weil ich dich liebe. Und ich würde nicht ja sagen. Ich würde sagen ‹Ich will›.» Sie lächelte, als er erleichtert aufatmete. «Flynn, mir ist egal, ob du dein Gelübde laut sprichst oder in Gebärdensprache. Und es macht mir nichts aus, wenn niemand es hört außer mir.»

Flynn drückte die Stirn an ihre, atmete zitternd durch und schloss die Augen. «Ich liebe dich, ich liebe dich, ich liebe dich.»

Sie wartete, bis er die Augen wieder öffnete. «Ich liebe dich auch. Ich glaube allerdings, Fletch wird eifersüchtig sein.» Sie zuckte mit den Achseln. «Wollte ich nur mal anmerken.»

Kopfschüttelnd lachte er, mit einem Blick ganz sanft vor Liebe. «Er kann Trauzeuge werden. Aber du gehörst mir.»

«Und so war es schon immer.»

DANKSAGUNG

Ich danke von Herzen dem Team der Brentwood Tierklinik – besonders Lynn, die dafür gesorgt hat, dass ich die Tierarztsache richtig hingekriegt habe. Jegliche Fehler sind mir zuzuschreiben.

Leseprobe

Kelly Moran

Redwood Love

Es beginnt mit einer Nacht

Band 3

Roman

Aus dem Englischen
von Vanessa Lamatsch

Rowohlt Polaris Erscheinungstermin November 2018

Nach dem frühen Tod seiner Frau fühlte es sich für Tierchirurg Drake O'Grady jahrelang so an, als wäre er mit ihr gestorben. Nur dank Zoe, der besten Freundin seiner Frau, hat er es überhaupt geschafft, diese Zeit zu überstehen. Doch in den letzten sechs Monaten hat sich etwas verändert. Er hat angefangen, wieder am Leben teilzunehmen, wieder zu lachen, Dinge wieder bewusster wahrzunehmen. Dinge wie den Schwung von Zoes Lippen, wenn sie lächelt. Wie sinnlich sie sich bewegt, wenn sie tanzt. Und wie er sich plötzlich auf jeden Streit mit ihr freut …

«Das Happy End am Ende dieses Liebesromans wird die Herzen der Leser berühren wie kein anderes je zuvor.»
USA TODAY, HEA BLOG

Weitere Informationen finden Sie unter www.rowohlt.de

1

«Ich werde dich umbringen.»

Drake O'Grady hielt abrupt an und zog das Handy vom Ohr, um auf das Display zu schauen.

Jep. Es war definitiv Zoe Hornsby, die ihn angerufen hatte. Aber das war nicht ihre Stimme. Nicht, dass Zoe nicht schon früher gedroht hätte, ihn umzubringen. Allerdings drohte sie ihm für gewöhnlich nicht so direkt, sondern ging eher etwas subtiler vor. Temperamentvoll, eigensinnig und mit einem Rückgrat aus Stahl – und attraktiv und klug dazu –, konnte Zoe eine echte Nervensäge sein.

Drake wischte sich mit dem Unterarm den Schweiß von der Stirn, hielt sich das Handy wieder ans Ohr und rief ihren Namen. Als sie nicht antwortete, seufzte er und sah sich ratlos um. Sie sorgte immer – *immer* – dafür, dass er sich so fühlte: ratlos, entnervt oder verlegen. Das war ihr liebstes Hobby.

Drake stand hinter seiner Hütte im dichten Wald und erholte sich gerade von einem Fünf-Kilometer-Lauf. Er sehnte sich nur nach einer Dusche, einem Bier und zwei Stunden Sportfernsehen. Tief atmete er den Duft des nahen Pazifiks in ein, der sich hier im Wald mit dem Geruch von Kiefern und Moos vermischte. Die Sonne war bereits untergegangen, und die Luftfeuchtigkeit war so hoch, dass ihm das Atmen schwerfiel.

Aber vielleicht lag das auch daran, dass er sich Sorgen machte. Sein Herz schlug bei dem Gedanken, dass Zoe vielleicht nicht alles unter Kontrolle hatte, wild gegen seine Rippen. Es klang, als hätte sie ihr Handy aus Versehen auf Lautsprecher gestellt. Er hörte Rumpeln und Schreie und das Klirren von zerbrechendem Glas. Was bedeutete, dass Zoes Mom einen schlechten Abend hatte. Und nachdem Zoe nicht antwortete, hatte sie …

«Sie hat sich wieder mal auf ihr Handy gesetzt und die Schnellwahltaste gedrückt.» Drake warf einen Blick auf seinen treuen Deutschen Schäferhund, Moses, der mit heraushängender Zunge vor seinen Füßen saß. Hätten Hunde mit den Schultern zucken können, hätte Moses es getan.

Auch wenn er und Zoe befreundet waren, seitdem sie beide noch Windeln getragen hatten, und sie beide in der Tierklinik arbeiteten – sie als Hundefriseuse, er als Tierarzt –, mischte Drake sich ungern in ihre Angelegenheiten ein. Zoe war ihre Unabhängigkeit sehr wichtig, und sie ging mit der frühen Demenz ihrer Mutter, die vor ein paar Jahren diagnostiziert worden war, um wie eine Heilige.

«Mama, bitte.»

Drakes Magen verkrampfte sich, als er den ängstlichen Ton in Zoes Stimme hörte. Mit klopfendem Herzen überlegte er, ob er sich einmischen sollte oder nicht. Sie würde ihn zum Dank wahrscheinlich verstümmeln. Aber zum Teufel damit. Unfähig, sich zurückzuhalten, pfiff er nach Moses und öffnete die Tür, um den Hund ins Haus zu schicken.

«Ich komme gleich zurück. Trink nicht das ganze Bier, während ich unterwegs bin.»

Wuff.

«Das habe ich gehört.»

Mit schweißnassem T-Shirt und schmerzenden Muskeln – weil er nach dem Laufen keine Dehnübungen gemacht hatte – stieg Drake hinter das Lenkrad seines Trucks. Er beendete die Handyverbindung, starrte aus der Windschutzscheibe, knirschte mit den Zähnen und legte den ersten Gang ein. Er würde kurz bei ihr vorbeifahren und nach zehn Minuten wieder verschwinden. Dann konnte er seinen Freitagabend weiter genießen. Allein.

Er fuhr auf der langen, gewundenen Privatstraße an den Häusern seiner Brüder Flynn und Cade vorbei, dann an dem Heim seiner Mutter. Bald darauf bog er auf die gepflasterte Straße durch den Kern der Kleinstadt Redwood ein. Die Leute waren unterwegs, um den Sommer in Oregon zu genießen, aßen Eis und schlenderten die Bürgersteige entlang. Altmodische Laternenpfähle warfen unter dem Sternenhimmel ein gelbliches Licht auf die Straße.

Er fuhr hier nur mit Schrittgeschwindigkeit, während er mit den Fingern aufs Lenkrad trommelte und jeden Blickkontakt mit Fußgängern vermied. Blickkontakt ermunterte zu einem … Schwätzchen. Drake schüttelte sich angewidert.

Nach mehreren Blocks und ein paar Schlenkern hatte er Zoes Viertel erreicht. In diesem älteren Teil der Stadt standen hauptsächlich kleine Häuschen mit winzigen Vorgärten, die vor Blumentöpfen fast überquollen. Glühwürmchen blinkten über den ordentlich gemähten Rasenflächen. Er fuhr in ihre Einfahrt, schaltete den Motor aus und stieg die Verandastufen hinauf.

Rein und wieder raus. Zehn Minuten.

Im Haus erklang ein hohes Kreischen. Drake rieb sich den Nacken, während er darauf wartete, dass Zoe auf sein Klopfen reagierte. Als er gerade die Faust für den nächsten Versuch gehoben hatte, wurde die Tür aufgerissen.

Zoes versuchte mit ihren ein Meter sechzig den Türrahmen auszufüllen. Sie war ein winziges Ding, auch wenn ihr forsches Auftreten verhinderte, dass irgendwer das je wirklich bemerkte. Gekleidet in abgeschnittene Jeans und ein weißes Tanktop, stemmte sie eine Hand in die Hüfte.

Und Himmel. War es denn zu viel verlangt, dass sie einen BH trug? Um auf keinen Fall auf ihre Nippel zu starren, die ihn fröhlich begrüßten, sah Drake Zoe in die Augen. Manchmal grün, manchmal grau oder blau und von dunklen Wimpern umrahmt, wirkten sie zu groß für ihr schmales Gesicht. Ihr ehemals braunes, schulterlanges Haar war zu einem unordentlichen Knoten aufgesteckt und leuchtete momentan in einem lächerlich grellen Pink. Seit einem Jahr färbte sie ihre Haare in unnatürlichen Farben. Er hatte keine Ahnung, warum.

«Es passt gerade gar nicht, Drake.»

Wie um ihren Punkt zu unterstreichen, erklang aus dem Haus ein Knall.

«Ach, wirklich?»

«Zoe? Zoe, Liebes?» Eine Frau trat aus dem Haus nebenan, lehnte sich über das Verandageländer und knetete nervös ein Küchentuch. Ihr junges Gesicht wirkte gleichzeitig genervt und schuldbewusst. «Die Kinder sind gerade eingeschlafen. Besteht irgendeine Hoffnung, dass deine Mom sich bald beruhigt?»

Rums.

Zoe schloss die Augen und seufzte. Ihre Schultern sanken nach unten, und sie streckte den Kopf aus der Tür. «Tut mir leid, Mary. Ich bemühe mich.»

«Ich weiß. Ich weiß, dass du das tust, Liebes.» Sie biss sich auf die Lippe. «Kann ich irgendetwas tun?»

Das musste Drake ihren Nachbarn lassen. Sie waren gute Menschen, die die Hilfe leisteten, die ihnen eben möglich war. Nur dass die dunklen Ringe unter Zoes Augen und die Tatsache, dass sie dünner war als je zuvor, deutlich bewiesen, dass die Hilfe nie ausreichte. Die Demenz ihrer Mutter war im letzten Jahr schnell fortgeschritten, und Zoe tat ihr Möglichstes, um sie bei sich zu Hause zu behalten. Und brachte sich damit fast selbst um.

«Danke. Ich bin okay.» Sie verschränkte die Arme und wartete, bis die andere Frau wieder im Haus verschwunden war, bevor sie etwas sagte. «Die Apotheke hat unsere Medikamenten-Nachbestellung verbummelt, also musste ich eine Stunde warten. Daher hat Mom ihr Beruhigungsmittel noch nicht bekommen. Ihre abendliche Verwirrtheit wird immer schlimmer, also ist sie durcheinander und wütend. Ich schaffe es einfach nicht, ihr die Pillen zu geben.»

Drake nickte. Abendliche Verwirrtheit – ein häufiges Symptom bei Leuten mit Alzheimer und Demenz – war Zoes schlimmster Feind. Je später es wurde, desto desorientierter wurde ihre Mutter. Drake trat um Zoe herum ins Haus, wobei er einen umgestürzten Beistelltisch und eine umgeworfene Lampe entdeckte. Überall um die Kücheninsel lagen Spaghetti verteilt.

Zoe folgte seinem Blick. «Damit hat alles angefangen. Sie hat behauptet, ich würde versuchen, sie zu vergiften. Neudekoration mit Pasta. Sieht doch nett aus.»

Zumindest war ihr Sinn für Humor noch intakt.

Sie rieb sich erschöpft das Gesicht. «Was willst du überhaupt hier?»

«Du hast mich angerufen.»

Sie runzelte die Stirn, mit genau demselben störrischen Ausdruck, den sie schon als Kind immer zur Schau getragen hatte. «Habe ich nicht.»

«Ich bin mir da ziemlich sicher.» Da sie kurz davorstanden, einen *Habe ich nicht/hast du doch*-Kampf auf Kindergarten-Niveau zu starten, packte er ihre Schultern, drehte sie um und zog ihr Handy aus ihrer hinteren Hosentasche. Dann hielt er ihr das Gerät mit hochgezogenen Augenbrauen vors Gesicht.

«Mein Hintern hat dich schon wieder angerufen. Tut mir leid.» Sie nahm ihm das Handy ab und legte es zur Seite. Röte stieg an ihrem Hals nach oben. Sofort fühlte er sich wie ein Idiot, weil er sie in Verlegenheit gebracht hatte. Das kam bei ihr wirklich nicht oft vor. Sie nahm die Schultern zurück, als sammele sie alle Kraft für einen letzten Diva-Auftritt. «Außer, das war nur eine Ausrede, um mir an den Hintern zu fassen. Dann tut es mir nicht leid.»

Und da war wieder die Zoe, die dafür sorgte, dass seine Schläfen vor Schmerz pulsierten und sein linker Augenwinkel zuckte.

Er kniff warnend die Augen zusammen, obwohl er wusste, dass sie ihn nur reizen wollte. «Ich habe dir noch nie an den Hintern gefasst.»

«Doch. Gerade eben.»

«Um dein ...» Er atmete tief ein, um nicht die Geduld zu verlieren. «Wieso versuche ich überhaupt, mich zu rechtfertigen?»

Sie verdrehte die Augen und tat die Diskussion mit einer wegwerfenden Geste ab. «Entspann dich. Ist schon eine Weile her, dass mein Hintern irgendeine Form von Aufmerksamkeit bekommen hat. Ich sollte dir vermutlich danken.»

Drake biss die Zähne zusammen, um nicht irgendetwas Peinliches zu sagen. Vier Jahre ... Vier Jahre lang hatte er in einer Art Autopilot-Modus gelebt, sich wie betäubt gefühlt. Ein Geist unter Lebenden. Der Tod seiner Frau Heather durch Eierstockkrebs hatte ein gähnendes Loch in seinem Herzen hinterlassen; wo einmal Liebe gelebt hatte, hatte der Krebs jede Hoffnung getötet. Und in all dieser Zeit war die Frau vor ihm die Einzige gewesen, die irgendwelche Gefühle in ihm hervorgerufen hatte.

Vor allem Irritation, aber auch das war ein Gefühl.

Catherine erschien am Ende des kurzen Flurs. Sie trug nur ein verknittertes Nachthemd, das über ihre Schulter nach unten rutschte. Ihr Haar hatte dieselbe Farbe wie Zoes Naturton, und beide hatten denselben elfenhaften Körperbau. Bevor die Krankheit ihren Geist zerstört hatte, hatte Catherine Zoe allein großgezogen und ihre Tochter zu der unabhängigen, selbstsicheren Frau gemacht, die sie heute war. Die beiden waren mehr Freundinnen gewesen als Mutter und Tochter.

Doch jetzt erkannte Drake in Catherines Augen nur dumpfe Verwirrung und einen Hauch von Angst. Sein Magen verkrampfte sich wie immer, wenn er sah, was aus der einst starken Frau geworden war. Und er wollte sich lieber nicht vorstellen, wie es Zoe ging, wenn er sich schon nach fünf Sekunden in Catherines Gegenwart so fühlte. Er hatte Heather dabei beobachtet, wie sie immer kränker wurde und langsam verging. Und das war das Schwerste gewesen, was er je in seinem Leben ertragen musste.

«O Dreck.» Zoe packte so schnell seinen Arm, dass er überrascht zusammenzuckte, und trat zwischen ihn und seine Mutter.

Catherine hob den Arm.

«Duck dich …» Ein Buch flog durch den Raum und traf Zoe unten in den Rücken. Sie schnappte nach Luft und schloss für einen Moment die Augen, dann ließ sie ihre Stirn an seine Brust sinken. «Verdammt, das hat weh getan. Sie wirft schon den ganzen Abend mit Sachen.»

Er erstarrte, vollkommen schockiert, weil Catherine nie zuvor Anzeichen für Gewalttätigkeit gezeigt hatte. Sie hatte zwar schon oft gebrüllt und Räume verwüstet wie ein Einbrecher, doch noch nie hatte er solche Aggression gegen ihre Tochter erlebt. Fassungslos starrte er das Taschenbuch vor seinen Füßen an.

Zoes Duft, ein leichter Hauch von Lavendel, stieg ihm in die Nase, umhüllte sie beide und erinnerte ihn an ihre momentane Position. Bei ihrer Berührung hob er die Hände, fast als wolle er sich ergeben. Es war lange her, seit sie sich auch nur aus Versehen berührt hatten. Er versuchte, seine Atmung zu beruhigen … und herauszufinden, was diese Berührung eigentlich mit ihm anstellte … dann riss er sich zusammen.

Wut ließ seinen Puls rasen. Er schob Zoe ein kleines Stück von sich und biss die Zähne zusammen. «Hast du mich gerade abgeschirmt? Was zur Hölle soll das, Zoe?» Er ließ seinen Blick über ihr schmerzerfülltes Gesicht gleiten. «Geht es dir gut?» Die Art, wie sie ihre Finger in seinen Oberarm krallte, sprach nicht dafür.

«Alles okay.» Langsam, das Gesicht immer noch verzogen, richtete sie sich auf. «Mama, schau mal, wer vorbeigekommen ist.»

Drake kannte seine Rolle, also lächelte er und trat einen Schritt von Zoe zurück. «Hey, Cat. Ich bin zu Hause.» Aus irgendwelchen Gründen kam Cat mit Männern besser zurecht als mit Frauen. Im letzten Jahr war sie in eine Zeit vor Zoes Geburt abgerutscht und hielt Drake – sowie jeden anderen Mann, dem sie begegnete – für Zoes Onkel.

Cats verwirrter Blick saugte sich an ihm fest. «Jimmy?»

Drake warf einen schnellen Blick zu Zoe und fragte leise, fast unhörbar: «Wer ist das?» Cats Bruder hieß Ed.

«Ich glaube, das war mein Dad», flüsterte sie zurück.

Jetzt drehte Drake sich ganz zu ihr um, weil ihm die ausdruckslose Maske nicht gefiel, die sie aufgesetzt hatte, um ihre Gefühle zu verbergen. «Ich dachte, du hättest deinen Vater nie kennengelernt.» Soweit er informiert war, wusste Zoe nicht mal den Namen des Kerls.

«Habe ich auch nicht. Er ist abgehauen, als sie schwanger war, und nie zurückgekommen. Aber ich halte es für wahrscheinlich – so, wie sie seinen Namen ausspricht, und nach dem, was sie dann sagt.»

Er nickte, wobei er sich gleichzeitig fragte, was er jetzt tun sollte. «Wo sind ihre Medikamente?»

«Auf dem Küchentisch, im Becher.»

«Jimmy? Bist du das?»

Lächelnd ging er zu Cat und legte ihr einen Arm um die Schulter. «Ja, ich bin's. Aber es ist schon sehr spät. Wie wäre es, wenn ich dich ins Bett bringe und wir uns morgen in Ruhe unterhalten?»

Sie schien darüber nachzudenken, ihr Blick unruhig. «Ich schätze, das wäre in Ordnung.» Dann warf sie Zoe einen zornerfüllten Blick zu. «Wer ist dieses Flittchen?»

Als Zoe diese Worte verarbeitete, schluckte sie schwer und ließ den Kopf hängen. «Ich bin Ihre neue Nachbarin. Ich habe nur einen Teller mit Cookies vorbeigebracht.» Ihre Stimme brach fast, sodass sie sich räuspern musste. «Ich werde jetzt wieder gehen.»

Vollkommen niedergeschlagen schlurfte sie in die Küche. Es kostete Drake all seine Kraft, das Theater weiterzuspielen und ihr nicht zu folgen. Jeden Tag. Zoe tat das jeden Tag.

Er nahm den Becher mit den Tabletten vom Küchentisch und führte Cat mit einer sanften Hand am Ellbogen in ihr Schlafzimmer. Sie hatte den Raum vollkommen verwüstet. Schubladen waren herausgerissen, und überall lag Kleidung herum. Das Bettzeug war in einem Haufen in einer Ecke aufgetürmt.

Eilig brachte er den Raum in Ordnung, soweit es eben möglich war, und überzeugte Cat, die Medikamente zu schlucken. Er blieb noch einen Moment bei ihr sitzen, nachdem er sie ins Bett gebracht hatte, um sicherzustellen, dass sie auch dort blieb. Zoe brauchte verdammt noch mal ein paar Minuten Ruhe und Frieden.

«Ich kann nicht glauben, dass du hier bist, Jimmy. Ich habe dich vermisst.»

Das Einzige, was noch härter sein musste, als mit jemandem in diesem Zustand zu leben, war, selbst in diesem Zustand zu leben. Seine Kehle war wie zugeschnürt, als er sie anlächelte. «Ich dich auch. Du solltest dich jetzt ausruhen.»

Ihre Lider sanken nach unten. «Ich glaube, wir sollten das Baby Diane nennen. Oder vielleicht Zoe.» Sie gähnte, die Augen bereits geschlossen.

Das bedeutete wohl, dass dieser Jimmy tatsächlich Zoes Dad war. Man musste schon eine ganz besondere Art von Arschloch sein, um eine schwangere Frau zu verlassen, ohne einmal zurückzuschauen. Kein Unterhalt. Keine Geburtstagskarten. Und jetzt musste Zoe sich ganz allein um ihre Mutter kümmern.

«Zoe ist ein wunderschöner Name.» Und sie war auch ein toller Mensch, sosehr sie ihn mitunter auch nerven mochte.

Als er die Küche betrat, bemerkte er, dass Zoe das Spaghetti-Chaos beseitigt und den Beistelltisch wieder aufgestellt hatte. Eigentlich war das ein süßes kleines Häuschen. Zoe war hier aufgewachsen und nach der Diagnose ihrer Mutter wieder eingezogen. Aber das Haus passte nicht zu Zoes Persönlichkeit, ganz anders als ihre frühere Wohnung mit ihren blau-rosa gestreiften Vorhängen, dem Sofa mit Blumenmuster und den zerkratzten Kiefernholztischen.

Er fand sie am Küchentisch, wo sie in einem Teller mit Nudeln herumstocherte. «Sie schläft.»

«Danke.» Sie weigerte sich, ihn anzusehen, und starrte stattdessen weiter auf ihr Essen. Schweigen breitete sich aus. «Hast du Hunger?»

«Nein.» Er zog einen Stuhl heraus und setzte sich neben sie.

«Die Spaghetti sind aus dem Topf, nicht vom Boden.» Ihre Augen funkelten herausfordernd, als wäre diese Aussage möglicherweise nicht ganz wahr, und er müsste es halt riskieren.

Er schüttelte den Kopf, versuchte zu lächeln und versagte dabei jämmerlich.

Sie war so oft für ihn da gewesen, und jetzt fiel ihm nichts ein, was er sagen konnte. Sie war Heathers beste und auch ihm eine verdammt gute Freundin gewesen. Er war kein Mann vieler Worte, aber Zoe war die einzige Person, die ihn sprachlos machte. So war es schon immer gewesen. Es war keine Nervosität, nicht wirklich … aber trotzdem irgendwas Seltsames.

Er verschränkte die Hände hinter dem Kopf. «Ich glaube, du hast recht damit, dass Jimmy dein Vater ist.» Er hielt inne. «Hast du je versucht, ihn zu finden?»

Sie stieß ein Geräusch aus, das an ein trockenes Lachen erinnerte. «Kein Interesse. Er wollte nicht bleiben. Ich brauche ihn nicht.»

Dem konnte Drake nur aus tiefstem Herzen zustimmen.

Ihre Katze rieb sich an seinem Bein. Froh, etwas zu haben, worauf er sich konzentrieren konnte, hob er den weißen Fellball auf seinen Schoß. Cotton, so hatte sie den Kleinen genannt. Der arme Kerl hatte sich wahrscheinlich während der ganzen Aufregung versteckt. «Seine Impfungen stehen demnächst an, richtig?»

«Vermutlich. Ich werde mir von Avery einen Termin bei Cade geben lassen.»

Avery war ihre Praxismanagerin und die Ehefrau seines jüngsten Bruders. Cade war der Hauptansprechpartner für normale Termine in ihrer tierärztlichen Klinik. Flynn, sein anderer Bruder, machte die ganzen Hausbesuche. Drake war der Chirurg, aber auch er hatte an zwei Tagen normale Patiententermine, genau wie Flynn.

«Ich werde nächste Woche eine Impf-Dosis mitbringen.» Sie hatte genug um die Ohren. «Und ihn dann auch mal untersuchen.»

Sie hob den Kopf und sah ihn an. Ihre Blicke saugten sich aneinander fest.

Drake wusste nicht, was er von ihrer Miene halten sollte, und auch nicht, wieso sein Magen sich dabei gefühlt einmal um sich selbst drehte, also senkte er den Blick auf die Katze. Cotton knetete im stummen Verlangen nach Streicheleinheiten seinen Arm. Brav begann Drake, das Fellknäuel zu streicheln, um sich von seinem tiefen Schnurren beruhigen zu lassen.

Zoe schob ihren Teller von sich, ohne einen Bissen gegessen zu haben. «Wenn es so weitergeht, muss ich Schalldämpfer im Haus anbringen. Mama wird lauter. Und ihr Zustand verschlimmert sich. Ich habe Glück, dass die Nachbarn noch nicht die Polizei gerufen haben.»

Himmel. «Zoe …»

«Nicht.» Ihre vollen Lippen wurden dünn. «Nicht du auch noch. Ich habe ihr versprochen, sie zu Hause zu behalten. Du hast das für Heather auch getan.»

Sie hatten ihren Namen so lange nicht laut ausgesprochen, dass es ihn für eine Sekunde innehalten ließ. «Heather hatte Krebs im Endstadium. Dem Körper deiner Mom geht es gut. Es ist ihr Verstand, der verlorengegangen ist. Eines Tages könnte sie dich wirklich …»

«Was? Mich verletzen? Sie würde nie …»

«Sie hat heute Abend ein Buch nach dir geworfen.» Drake schloss die Augen, um seinen inneren Aufruhr zu unterdrücken, die Stimme ruhig zu halten. Zoe war genauso wenig für die Situation verantwortlich wie Cat. Fünfundfünfzig Jahre alt und ihr Leben war zu Ende. «Sie ist nicht mehr die Frau, die dich aufgezogen hat. Diese Person kennt dich nicht. Sie ist verwirrt, verängstigt. Nicht einmal sie selbst konnte ahnen, wie schlimm es werden würde.»

Zoe stand so schnell auf, dass ihr Stuhl quietschend über den Boden rutschte, dann wandte sie ihm den Rücken zu, um ihren Teller zur Spüle zu tragen. «Ich kann sie nicht ins Heim geben, Drake.»

Nein, das würde sie nicht tun. Nicht einmal, wenn sie sich damit selbst in Gefahr brachte. Übermäßig loyal, so war Zoe. Er konnte es ihr nicht mal übel nehmen. Ginge es um seine eigene Mutter, hätte er dasselbe getan. Aber er hasste es, sie so zu sehen. Die knallharte Zoe Hornsby, in sich zusammengesunken wie ein kaputter Ballon.

«Ich sollte jetzt gehen.» Er stand auf und setzte die Katze auf den Boden, überrascht, dass er eigentlich nicht gehen wollte. «Ich sehe dich morgen beim Spiel.» Ihre Tierklinik hatte sich schon vor Jahren mit den Ärzten und Schwestern aus der Notfallklinik zusammengetan, um im Sommer in der Softball-Liga ein Team zu bilden. Morgen spielten sie gegen die Feuerwehrmänner und Polizisten.

Ihr Blick glitt zu ihm, als sähe sie ihn an diesem Abend zum ersten Mal. «Wieso bist du so verschwitzt?»

«Dein Anruf hat mein abendliches Jogging unterbrochen.»

«Oh. Na dann: Gern geschehen.»

Klugscheißerin. «Weißt du, ein wenig Bewegung würde dir auch guttun.»

Sie stemmte die Fäuste in die Hüften. «Bezeichnest du mich als fett?»

Angesichts der Tatsache, dass er sie mit einem Arm hochheben könnte … nein. Sie hatte einen tollen Körper, wenn auch ein wenig zu dünn. Olivfarbene Haut, dank ihrer Roma-Vorfahren. Ein paar Sommersprossen auf ihrer kecken Nase. Lange Beine, geschwungene Hüften und eine schmale Taille. Brüste, die perfekt in seine …

Was zur Hölle?

Er schüttelte den Kopf. «Ich wollte damit sagen, dass man beim Joggen Endorphine ausschüttet und sich die Laune bessert.» Er hielt inne, wobei er sich fragte, was zum Teufel er hier gerade tat. «Du könntest abends mit mir laufen kommen.»

Sie sah ihn vollkommen empört an. «Und du nennst dich meinen Freund? Verschwinde aus meinem Haus. Und komm nicht ohne Muffins oder Tequila zurück.»

Ah. Das war die echte Zoe. Viel besser. Es fiel ihm unglaublich schwer, nicht zu grinsen. Doch er schaffte es und ging nach Hause.

KYSS AND TELL

Verrate uns, was du gern liest, wie du dich am liebsten über Bücher informierst und was du dir von uns wünschst. Gewinne außerdem monatlich eines von zehn Kyss-Paketen mit tollen Überraschungen.

Beantworte uns auf **rowohlt.de/kyssandtell** einige kurze Fragen, und mit etwas Glück bekommst du bald Post aus Redwood! Die Umfrage und das Gewinnspiel enden am 1. Februar 2019.

Auf **rowohlt.de/kyss** findest du auch Infos zu den anderen beiden Bänden der Redwood-Love-Trilogie sowie weitere Kyss-Bücher und vieles mehr.